RINGWORLD PREQUEL 1
FLEET OF WORLDS

링월드 프리퀄 1
세계 선단

세계 선단

ⓒ 래리 니븐 · 에드워드 M. 러너 2013

초판 1쇄 인쇄	2013년 10월 28일
초판 1쇄 발행	2013년 11월 11일

지은이	래리 니븐 · 에드워드 M. 러너
옮긴이	고호관

펴낸이	박대일
편집	이문영 · 임수진 · 임유리 · 신지연
교정	이재일
마케팅	송재진
디자인	김은희
일러스트	Silvester Song

펴낸곳	새파란상상(파란미디어)
출판등록	2004년 9월 14일 제313-2004-00214호

주소	121-897 서울시 마포구 성지1길 32-36
전화	02-3141-5589(영업부) 070-4616-2011(편집부)
팩스	02-3141-5590
전자우편	paranbook@gmail.com
트위터	@paranmedia
카페	http://cafe.naver.com/paranmedia

ISBN 978-89-6371-119-5 (03840)

RINGWORLD PREQUEL 1
FLEET OF WORLDS

링월드 프리퀄 1
세계 선단

에드워드 M. 러너 · 래리 니븐 지음
고호관 옮김

새파란상상

FLEET OF THE WORLDS

차 례

프롤로그: 지구력 2197년 _7

유배: 지구력 2650년 _29

임무: 지구력 2650년 _109

재탄생: 지구력 2650년 _279

오디세이: 지구력 2652년 _453

역자 후기 _483

| 프롤로그: 지구력 2197 |

'긴 통로Long Pass'호는 완만하게 구불거리는 곡선을 그리며 하늘을 가로질렀다. 디에고 맥밀런이 의도적으로 우주선을 그렇게 조종한 것이었다.

　별과 별 사이는 균일한 공간이 아니다. 우주 어디를 가나 똑같이 몇 세제곱센티미터당 수소 원자 몇 개가 들어 있는 식이 아니라는 뜻이다. 어떤 곳은 밀도가 높아서 시간만 충분하다면 별이 생기기도 하고, 반대로 밀도가 높은 곳 사이는 텅 비어 있기도 하다. '긴 통로'호처럼 버사드 램제트 엔진을 사용하는 우주선은 성간 수소를 모아 핵융합을 일으켜 추진력을 얻기 때문에 성간물질이 농밀한 곳을 따라 움직여야 한다.

　말처럼 쉬운 일은 아니다. 속도가 조금만 빨라져도 성간물질은 우주 방사선처럼 선체를 강타한다. 그래서 버사드 램제트 엔진은 이 같은 치명적인 물질이 생명 유지 장치에 부딪치지 않게 막는 역할도 해야 한다.

태양계에서 시행한 시뮬레이션은 하나같이 애매한 결론에 도달했다. 성간물질이 많은 곳을 골라 항로를 이리저리 바꾸는 것은 비생산적일 가능성이 높았다. 태양계와 목적지 사이에는 물질이 충분했다. 물론 항로를 이리저리 바꾸면 조금이나마 수소를 더 빨아들일 수는 있을 것이다. 하지만 그렇게 더 모은 연료로 늦어진 시간을 벌충할 수 있을까? 그렇게 빠른 속도에서는 항로를 바꾸는 데 엄청난 운동에너지를 써야 했다. 게다가 우회가 끝나는 지점에 무엇이 있을지는 알 수 없었다. 오히려 그곳에는 성간물질이 아예 없을지도 몰랐다. 평균의 법칙*에 덜미를 잡히고 마는 것이다.

그런 항해 방식을 설계한 것은 당연히 평지인**이었다. 디에고는 그자들이 충고를 할 때마다 마지못해 고개를 끄덕이고는 했다. 엄밀히 말하면 디에고도 평지인이다. 태양계를 가로질러 항해한 경험이 있는 우주인이라 해도 지구에서 태어났다면 일단 평지인이라는 딱지가 붙었다. 어쨌든, 일단 '긴 통로'호가 출발하고 나면 항로를 바꾸는 실험을 할지 말지는 지구에서 간섭할 수 없었다.

유인 임무에서 이런 문제가 제기된 건 처음이었다. '긴 통로'호는 실험용 우주선이었다. 유인 임무라 안전기준이 평소보다 엄격

---

* law of averages. 어떤 일이 일어나면 반드시 그 반대 일도 일어나서 균형을 이루게 된다는 일반론.
** flatlander. 지구인. 원래는 우주를 본 적이 없는 지구인을 일컫는 말이었다.

했다. 디에고도 계획을 입안한 사람의 보수적인 경향을 어느 정도는 이해했다. 이번에 실패한다면 새로운 기술에 대한 신뢰는 오랫동안 회복하기 어려울 것이다.

소심한 평지인 같으니라고! 디에고의 아내도 함께 우주선에 타고 있었다. 당연히 어리석은 모험을 할 리가 없지 않은가.

'긴 통로'호는 수십 년 동안이나 구불구불한 항로를 따라 움직여 왔다. 아마도 디에고가 항해 기간을 몇 달쯤은 단축시켰을 것이다. 그건 괜찮았다. 성간물질의 변화를 조사하고 대체 항로를 계획하고 확률을 계산하는 일로 그는 내내 바빴다. 항법사가 수십 년 동안 달리 할 일도 없지 않은가.

그러나 강박적으로 전방을 주시하던 항법사가 무엇을 발견할지는 누구도 예측하지 못했다.

"그래, 이 영예가 누구 덕분이라고?"

바버라 응우옌 선장이 물었다. 현재 일정에 따르면 디에고는 잠을 자고 있어야 한다는 뜻이었다. 디에고로서는 애써 입을 다물 수밖에 없었다. 차근차근 하자. 속으로 중얼거린 그는 최대한 허세를 가장한 투로 말했다.

"나중에 알게 될 겁니다."

선내 인구는 십만이 살짝 넘었다. 대부분은 냉동 수정란이고, 동면 중인 성인 승객이 마흔세 명이었다. 승무원은 네 명으로, 이들이 하루 삼교대로 근무했다. 지금 그 넷이 조그만 휴게실을 가득 채우고 있었다.

디에고는 폐소공포증 방지용 장식을 바꿔 놓으려고 조금 일찍 도착했다. 어린 시절에 보았던 안데스의 산자락과 푸른 숲이 물결치더니 디지털 벽지 안으로 물러났다. 머리 위로는 푸른 하늘을 배경으로 폭신한 구름이 지나갔다. 고리인*인 동료 승무원들이 평범한 풍경이라고 생각하는 동굴 공원은 디에고에게 아무런 쓸모가 없었다. 나뭇잎 부스럭거리는 소리, 벌레들 웅웅거리는 소리가 사방에서 들려왔다. 한쪽 벽에는 아직도 기억이 생생한 산속 호수의 정경이 떠올라 있었다. 호수 위로 맵시 있게 생긴 이 톤 모터보트가 지나갔다. 백 마력짜리 엔진 소리는 거의 들리지 않을 만큼 은은하게 울렸다.

그래도 끊임없이 재순환되는 공기 냄새를 감출 수는 없었다. 휴게실 탁자에 투사된 거친 나무판자의 모습도 손가락 아래 느껴지는 플라스틱금속plasteel의 촉감을 가리지는 못했다. 무슨 일인지 의아해하는 동료 승무원들이 음식 합성기에서 커피와 간식거리를 꺼내는 동안, 디에고는 새들이 지저귀는 소리를 한 단계 줄였다.

선장인 바버라가 먼저 앉았다. 그녀는 고리인답게 키가 크고 팔다리가 길쭉길쭉했다. 두껍고 검은 머리가 앵무새 같은 볏을 이루고 있는 부분을 빼면 대머리였다. 바버라는 그들 중에서 가장 조심성이 많은 사람이었다. 덕분에 이렇게 회의를 소집한 것이며, 그 효과가 어떨지는 아직 미지수였다. 지금까지는 별다른

---

* Belter, 소행성대 출신 인간.

일이 없었던 항해 기간 동안, 선장은 항상 합의를 거쳐 결론을 내렸다. 다행히 이런 회의가 일상이 되었다.

기관사인 세이드 말룸은 키가 더 컸지만, 고리인치고는 몸집이 있었다. 승무원들은 각자 자기만의 방법으로 지루함을 해소했다. 세이드는 몇 주 전부터 볏과 일회용 강하복을 서로 색이 어울리게 염색하는 일에 빠져 있었다. 오늘의 색깔은 진노랑으로 명암을 넣은 연두색이었다.

선내 의사이자 디에고와 오십 년 동안 결혼 생활을 해 온 아내, 제이미 맥밀런이 마지막으로 자리에 앉았다. 제이미는 지구인다운 체격에, 키가 백팔십 센티미터인 디에고와 거의 비슷했다. 하지만 서로 반대인 사람에게 끌린다는 오랜 속담의 표본처럼, 디에고는 배가 통통했고 제이미는 몸이 하늘거렸다. 디에고는 피부가 거무스름하다고 할 만큼 짙었지만 제이미는 금색이었다. 물론 우주선 안에서 하고 다니는 게 그랬다는 뜻이다. 평지인들은 지구를 멀리 떠나서도 피부에 무늬를 넣거나 염색을 하고 다녔다.

제이미는 남편이 무슨 이야기를 하려는지 전혀 몰랐지만 마음을 안정시켜 주려는 듯이 손을 테이블 아래로 넣어서 그의 무릎을 토닥였다. 디에고는 아내가 강하복을 맥밀런 가문의 격자무늬로 염색한 것을 알아보았다. 남편에게 자신감을 주려는 또 다른 무언의 표시였다. 대체 얼마나 긴장하는 것처럼 보였기에?

바버라가 목청을 가다듬고 말했다.

"얘기해 봐, 디에고. 왜 다들 불러 모은 거지?"

아아, 개인용 기록에 담겨 있는 온갖 세부 사항과 분석 자료, 몇 테라바이트에 달하는 자세한 내용들이 풀려나고 싶어 안달을 하고 있었다! 하지만 지금은 때가 아니었다.

"여길 보시죠."

디에고는 탁자 위에 항법 지도를 투영했다. 근저에 있는 별들을 나타내는 분홍색, 주황색, 황백색 광점 사이에 밝은 녹색의 별표가 깜빡였다. 우주선의 위치였다. 동료들이 고개를 끄덕이자 디에고는 연한 회색빛의 정교한 입체 구조물을 그 위에 겹쳤다. 보이려나?

"성간가스와 먼지의 밀도 변화를 나타낸 겁니다."

세이드가 얼굴을 찡그렸다. 또 '원래 계획에서 항로를 조금 변경하겠습니다.' 같은 이야기를 하려나 보다 생각한 모양이었다.

"그건 전에 보여 줬잖아. 그때도 열광적인 반응은 아니었지."

바버라가 그를 노려보았다.

"게다가 오늘따라 의자에서 벌떡 일어나고 싶은 걸 억지로 참는 모양이군."

고리인들에게는 말만으로 충분치 않을 것이다. 비판이 아니었다. 작은 바위들 속에서 자란 그들에게는 배경지식이 부족했다.

"지브스, 1번 보트를 보여 줘."

디에고가 말했다.

— 말씀하신 대로 최대 추력입니다.

가상의 고속정 한 대가 회전하더니 선미를 일행이 있는 쪽, 즉 기슭을 향해 돌렸다. 굉음과 함께 앞머리가 솟아오르며 V 자 형의 커다란 물결이 일었다. 디에고는 멀어지는 보트를 바라보았다. 양쪽으로 갈라진 물결이 벌어지면서 점점 수그러들었다.

세이드는 가상의 호수와 탁자 위에 떠 있는 입체 영상을 번갈아 보며 눈을 깜빡였다.

"성간가스에도 충격파가 있군. 저, 물결 말이야……."

바버라도 눈을 가늘게 뜨고 영상을 뚫어지게 바라보았다.

"비슷하긴 한데 어차피 둘 다 시뮬레이션이잖아. 디에고, 근거 자료에 대해 확신이 있나?"

수년간에 걸쳐 끈질기게 모으고 대조해 본 것, 가속 중인 우주선의 좌표계에서 관측한 결과를 정지 좌표계 기준으로 환산한 것, 항성풍의 요동을 측정하고 보정한 것에 대해서 세세하게 설명하는 일은 어렵지 않았다. 태양계를 떠났을 때 조사한 우주와 관측 자료를 대조하는 데 들인 헛된 노력에 대해서도 장황하게 늘어놓을 수 있었다. 오랜 시간 동안 관측한 뒤에도 아주 미약하게만 보일 뿐인 자료를 바탕으로 전체적인 패턴을 이끌어 낸 과정을 설명하고 싶은 마음은 굴뚝같았다.

디에고의 눈빛이 번뜩인 모양이었다. 제이미가 경고하는 듯한 표정을 지었다. 무서울 정도로 똑똑한 거랑 그냥 무서운 거랑은 한 끗 차이야.

디에고는 자신 있는 표정으로 묵묵히 고개를 끄덕였다.

"나중에 자세히 보고 싶군. 차근차근 말이야. 기분 나빠 할 건 없어. 그냥 선장의 특권이니까."

바버라가 말했다.

"저 충격파는 왜 생겼을까?"

세이드가 물었다.

지당한 질문이었다. 디에고는 다른 시뮬레이션을 하나 보여 주었다. 반투명한 물결 대신에 배경이 거의 균일한 것, 한 세기 전의 조사로 만든 모형이었다.

"이게 우리가 마주쳤어야 하는 거야. 그런데 지금은……."

홀로그램 속에 반짝이는 보라색 점이 새로 생겼다. 그 점은 차츰 속도를 높여 가다가 다시금 삼차원 충격파를 만들었다.

제이미가 의자를 뒤로 밀며 일어나 다른 각도에서 영상을 자세히 살펴보았다. 그리고 손가락으로 한 곳을 가리키며 물었다.

"충격파를 만드는 게 여기 있다는 거야?"

"시뮬레이션은 실제 시간보다 빠르니까. 압축률을 안 알려 줘서 알 수 없을 텐데, 파동을 만드는 물체는 광속의 십분의 일로 움직이고 있어. 우리는 거의 일 광년 떨어져 있지. 그 방향으로 보면 우리는……."

디에고는 프로그램의 매개변수를 살짝 바꿨다. 지금까지 날아온 궤적이 형상화됐다.

"그게 있던 위치를 향하고 있는 거야."

그리고 화면에 주 망원경의 시야를 띄웠다. 적외선 화상에 가상의 색을 입힌 영상 속에 어두운 구체가 희미하게 보였다. 전체를 덮고 있는 얼음 아래로 산봉우리와 대륙의 윤곽이 드러났다.

세이드가 몸을 앞으로 기울여 구체 위에 적힌 주석을 읽었다.

"지구 크기의 행성. 한때는 지구와 비슷했으나 바다와 대기가 얼어붙음. 주변의 성간 공간보다 다소 따뜻함. 그 때문에 발견할 수 있었음. 아마도 핵 속의 방사성물질이 원인인 듯함. 그런데 이게 광속의 십분의 일로 움직이고 있다고? 그런 일이 어떻게 가능하지?"

바버라가 고개를 저었다. 그에 따라 볏이 움직였다.

"맞는 지적이야. 한데 좀 더 기본적인 질문이 있어, 디에고. 처음부터 발견한 걸 보여 주고 설명해도 됐을 텐데, 왜 안 그랬지?"

"떠돌이 행성이 있다는 건 핵심이 아니니까요. 어디를 봐야 하는지 알려 준 오랜 관측과 모형을 인정해 달란 거였습니다."

디에고는 심호흡을 했다. 저들이 과연 믿어 줄까?

"그 결과 저 행성이 0.001G로 꾸준히 가속 중이라는 사실을 알아냈거든요. 누군가 저 행성을 움직이고 있는 겁니다. 우리가 상상도 하지 못할 기술을 가지고 말이죠."

"깨어 있어?"

그렇다는 대답을 듣기 위해 옆구리를 찔러 대는 게 거의 확실했다. 그래서 디에고는 일부러 멍하게 대답했다.

"으흠, 당신 생각은 어때?"

제이미는 한쪽 팔꿈치를 괸 채로 디에고를 바라보았다. 긴 머리채가 이리저리 흔들렸다.

"우리가 제대로 하고 있는 거 맞아?"

그들은 며칠 동안이나 이런 질문을 던졌다. 응우옌 선장까지도 그랬다. 내일이 바로 거사 일이었던 것이다.

하지만 어두운 곳에 있으면 결정이 다르게 느껴지는 법이다.

"지브스, 조명."

디에고는 우주선 내장 컴퓨터에 명령했다. 대꾸 없이 명령을 따를 정도로 훌륭한 판단력을 지닌 녀석이었다.

"여보, 우리 전부 동의했잖아. 지구에 결정을 맡길 수는 없다니까! 거긴 십오 광년이나 떨어져 있잖아. 외계인에게 직접 연락을 하든지, 그 행성이 도중에 경로를 안 바꾼다는 보장이 없으니까 아마 그러진 않겠지만, 아니면 우리에게 연락해 보라고 지시를 하든지, 어쨌든 거의 삼십 년이나 늦어지게 돼 있어. 그러면 아무 소용 없는 거잖아?"

저도 모르게 하품이 끼어들었다. 그때 제이미가 그를 놀라게 했다.

"내 말은 그게 아니야. 어쩌면 아예 연락해 보지 말아야 할지도 모른다는 거지. 만약에…… 적대적인 외계인이면 어떡해?"

디에고는 정신이 번쩍 들었다. 폭력적인 의도의 원인을 찾는 일이라면 의학의 도움을 받기에 아주 적당했다. 그런데 이 우주선에서는 제이미가 바로 의학이었다.

"고도의 문명은 평화적인 법이야."

디에고가 조심스럽게 말했다.

"나도 알아."

제이미는 손가락으로 엉망이 된 머리카락을 빗어 넘겼다.

"전쟁은 사회적인 광기지. 태양계에는 우리가 쓰기에 충분한 자원이 있었고 출산 위원회도 인구를 일정 수 아래로 잘 조절한 덕분에 한 세기가 넘도록 평화로웠어. 정신적으로 문제 있는 자들이 변명거리로 삼곤 하던 빈곤의 시기와 함께 폭력은 과거가 됐지."

그녀의 말은 마치 세속의 교리문답처럼 들렸다. 사실이 그렇기도 했다. 제이미가 불쑥 말했다.

"저들은 행성을 통째로 옮기고 있어. 인간이 가진 자원을 탐낼 이유가 없겠지?"

그녀는 몸을 떨고 있었다! 디에고는 일어서서 아내에게 팔을 둘렀다.

"그런데 뭐가 그리 걱정이야?"

제이미가 몸을 바싹 기댔다.

"외계인은 외계인이니까. 외계인 사회가 어떻게 발달했는지 우리 마음대로 가정해도 돼?"

"인류는 외계인과 접촉하지 말아야 한다고 우리 마음대로 가정하는 건 되고? 우리는 거의 일 광년 거리에서 광속의 삼십 퍼센트로 가고 있어. 저 얼음 세계ice world는 지금 광속의 십 퍼센트고, 계속 가속 중이지. 레이저 신호를 보내는 데만도 추측과 신념이 필요해. 지구에다 떠넘기는 건 그냥 기회를 잃는 거라고."

디에고는 아내의 머리 위에 입을 맞췄다.

"난 그저 우리만 생각해서 결정하면 안 된다는 이야기를 하는 거야."

제이미가 부드럽게 말했다.

"그래서 우주선 컴퓨터마다 '첫 접촉First Contact'에 대한 국제연합의 표준 규약이 들어 있잖아. 그런 규약을 실어서 보낸다는 건 우리가 필요하면 해야 한다는 걸 국제연합도……."

"아니, 우리 후손들 말이야."

제이미는 남편의 팔을 두른 채 조심스럽게 몸을 세워 앉았다.

"디에고, 우리 아이들은 아직 수천 개의 냉동 수정란 중 두 개에 불과할지 몰라. 하지만 우리 결정은 그 아이들에게도 영향을 끼친다고."

태양계를 떠나는 대가로 허락받은 아이들이었다.

"내 생각엔 우주에 누군가 함께 있다는 게 아이들에게 대단한 선물이 될 것 같은데."

한동안 우주선 안의 배경 소음만 빼고 조용했다. 이내 제이미가 말했다.

"내가 괜한 걱정을 했나 봐. 우리 신호에 응답하지 않을 수도 있잖아. 아니면 우리가 모르는 자연현상 때문에 행성이 움직이는 걸 수도 있고. 최초의 외계 지성체거나 아니면 자연계의 새로운 힘이거나, 어쨌든 자기는 대단한 발견을 해낸 거야."

그녀는 남편의 손을 꼭 움켜쥐었다.

얼음 세계가 현재의 가속도로 움직여 왔다면 지금 속도에 도달하는 데 대략 한 세기가 걸렸을 것이다. 그동안 움직인 거리는 오 광년이 조금 넘었다. 경로를 거슬러 올라간 방향으로 대략 그 정도 거리쯤 가면 적색왜성이 하나 있었다. 그곳의 세계 하나, 나란히 놓으면 목성이 왜소해 보일 정도인 거대 가스 행성의 위성 하나가 이탈했을지도 모른다. 항성계 형성을 설명하는 정설과는 차이가 많이 나는 이론이긴 하지만.

"자연현상일 수도 있겠지."

디에고는 아내의 말에 동의해 주었다. 그러나 그 말을 믿지는 않았다.

정상적이라면 우주선 안에서 일어날 수 있는 일이랄 게 딱히 없었다. 최고 속도로 날고 있을 때조차 크기가 상당히 큰 먼지 입자와 부딪치지 않는다면 쉽사리 지루해졌다. 따라서 무슨 일만 있으면 축하하려 드는 게 보통이었다.

생일 네 번과 새해 첫날은 ―점점 멀어지고 있는 한 행성의 궤도가 어느 특정 지점에 오는 날에 무슨 의미가 있느냐는 디에고의 지적에도 불구하고― 지루한 일상에 기분 전환이 되었다.

"지브스, 이거 맛본 거야?"

디에고의 잔에 든 액체는 그날 아침 만들어진 포도주가 분명했다.

― 인체에 무해합니다. 대체적으로는요.

지브스가 대답했다.

"그럼 됐어."

디에고는 잔을 들었다. 좋은 와인을 만드는 건 합성기에 무리가 가는 일이었다. 오늘 네 사람은 진짜 축하할 만한 일을 축하하고 있었다. 일 년 전 '얼음 세계―몇 달 전에 고유명사의 지위를 획득했다'로 보낸 신호가 도착할 때였다. 간단하게 들릴지 모르지만, 그 신호는 아주 새롭고 확신에 넘치는 결정적인 메시지를 전달해야 했다. 그들은 신호가 도착했을 때 멀리 떨어진 곳에서 가속 중인 행성이 있을 위치를 향해 정확히 발사했다. 물론 그러려면 행성이 경로와 가속도를 유지하며 아무런 방해도 받지 않아야 했다.

그리고 실제로 그랬다.

휴게실 탁자 위에는 네 명이 만장일치로 동의한 파티용 소품인 미니어처 '얼음 세계'가 반짝이며 떠 있었다. 몇 달간 꾸준히 관측한 결과 디에고는 동료들에게 처음 선보였던 조잡한 홀로그램과 비교도 안 될 정도로 상세한 모습을 얻어 냈다.

동료들이라⋯⋯.

디에고는 흠칫 놀라며 ─그리고 제이미의 다 안다는 듯한 미소를 보며─ 파티로 신경을 돌렸다.

"새로운 친구들을 위하여!"

유리잔이 부딪치고 내용물이 튀어 올랐다. 다들 열정적으로 잔을 비웠다.

세이드는 어깨를 으쓱했다. 일행 중 다른 셋은 '얼음 세계'가 꾸준하고 빠른 속도로 날아가고 있다는 사실을 지성체의 증거로 받아들였지만, 그만은 미지의 자연현상으로 보았다. 다들 한 가지에는 동의했다. 적어도 한쪽은 완전히 틀렸을 거라는 점에. 오래전, 펄서*를 발견했을 당시 천문학자들은 성급하게 그것을 외계인의 신호로 여기기도 했다. 그들 중 누구도 상상 속의 외계인

---

* pulsar. 주기적으로 빠른 전파나 방사선을 방출하는 천체.

을 발표한 인물, 혹은 실제 원인을 알아내지 못한 자로 영원히 기억 속에 남겨질 작정은 아니었으리라.

바버라가 평범하기 짝이 없는 와인을 한 잔씩 돌리며 말했다.

"일 년쯤 걸릴 거야. 뭐라고 대답할지 고민하느라 이 년쯤 걸릴 수도 있고. 저쪽에 누가 있을 때 얘기지만, 뭐라고 대답할지 궁금하군."

셋째 잔부터는 아무 술이라도 좋았다. 특별한 날이었다. 그들은 하루 묵은 와인에서 최상급 와인 맛이 느껴지도록 마셔 댔다. 나중에는 지브스에게 가상의 제비뽑기를 시켰다. 제이미가 졌다. 다들 자러 가고 그녀 혼자 남아 독한 자극제를 먹고 깨어 있어야 했다.

― 전 승무원, 함교로!

지브스의 목소리에 바로 깨어난 디에고는 선실을 뛰쳐나가며 소리쳤다.

"무슨 일이야?"

함교에 도착한 건 바버라가 먼저였다. 머무는 방이 더 가깝기 때문만은 아니었다. 디에고와 세이드는 복도에서 초조하게 기다려야 했다. 전원이 들어가기에는 함교가 좁았다.

"레이더 파에 맞았습니다. 우리 센서에는 아무것도 잡히지 않습니다."

제이미가 바버라 쪽으로 의자를 빙글 돌리며 말했다.

"지브스, 경보 꺼."

다행히 시끄러운 소리가 사그라졌다. 바버라는 자기 의자에 앉아 감시 장비를 켰다. 모니터 위에 레이더 파가 탐지한 공간을 보여 주는 구체가 나타나더니 점점 커졌다.

"아무것도 없군."

바버라는 그렇게 결론을 내리고, 제이미가 권한 자극제를 삼켰다.

"뻔해. 센서가 고장 난 거야."

디에고는 격하게 고개를 끄덕였다. 그쪽에서 우리에게 접근했을 리는 없어.

또다시 경보가 울려 퍼졌다. 복도 바닥에 나란히 줄지은 조명 등이 눈이 아플 정도로 깜빡거렸다. 디에고는 불빛을 따라 휘어지며 이어진 복도 저편으로 시선을 돌렸다. 비상 해치들이 닫혔다. 경보음과 공기 빠지는 소리가 그쳤다.

"D 수납고 쪽 선체에 균열이 생겼다. 확인해 봐, 세이드."

바버라가 말했다.

디에고는 머리가 지끈거렸다. 제이미가 알약을 권하자 물도 없이 삼켜 버렸다. 경보가 다시 울렸다. 동시에 또 격렬하게 바람 빠지는 소리가 들렸다. 뭔가 우주선에 구멍을 뚫고 있었다. 근처에 아무것도 없다면 대체 뭐가? 우주선은 광속의 삼십 퍼센트로 움직이는 중이었다. 도대체 뭐가 우주선을 따라잡을 수 있다는 말인가?

광속이야! 하지만 그쪽에서 우리에게 접근했을 리는 없는데!

"제이미! 나랑 자리 바꿔!"

두 사람은 좁은 공간을 비집으며 자리를 바꿨다. 선장의 옆자리에 앉은 디에고가 계기판을 확인했다. 레이더와 라이더, 메이저 같은 장비의 어떤 주파수 영역에도 잡히는 게 없었다.

　아!

　"바버라, 그냥 보세요. 센서는 아무것도 작동 안 합니다. 그냥 눈으로 봐요."

　선장은 잠깐 디에고를 곁눈질로 보았다. 가장 가까운 별에서도 몇 광년은 떨어져 있는 마당에 뭘 보란 말인가? 그래도 그의 말을 따랐다.

　선체가 회전하면서 외부 카메라도 같이 돌았다. 컴퓨터가 중력과 유사한 그 회전을 보정해 고정된 시야를 제공해 주었다. 뒤쪽의 별들이 적색이동[*]을 보이며 희미해졌다. 전방의 별들은 청색에 가깝게 밝게 빛났다. 그리고 한쪽에 아무것도 없는 새까맣고 둥근 공간이 보였다. 별빛을 가린 게 뭔지는 몰라도 크기가 거대하거나 가까이 있는 게 분명했다. 아니면 둘 다거나. 움직임이 느껴지지 않는 건 그것이 우주선의 회전에 맞춰 공전하고 있다는 뜻이었다.

　"저 망할 게 도대체 뭐지?"

　바버라가 그 귀신 같은 물체에 레이더와 라이더를 조준했다.

　"여전히 돌아오는 신호가 없어. 반향을 상쇄하고 있는 거야."

　"저게……."

---

* 천체 따위의 광원이 내는 빛의 스펙트럼선이 파장이 긴 쪽으로 밀리게 되는 현상. 파장이 표준적인 것보다 긴 쪽은 붉은색 쪽으로 치우쳐 보인다. '적색편이'라고도 한다.

제이미는 말을 끝맺지 못했지만 디에고는 무슨 말인지 알아들었다. 저게 우주선에 구멍을 뚫고 있어! 적대적인 외계인! 제이미는 공격받고 있다고 생각하는 것이다.

"세이드, 보고해."

디에고의 말이 스피커를 통해 우주선 선제에 울렸다. 대답은 없었다.

경보가 또 울렸다. 더 센 바람이 함교를 빠져나갔다. 더 많은 비상 격벽이 닫혔다.

"내가 가 볼게."

제이미가 떨리는 목소리로 말하고 달려 나갔다.

'긴 통로'호에는 프라이버시란 게 거의 없었다. 그래서 처음부터 상호 합의에 따라 복도 카메라만은 꺼 두었다. 디에고는 나직하게 중얼거리며 그 카메라를 켜는 명령을 찾아 헤맸다. 애가 타는 시간이 잠시 흐른 뒤 카메라가 재가동되기 시작했다. 모퉁이를 돌아 사라지는 저 그림자는 세이드일까, 제이미일까?

또다시 귀가 찢어질 듯한 경보가 울리고 옷깃이 바람에 휘날렸다. 이번에도 바버라가 경보를 껐다. 서둘러 달려가는 듯한 저 소리는 뭐지?

— 선내 전체 압력이 떨어지고 있습니다. 내부 해치를 모두 닫겠습니다.

컴퓨터가 말했다.

"알았다, 지브스. 복도 카메라 화면을 보여 줘."

마침내 화면이 전부 들어왔다. 몸이 구겨진 채 미동도 없이 갑판에 엎드려 있는 세이드를 보고 디에고는 욕설을 내뱉었다.

시커멓고, 사지가 많이 달린 형체들이 복도가 교차하는 곳에 설치된 카메라를 지나고 있었다. 움직임이 너무 빨라서 디에고는 무엇을 보고 있는지도 알기 어려웠다. 외계인? 로봇? 아니면 외계인이 만든 로봇일지도……

바버라도 같은 것을 보았다.

"침입자가 있어."

미처 대꾸하기도 전에 함교의 해치가 안쪽으로 불쑥 열렸다. 디에고는 언뜻 뱀 같은 사지를 보았고 그게 자기를 가리키고 있다는 느낌을 받았다. 거의 초음파에 가까운 진동도 느껴졌다.

그 뒤는 암흑뿐이었다.

| 유배: 지구력 2650년 |

1

    역사상 가장 뚫기 어려운 물질로 만든 우주선, 그것도 삼중 해치로 잠근 선실 안, 상상할 수 있는 그 어떤 위험으로부터도 멀리 떨어진 그곳에 혼자 있으면서도 네서스는 몸을 움츠렸다.

    '네서스'는 편의상 붙인 이름이었다. 진짜 이름은 성대 두 개를 다 써서 적절하게 발음해야 하는 시민어로, 해치 건너편에 있는 동료 승무원들은 발음할 수 없었다. 한번은 무례한 개척민이 네서스의 진짜 이름을 두고 산업재해에 곡을 붙인 음악처럼 들린다는 말을 한 적도 있었다.

    머리를 안쪽으로 넣고 몸을 둥글게 만 네서스는 아무것도 보지 않고 아무것도 듣지 않았다. 그 상태에서 숨을 쉴 수 있을 정도로만 힘을 뺐다. 우주선 안을 순환하고 있는 초식동물의 페로몬이 종국에는 진정시켜 줄 터였다. 그때까지는 이러고 있는 것도 당연하다면 당연했다. 어떻게 공황 상태에 빠지지 않을 수 있을까? 네서스는 일조 명에 달하는 자기 종족을 대표하고 있었다. 고향을 떠나는 행위를 감행할 수 있는 건 '협약체Concordance' 구성원의 극히 소수뿐이었다. 그림에도 네서스는 자진해서 고향을 떠나 여기로 왔다. 대안은 더 끔찍했다는 이유도 있었지만.

기분이 조금 진정되자 머리 하나가 슬쩍 밖으로 나와 주위를 살폈다. 우주선에 깔린 센서에 따르면 모든 상태가 정상이었다. 세 명의 개척민 승무원은 네서스의 기분이 어떤지 몰랐거나, 혹은 존중해 주었다. 승무원 둘은 각자의 선실에 있었고, 그중 한쪽 선실에서 부드럽게 코 고는 소리가 들렸다. 나머지 한 명은 함교에서 당직을 서고 있었다.

네서스는 진지하게 고민에 빠졌다. 정상이라고? 정상이란 오로지 '허스Hearth'에만, 온순한 그들 퍼페티어 무리 속에서 오랜 세월 동안 검증된 삶의 양식에만 존재했다.

네서스는 다시금 몸을 단단히 말았다. 급격한 변화나 엄청난 행운이 없는 한, 정상은 전부 파멸을 맞이할 운명이었다.

하이퍼스페이스*는 눈에 보이지 않는다. 아니, 정확히 말하면 그 반대다. 실제로 있다고 하기에는 너무나 기이하기 때문에 뇌가 그 차원을 인식하기를 거부하는 것이다. 선실 창 주위에 있는

---

* hyperspace, 관성, 상대성이론 등 현대적 물리법칙 대부분이 통하지 않는 가상의 공간.

물체들은 어떤 식으로든 한가운데로 모여든다. 뇌가 그곳에 있는 '무無'를 거부하기 때문이다. 창을 가린 그림이나 천도 그 뒤에 망각의 존재가 있다는 사실을 가리키며 보는 이를 조롱할 뿐이다. 하이퍼스페이스에는 익숙해지는 수밖에 없다. 끝내 익숙해지지 못하는 사람도 있었다. 하이퍼스페이스는 그런 식으로 수많은 사람을 미치게 했다.

홀로 함교에 있는 키어스틴 퀸코박스는 가려진 선창을 애써 외면했다. 할 일은 많고 머리를 복잡하게 만드는 일은 더 많았다. 모든 게 새롭고 신기했다. 단지 이 우주선에 타고 있는 것만으로도 크나큰 영광이었다. 매 순간 그런 기이한 감정이 키어스틴을 짓눌렀다.

'탐험가Explorer'호의 함교는 키메라와 같았다. 불가능해 보이는 부품을 중첩시켜 놓은 키메라—상상 속의 동물을 나타내는 멋지고 색다른 이 단어를 가르쳐 준 것은 네서스였다. 그는 이 단어를 아주 멀리 떨어진 외계 행성에서 배웠다고 했다.

그 무엇도 미개척 외계 행성을 연구하고자 하는 키어스틴을 가로막지 못할 것이다. 이번 여행에서 그녀가 새로운 세계에 발을 디딜 가능성은 극히 적었지만, 그 자체만으로 놀라운 기회였다. 개척민은 승객으로나 훈련용 우주선에 탑승할 때—그런 때에도 '세계 선단Fleet of Worlds'이 눈에 보이는 범위를 벗어나지는 못했다—가 아니면 우주선에 타 볼 기회가 없었다. 지금까지는.

키어스틴은 기지개를 켰다. 완충 좌석도 그에 따라 쭉 늘어났다. 누가 만들었는지는 몰라도 개척민의 생리에 대해 잘 알았던 게 분명하다. 손 닿는 곳에 있는 조종 장치와 항법 장치도 마찬가지로 편안하고 사용하기 쉬웠다. 제너럴 프로덕트 사General Product Corporation, GPC는 일에 관한 한 철저했다. '탐험가'호가 시제품에 불과하다는 사실이 놀라울 지경이었다.

함교에 있는 다른 좌석은 패드를 덧대 놓은 것으로 봐서 네서스용이 분명했다. 빈 좌석 앞에 놓인 각종 장치도 키어스틴 앞에 있는 것과 비슷했다. 긴급한 상황이 닥치면 그녀도 어찌어찌 판독은 할 수 있을 것이다. 하지만 직접 조작하기는 사실상 어려웠다. 키어스틴의 손은 협약체 시민의 입술과 턱이 지닌 민첩함이나 힘을 따라가지 못했다.

함교에 있는 좌석의 절반은 개척민의 신체에 맞는 것이었지만, 공간 자체는 시민들의 기준에 맞았다. 뾰족하게 튀어나온 곳이 전혀 눈에 띄지 않았다. 각종 장치와 선반, 계기, 해치의 걸쇠나 빗장까지도 전부 녹여서 붙인 듯이 매끄럽게 이어져 있었다. 시민들은 날카로운 모서리나 뾰족한 돌출부에 비이성적일 정도로 위협을 느꼈다.

하이퍼스페이스의 공허가 자기 존재를 알아 달라고 속삭였다. 하지만 키어스틴은 조종 장치에 시선을 고정했다. 질량 표시기라고 부르는 커다랗고 투명한 구체가 핵심으로, 중심에서 뻗어 나오는 파랗게 빛나는 선들은 각각 근처에 있는 별을 표시했다. 선이 가리키는 방향은 그 별이 있는 방향, 길이는 거리의 제곱에 반비례하는 중력의 영향을 나타냈다. 그중 가장 긴 선이 키어스틴을 똑바로 향하고 있었다. 그곳이 목적지였다.

이론상으로는, 아무리 사흘에 일 광년을 주파하는 하이퍼드라이브*라고 해도 한 번 혹은 두 번 교대할 때마다 확인하는 것으로 충분했다. 그러나 하이퍼스페이스의 공허가 귀신처럼 괴롭히고 있는 상황에서 논리는 너무나도 빈약하게 느껴졌다.

키어스틴은 몸을 떨었다. 별 정도의 질량 근처에서 특이점에 너무 가까이 접근하는 우주선은 하이퍼스페이스에서 종종 사라지곤 했다. 이를 설명하는 수학조차도 모호하기 짝이 없어서, 그런 우주선이 없어진 건지 아니면 아직 존재하는지조차 아무도 알지 못했다.

감시 근무는 쉽게 자동화할 수 있는 일 같았다. 선이 너무 가까워지면 하이퍼스페이스에서 나오면 된다. 하지만 그건 불가능했다. 질량 표시기는 본질적으로 초능력을 이용하는 장치였다. 회로가 완성되려면 의식 있는 정신이 필요했다.

세 명이 나누어 책임을 지고 있다고는 해도 압박감이 심했다. 며칠에 한 번씩은 노멀 스페이스**로 나와야 했다. 잠시 동안이지만, 별들이 그들을 집어삼키려고 접근하는 특이점에 불과한 존재가 아니라는 사실을 상기하기 위해서였다.

"아직도 이 삼십 일짜리 여행이 단순한 일 같습니까?"

여자라면 부러움을, 남자라면 강렬한 유혹을 느꼈을 법한 풍성한 콘트랄토 음역의 목소리였다. 키어스틴은 고개를 들었다.

---

* hyperdrive, 빛보다 빠르게 이동하는 방식. 하이퍼스페이스에서의 이동 방식을 말한다.
** normal space, 하이퍼스페이스와 반대되는 개념으로, 현대물리학의 법칙들이 적용되는 일반적인 공간을 의미한다.

발굽이 금속 바닥을 울리는 소리를 듣고 진작 네서스가 다가오는 것을 알아챘어야 했지만, 이제야 겨우 정신이 들었다.

네서스는 한쪽 머리를 높게, 다른 머리는 낮게 둔 채 두 방향에서 동시에 키어스틴을 바라보고 있었다. 시민 특유의 본능적인 조심성 탓인지 해치에 몸을 반쯤만 걸친 채였다. 어느 쪽으로든 급히 움직일 수 있는 자세였다.

키어스틴은 평생에 걸쳐 시민의 비호 아래 살았다. 몇 세대 동안 그랬다. 하지만 시민에 대해 알게 되고 그들을 존경하고 숭배하면서도 정작 만나 본 적은 별로 없었다. 키어스틴의 동족은 뾰족한 모서리처럼 피할 수 있는 위험이었던 것이다.

지금 이 순간, 별과 별 사이에 놓인 텅 빈 공간 뒤의 공허 속에서 키어스틴은 시민과 개척민이 진정 얼마나 다른지를 새삼 깨닫고 있었다.

네서스는 넓게 벌린 두 앞다리와 관절이 복잡한 뒷다리로 서 있었다. 길고 유연한 목 두 개가 근육질의 어깨 사이에 솟아 있고, 각각의 목에는 납작한 삼각형의 머리가 달려 있었다. 머리마다 귀 하나와 눈 하나 그리고 손 역할을 하는 혀와 입술이 달린 입이 하나씩 있었다. 피부 가죽은 부드럽게 바랜 하얀색이었는데, 일부 시민에게서 볼 수 있는 짙은 색 자국도 네서스의 경우 거의 눈에 띄지 않았다. 목 사이에 흐트러진 갈색 갈기는 뼈로 뇌를 감싸고 있는 등의 혹을 덮어 푹신하게 보호해 주었다.

네서스가 한쪽 목을 들어 올렸다. 머리 두 개가 서로 마주 보며 짧게 시선을 마주쳤다. 빈정대는 듯한 웃음이었다. 여행을 시작할 때 키어스틴이 했던 용감한 발언을 잊지 않은 모양이었다. 키어스틴은 당황스러웠지만, 그보다 네서스가 자기 선실에서 나왔다는 사실에 안도했다. 놀랍지는 않았다. 목적지, 그 미지의 위험에 가까워지고 있는 마당에 나오지 않았다면 그게 오히려 놀랄 일이었다.

물론 키어스틴은 앞으로 한두 번 교대를 더 할 때까지 네서스가 나오지 않으면 비상 단추를 누를 작정이었다. 시민이 공포에 질려 비명 지르는 소리를 계속 틀어 놓으면 네서스로서는 함교로 오지 않을 도리가 없었다.

마침내 함교가 안전하다고 판단했는지 네서스가 안으로 들어와 푹신한 자기 의자에 앉았다. 목 하나가 앞으로 휘어지더니 질량 표시기를 살펴보았다.

"곧 도착하겠군요."

간단한 문장이었지만, 분명 말끝에 살짝 올라가는 기미가 있었다. 네서스는 개척민 정찰대원들을 훈련시키는 실험적인 프로그램을 담당했다. 훈련생들에게 질문을 던지는 태도가 몸에 밴 건 자연스러웠다. 그런데 무엇을 묻는 걸까? 자기가 방에 있는 동안 준비가 다 끝났느냐는 것일까? 아니, 그건 선장에게 할 질문이었다.

수백만 명의 개척민 중에서 가장 훌륭하고 영리한 스무 명이 뽑혔다. 오늘날의 위기가 닥치기 전까지 개척민은 관심사나 취향과 무관하게 직간접적으로 식량 생산에 기여했다. 허스에 사는 일조 명의 시민은 엄청난 양의 식량을 소비했고, 식량을 재배할

개활지는 거의 남아 있지 않았다. 키어스틴과 오마르, 에릭이 이번 임무를 수행해 낸다면 그건 농부와 자연 관리자의 자녀도 위기에 수완을 발휘할 수 있다는 증거로 쓰일 터였다.

선단을 떠나기 전, 그들 셋은 도전할 기회가 없는 상황에 처하는 것이야말로 최대의 위기라고 생각했다. 예기치 않게 희미한 전파 신호로 허스의 주의를 끌었던 외계인은 너무 원시적일 수도 있었다. 그러면 능력을 보여 줄 기회조차 얻지 못할 터였다.

돌이켜 보건대 그건 얼마나 순진한 생각이었던가!

위험은, 아니 위험과 그 위험을 피할 방법을 찾는 것은 시민들에게 움직여야 할 동기를 부여했다. 네서스는 키어스틴이 위험성을 정말 이해하고 있는지 궁금했다.

하이퍼스페이스에서 해야 할 일이라고는 일상적인 점검과 질량 표시기 감시가 전부였다. 하나는 지루하고 다른 하나는 신경이 곤두서는 일이었다. 승무원 수가 적어서 다들 교대로 근무를 섰다. 마침 그들은 하이퍼스페이스에서 빠져나가려는 참이었다. 다만 이번에는 잠시 주위를 보고 안정을 얻기 위해서가 아니었다. 하이퍼스페이스에서 빠져나가는 즉시 목적지였던 별이 시야에서 가장 빛나는 천체가 될 것이다. 그 순간부터 승무원은 각자 자기만의 역할을 수행해야 한다. 키어스틴 역시 다시 회피해야 할 별도 없는 상태에서 항법사로 돌아가게 된다.

"여유 있게 특이점 밖의 궤도에 진입할 겁니다. 매복은 고사하고 우리를 감지하지도 못하겠지요. 만약 알아챘다고 해도 다시 하이퍼드라이브를 작동시켜 사라지면 됩니다."

키어스틴은 네서스의 말에 담겨 있는 질문을 추측해서 대답했다. 머리 두 개가 까딱거리며 위아래를 바꾸는 모습을 보니 제대로 추측한 것 같았다. 키어스틴도 개척민식으로 미소 지었다.

'탐험가'호는 폭발적인 속도로 하이퍼스페이스를 빠져나왔다.

네서스로 하여금 이곳에 올 수 있게 해 준 용기는 말 그대로 그가 미쳤다는 사실을 뜻했다. 키어스틴은 제정신인 시민을 만나 본 적이 없었다. 그런 시민은 절대로 허스를 벗어나지 않으니까. 키어스틴의 손은 조종 장치를 떠나지 않았지만, 눈은 자꾸만 오른쪽에 앉아 있는 네서스를 힐끔거렸다. 그가 언제든지 조종 권한을 가져갈 수 있었다. 키어스틴은 그 사실에 안심이 되면서도 동시에 부끄러웠다.

'탐험가'호가 출발할 당시 선단의 속도는 고작 광속의 0.017배였다. 앞으로 가야 할 아득한 거리에 비하면 초기의 추진력은 의미가 없어 보일 정도였다. 하지만 바로 그 속도로 그들이 노멀 스페이스에 진입할 때는 이야기가 전혀 달라졌다.

네서스의 주의 깊은 시선 아래 키어스틴은 우주선의 중력이 잡아끄는 힘을 이용해 잉여 속도를 버렸다. 세 번에 걸쳐서 하이퍼스페이스에 속력을 조금씩 버리며 목적지 주위에 고리 모양의 감속 경로를 만들었다. '탐험가'호에 달린 핵융합 엔진을 이용했다면 더 빨리 할 수 있었겠지만, 수소가 융합하는 수 킬로미터 길이의 분사물은 별의 표면보다도 뜨거워 사방에 그들이 도착했다고 알리는 꼴이 되었다.

"잘했습니다."

마침내 네서스가 말했다.

"감사합니다."

스승의 말은 진심인 것 같기도 하고 그냥 하는 말 같기도 했다. 키어스틴은 '탐험가'호를 조종해 멀리서 빛나는 G567-X2의 궤도에 집어넣으면서 심부 레이더[*] 스캔을 시작했다. 그건 규정이면서도 한편으로 이유를 알 수 없는 일이었다. 중성미자는 정상적인 물체를 그냥 통과해 지나간다. 그렇다면 도대체 뭘 찾으려는 걸까?

'괜찮은 연습이 될 겁니다. 반향이 있다면 네서스가 어떻게 해야 하는지 압니다.'

훈련 교관은 그렇게만 설명했었다.

키어스틴은 바쁜 와중에도 외계인들이 이 별을 뭐라고 부를지 궁금했다. 네서스는 관심도 없을 것이다. 시민들은 안전에 위협을 받을 때만 호기심을 보였다. 그런 때가 아니라면 호기심은 기껏해야 정신을 산만하게 만드는 것쯤으로 여겼다.

개척민이 탐험가로서 더 나은 이유는 아마도 호기심일 터였다. 그래서 그들이 이곳에 와 있는 것이다. 아니면 개척민은 쓰고 버릴 수 있는 존재이기 때문일 수도 있었다. 키어스틴의 식구들은 후자라고 생각했다. 하지만 아무도 선단에 앞서 정찰을 하지 않는다면 어떻게 될까? 식구들은 그 질문에 대답하지 못했다.

---

[*] deep-radar. 링월드 세계에서 심부 레이더는 중성미자를 이용한다. 정지장이 중성미자를 반사하기 때문에 종종 슬레이버 정지장 상자를 찾는 데 쓰인다.

키어스틴은 안도의 한숨을 내쉬며, 조종 장치에서 손을 떼고 선내 방송으로 알렸다.

"궤도 진입."

그리고 네서스를 향해 덧붙였다.

"예정대로 안전하게 특이점 바깥에 자리 잡았습니다."

네서스가 한쪽 머리를 높이, 다른 머리를 낮게 둔 채 키어스틴을 유심히 바라보았다.

"좋습니다. 임무는 이제부터 시작입니다."

2

조사하러 온 항성계에서 육안으로 볼 수 있는 건 멀리 떨어진 별뿐이었다. 계기판에 따르면 거대 가스 행성 하나와 암석 행성 세 개, 수많은 소행성과 멀리 떨어진 눈덩이가 있었다.

'탐험가'호를 불러들인 건 전파 신호였다. 그 신호는 항성계 전체에서 단 한 곳에서만 나오고 있었다. 가스 행성의 세 번째 위성이었다. 자세히 조사해 보니 ─가까이 갔다는 게 아니라 배율을 높였다는 뜻이다─ 그 위성은 조석력*에 의해 행성에 단단히 고정되어 있고 대기는 없었다. 얼음으로 덮인 표면에는 갈라져서 생긴 커다란 틈이 이리저리 나 있었다. 네서스는 아주 오래전에

---

* 해수면 높이의 차이를 일으키는 힘. 가령, 달과 태양의 인력과 지구의 원심력이 상호작용한 결과로 나타나는 현상.

이와 비슷한 곳을 본 기억을 떠올렸다. 유로파라는 이름이었다.

"아마 얼음 밑에 위성 전체를 뒤덮는 바다가 있을 거야."

오마르가 말했다. 그는 휴게실의 좁은 통로를 이리저리 걸어다니고 있었다. 휴게실은 기계로 가득 찬 엔진실 다음으로 가장 큰 방이었다. 에릭과 키어스틴은 드레드밀 양옆의 좁은 공간에 서 있었다.

네서스는 문가에서 오마르가 초기 조사 결과를 전달하는 모습을 지켜보았다. 대부분은 발견이라기보다 확인이었다. 선단이 보유한 장비는 아주 민감했다. 이들이 알아낸 내용은 선단에서 이미 알고 있는 사실과 다르지 않았다. 네서스는 승무원들이 그 사실을 알아채지 못하기를 바랐다.

"……그러니까 소거법에 따르면, 전파 신호를 보내는 건 얼음 아래에 있다는 얘기가 되지."

오마르가 결론을 내렸다. 그는 말하는 중간중간 확인을 구하듯이 네서스를 힐끔거렸다.

선장인 오마르 다나카싱은 키가 크고 강인하며 어깨가 좁았다. 헝클어진 갈색 머리 탓에 마른 얼굴이 더욱 두드러져 보였다—네서스는 오마르의 머리가 자신의 갈기를 일부러 흉내 낸 건지 궁금해한 적이 있었다. 오마르는 선내 활동을 조직하고 관리했다. 어떤 일을 해야 할지 결정하는 건 그의 몫이 아니었다. 공식 직함은 없지만 네서스가 이번 임무의 최후자*였다. 즉, 네서

---

* Hindmost, '뒤에서 지도하는 자'라는 의미로 퍼페티어 세계의 우두머리를 말한다.

스가 뒤에서 지휘하고 있었다. 선장은 네서스가 위임하는 일을 조율할 뿐이었다.

정찰대 훈련생으로 뽑히기 전에 오마르는 농산물 물류학자였다. 장기간의 일기예보와 운송 능력, 작물 전염병의 돌연변이 확률을 비롯한 수많은 불확실한 요소와 수요량 사이에 균형을 맞추는 일을 했다. 다양한 분야에 대한 분석 기술과 불확실성에 대한 광범위한 내성이 필요한 일이었다. 하지만 어떤 작물을 심고 언제 수확할지를 결정하는 것이 중요하다는 사실과 상관없이 농업과 관련된 일은 변화가 느렸다. 계절 변화에 적응된 사고방식이 과연 미지의 대상을 정찰하는 데 적합하게 바뀔 수 있을까?

어떤 것은 멀리서는 알아낼 수 없다. 네서스는 그런 일만 아니라면 정찰대원은 없어도 된다고 내심 생각했다.

"오마르, 물속에 사는 존재가 어떻게 전파 신호를 낼 수 있습니까?"

네서스의 물음에, 오마르가 말했다.

"에릭, 대신 대답해 주겠어?"

에릭 후앙음베케는 '탐험가'호의 기관사였다. 키가 작고 땅딸막한 체형에 황토색 피부, 입술이 두껍고 이는 작았다. 검은 눈은 눈빛이 강렬했다. 원래 검은색이었던 머리는 시민을 흉내 내길게 길러서 다양한 색으로 염색한 뒤 공들여 땋았다.

'탐험가'호가 얼음 속의 상황을 감지하는 데는 한계가 있었다. 하지만 그게 가장 어려운 문제는 아니었다. 애초에 외계인이 신호를 보낸 이유는 뭘까? 물속에서 통신을 하려면 음파가 더 나은 방법이었다. 전파는 순수한 물속에서도 금세 약해진다. '탐험가' 호는 이미 생긴 지 얼마 안 된 균열을 통해 물이 흘러나오는 것을 포착하고 염분을 측정했다. 염도가 높았다. 그 아래에서는 전파가 쓸모 있는 통신수단이 될 수 없었다.

더욱 이상한 점도 있었다. 물속에서 안테나 같은 전파 통신 상치의 부품을 어떻게 만들 수 있을까? 에릭은 전파가 얼음 밖으로 나올 수 있는 원리에 대해 가설을 세웠다. 그로서는 알 수 없었지만 허스에 있는 전문가들이 이미 한 일을 되풀이한 셈이었다. 그래서 네서스는 주의가 산만해지는 것을 느꼈다.

시민들의 머리 모양이 사회적 지위를 어떻게 나타내는지 개척민들은 진정 이해하고 있을까? 네서스 생각에는 아니었다. 그가 갈기를 깔끔하게 정돈하지 않은 건 그 관습이 겉치레라고 생각하기 때문이었다. 원한다면 그도 갈기를 정성 들여 꾸밀 수 있었다. 이 임무를 허가한 건 협약체 정부에서 최후자로부터 두 단계 안쪽의 권력층이었다. 그들은 네서스를 이 임무의 적격자로 만들어 준 바로 그 특성 때문에 네서스를 경멸했다. 네서스는 전혀 꾸미지 않은, 가끔은 헝클어진 갈기로 그들의 노골적인 비웃음에 대응해 주었다. 보수주의자인 부모 덕분(?)에 그런 비난에 대처하는 데는 일가견이 있었다.

네서스는 개척민을 대하는 자신의 행동이 스스로 겪었던 것보다 좀 더 공정하기를 바랐다. 특히 에릭은 더 나은 대접을 받을 자격이 있었다. 협약체에 대한 그의 헌신에는 의심의 여지가 없었다. 세대가 거듭될수록 점점 더 많은 개척민들이 자신들의 편안한 삶을 당연하게 받아들였다. 하지만 에릭은 절대로 그러지 않았다.

역설적이지만 어쩔 수 없었다. 네서스 자신이 권위와 대세에 대한 본능적인 충성심이나 극도의 보수성을 의문시했음에도 불구하고, 이번 임무의 승무원을 선발한 첫 번째 기준은 정치적 질서였다. 다른 식으로는 생각도 하지 않았다. 이들의 습관적인 복종은 네서스의 안전이 걸린 문제일 수도 있었다.

"네서스?"

에릭이 조심스럽게 불렀다. 네서스는 에릭이 설명한 내용의 요점과 키어스틴이 가끔씩 끼어들어 내놓은 통찰력 있는 의견을 재빨리 훑어보았다. 일단 선단의 분석가들이 모르는 내용은 나오지 않았다. 하지만 달리 생각해 보면, 동족과 떨어지는 경험을 해 보는 최초의 도전자들치고는 아직까지 결과가 괜찮았다. 이 정도면 더 바랄 게 없었다.

"흥미로운 사실을 알아냈군요. 이제 우리가 어떻게 해야 한다고 생각합니까?"

네서스가 물었다.

"더 가까이 다가가야 합니다. 그러면 위쪽에 있는 기지를 찾을 수 있을지도 모릅니다."

에릭의 대답에, 오마르가 나섰다.

"절대 안 돼."

그는 동의를 구하듯 네서스를 바라보며 말을 이었다.

"그럴 때 쓰려고 무인 탐사선을 가지고 왔잖아."

네서스는 승무원들이 G567-X2에서 멀리 떨어진 '탐험가'호의 궤도를 정체불명의 외계인에 대한 예방 조치라고 믿고 있다는 게 반가웠다. 하지만 그건 사실이 아니었다. 하이퍼드라이브를 쓸 수 있을 정도로 먼 이곳에서는 네서스가 자기 선실에 숨겨 놓은 하이퍼웨이브* 장치도 쓸 수 있었다.

만약 '탐험가'호가 별 쪽으로 가게 되면 하이퍼웨이브 중계기를 남겨서 우주선에서 통상적인 전파로 연결할 수 있게 해야 했다. 그러나 중계기까지 광속이라는 느린 속도로 연결된다는 게 문제였다. 그러면 허스에 있는 전문가와 통신하는 데 걸리는 시간이 지연된다. 신속하게 전문가와 연결할 수 없다면 완벽함이라는 환상도 사라진다.

오마르가 지원을 구하며 초조하게 바라보는 동안 네서스는 애초에 승무원 선발 단계에서 잘못한 게 아닌가 생각하고 있었다. 선장이 너무 시민과 비슷한 성격인지도 몰랐다. 위기가 오면 그도 광란에 빠지거나 도망가 버리지 않을까? 물론 선장의 신중함은 네서스가 승무원들을 자기 뜻대로 이끄는 데 쓸 수 있는 또 다른 도구였다. 문제가 되든 어쩌든, 네서스는 자신이 그런 통찰력을 발휘했다는 데 만족감을 느꼈다. 조심스러운 오마르, 충성스러운 에릭, 조용하지만 영리한 키어스틴, 그들 모두를 정말로 이해하고 있다는 생각이 들어서였다.

아이를 키운다는 건 이런 기분일 게 분명했다. 적절한 비교 같

---

* hyperwave, 초광속 통신.

았다. 언제고 그가 아이를 가질 수 있으려면 먼저 이들 개척민과 성공적으로 지내는 모습을 보여야 했다. 네서스는 자신의 부모가 자손을 가지려면 극도로 주의해야 한다고 이야기하는 것을 엿들은 적이 있었다.

'고도의 의료 기술로 인해 감수해야 할 불이익이라면…… 우리가 아이와 함께 아주 오래 살아야 한다는 거야.'

네서스는 무척이나 거기에 도전하고 싶었지만 부질없었다. 짝짓기 대상을 구할 가망성이 없었기 때문이다.

성공한다면 달라질 수도 있을 것이다.

위험으로부터 도망치는 건 시민의 본능이었다. 네서스 역시 분명 그런 도주 본능을 지녔다. 이제 공표할 결정을 두고 후회할 일이 앞으로도 몇 번은 있을 것이다. 허스에 있는 일조 명에게는 다행한 일이지만, 네서스처럼 희귀한 일부는 그런 충동을 극복할 수 있었다.

어쩌면 성공했을 때 짝짓기 상대를 구할 수 있다는 전망 때문에 이러는 것일 수도 있었다. 이유가 무엇이건 간에 조증 상태가 네서스를 휘감았다. 과거 여행에서 겪었던지라 익숙하기도 했고, 동시에 놀라울 정도로 기묘한 기분이었다. 그들이 있는 곳은 GPC가 만든, 우주 어디에도 이보다 뚫기 어려운 물질은 없다는 우주선 선체 안이었다. 얼음 위성의 외계인이 블랙홀이나 상당량의 반물질을 갖고 있지 않은 한 그들에게 위해를 가할 방법은 없었다. 해방감이 느껴졌다. 현기증까지 났다.

네서스는 머리 두 개로 오마르를 똑바로 쳐다보았다.

"오마르, 솔직히 그 정도 위험은 받아들일 수 있는 수준이라고 생각합니다. 지금 토의한 내용에 따르면 외계인에게는 꽤 원시적인 기술밖에 없는 듯하군요. 안전할 것 같습니다. 가까이 가서 살펴보지요."

키어스틴이 조그만 선내 조리실로 들어섰을 때 에릭은 마침 나가려는 참이었다. 그는 그녀가 합성기에서 주스를 한 잔 따르는 동안 주위를 얼쩡거렸다.

에릭은 정착할 때가 되어 아내와 아이를 찾는 남자를 나타내는 대담한 색깔의 옷을 입고 있었다. 그건 괜찮았다. 하지만 우주선 안에 있는 건 이미 배우자와 두 딸이 있는 오마르와 에릭 그리고 키어스틴뿐이었다.

키어스틴은 어떤 연애 관계도 원치 않는다는 사실을 분명하게 보여 주는 회색, 게다가 그걸 특별히 강조하는 연한 회색 옷을 입고 있었다. 승무원이 최종적으로 선발된 후로 계속 그렇게 입었다. '탐험가'호가 선단을 떠나기도 전이었다. 누군가 물어봤다면 키어스틴은 임무를 완수하는 데만 초점을 맞추고 있다고 대꾸했을 것이다. 전적으로 사실은 아니었지만.

에릭의 옷은 여느 때보다도 더 대담했다. 눈이 튀어나올 정도로 자극적인 녹색의 우주복. 관심사를 노골적으로 드러내는 강렬한 색은 그녀에게 던지는 추파나 마찬가지였다. 하지만 키어스틴은 그의 용기를 북돋워 줄 만한 행동을 한 적이 없었다.

그녀가 주스 마시는 모습을 지켜보던 에릭이 말을 걸었다.

"아주 편안해 보이네."

옷과 달리 말은 평범했다. 키어스틴은 말에만 반응하기로 마음먹었다. '편안해 보인다'는 건 분명히 과장된 표현이었다. 그래도 마음이 놓이긴 했다.

"그냥 여기 있게 돼서 좋아."

사실 하이퍼스페이스만 아니면 어디든 좋았다. 그 공허함을 생각하기만 해도 키어스틴은 몸이 뒤틀렸다. 십 광년을 가로질러 목적지에 도착했으면 조금이나마 성취감을 느끼거나 안도해도 되는 것 아닐까?

"'여기'는 실망스러울 거야. 네가 우리를 여기까지 데려오고 다시 집으로 데려가는 게 이번 임무 전체에서 최고의 경험일걸."

나를 놀리는 건가? 키어스틴은 훈련을 받을 때 다가오던 에릭을 정중하게 거절했다고 생각했다. 아무 말도 하지 않고 그저 입은 옷과 몸짓으로만 관심 없다는 뜻을 드러냈다. 그 뒤로 둘만 있을 때면 에릭의 태도가 이상했다. 뭔가 암시하는 듯하기도 했고, 비꼬거나 얕잡아 보는 것 같기도 했다. 아니면 아예 다른 뭔가 있을지도 몰랐다.

네서스는 아주 뛰어난 승무원들을 모아 놓았다. 그런데 그건 개별적으로 봤을 때의 얘기였다. 고립된 세 명의 개척민이 서로 어떻게 반응할지를 예상하는 건 애초에 네서스로서는 무리였을 것이다. 아니면 아르카디아 대륙에서 장기 연애 계약을 맺은 오마르는 논외로 치고 남은 키어스틴과 에릭을 엮어 주려는 속셈일 수도 있었다. 그런 생각은 키어스틴을 화나게 했다.

휴게실의 트레드밀은 크로스컨트리를 대신하기에는 역부족이었지만 키어스틴은 하이킹을 즐겨 몸매가 좋았다. 아니면 청소를 잘하는지도. 어느 쪽이든 에릭이 집요하게 들이댈 이유가 되지는 않았다. 어쨌든 에릭을 대하는 최선의 방법은 말속에 깔린 저의를 무시하는 것이었다.

키어스틴은 말했다.

"우리가 여기서 하는 일은 중요한 거야."

"어떤 면에선 그렇지. 연습은 항상 중요한 거니까."

에릭의 대꾸에, 키어스틴은 그를 빤히 쳐다보았다. 말이 안 나왔다.

"사실이잖아. 임무는 뻔한 거야."

조그만 탁자 구석에 앉으며 에릭이 말을 이었다.

"선단의 이동 경로에 있는 수많은 것들 중에 특별히 이 항성계를 탐사하라고 우리를 보냈지. 인공 물체는 아무것도 안 보여. 선단에서도 그랬고, 여기 항성계 경계까지 와 있는 우리에게도 마찬가지야. 있는 거라고는 몇 광년까지 퍼지는 전파 신호뿐인데, 너무 약하고 간간이 끊어지는 바람에 해석할 수도 없잖아."

"맞아."

키어스틴은 그가 무슨 이야기를 하려 하는지 궁금해하면서 동의했다.

"이 문제에 관한 한 네 친애하는 기관사를 믿으라고. 외계인의 장비는 원시적일 수밖에 없어."

그녀의 표정이 별로 신뢰하는 느낌이 아니었는지 에릭이 말을 계속했다.

"우리를 십 광년이나 날아오게 한 신호는 기껏해야 커다란 불꽃 정도였지. 정보를 보내려고 신호를 켰다 껐다 하는 시스템을 만들어 넣은 게 분명해. 얼음 위성에 있는 녀석들은 전혀 위험할 게 없다고. 그들에 대해서 뭔가 흥미로운 걸 알아내든 못 알아내든 우리는 마지막 시험 점수를 받는 거야. 운이 좋으면 나중에 정말로 위험할지도 모르는 곳을 탐사할 수 있다는 걸 증명하겠지. 어쨌든 선단은 칠십 년 뒤에나 광속의 십분의 삼까지 가속해서 여길 지나가게 돼. 현실적으로 생각해서, 이곳이 정말 위험하다면 네서스가 가까이 가서 살펴보자고 그렇게 나섰겠어?"

에릭이 옳을까? 이 역시 그저 연습에 불과한 걸까? 키어스틴은 실망한 나머지 미묘한 사실 하나를 간과할 뻔했다.

"'였지.'라고? '신호가 그저 커다란 불꽃 정도였지.'라고 했어? 그럼 지금은 뭔가 달라졌다는 거야?"

"뭐, 그렇지. 지금은 좀 더 통제된 신호야. 불합리하게 뒤엉킨 전송 기법으로 바뀌었는데, 그래도 아직 잡음투성이지. 아주 비효율적인 대역을 쓰고 있거든. 가장 정교한 형태라고 해 봤자 프레임율이 낮고 일정하지도 않은 데다 해상도도 떨어져. 그것도 전부 이차원이야. 하고많은 것 중에 아날로그 방식으로 내용을 짜 넣었더라고. 그렇게 이상하긴 해도 내가 세부 정보 대부분은 얻어 냈지."

커다란 불꽃이란 말은 아주 간단한 설명이었다. 그래서 발전이 있었다는 걸까?

결국 키어스틴이 말을 꺼냈다.

"영상을 말하는 건가 보네."

"맞아. 물론 그게 영상이면, 썰매나 '탐험가'호나 그게 그거라고 말할 수도 있겠지. 둘 다 운송 수단이라는 의미에서."

에릭은 탁자에서 미끄러져 내려왔다.

"이봐, 키어스틴. 널 기분 나쁘게 하려는 건 아니었어. 내가 말한 건 다 잊어버리고, 편하게 지내든 긴장하든 네 마음 내키는 대로 해. 난 이제 아무 말 안 할게."

그는 선심 쓰듯 능글맞게 웃어 보이며 복도로 나갔다.

하이퍼드라이브로 십 광년을 날아왔으니 에릭이 말한 커다란 불꽃은 십 년 전에 처음 보낸 신호인 셈이었다. 십 년 동안에 불꽃에서 영상으로 발전했다면 속도가 빠른 걸까? 협약체의 엄청나게 발달한 기술은 최초의 개척민이 세계 선단에 도착하기 훨씬 전에 이미 성숙해 있었다. 어쩌면 '탐험가'호의 자료실에서 기술 발달의 역사와 관련한 적절한 항목을 찾을 수 있을지도 몰랐다.

에릭은 성격이 밉살스럽고 사람을 곧잘 기분 나쁘게 하긴 해도 굉장히 영리하고 정치에도 관심이 많았다. 만약 그가 옳다면? 이 모든 게 일종의 정교한 연습이라면? 여기까지 무사히 도착했다는 사실만으로도 키어스틴 자신은 합격이라고 볼 수 있었다. 하지만 그 정도로 충분하지 않을 것 같았다. 위험을 평가하는 부분도 마찬가지로 중요할 게 분명했다. 성급하게 이 외계인을 미래의 위험 요소로 결론 내렸다가는 임무에 실패하게 될 터였다.

시민처럼 생각해. 키어스틴은 마음속으로 중얼거렸다. 피할 수 있는 위험은 피해야 해. 네서스는 돌멩이 하나까지 모두 헤집어 가며 조사해야 한다는 인상을 풍겼다. 키어스틴은 왜 그 이상한 격언이 마음에 걸리는지 궁금해하면서 샌드위치와 주스를 더 만들었다.

광속의 십분의 삼. 돌멩이. 문득 떠오른 생각에 키어스틴은 접시를 떨어뜨릴 뻔했다. 현존하는 보통 기술을 바탕으로 생각하면 선단의 속도 자체가 바로 취약점이었다. 선단의 이동 경로에 돌멩이 몇 개만 던져 넣어도 선단과의 상대속도는 그 돌멩이들을 끔찍한 운동에너지를 지닌 무기로 탈바꿈시킬 터였다.

이게 가능한 이야기일까? 십 년 만에 불꽃에서 영상으로 변했다는 건 그녀가 보기에 빠른 속도였다. 하지만 확신할 수는 없었다. 키어스틴은 그걸 알아내기로 했다. 외계인의 의도는 무엇일까? 얼음 위성에 사는 자들에게 선단에 해를 끼칠 능력이 있다면, 그렇게 할까?

협약체의 관점에서 보자면 질문을 이렇게 바꿔야 했다. 그들이 해를 끼치지 않을 거라고 누가 장담할 수 있겠는가?

우주는 위험한 곳이다. 키어스틴의 조상들이 불행히도 몸소 체험한 바였다. 키어스틴은 오한을 느꼈다. 시민들이 그녀와 그녀의 동족을 위해 해 준 모든 일에 대한 감사의 마음이 우러나왔다. 훈련이든 아니든 그녀는 이 위험 평가에 진지하게 임하기로 마음먹었다.

에릭은 잘못 생각한 것이다. 키어스틴은 결코 마음을 놓지 않았다.

3

돌이켜 생각해 보면 수학을 전공한 게 그렇게 비실용적이지는 않았다.

개척민들이 사는 곳은 '네 번째 자연 보존 지역Nature Preserve Four', 줄여서 NP₄라 불렀다. 협약체 시민들의 커다란 아량 덕분에 그곳에는 개척민만 살았다. 개척민은 NP₄에서도 아르카디아 대륙에 자리 잡고, 생태계 관리자라는 부여받은 역할을 열정적으로 수행했다. 드물게 예외도 있었는데, 키어스틴이 그중 하나였다. 개척민이 사는 곳의 상당 부분은 생물 다양성 보호구역이었고, 아르카디아 대륙의 대부분을 포함한 NP₄의 나머지 지역은 농장 집중 구역이었다. 개척민은 허스의 광대한 인구와 수백만 명인 그들 자신을 위해 엄청난 양의 식량을 생산했다.

개척민 모두가 농부나 자연 관리자가 되어야 하는 건 아니었다. 물론 그 또한 시민들의 계획이었다. 관개시설을 유지하고, 트랙터나 콤바인을 만들고, 수확물을 처리하거나 운송하고, 아이들을 교육하고, 발전기를 돌리고, 기록을 관리하고, 주거지와 의복을 제공할 사람도 필요했다. 지속 가능한 방식으로 생산량을 극대화하는 데는 아주 다양한 기술이 있어야 했다. 지속 가능성이 핵심이었다. 시민들은 아주 먼 길을 바라보고 있었기에.

아르카디아에 그렇게 다양한 직업이 있었음에도 수학 전공을 정당화하기 위해서는 정말로 창의적인 생각이 필요했다. 키어스틴은 날씨 예보와 지진 예측에 필요한 미해결 문제를 충분히 찾아냈다. 항성 간 항법에 응용하게 되리라고는 상상도 못 했지만, 그 부분을 간과했다고 자책할 수는 없었다. 사정은 변하기 마련이었다.

오 년 전까지만 해도 일조 명의 시민들 중 누구도 은하의 핵이 폭발했으리라고는 생각하지 못했다.

그 사실이 알려지자 자연 보존은 더욱 큰 의미를 갖게 되었다. 오래전에 일어난 초신성 연쇄 폭발의 방사선은 앞으로 이만 년쯤 뒤에 은하의 이 지역을 불모지로 만들 터였다. 상상하기 어렵지만 시민들의 도주 본능이 대규모로 발동했다. 허스와 그 주위를 둘러싼 다섯 개의 자연 보존 지역을 안전한 곳으로 옮기게 된 것이다. 그 와중에 협약체는 두 번째로 키어스틴의 동족을 구해 주게 된 셈이었다.

네서스는 은하핵의 폭발을 보고한 외계인을 알고 있다는 사실을 인정하지 않았다. 지난날의 여행에 대해 말을 아끼는 데조차도 그럴듯한 이유가 있는 것 같았다.

네서스는 이렇게 이야기하곤 했다.

'외계인은 전부 다릅니다. 내가 이야기를 덜 할수록 여러분이 이번 비행 임무에서 만날 상대에 대해 왜곡된 생각을 덜 갖게 되겠지요.'

키어스틴은 네서스가 아주 좋았다. 항법사로 뽑아 훈련시켜 주었기 때문만은 아니었다. 네서스처럼 행동할 수 있는 시민은 거의 없었다. 그렇다, 세계 선단은 위험으로부터 도망치는 중이었다. 그런데 누군가 앞에서 정찰을 하지 않는다면 어떤 위험 속으로 뛰어들고 있는지 어떻게 알 수 있겠는가?

키어스틴은 한숨을 내쉬며 일어나 수면장sleeper field을 끄고 선실 바닥에 앉았다. 잠을 자려고 해도 잘 수가 없었다. 차라리 일어나서 뭔가 하는 게 나았다.

네서스는 대체하기 어려운 인물이라고 봐야 했다. 휴게실에 있는 트레드밀로 천천히 걸어가면서 키어스틴은 스스로도 깜짝 놀랄 만한 생각을 했다.

나 역시 다른 개척민이 할 수 없는 일을 할 수 있을지도 몰라. 그리고 내겐 그걸 입증할 계획도 있지.

납작한 중심핵 주위로 똑같은 크기의 관상管狀 조직이 점점 가늘어지면서 똑같은 간격으로 달려 있었다. 아무래도 이 외계인은 온 세계를 뒤덮은 바다를 헤엄쳐 다니거나 바다의 진흙 위를 기어 다니는 데 동시에 적응해 진화한 모양이었다. 물건을 집을 수 있는 돌기가 가죽으로 된 피부를 덮고 있었다. 끝으로 갈수록 가늘어지는 가지 다섯 개가 달린 형체는 시민과 개척민을 징그럽게 패러디한 듯한 모습이었다. 외계인들은 때때로 자기들끼리 뒤엉키거나 서로를 넘어가기도 했다. 무엇을 하려는지 모르겠지만 알 수 없는 물체를 조작하기도 했다. 그런 활동은 대부분 얼음이나 돌로 만든 구조물 안에서 이뤄졌다. 영상만으로는 크기를 전혀 짐작할 수 없었다.

네서스가 평면 화면으로 투사한 영상에다 표시를 하고 있을 때 키어스틴이 한쪽 어깨에 수건을 얹고 휴게실로 들어왔다. 날

씬하고 탄탄한 몸매에 높은 광대뼈와 섬세한 코가 자리한 하얀 얼굴. 밝은 갈색 머리를 뒤로 빗어 넘겨 질끈 묶었고, 흐트러진 앞머리는 어째서인지 짙은 갈색 눈동자를 더욱 두드러져 보이게 했다. 오마르. 특히 에릭이 키어스틴을 바라보는 모습을 통해 네서스는 개척민 기준으로 그녀가 좋은 짝짓기 상대임을 짐작할 수 있었다.

"복구한 영상에서 많이 알아냈습니까?"

키어스틴이 트레드밀 위로 뛰어오르며 물었다.

"평소에 내가 말하던 것과 달리, 화면 하나가 글 천 개보다 낫진 않은 것 같더군요."

네서스의 대답에 키어스틴이 웃었다. 네서스는 자신이 말을 뒤집은 것 때문에 그녀의 기분이 좋은 건 아닐 거라고 추측했다. 에릭이 잡음투성이의 저화질 신호와 원시적인 방송 기법에 대해 투덜거리고 있을 때, 키어스틴은 수학적으로 신호를 복조해 냈다. 여러 겹으로 덮어씌운 자료를 걸러 내는 수학적인 방법을 알려 주자 곧 또렷한 영상이 떠올랐다. 에릭이 그저 잡음이라고 생각했던 부분에서 그녀는 음성 채널과 주석도 발견했다.

이내 허스의 전문가들도 같은 결론에 도달할 터였다. 네서스로서는 절대 이루지 못할 일이었다. 네서스가 흥미를 느끼는 숫자는 오로지 투표 결과였다. 개척민 정찰대 프로그램을 성공시킨다면 오랫동안 원했던 정치를 시작할 수 있을지도 몰랐다. 네서스를 못마땅해했던 부모가 은하 중심핵 폭발 소식을 들은 뒤로 오 년 동안 공포로 거의 긴장병을 앓고 있는 모습을 마음속으로 떠올리면 웃음이 나올 지경이었다.

이런 생각을 승무원들에게 말할 수는 없었다.

"이 새 친구들에 대해 어떻게 생각합니까?"

"뭔가 하느라 바쁜 건 분명한데, 도무지 뭔지 모르겠습니다."

트레드밀의 속도가 높아지면서 키어스틴의 두 팔도 바쁘게 움직였다.

"통역 소프트웨어로 음성 채널의 소리를 이해할 수 있게 되면 좀 더 쉬워지겠지요."

네서스는 머리로 영사기를 조작했다. 하지만 그저 시간을 끌기 위해서였다. 그는 천천히 확대해 펼쳐 놓은 화면에 집중하는 대신 말하지 않아야 할 것이 무엇인지를 생각하고 있었다. 개척민이 보기에 협약체의 기술은 한계가 없는 것 같을 게 분명했다. 그들이 가진 경외심을 그대로 유지해야 할 이유가 더 많았다.

조증 상태는 오래가지 않아. 네서스는 생각했다. 얼마 안 남았어. 다시 다리 사이에 머리를 처박고 단단히 몸을 말고 있겠지. 그렇게 됐을 때 이들 셋이 '탐험가'호의 능력을 가감 없이 이해하고 있다면 내가 좀 더 안전할 거야.

"이 방송을 통역할 수는 없습니다. 그건 보통 얼굴을 마주 보고 있어야 제대로 이루어지지요."

외계인과 마주 본다는 생각에 네서스는 하마터면 공처럼 몸을 말아 버릴 뻔했다.

"처음에는 우리가 어떤 말을 해도 상대 쪽에서 알아들을 수 없습니다. 그쪽이 대답하는 말 역시 우리는 알아들을 수 없습니다.

그래서 뭔가를 가리키기도 하고 몸짓도 많이 하지요. 통역기는 맥락을 잡아야 합니다. 그렇게 간간이 몇 개 단어만 통역되다가, 시간이 지나면 구가 되고 문장이 되기도 합니다. 하지만 알아내지 못한 개념 때문에 간극은 여전히 존재하지요. 완전한 통역이 이루어지려면 시간이 많이 걸립니다."

"음, 논리적입니다."

키어스틴이 말했다. 그녀가 전력으로 달리자 뒤로 묶은 머리가 좌우로 격하게 흔들렸다.

"착륙해서 만나야 한다는 얘기로군요."

모자이크 같은 그림이 네서스의 심안을 채웠다. 촉수로 날카로운 돌 혹은 얼음 단검을 들고 몰려오는 외계인 무리. 네서스는 전에도 외계인을 만난 경험이 있지만, 이런 외계인은 아니었다. '첫 접촉'은 온갖 방식으로 틀어질 가능성이 있었다. 이곳 우주선 안에서라면 원시적인 종족이 무엇을 하든 안전하겠지만, 대면이란 아주 다른 상황이었다.

"먼저 정보를 더 모으는 게 나을 겁니다."

키어스틴의 얼굴과 목에서 땀방울이 흘러내리다 나노 섬유로 만든 운동복에 붙잡혀 증발했다. 그녀는 말없이 한참을 달렸다.

"생각이 났는데, 아마도 음성 일부는 영상과 일치하는 정보를 담고 있을 겁니다. 그러니까……."

키어스틴은 갑자기 말을 꺼내더니 다시 침묵에 빠졌다. 하지만 이내 또다시 입을 열었다.

"그렇지. 이러면 어떨까요. 장면을 분석하는 소프트웨어를 써서 영상에서 무슨 일이 일어나는지를 구성하는 겁니다. 우선, 각각의 대상과 활동이 무엇인지 우리가 세운 가설을 영어로 써서 표식을 답니다. 다음으로, 그 장면과 동시에 나오는 음성신호를 관련지어 보는 거지요. 물론 음성신호 일부는 독립적인 채널일 수도 있습니다. 그런 게 있는지는 모르겠지만, 음악일 수도 있고요. 핵심은 시간이 지나면 통계적으로 중요한 유일한 음성신호는 현재 영상과 동시에 나오는 언어가 된다는 겁니다. 다른 신호는 중요성 필터로 걸러지고."

"그런 분석을 직접 할 수 있습니까?"

키어스틴은 걸음을 멈추지 않은 채 수건을 들어 얼굴과 목을 닦았다.

"물론입니다. 쉽지는 않겠지요. 프로그래밍을 좀 해야 하고, 거기에다 다른 통역 모형의 가중치를 가지고 실험도 해야 할 겁니다."

키어스틴의 수학 실력은 네서스에게 몇 번이나 깊은 인상을 안겼다. 하지만 그녀가 프로그래밍을 별것 아닌 것처럼 호기롭게 이야기할 때면 몸이 떨렸다. 아니, 정확히 이야기하면 그런 프로그래밍 자체가 네서스를 두렵게 했다. 모든 시민들이 그걸 두려워했다. 언어만큼 지성과 본질적으로 연관되는 건 없었다. 지성을 본떠 작동하는 프로그램은 충분히 지성 자체가 될 가능성이 있었다. 두려운 일이었다. 통역기조차 어떤 상황에서는 필요악이라고 할 수 있었으니…….

난 나 스스로 인식하는 것보다 평범한 시민에 가깝군. 네서스는 새삼 생각했다. 그래도 그는 대담하게 인공지능 연구에 손을 댄 문명을 방문한 적이 있는 극소수의 존재 중 하나였다. 아직 어떤 인공지능도 정신이 나가 버린 사례는 없었다. 그리고 키어스틴이 제안한 방법은 성공만 한다면 착륙할 필요를 없애 줄 수도 있었다.

"아주 좋은 생각입니다."

네서스가 마침내 동조했다. 키어스틴의 얼굴에 떠오른 기쁜 표정은 더 이상의 격려가 필요 없음을 여실히 보여 주었다.

"작고 귀여운 친구들이로군."

에릭의 윗입술이 말린 것을 보아하니 비꼬는 게 분명했다.

"그래도 저 불가사리들이 무슨 짓을 하는지 보는 건 흥미롭단 말이야."

불가사리는 에릭이 제안한 이름이었다. 네서스가 재미있어하자 그는 아주 자랑스러워했다.

가끔씩 키어스틴은 에릭의 복종심에 짜증이 났다. '스스로 생각 좀 해!'라고 소리치고 싶었다. 그녀는 웅얼거리는 소리로 대꾸한 뒤 다시 영상에 주의를 기울였다. 공식적으로 말하자면, 그녀의 관심사는 영상과 음성의 상호 관계 및 해독 모형을 개선하는데 있었다. 자료의 의미를 해석하는 건 오마르의 분야에 가까웠다. 하지만 솔직히 키어스틴은 빠져들고 있었다. 외계인에 대해더 많이 알게 될수록 더 매료되었다.

영상 주위의 홀로그램은 각각 주 영상을 다른 각도에서 보여 주었다. 부분적으로 번역된 대화, 시야에 있는 외계인 물건에 대한 해설, 위성 내에서 영상이 흘러나온 위치, '탐험가'호에서 최근에 보낸 탐사선이 정지궤도에서 고배율로 촬영한 외계인의 야영지와 움직이는 외계인 몇몇 등등.

"저들은 스스로를 '그워스'라고 불러, 에릭. 단수는 '그워'야."

키어스틴이 말했다.

"그게 불가사리란 뜻일지도 모르지."

"그게 무슨 뜻이든 간에 저들은 탐험가야. 자기들 나름의 우주 여행자인 거라고."

시민 문화에 너무나 푹 **빠**져 있는 에릭—저 복잡하게 꼬인 곱슬머리를 보라지!—이 그워스가 얼마나 대단한 존재인지를 이해할 수나 있을지 키어스틴은 의심스러웠다. 그래도 시도는 해봐야 할 것 같았다. 그의 방식대로 하면 이해시킬 수 있을지도 몰랐다.

"내가 아는 누군가는 이 임무가 시험이라고 생각했지. 만약 그게 사실이라면 우리가 이들을 얼마나 잘 이해하는지에 우리 점수가 달려 있을 거야. 생각해 봐, 에릭. 이 외계인은 바다에서 진화했어. 물속에서 산다는 건 불도 없고 금속도 없다는 뜻이야. 그런 이들이 얼음 위 진공 세계로 처음 모험을 떠났다는 건 영웅적인 행위라고."

영상을 제대로 해석했고 부분적인 번역이 옳다면, 첫 모험이므로 사용하는 장비도 가장 원시적일 터였다. 초기의 보호복은 물속으로 이어지는 관이 달린 반투명한 주머니에 불과했다. 관은 물속에 남아 있는 그위가 조종하는 펌프에 연결되었는데, 그 펌프도 탄성 좋은 주머니 수준이었다. 전부 심해 동물의 질긴 가죽으로 만든 것 같았다. 키어스틴은 '탐험가'호의 자료실에서 찾은 오래된 영상을 꺼냈다.

"이걸 봐."

그때 네서스가 휴게실에 들어왔다. 키어스틴이 보기에 네서스는 대화가 흥미로워질 때 등장하는 재주가 있었다.

"신경 쓰지 마십시오. 그냥 뭘 좀 먹으려고 온 겁니다."

네서스가 말했다.

"그러니까 불가사리가……."

에릭은 동조를 구하듯 네서스를 흘긋 보며 말을 이었다.

"석기를 가지고 얼음에 구멍을 낸 뒤 가죽 주머니를 뒤집어쓰고 올라왔는데, 때마침 얼음 위에 누가 기다리고 있다가 영상을 찍었다 이거야? 영상도 돌로 만든 장비로 찍었고? 키어스틴, 그건 말이 안 돼."

시민은 자주 먹었다. 하지만 머리 하나가 먹는 동안 나머지 머리는 망을 보았다. 네서스도 먹으면서 그들을 지켜보고 있었다. 키어스틴은 그가 평가하고 있다는 사실을 잊으려고 애쓰면서 방금 꺼낸 영상을 가리켰다.

"내가 보기엔 재연 중인 것 같아. 모험을 좋아하는 그위가 있을지도 모르잖아. 역사를 보여 주는 행사거나 교육용 자료거나, 아니면 재미로 하는 걸 수도 있지. 에릭 네 말도 하나는 맞아. 얼음 위로 올라오기 전에는 영상 카메라 같은 전자 기기를 못 만들었겠지. 그 전까지 경험한 기체라곤 해저화산 폭발이나 얼음이 갈라진 틈으로 흘러나온 물이 진공에서 끓는 게 전부였을 테니까. 한데 지금은 어떤지 봐. 저들은 보호복을 입고 대기를 가두기 위해 얼음 위에 지은 건물에 들어가 있잖아. 왜겠어? 불이 필요한 거야! 새로운 산업 기술을 위해서 불이 필요한 거라고."

키어스틴은 더 말하고 싶었다. 하지만 지금 아는 지식만으로는 기술 발달을 설명할 다른 대안이 있는지 추측할 수 없었다.

네서스가 그릇을 내려놓았다. 그릇 안의 죽은 손도 대지 않은 채였다.

"어떻게 생각합니까, 에릭? 충분히 가능한 이야기입니까?"

에릭은 스승을 숭배하는 마음이 드러나 보이는 자세를 취했다. 키어스틴에게도 최근 들어 익숙해진 모습이었지만, 이상하게도 볼 때마다 불편했다.

"가능은 합니다, 네서스. 밀폐된 방의 천장에 커다란 렌즈를 달아 햇빛의 초점을 맞추면 천천히 물을 광분해할 수 있습니다. 그러면 산소와 수소로 된 대기가 생기지요. 렌즈는 얼음이나 석영 같은 결정체로 만들면 되고요. 아마 폭발을 막기 위해서 산소와 수소로 된 대기에 다른 기체를 섞어야 했을 겁니다. 소화나 호흡 같은 생물 대사로 소량의 이산화탄소나 다른 기체가 생겼을 수도 있습니다. 아니면 기체를 만들거나 분리할 수 있는 촉매를 발견했을지도 모르지요. 네, 가능한 이야기입니다. 그런데 저들이 그런 걸 어떻게 알아냈을까요?"

네서스는 자기도 모르게 몸을 떨었다. 키어스틴은 그가 그럴 때마다 우울하고 움츠러들고 싶은 기분이 되는 거라고 짐작했다.

"방법이야 어쨌든 저들이 그렇게 해냈다고 믿고 싶군요. 그렇지 않다면 고도의 우주 비행 종족이 이 항성계를 방문했고, 우리가 그 사실을 몰랐다는 뜻이 되니까요."

이 항성계가 선단의 이동 경로 근처에 있다는 사실까지 굳이 언급할 필요는 없었다.

두 세대 만에 불에서 핵분열까지.

네서스는 단단히 몸을 만 채 마음의 평안을 구했다. 사태는 더 나쁠 수도 있었다. 적어도 허스의 분석가들은 그워스가 스스로 기술을 발달시켰다고 생각했다. 그리고 적어도 그 보고서는 그의 선실에 비밀리에 연결해 둔 통신망으로 들어왔다. 개척민들은 아직 네서스가 공황 상태에 빠진 것을 본 적이 없었다.

허스에서 안전하게 조언을 전해 주는 전문가들은 다수의 컴퓨터와 수학자 들을 동원해 키어스틴의 모형을 강화하고 있었다.

'몇 명이 하고 있습니까?'

네서스가 질문을 던졌지만 답변은 오지 않았다. 사실 몇 명인지는 상관없었다. 심지어 그들이 곤혹스러워하는 모습을 떠올리는 건 재미있기도 했다. 지금까지 그 전문가들 중 누구도 키어스틴처럼 표준 통역기의 기능을 강화할 생각은 해내지 못했다.

어쨌든, 네서스의 곁에 있는 전문가들과 고향에 있는 전문가들 사이에는 에릭의 질문—저들은 그 모든 걸 어떻게 알아냈을까—에 대한 대답이 있었다.

네서스는 강력한 의지력을 발휘해 몸을 풀었다. 의심의 여지 없이 이 임무는 이미 개척민 정찰대의 가치를 입증했다. 하지만 선단을 위협하는 존재가 발견된 지금, 마냥 기뻐할 수는 없었다.

허스에서 온 혼란스러운 분석 결과는 우주선의 주 수신 장치에 묶어 둔 채 아직 공표하지 않았다. 네서스는 암호화한 메시지와 함께 그것을 함교에 있는 하위 통신시스템에 보냈다. 그가 아무것도 모르는 척하고 있는 동안 함교에 있는 오마르가 메시지를 수신할 터였다.

"전 승무원, 휴게실로."

오마르가 통신 장치로 승무원을 불렀다. 그는 읽는 속도가 빨랐다.

키어스틴은 갑자기 깨어나 멍한 상태로 복도를 비틀거리며 걸었다. 휴게실에 도착했을 때는 이미 모두 도착해 토의를 시작한 뒤였다. 웃음이 나오다 목에 걸렸다. 에릭이 평소 공들여 꼬아 만들곤 하는 머리가 헝클어진 채 왼쪽에 납작하게 눌려 있었기 때문이다. 그 머리를 유지하려면 시간이 보통 얼마나 걸린다는 소리야? 키어스틴은 잠깐 궁금했다.

"……허스에 있는 과학자들이 방대한 그워스 자료실의 일부를 해독해 냈어. 우리가 가로챈 신호는 전체 정보의 일부일 뿐이었지. 좋은 소식은 우주 비행 종족이 그워스를 도와준다는 증거는 없다는 거야."

오마르가 의미를 전혀 알 수 없는 복잡한 홀로그램을 향해 손짓을 해 보였다.

키어스틴은 하품을 하다가 에릭이 던져 준 자극제 알약을 떨어뜨릴 뻔했다. 카페인이 절실하게 필요했다. 대화를 따라잡는데 시간이 좀 걸렸다.

얼음 위 기지들 사이의 통신에서 디지털신호가 간간이 아날로그로 변조된다는 사실은 이미 알고 있었다. 그 통신규약을 역추적하고 그와 관련된 간단한 인증 모형을 깨뜨리다가 키어스틴은 놀라운 사실을 새로 알게 되었다. 그워스 디지털통신망과 연합되어 있는 자료실이었다. 얼음 아래에서는 전자 기기나 정교한 기술을 개발할 방법이 거의 없었다. 하지만 얼음 위에서 만든 장치는 얼음 아래에서도 작동했다. 얼음 아래에 설치된 유선통신망은 눈에 보이는 것보다 훨씬 큰 것 같았다. 접속 주소 지정 체계가 더 큰 통신망을 암시하고 있었다. 눈에 안 보이는 것들이 얼마나 더 드러날까, 키어스틴은 궁금했다.

그런데 그게 바로 불시에 모임을 소집한 까닭이었다. 허스의 전문가들이 자료실을 분석해 낸 것이다. 키어스틴은 살짝 질투심을 느꼈다. 그녀가 쓸 수 있는 컴퓨터는 우주선에 있는 것 하나뿐이었다. 허스 쪽 전문가들은 온 세계의 컴퓨터를 다 이용해 자료를 거르고 정리할 수 있었다.

오마르가 말했다.

"분석가들은 시간 때문에 놀랐어. 그워스 달력은 위성이 공전하는 가스 행성의 공전궤도를 바탕으로 만들어졌지. 우리는 날짜를 정확하게 번역할 수 있어. 저들이 얼음 위로 진출한 건 우리

시간으로 오십이 년 전이야. 그워스 두 세대 정도지."

우리 시간. 그건 과거 시민들의 기록과 일관성을 유지하기 위해 임의로 쓰는 단위였다. 모항성이 적색거성으로 부풀기 시작해서 시민들이 허스를 멀리 떨어진 곳으로 옮긴 건 오래전이었다. '년'이란 선단이 지금의 여행을 떠나기 한참 전부터 임의의 단위였다.

휴게실 안을 돌아본 키어스틴은 다들 이 소식을 받아들이려고 애쓰는 것을 알아챘다. 불과 얼마 전만 해도 그녀가 더 잘 이해하고 싶었던 것은 전송 기술이 발달하는 그럴듯한 과정이라는 기술사의 아주 작은 부분이었다. 오마르의 말은 더 정교한 전송 기술보다 훨씬 더 큰 것을 암시했다.

누구든 먼저 말을 꺼내야 했기에 키어스틴이 입을 열었다.

"오십이 년이면 엄청나게 빨리 진보한 것 같네요."

그러나 이미 이뤄진 것이 사실이니 믿을 수밖에 없었다. 어떻게 그리도 많은 걸 그리도 빨리 배울 수 있었을까? 도구를 만들기 위한 도구를 만들기 위한 도구를 만들기 위한……. 그런 식으로 일이 반복됐을 것이다. 공기를 만들어 최초의 불을 피우고, 최초의 불로 최초의 제련소를 만들고, 그곳에서 최초의 금속 도구를 만들어야 했으리라. 상세한 기초과학 지식이 있으면 그것을 바탕으로 이 모든 과정을 이룰 수 있다는 사실을 키어스틴은 가까스로 납득했다. 허스의 전문가들은 외부로부터 그러한 지식이 유입된 흔적은 없다고 말했다. 그러면 어떻게?

옆쪽에 떠 있는 끔찍하게 복잡한 홀로그램이 갑자기 이해되기 시작했다. 그웍스가 실행했던 기술 개발 계획을 나타내는 그림이었다. 수많은 계획들이 나란히 혹은 서로 뒤엉키며 진행되고 있었다.

"저들은 얼음을 깨고 나오는 순간부터 뭘 하고 싶은지, 그걸 어떻게 해야 하는지 알고 있었어요."

키어스틴이 말했다.

"지금으로써는 그렇게 믿을 수밖에. 하지만 내가 모르겠는 건 '어떻게'야. 어떻게 계획을 짤 수 있었지? 그 계획을 실현하는 데 필요한 과학기술을 개발하기 위한 실험이 가능한 환경에 도달하기도 전에 어떻게 계획을 짤 수 있었냐고?"

에릭의 의문에 키어스틴은 대답할 수 없었다. 다들 마찬가지였다.

"이 끝에 있는 게 핵 공장이에요?"

키어스틴이 홀로그램을 가리키며 물었다. 아무도 그녀의 말실수를 바로잡지 않았다.

"어떻게 우리가 원자력발전소를 못 봤죠?"

"그건 얼음 아래, 해저에 있었습니다. 물론 열이 나오는 건 알아챘지만, 해저화산이라고 생각했지요. 고성능 레이더와 방사능 센서 같은 장비로 제대로 확인한 결과 정체를 알아낸 겁니다. 두 세대 만에 불에서 핵분열까지라니……."

네서스가 말했다. 자기 방으로 도망가거나 몸을 말지는 않았지만, 그는 몸을 떨고 있었다.

"우리가 다 같이 간과한 세부 사항이 하나 더 있습니다. 전파는 전리층에 반사되지 않는 한 수평선을 넘어가지 못합니다. 이 얼음 위성에 대기가 없긴 하지만, 우리는 불가사리들이 원거리 기지와 어떻게 통신하는지 한 번도 생각해 보지 않았습니다."

"얼음 아래에 전선이 깔려 있을까요?"

오마르의 추측에, 네서스는 한쪽 머리로 홀로그램을 가리켜 보였다.

"아니요, 저궤도 통신위성입니다. 아직까지는 원시적인 화학 로켓을 쓰고 있습니다만, 그래도 우주 비행의 시작이지요."

통신위성. 누구도 그게 얼음 아래에 있어서 못 봤다고 우길 수는 없었다.

적어도 당황스러운 기색을 보일 정도는 되는군. 키어스틴은 에릭을 보며 생각했다.

4

거칠게 깎아 낸 돌벽, 으스스한 생물발광bioluminescent의 녹색 조명, 그 안에 있는 건 오각형의 바다 생물이었다. 바닥과 벽의 갈라진 틈에 나 있는 보랏빛이 도는 녹색 해초가 보이지 않는 물결에 따라 흔들렸다. 모든 게 기이해 보이긴 했지만, 그곳은 아마도 사무실인 것 같았다.

"무슨 일을 하는 거니?"

키어스틴은 과장된 투로 혼자 중얼거렸다. 그녀는 편리하게도 그워스가 직접 설치해 놓은 카메라를 통해 관찰하고 있었다. 중요한 회의를 녹화하는 걸까? 보안 때문에 직원들을 감독하는 걸까? 알 수 없는 노릇이었다. 이 영상에는 소리가 없었다. 통역기가 점점 좋아지고 있는 상황——이제는 통역 결과의 거의 절반이 논리적으로 그럴듯했다——이고 보면, 안타까운 일이었다.

삑. 화면이 얼음 아래 어딘가에 있는 창고로 바뀌었다. 검색 프로그램은 그워스의 통신망 주소를 무작위로 잡아 보여 주었다. 하지만 키어스틴이 아는 한 통신망 주소에는 카메라의 물리적인 위치에 대한 정보가 들어 있지 않았다. 어쨌거나 이번에는 상관없을 것 같았다. 창고 안에 아무도 없었기 때문이다. 상자에 적힌 딱지를 번역해 보니 다양한 식품들이었다.

삑. 삑. 삑. 그 뒤로 두 번은 아무 반응이 없다가 다시 다른 방이 나타났다. 이번에는 몸부림치고 있는 두 그워였다. 외계인의 성행위로군. 키어스틴은 생각했다. 화면이 바뀔 때까지 그녀는 얼굴을 붉히고 있었다.

선실 문을 두드리는 소리가 들려왔다.

"어떻게 돼 가?"

오마르였다.

"별일 없어요."

계속 반복하는 대답이었다. 에릭은 원시적인 그워스의 통신위성——있다는 사실을 알고 나니 잘 보였다——을 조사하고, 표면에서 발사 장소도 찾는 중이었다. 오마르는 네서스를 도와 허스에서 끊임없이 보내오는 자료실 번역본을 분석하고 있었다. 그렇게 한 명씩 제하고 보니 키어스틴이 그워스 카메라 영상의 견본을 모으는 일을 해야 했던 것이다. 그녀는 그저 자기 일에서 쓸모 있는 결과가 나오기만을 바랄 뿐이었다.

"앞으로 할 관찰에 쓰려고 몇 장면에 표식을 달았어요. 분석은 어떻게 되고 있어요?"

"이 작은 친구들을 보면 내가 정말 바보처럼 느껴져. 우리가 한참 먼저 시작해서 다행이라고 생각할 뿐이지. 선단이 곧 여기를 지나간다는 것도."

오마르가 즐겨 쓰는 '작은 친구들'이라는 별명은 조금이나마 있었던 성과를 반영하는 것이었다. 의료 기록은 그워스의 신체 크기를 그들이 쓰는 단위로 보여 주었고, 물리학 자료는 전통적으로 쓰이는 길이 단위가 수소에서 나오는 빛의 파장에 어떻게 대응되는지를 알려 주었다. 평균적인 그워는 기껏해야 키어스틴의 팔 하나 크기였다. 몸통에서 가장 두꺼운 부분이 손바닥 정도나 될까.

"계속 알려 주세요, 오마르. 나도 재미있는 게 나오면 연락할게요."

오마르가 떠나면서 한 대답은 삑삑거리는 소리에 묻혀 잘 들리지 않았다. 발소리가 그대로 멀어지는 것이 대답을 바란 건 아니었던 모양이다.

의료 기록에는 그워스의 크기보다 더 놀라운 내용이 들어 있었다. 그들의 몸에 달린 다섯 개의 관은 그 자체로 거의 독립적인 생물이나 마찬가지였다. 그워스 과학자들은 자신들의 먼 조상이 일종의 원시적인 군체colony였다고 생각했다. 승무원 중에서 가장 생물학자에 가까운 오마르도 그들이 옳다고 보았다. 그 이론을 검증하려면 유전자 자료가 필요한데, 아직까지는 그런 자료를 찾지 못했다. 그워스 과학은 유전학까지 나아가지 못한 듯했다.

다음 화면은 그워 하나가 알 수 없는 장비를 조작하는 모습이었다. 무슨 장비인지 그워는 관 네 개를 사용하고 있었다. 주석이 없는 것을 보니 통역기도 장비의 정체를 파악하지 못한 모양이었다.

"일시 정지."

키어스틴은 한동안 그 모습을 관찰했지만 별 소득은 없었다.

"이 채널을 계속 녹화해. 에릭에게 보낼 사본을 저장하고."

잠시 더 화면을 바라보던 그녀가 명령했다.

"계속."

삑. 빈 복도였다.

삑. 그워스 무리가 단체로 뒤엉켜 있었다. 난교 장면인가? 키어스틴은 화면이 바뀌는 신호가 다시 들릴 때까지 시선을 돌린 채로 있었다.

삑. 삑. 해저에 드넓게 펼쳐진 식물이 나왔다. 아마 농장이겠지. 삑……

키어스틴은 일어서서 기지개를 켰다. 작은 친구들이 비밀을 잘 지키고 있군. 그녀는 생각했다. 저들이 나보다 작다는 데 내가 왜 신경을 쓰지? 그런 의문도 들었다. 별로 흥미롭지 않은 영상이 몇 개 더 지나간 다음에야 그 답이 떠올랐다. 방어기제였다. 그워스를 보고 스스로 머리가 둔하다고 느낀 건 오마르만이 아니었던 것이다.

"일시 정지."

어쩌면 그런 반응은 생각해서 나온 게 아닐지도 몰랐다. 단지 쏟아지는 그워스의 창의력에 에릭과 오마르, 키어스틴이 놀랐다는 것만은 아니었다. 사실 개척민은 백지상태에서 기술을 개발해 본 경험이 거의 없었다. 개척민의 과학과 기술은 후원자가 베풀어 준 것이었다. 키어스틴은 지금까지 배운 모든 게 단지 시민들이 지닌 지식의 일부분임을 항상 인식하고 있었다. 아니, 정말 눈이 번쩍 뜨이는 일은 네서스가 그워스의 발전 속도에 놀랐다는 점이었다.

키어스틴에게 그런 불온한 깨달음은 이번이 처음은 아니었다.

그녀가 열두 살이었을 때, 부모가 키어스틴 남매를 숲이 우거진 보호구역으로 데리고 간 적이 있었다. 아버지는 도약 원반을 탈 때마다 그녀를 끌고 가다시피 해야 했다. 그녀가 보기에 자발적으로 도약 원반 구역 밖으로 나간다는 건 말이 안 되었다. 일부러 야생의 공간을 걷다니, 들어 본 말 중에서 가장 특이했다.

키어스틴은 계속 징징거리면서 아버지와 칼이 기다리고 있는 작은 숲 속 공터에 나타났다. 한 걸음 내딛자 어머니와 아직 아기인 남동생이 다시 그 원반에 나타났다. 순간 이동. 문명이 있는 존재라면 그렇게 여행해야 했다. 근처 표지판에 열 자리 식별 번호가 보였다. 키어스틴은 그 주소를 외웠다. 앞으로 갈 길에 도약 원반이 없다고는 도무지 믿을 수가 없었다. 그녀는 도약 원반 하나만 찾으면 부모를 피해서 줄줄이 이어진 도약 원반들을 거슬러 친구들과 도시의 편안함이 있는 집으로 돌아가겠다는 어렴풋한 희망을 품었다.

다섯 개—청백색 네 개와 보석처럼 빛나는 하나—의 세계가 머리 위 하늘에 일렬로 서 있었다. 선단의 다른 행성들이었다. 키어스틴은 그중 어느 곳에도 발을 디뎌 보지 못했다. 앞으로도 그러리라고는 기대하지 않았다. 그래도 그 다른 세계들, 심지어는 허스조차도 그녀 주위를 둘러싼 빽빽한 나무들만큼 낯설어 보이지는 않았다. 그 각각에는 도약 원반 구역이 있을 테니까.

키어스틴도 농장과 목장, 바다가 도약 원반 네트워크 밖에 있다는 사실을 개념적으로는 알고 있었다. 하지만 이처럼 피부로 느껴 본 적은 없었다. 그녀의 부모는 트랙터 공장에서 일했다. 공장과 키어스틴 가족이 사는 동네는 모두 도약 원반 구역의 한 중간에 있었다.

숲으로 백 걸음쯤 들어가자 삼림 감시대 초소와 도약 원반의 경계선이 더 이상 보이지 않았다. 키어스틴은 숲에 있다는 게 마음에 들지 않았지만, 수풀 속에서 부스럭거리거나 찍찍거리는 소리가 나자 아버지에게 딱 달라붙을 수밖에 없었다. 아버지와 어머니는 동물들이 너무 가까이 접근할 때를 대비해 시민에게 인가받은 마비 총을 갖고 있었다.

아버지는 나무의 배열이나 조합에 대해 떠들며 길을 이끌었다. 키어스틴은 시큰둥했다. 시냇가를 따라 언덕을 내려가는 길과 단단한 흙길이 나타났다. 동물들이 다져 놓은 길일까? 그런 생각이 들자 몸이 더 움츠러들었다. 때로는 언덕도 올라갔지만 보이는 경치라고는 소소하게만 다를 뿐 비슷비슷했다. 그보다 나무와 수풀 속에서 보내는 시간이 더 길었다. 키어스틴은 어린 필립의 뒤를 쫓는 데 시간을 거의 보냈다.

아버지의 설명도 점점 뜸해졌다. 가족은 어느 연못가에서 걸음을 멈췄는데, 키어스틴에게는 왠지 그곳이 낯익었다. 부모가 '이럴 줄 알았어.' 하는 표정을 교환했다. 어머니는 통신기를 확인하더니 고개를 저었다. 수신이 되지 않았다.

"길 잃은 거 맞죠?"

키어스틴은 무섭고 화가 나서 그저 옆에 있다는 이유로 필립을 때리고 싶었다.

"여길 왜 왔어요? 도약 원반도 없고, 통신도 안 되고……."

그때 또 다른 생각이 떠올랐다.

"먹을 것도 없잖아요."

"밖에 놀러 나오면 원래 재미있는 거야, 키어스틴. 우리가 입구의 원반으로 가는 길을 따라 돌고 있는 줄 알았는데, 어디서 길을 놓쳤나 보다. 이 공원은 작아서 아주 멀리 갈 수도 없어. 농장들에 둘러싸여 있어서 안전하고. 길을 잃은 건 맞지만 걱정할 건 없단다. 공원 관리인이 우릴 찾을 거야. 우리가 여기 있는 걸 아니까. 아니면 우리가 집에 돌아오지 않는 걸 알고 친구들이 관리인에게 연락하겠지."

아버지가 말했다.

하늘이 구름에 덮여 어두워지더니 비가 내리기 시작했다. 가족은 바위가 튀어나온 곳 아래에서 비를 피하며 온기를 찾아 서로 끌어안았다. 필립은 어머니의 옆구리에 얼굴을 묻었다. 칼조차도 조용히 있었다. 궤도에 있는 마지막 태양이 지고 밤이 오면서 온도가 떨어졌다. 키어스틴은 이가 저절로 떨리는 걸 느꼈다. 이렇게 짐승처럼 숲 속에서 외롭게 죽는 걸까? 말도 안 돼.

두꺼운 구름 속에서 빛나는 노란 점 세 개는 선단에 속한 세계였다. 평소 정상이던 존재가 갑자기 비현실적으로 보였다. 구름 속이라 어떤 게 어떤 세계인지 구별할 수가 없었다.

쓸모없는 재주였지만, 키어스틴은 하늘에 보이는 세계의 위치로 시간을 알아낼 수 있었다. 그건 재미있기도 했고, 수학을 배워서 어디에 쓰느냐는 아버지의 질문에 잘난 척 대답하는 데도 유용했다. 잠깐! 걷기 시작했을 때는 하늘의 세계가 이루는 선이 저렇지 않았는데.

"아빠, 이 공원이 농장들에 둘러싸여 있다고 했죠?"

농장에는 온기와 음식 그리고 가장 가까운 도약 원반의 위치를 알려 줄 사람이 있을 터였다.

"그래. 직선으로 걸을 수 있으면 그쪽으로 쭉 갈 수 있지."

어둠 속에서 희미하게 아버지가 어깨를 으쓱하는 게 보였다.

"도약 원반을 따라가는 것과는 달라. 도약 원반이나 표지판은 항상 눈에 보이는 데 있으니까."

키어스틴은 갑자기 흥분하며 하늘을 가리켰다.

"바로 그거예요. 직선으로 걸을 수 있어요. 더 쉬워요."

그러고는 머리 위에서 빛나는 세 광점을 바라보았다.

"선단을 향해 걸어가면 되죠."

그들은 손전등으로 안전한 길을 찾으며 천천히 걸었다. 키어스틴이 아빠와 나란히 서서 길을 이끌었다. 방향을 알려 줄 세계 중 하나가 저물고 두 개만 남았을 때, 나무 사이로 경작지 가장자리가 보였다. 그녀는 항법사로서 첫 공을 세운 셈이었다.

하마터면 재난으로 끝날 뻔했던 나들이는 키어스틴에게 곧 자연을 사랑하고 순진함을 버리는 계기가 되었다. 부모는 전부 틀렸고 바보 같다는 생각이 부모도 모든 것을 알지는 못한다는 깊은 깨달음으로 완전히 바뀐 것은 아니었다. 하지만 누구도 모든 것을 알 수는 없었다. 심지어 부모조차도. 부모가 모르는 것을 키어스틴이 알 수도 있었다.

야생으로 떠났던 모험, 처음으로 항법사 노릇을 한 경험은 또한 그녀가 우주로 향하는 길의 첫걸음이 되었다.

그러므로 시민 역시 모든 것을 알지는 못한다. 에릭이 던진 질문은 어두운 구름처럼 이 임무를 덮고 있었다. 그워스가 계획을 실현하는 데 필요한 과학기술을 개발하기 위한 실험이 가능한 환경을 다스릴 수 있게 되기도 전에, 노력을 낭비하지 않고 실수도 하지 않으면서 기술을 폭발적으로 발달시킨 비결은 무엇인가?

이 질문에 답하지 못한다면, 다가오고 있는 선단에 그들이 위협이 될지 아닐지를 어떻게 예측할 수 있겠는가.

때로는 달리기가 생각하는 데 도움이 되었다. 키어스틴이 우주선에서 달릴 수 있는 곳은 트레드밀뿐이었다. 팔다리가 앞뒤로 움직이고 벽에 투영된 도시 풍경이 뒤로 흘러갔다. 키어스틴은 모순된 생각을 조정하려고 애썼다.

그녀가 생각해 낸 이론은 응용수학자들의 마음에만 들 것 같았다. 그워스는 계획을 실행할 준비를 마치기 전에 과학, 공학 설계, 개발 계획 등의 모든 것을 시뮬레이션했다는 이론이었다. 컴퓨터의 연산 능력만 충분하다면 모형을 이용한 계산으로 방대한 양의 실험을 대신할 수 있었다. 키어스틴은 아르카디아에서 기초과학 수업을 들었다. 시뮬레이션은 세상이 돌아가는 방식을 알아내는 데 있어 전형적인 실험실 기술보다 훨씬 더 믿음직스러웠다. 그러나 얼음 위에서 산업 기술을 발달시킬 때까지 그워스는 컴퓨터를 가질 수 없을 것이다. 이 수수께끼 때문에 머리가 아팠다.

저녁 식사 시간이 지나갔지만 키어스틴은 계속 달리고 있었다. 합성 음식보다는 맑은 정신이 필요했다.

시뮬레이션에 컴퓨터가 필요하다는 것만 문제가 아니었다. 지금까지 알아낸 바에 따르면 그워스에게는 아직 대용량 컴퓨터가 없었다. 거대한 자료실과 자료를 정렬하고 검색하고 조직화하는 데 쓰는 특수 장치는 있었다. 하지만 컴퓨터는? 정찰대는 컴퓨터실이라고 부를 만한 그 어떤 곳도 발견하지 못했다.

팔다리가 화끈거리며 힘이 빠졌다. 힘을 너무 써서 몸이 쑤셨다. 운동을 과하게 했다는 생각이 들자 키어스틴은 트레드밀의 속도를 늦추고 정리운동에 들어갔다.

시민조차도 모든 것을 다 알지는 못한다. 나는 얼마나 적게 알고 있을까?

5

정찰대 네 명은 얼음을 뚫고 하늘로 솟은 산을 오르는 돌 구조물 무리를 관찰했다. 앞으로 빠르게 돌리자 압력복을 입은 그위스 작업반이 거의 보이지 않을 정도로 흐릿해졌다. 그들은 방을 완성하고, 건물 안팎으로 물을 뿌렸다. 증발하지 않고 남은 물이 그대로 얼어 공기가 통하지 않게 건물을 밀봉했다. 시험용 구멍을 많이 뚫을수록 전체 모습은 광산처럼 변해 갔다. 산 정상에는 금속 구조물이 세워지고 있었다. 아직 건설 초기 단계라 무엇인지 확인할 수는 없었다. 하늘을 향한 탑 위에는 움직이는 접시안테나가 있었다. 분석 결과, 저궤도 통신위성이 지나갈 때 그쪽을 향한다는 사실이 드러났다.

그것은 '탐험가'호가 보낸 전방 탐사기가 촬영한 홀로그램의 미편집본이었다. '탐험가'호 본체는 얼음 위성과 같은 궤도를 돌고 있었다. 둘이 함께 공전하는 가스 행성이 우주선과 위성 사이를 가로막아 서로 직접 볼 수 없게 했다. 투명하고 파괴 불가능한 GPC의 1호 선체로 만든 스텔스* 부이buoy가 나란히 떠서 '탐험

---

* stealth. 군사 용어로 항공기나 유도탄 따위를 제작할 때 레이더 전파를 흡수하는 형상. 재료, 도장 따위를 사용하여 레이더 탐지를 어렵게 하는 기술.

가'호와 얼음 위성 상공의 관측 위성 사이를 중계했다.

여기 있으면 분명히 안전해. 키어스틴은 생각했다. 하지만 여기 숨어 있으면 조사에 방해만 되는데, 얼마나 오랫동안 이러고 있어야 하지?

그들은 다시 휴게실에 모였다. 네서스가 머리 하나로 홀로그램을 가리키며 물었다.

"오마르, 저 건설 계획에 대해 뭘 알고 있습니까?"

"아는 거 말입니까? 별로 없습니다. 저 계획은 우리가 알아채기 전부터 진행 중이었지요. 작은 친구들이 큰 안테나를 설치하고 있는 것으로 보입니다. 정지궤도 위성과 통신할 수 있는 고성능 안테나를 만들려는 것 같습니다."

"착륙해서 물어보면 됩니다."

키어스틴이 불쑥 말했다. 시간이 갈수록 그워스는 그녀를 매료시키고 있었다. 관찰하는 것도 좋았지만, 직접 알고 싶었다.

네서스가 머리 한쪽을 돌렸다.

"무엇을 물어 보지요?"

뭐든지요! 키어스틴은 외치고 싶었다. 초조하고 절망적인 기분이 들자 그녀 스스로도 놀라웠다.

"뭘 짓고 있는가, 어떻게 과학에 접근하는가, 우리와 정보를 교환할 수 있는가, 그런 것들 말입니다."

핵심적인 질문은 직접 물을 수 없었다.

우리를 위협할 건가?

에릭은 어디서 어떻게 인공위성을 발사했는지 알고 싶어 했다. 키어스틴은 자료실은 있는데 왜 대규모 컴퓨터실이 없는지 알고 싶었다. 어느 쪽 질문이든 그동안 그워스를 몰래 감시했다는 사실을 드러낼 위험이 있었다. 조심해야 해. 키어스틴은 생각했다. 우리가 조사했다는 게 들통 나면 저들이 우리를 위협으로 여길 수도 있어.

"아직 착륙은 안 됩니다. 우리 존재를 알리지도 않습니다. 그워스는 아직 다른 지성 종족의 존재를 모를 겁니다. 왜 그런 사실을 드러냅니까? 그러다가 그들이 선단의 존재를 눈치챌 수도 있는데 말입니다."

네서스가 몸을 떨며 대답했다.

얼굴을 찡그린 채 빠르게 돌아가는 홀로그램을 보고 있던 에릭이 입을 열었다.

"저들이 혼자가 아니라는 걸 우리가 원하는 것보다 더 빨리 알아낼 수도 있습니다. 지금 만들고 있는 게 전파망원경이라면 말입니다."

"내가 계속 지켜보지. 정보를 더 얻기 위해 실험을 해 볼 수도 있을 거야."

오마르가 말했다.

'실험'이란 단어는 키어스틴에게 도발적으로 들렸다.

"무슨 뜻이에요?"

"인공위성 하나를 망가뜨린 다음에 어떻게 대응하나 보는 거지. 에릭의 생각이었어. 꽤 괜찮은 생각이잖아."

키어스틴은 적당한 말을 찾으려고 애쓰다가 마침내 포식 동물의 행위를 묘사하는 단어를 찾아냈다.

"공격하자고요?"

에릭이 고개를 끄덕였다.

"레이저가 달린 탐사선을 쓰면 돼. 그워스의 다른 인공위성하고 얼음 위성이 시야 밖으로 벗어날 때까지 기다렸다가 쏘면 저들은 아무것도 보지 못할 거야. 그워스한테 레이저가 있다는 증거는 없으니까 무슨 일이 일어났는지도 모르겠지. 인공위성이 하나 없어지면 통신망에 구멍이 생기잖아. 그러면 가능한 한 빨리 대체하려고 할 거야."

"그러니까 공격 맞네."

키어스틴이 받아쳤다.

네서스는 초조한 듯 흐트러진 갈기를 쥐어뜯었다.

"우리는 저들에게 일종의 우주 비행 능력이 있다는 걸 압니다. 어떻게 해서든 그 능력이 선단에 위협이 되는 수준으로 성장할지 알아내야 합니다. 다른 분야에서 그토록 빨리 발달한 걸 보면 그럴 위험도 상당할 테니까요."

"전 아직도 질문을 먼저 해야 한다고 생각합니다."

키어스틴은 자신이 떨고 있는 것을 깨닫고 나서야 얼마나 감정에 복받쳤는지를 알 수 있었다.

"만약 무선통신이 잘 안 되면 제가 자원해서 내려가지요."

오마르가 영상을 껐다.

"키어스틴, 우리는 집에서 멀리 떨어져 있어. 그리고 네 주 임무는 우리를 돌아가게 해 주는 거야. 네서스를 빼면, 너는 가장 위험에 처해서는 안 될 사람이라고."

다시금 키어스틴은 오래전 숲 속을 걸었던 일을 떠올렸다. 모든 것을 아는 사람은 없다.

그녀는 지금 이 순간 누구—네서스, 그녀 자신, 아니면 수수께끼에 휩싸인 그워스—의 무지가 문제인지 알고 싶었다.

네서스는 은신처나 다름없는 선실 안에서 편안한 베개에 깊숙이 묻힌 채 키어스틴이 청한 뜻밖의 면담에 대해 심사숙고했다. 외계인에 대한 결정은 이미 내린 상태였다. 이제 생각의 초점은 완전히 개척민을 평가하는 데 맞춰져 있었다.

네서스는 결심하고 말했다.

"내 선실로 와요."

문을 두드리는 소리는 희미했지만, 키어스틴은 시간을 낭비하지 않았다.

"우리는 상황을 안 좋게 만들고 있습니다, 네서스."

"무슨 뜻입니까?"

"전 우리 행동이 그워스를 자극해서 선단의 이익에 반하는 방향으로 나아가게 하고 있다고 생각합니다."

네서스도 그런 생각을 했었다. 하지만 인정하는 대신 그는 거짓말을 했다.

"그게 어떻게 가능한지 모르겠군요."

"우리가 저들의 통신망과 자료실에 깊숙이 침투해 있다는 건 알잖습니까. 저들이 '탐험가'호가 여기 있다는 걸 알아챈 낌새는 없습니다. 하지만 저들의 연구 개발은 우리가 어떻게 조사하느냐에 영향을 받습니다. 우리가 고성능 레이더로 도시의 위치를 지도에 나타내면 저들은 전파 주파수에 이상이 생긴 걸 알게 되지요. 그러면 전파와 레이더 연구가 확장됩니다. 우리가 인공위성 하나를 망가뜨리면 저들은 순식간에 위성을 신속하게 발사하는 기술을 개발할 겁니다. 그런 식으로 계속되겠지요."

키어스틴은 앉을 곳을 찾아 선실을 둘러보았다. 하지만 그럴 만한 곳이 없자 벽에 기댔다.

"우리가 원하지 않는 능력이 그워스에게 있는지 시험하면 할수록 그들이 바로 그 능력을 개발할 가능성은 더 커집니다. 우리의 존재 자체가 그워스에게 우리 선단을 위협할 잠재 능력을 키워 주고 있을지도 모릅니다."

키어스틴의 이론은 논리 정연하고 통찰력이 있었다. 그런 지적 능력이 에릭이 협약체에 보이는 헌신과 결합한다면, 둘의 자녀는 큰 도움이 될 터였다. 개척민의 짝짓기에 대해 생각하자 네서스는 속이 울렁거렸다.

"키어스틴, 저 원시적인 외계인에게 감명받았습니까?"

"네, 그렇습니다. 그래서 우리 나름대로 이익을 취하려다가 저들을 위협적인 존재로 만들지 말아야 한다는 겁니다. 네서스, 정중하게 제안하는데, 우리는 지금 당장 이곳을 떠나야 합니다."

키어스틴은 타당한 근거를 들고 있었다. 그워스는 얼음 위에 거대한 관측소를 세우는 중이었다. 다가오는 선단을 알아채지 못할 이유가 어디에 있겠는가? 이미 화학 로켓과 핵분열 기술도 가졌다. 이후로 자연스럽게 행성 간 여행 기술이 따르지 않겠는가? 선단이 스쳐 지나갈 때까지 남은 칠십 년이면 그워스가 항성계의 가장자리를 탐사할 수 있는 우주선을 보유할 가능성도 충분했다. 그런 상상은 네서스의 위험 감각을 건드렸다. 그런 우주선이 스텔스 상태로 몰래 선단이 지나가는 길로 다가온다면…….

불가사리들의 기술을 진보시켜 줄 일을 할 이유가 어디에 있을까?

대응 방침은 명백했다. 네서스는 몇 번의 교대 근무 전에 이미 최후자에게 건의 내용을 전달했다. 선단은 경로를 살짝 바꿔야 한다. 경로를 조금만 수정해도 칠십 년 뒤면 위험할 수도 있는 그워스로부터 아주 멀리 떨어지게 된다. 얼음 위성에 혜성을 떨어뜨리는 건 최후의 수단이었다. 설령 극단적인 조치를 취해야 한다고 해도 네서스는 그보다 훨씬 더 교묘한 방식을 떠올릴 수 있었다.

"네서스."

키어스틴이 이해를 구하듯이 그를 불렀다. 그러나 그녀와 다른 동료들에게는 안된 일이지만, G567-X2를 조사하는 건 처음부터 부차적인 목적이었다.

"그 제안은 접수하겠습니다. 하지만 난 우리가 계속 그워스를 조사해야 한다고 생각합니다."

키어스틴은 그의 온화한 힐책을 듣고 주먹을 쥐었다.

"홀로그램 영사기를 써도 되겠습니까?"

"물론입니다."

네서스는 그녀가 무엇을 하려는지 궁금했다.

키어스틴은 우주선의 자료실에서 파일 하나를 불러왔다. 울퉁불퉁한 구체가 하나 나타났다. 평소 보이지 않는 얼음 위성의 해저로, 빛나는 점이 흩어져 있었다. 일부는 깜빡거리기도 했다.

"빨간 점이 대형 자료실입니다. 깜빡이는 점은 그워스의 발전이 이뤄지는 주요 지점과 연결된 자료실이지요."

"어디선가는 공학 연구를 해야겠지요. 장소가 중요한 이유는 뭡니까?"

"이제 이걸 보십시오."

두 번째 홀로그램이 나타나자 그녀의 얼굴이 붉어졌다.

수많은 외계인들이 뒤엉켜 꿈틀거리는 장면이었다. 영상이 다른 장면으로 계속 바뀌는 동안 네서스는 속이 울렁거리는 것을 느꼈다. 경련하는 외계인, 맥동하는 행렬, 꿈틀거리는 무리가 연속으로 나타났다. 카메라 앞에서 그런 행위를 한다는 사실에 네서스는 구역질이 났다.

번식은 개인적인 문제였다. 시민에게 있어 성은 곧 번식을 뜻했다. 시민들은 다른 종족과 성에 대해 논하는 것을 불편하게 여겼다. 자연스럽게 네서스의 입에서 딱딱한 말이 흘러나왔다.

"다른 종족의 성생활에는 관심 없습니다."

키어스틴은 얼굴이 더 심하게 붉어졌지만, 물러서지 않았다.

"이게 그렇게 보인다는 건 압니다. 무작위 검색에서 봤을 때는 저도 고개를 돌렸으니까요. 그런데 놀라운 일이 벌어졌습니다. 우리가 여기 머무는 시간이 길어질수록 이런 장면이 더 자주 나타났지요. 급격한 기술의 발달, 얼음 밖으로 떠나는 모험 그리고 아마도 누가 엿보고 있을지도 모른다는 의심은 그워스에게 아주 큰 스트레스를 줬을 겁니다. 고상하게 표현하지 못해서 미안하지만, 처음에 저는 저들이 스트레스에 반응해서 성적 행위를 더 많이 한다고 생각했습니다."

키어스틴은 네서스와 눈을 마주치지 못했다. 네서스는 왜 그런지 알 것 같았다. 인간이 스트레스에 반응하는 방식이었다. 네서스는 마지못해 말을 계속하라고 손짓했다.

"그러다가 당혹스러운 상관관계를 하나 알아챘습니다. 이……행위가 자료실의 용량에 따라 늘어나고 있다는 것이었지요. 이행위가 가장 많았던 건 자료실이 가장 빠른 속도로 늘어나고 있을 때였습니다. 그게 무슨 뜻일까요? 전 억지로 그런 장면을 관찰했습니다."

키어스틴이 영상을 정지 화면으로 멈췄다.

"자세히 보십시오."

그녀가 침 삼키는 소리가 들렸다.

"그워 하나가 다른 넷과 관으로 연결돼 있는 걸 볼 수 있지요."

네서스는 내키지 않았지만 키어스틴이 옳다는 것을 확인했다. 자세히 보지는 못했지만 영상에는 그워스 열여섯이 있었고, 전부 그녀가 말한 대로 연결돼 있었다.

"이게 왜 중요합니까?"

키어스틴은 다시 한 번 의자가 없나 선실을 둘러보다가 그냥 쿠션이 쌓인 곳에 앉았다.

"제가 아직 말하지 않은 건 어느 자료실 근처에서 이 장면이 벌어졌느냐인데, 로켓 개발에 특화된 자료실이었습니다. 이 집단 행위는 중간중간 멈추면서 며칠째 계속되고 있습니다. 주변에 있는 그워스 도시에서 진행되는 작업 일정과 맞물려서 말이지요. 그리고 이 행위가 계속되는 동안 로켓 노즐 설계와 관련된 자료가 광범위하게 늘어났습니다."

로켓 노즐? 네서스는 왜 그런 걸 설계할 필요가 있는지 생각해 보았다. 베개나 탁자를 발명하는 것만큼이나 낡은 일 같았다. 그의 고향에서는 몇천 년 전에 이미 규격화된 일이었다. 물론 네서스의 종족도 그워스와 마찬가지로 언젠가 그 기술을 처음 시작하기는 했을 터였다. 아마도 열과 압력의 변화가 노즐 전체에 걸쳐 어떻게 작용하는지를 고려해 설계해야 했을 것이다.

아!

"세 개의 공간 차원과 시간. 저 네 방향으로 연결된 모양이 사차원 행렬 연산이라는 거군요."

네서스는 목소리에서 불쾌감을 감추지 못했다.

"맞습니다."

키어스틴은 눈빛을 반짝이며 몸을 앞으로 기울였다.

"다른 자료실에서도 비슷한 관계를 더 봤습니다. 그워스의 연결이 실제 있는 수학 모형에 대응하는 경우들 말입니다. 일렬로 연결된 그워스와 간단한 일차원 기체 확산 모형, 세 방향 연결과 분자 구조의 삼차원 모형, 사례는 더 있습니다."

네서스도 납득이 되기 시작했다.

"어떻게 그런 일이 가능합니까?"

"이미 우리는 의료 기록을 바탕으로 이 종족이 군체 생물에서 진화했다고 생각했잖습니까. 각각의 관은 속이 빈 벌레와 같습니다. 적어도 스스로 사는 데 필요한 장기는 전부 퇴화한 채로 남아 있겠지만 말입니다. 오마르는 이들의 조상이 신경망을 서로 연결했다가 종국에는 커다란 공용 두뇌로 진화했다고 생각합니다. 신경망끼리는 자유롭게 움직이는 관의 끝 부분으로 서로 연결될 수 있는 것 같습니다. 만약 정말 그렇다면 군집 지성이 생길 수 있을 겁니다."

그런 추론을 인정하는 건 자신의 목적에 부응하지 않았지만 네서스가 깊은 인상을 받은 것도 사실이었다.

"생체 컴퓨터군요. 그거라면 왜 대용량의 자료실은 있는데 컴퓨터실이 없는지 설명할 수 있겠습니다. 흥미로운 가설입니다만, 그저 우연의 일치일 수도 있지요."

과연 그럴까?

"아니, 당신 말이 옳다고 해도 왜 내가 신경을 써야 합니까?"

"모르겠습니까? 이렇게 갑자기, 알 수 없는 이유로 폭발한 창의력 때문에 우리 전부가 의아해하기도 했고 걱정도 했잖습니까. 그워스는 얼음을 뚫고 나오려고 아주 오랫동안 준비한 게 분명합니다. 아주 상세한 계획을 세워서 실행할 때까지 기다렸지요. 고성능 레이더와 가로챈 영상에서 본 해저의 유적지를 생각해 보십시오. 그저 갑자기 역량이 폭발한 것처럼 보일 뿐이지, 이건 아주 오래된 문명입니다."

네서스는 지금 이 순간처럼 개척민 정찰대 계획의 가치를 확신해 본 적이 없었다. 시민 정찰대였다면 그워스를 보고 이런 괴상한 —하지만 꽤 그럴듯한— 결론을 내릴 수 있었을까? 정찰대 전원을 시민으로 채우는 게 어렵다는 사실을 차치하고라도, 네서스는 그럴 수 있었을지 의심스러웠다.

"키어스틴, 당신이 옳다고 해 보지요. 역사에 걸쳐 그워스가 이용할 수 있는 에너지는 근육과 조류 그리고 아마도 지열이었을 겁니다. 집단 기억이라고 해도 물속에서 쓸 수 있는 종이 같은 데 기록할 수밖에 없었겠지요. 그렇게 저들은 얼음 아래 갇혀 있었습니다. 그런데 이제 그런 구속이 모두 사라졌습니다. 핵에너지도 생겼지요. 얼음 위로 올라온 뒤에는 광대한 자료실을 만들 수단도 얻었습니다. 그리고 지금은 우주여행을 목전에 두고 있습니다. 근처의 다른 위성이 손에 들어오는 겁니다. 아마도 아직 변하지 않은 건 새롭게 거듭날 수 있는 계획을 완벽하게 짤 때까지 그들을 떠받치고 있던 의지뿐이겠지요. 그런 집중력이 엄청나게 늘어난 자원과 결합하면 얼마나 위험할지 생각해 보십시오."

키어스틴은 놀라서 입을 딱 벌렸다.

"네서스……."

그녀는 겨우 말을 이었다.

"저들은 우리가 있다는 걸 모릅니다. 선단이 있다는 것도 모릅니다. 아직 아무도 위협한 적이 없단 말입니다. 그리고 우리 모두 저들이 영리하다는 데 동의했습니다. 만약 저들이 선단을 발견한다고 해도 의심할 여지 없이 자기들보다 훨씬 더 진보한 문명을 자극할 이유가 없잖습니까?"

"무슨 제안을 하고 싶은 겁니까, 키어스틴?"

"앞서 했던 말입니다. 우리는 그냥 떠나야 합니다."

키어스틴의 놀라운 점은 지속적으로 통찰력을 보였다는 사실만이 아니었다. '탐험가'호가 조사할 대상과 감정적인 유대를 맺어 버렸다는 것 또한 분명했다. 네서스는 아직 그녀가 속마음을 다 털어놓지 않았음을 느꼈다.

그워스에 대한 감정이 그녀의 행동에 영향을 끼칠까? 혹시 그녀가 선단의 안전을 위해 필요한 방어 조치를 실행하는 데 반대할까? 네서스는 알아낼 필요가 있었다.

"당신이 발견한 내용으로 난 다른 결론을 내렸습니다. 저들이 어떤 의미를 갖고 있는지 이해하기 위해 더 노력해야 합니다."

네서스와 함께 온 개척민들은 선단의 훌륭한 정찰대원이 될 수 있는 능력을 더할 나위 없이 입증해 보였다. 이제, 네서스는 전에는 깊이 고민하지 않았던 어려운 상황에 봉착했다.

그들이 충성스러운 하인이 될 것인지를 입증하는 일이었다.

6

키어스틴이 서 있는 감자 모양의 얼음 천체에 별빛이 부딪쳐 빛났다. 광증폭기를 켜자 구름 낀 날의 NP_4 정도로 밝아졌다. 발밑의 얼음 아래에는 바위가 여기저기 흩어져 있고, 표면에도 더 많은 바위가 튀어나와 있었다. 에릭은 근처에서 걸어 다니고 있었다. 가끔씩 엎드려서 기어 다니며 혜성 전 단계에 있는 천체의 울퉁불퉁한 표면을 조사하기도 했다.

눈덩이의 바로 이 지역이 안전한 건 바위 속에 기체가 차 있지 않기 때문이었다. 모항성에서 멀리 떨어져 있어 가열되지는 않겠지만, 그래도 착륙하기 전에 고성능 레이더로 내부가 안정된 지역을 찾았다.

키어스틴은 선단을 떠난 이래 처음으로 '탐험가'호 밖으로 나왔다. 비록 작지만, 다른 세계에 와 있는 것이다. 얼마 전만 해도 그와 같은 기회에 기분이 들떴을 터였다. 그러나 이 탐사의 목적을 알고 나자 즐거움이 사라져 버렸다.

'탐험가'호는 안전한 거리에 떠 있었다. 키어스틴이 지켜보는 가운데 문이 열리더니 그곳을 통해 작은 구체가 나타났다. GPC의 1호 선체였다. 키어스틴이 쓰고 있는 헬멧보다 크지 않았고, 그 안에 들어 있는 장치가 반짝거렸다. 오마르가 원격조종으로 그들을 향해 움직였다.

"성공이야."

에릭이 공용 채널을 통해 만족스러운 말투로 외쳤다.

"여기가 적당해. 휴대용 레이저로 비치는 깊이까지는 깨끗하게 뚫렸어."

키어스틴은 그쪽으로 다가가 세심하게 살펴보았다. 압력복 신발 바닥에 임시로 뾰족하게 박아 넣은 스파이크가 이 얼음덩어리의 미약한 중력보다 더 강하게 표면에 달라붙게 해 주었다. 그녀는 에릭의 말을 믿었지만, 따로 이야기하고 싶었다.

'개인 채널 2번.'

키어스틴이 손동작을 한 뒤 대뜸 말했다.

"이건 잘못됐어."

에릭은 휴대용 레이저를 최대 강도로 조정한 뒤 아래를 겨눴다. 그 즉시 표면에서 증기가 끓어오르며 레이저 불빛을 받아 번득였다.

"무슨 소리야? 조심하기만 하면 확실히 안전해. 그리고 난 지금 조심하고 있다고."

"안전하지 않다고 안 했어. 잘못됐다고 했지."

도대체 언제부터 키어스틴이 네서스보다 오히려 캐묻기 좋아하고 의심이 많아진 걸까?

"우리는 다른 지성 종족을 위험에 빠뜨리고 있어, 에릭. 이러면 안 돼."

에릭은 잠시 레이저 발사 버튼에서 손을 떼고 증기가 사라지기를 기다려 안을 들여다보았다.

"잘 뚫렸군."

그는 중얼거리고 다시 구멍을 파기 시작했다.

"해치려는 게 아니잖아, 키어스틴. 그냥 시험하는 거야. 저들이 혜성 충돌이라는 위험을 알아채고 거기에 반응할까를 보는 거라고. 앞으로 다가올 선단을 알아채는 데 얼마나 걸릴지, 위협이 될 만한 물체를 발사할 수 있을지 예측하는 데 있어 가장 좋은 방법이잖아. 잠시 기다리면서 반응하는지 확인만 하고 방향을 바꿀 거야.”

“정말 그럴까?”

에릭이 놀라서 꿈틀거리자 레이저 빔이 흔들렸다.

“조심해!”

키어스틴은 반사적으로 말하고 계속했다.

“난 진지해, 에릭. 이 실험을 하는 건 그워스가 선단에 위협이 될지도 몰라서잖아. 우리는 그워스가 어떤 종족인지, 무슨 생각을 하는지 전혀 몰라. 인정하라고. 우리는 그워스를 멸망의 위기에 빠뜨리고 있어. 게다가 그 이유가 뭐야? 그냥 저들이 기초적인 기술을 습득했다는 거잖아. 만약 저들이 충돌 위험을 알아채고 혜성의 방향을 돌릴 계획을 세운다면 네서스가 어떻게 할지 너 자신에게 물어봐.”

에릭이 레이저를 껐다. 증기가 사라지자 그는 딱 벌어진 구멍 입구를 보며 됐다는 듯이 웅얼거렸다.

“이제 오마르에게 얘기해야 해. 공용 채널로 바꾼다.”

그러고는 소매에 달린 버튼을 건드렸다.

“오마르, 이제 내가 탐사체 조종할게요.”

구체가 천천히 다가왔다.

“무반동추진기*. 이거야말로 저 작은 친구들에게 없는 게 확실하지.”

작은 구체는 파 놓은 구멍 속으로 들어갔다. 땅에 부딪치는 진

---

* 뉴턴의 제삼 법칙인 작용–반작용 법칙의 영향을 받지 않는 추진기.

동이 발밑에 느껴졌다.

"파괴가 불가능한 물질로 만든 걸 조종하기는 참 쉬워."

에릭은 휴대용 레이저 빔을 넓게 바꾼 뒤 구멍 주위에 쏘았다. 아까보다 증기가 덜 나왔고, 구멍은 안쪽을 향해 무너졌다. 에릭은 구멍이 있던 곳이 움푹 파인 지형이 될 때까지 천천히 그 지역을 레이저로 쏘았다. 키어스틴도 휴대용 레이저를 쏘았지만, 광선을 너무 넓게 설정해 놓아서 사실상 빛을 비추는 것과 마찬가지였다.

에릭이 다시 개인 채널로 돌아가자고 손짓했다.

"이게 위험하지 않다는 거 알잖아. 저들은 위험하게 생각할지 몰라도 그게 다야. 방금 우리가 심은 추진기는 혜성이 될 이 눈덩어리의 궤도가 얼음 위성을 살짝 스치고 지나도록 천천히 바꿀 거야. 그워스가 못 알아채거나 알아채도 대응하지 못하면 다시 추진기를 이용해서 부딪치지 않게 멀리 궤도를 바꿔 줄 거라고."

키어스틴도 무슨 계획인지는 알았다. 멀리서 보면 혜성에서 가스 폭발이 일어나 자연스럽게 안전한 궤도로 바뀌는 것처럼 보일 터였다.

"아니면 다시 충돌하도록 바꿀 수도 있지. 아니면 아예 혜성을 뚫고 나오게 해서 피하기 어렵도록 여러 조각으로 부숴 놓을 수도 있고."

오마르가 공용 채널로 농담을 걸었다.

"단둘만 있고 싶은 모양이네. 좋아, 시간을 가져 봐. 거기서 쓸데없이 시간 보내는 걸 네서스는 광기의 증거로 생각하리라는 건

너희도 알 테니까."

"키어스틴, 진짜 왜 그러는 거야?"

에릭이 물었다.

"방금 우리는 그워스 문명을 멸망시킬 수 있는 수단을 만들었어. 어쩌면 종족 자체를 멸종시킬 수도 있지. 혜성이 충돌하면 수백만이 죽을 거야. 만약을 위해서라지만 그런 걸 만들다니⋯⋯ 우리 조상들을 공격했던 놈들보다 우리가 더 나을 게 있어?"

키어스틴은 발밑을 내려다보며 말을 이었다.

"협약체는 뭐가 더 나아?"

에릭이 키어스틴의 팔을 붙잡고 얼굴을 마주 보도록 거칠게 몸을 돌렸다.

"어떻게 감히 시민들을 비방할 수 있어! 우리가 알아낼 수는 없겠지만, 누군가가 우리 조상들을 수송하던 우주선을 공격했어. 껍데기만 남아서 표류하며 죽어 가던 그들을 발견한 건 시민들이었지. 시민들이 얼마나 겁이 많은지 너도 알잖아. 그런데도 잔해를 조사해서 냉동 수정란을 구출했어. 남은 물건도 인양해서 '탐험가'호보다도 작은 우주선에 실어 왔고. 키어스틴, 시민들은 우리 조상들이 탄 우주선이 표류하게 내버려 둬도 상관없었어. 하지만 구해 줬지. 우리를 위해서 새로운 언어와 문화도 만들었어. 새로운 세계도 통째로 하나 줬고. 그러니까 내가 시민들을 나쁘게 생각할 거라고는 기대도 하지 마."

에릭의 말은 다 옳았다. 하지만 그들은 네서스의 지도 아래 이런 무서운 장치를 만들었다. 그걸 어떻게 합리화할 수 있을까?

에릭이 바라보고 있었다. 키어스틴은 어떻게든 그가 쏟아 낸 말에 반응해야 했다.

"뭐라고 해야 할지 모르겠네. 어쩌면 내가 집에서 너무 멀리 왔는지도 모르겠어."

"이제 다시 공용 채널로 돌릴 거야."

에릭이 말했다.

"그런데 그건 맞아. 우린 집에서 정말 멀리 왔어."

그녀의 설명을 납득했다는 뜻일까? 거의 사과에 가까운 그녀의 말을 오랫동안 기다려 온 구애에 대한 대답으로 받아들였다는 뜻일까?

어쨌든 키어스틴은 안도의 한숨을 내쉬었다. 아무래도 당분간은 그 둘 사이에서 쓸데없이 불안해할 듯했다.

7

키어스틴은 시험에 통과했는지 탈락했는지 알지 못했다. 아는 것이라고는 네서스가 선단으로 돌아가기로 결정했다는 사실뿐이었다. 그게 네서스가 말한 전부였다. 그워스가 가할지도 모르는 위협은 먼 미래의 일이었다. 협약체 정부는 단순히 선단의 경로를 살짝 수정하는 대응 방침을 채택할 수도 있었다.

그렇다면 그워스는? 네서스는 혜성 실험을 취소했다고 확언했다. 궤도가 바뀐 눈덩이는 G567-X2에서 멀리 떨어져 있게 됐다. 키어스틴은 절실히 알고 싶었지만, 얼음 위성이 위험을 피해 갔는지 확인할 수도, 부정할 수도 없었다.

확실히 알려 달라고 네서스에게 부탁할 수도 없었다. 특이점에서 빠져나와 하이퍼스페이스로 재진입하자, 네서스는 자기 선실에 틀어박혀 어떤 요청에도 대꾸하지 않았다. 조증의 주기가 정반대의 성질에 자리를 내준 것이다.

반면, 돌아오는 긴 여행 내내 네서스가 자리를 비운 덕분에 키어스틴은 자유롭게 생각에 잠길 수 있었다.

그녀는 얼음 밖으로 나선 그워스의 모험에 매료되었다. 겨우 목숨이나 유지할 수 있는 원시적인 기술만 가지고 적대적인 환경을 탐사하다니 얼마나 용감한가? 지식을 위한 여정, 빠르게 커지는 역량, 활기찬 노력은 영감을 불러일으키는 것이었다.

그들은 또한 키어스틴의 마음속에 동족을 향한 새로운 태도를 심어 주었다. 개척민들에게는 자부심이란 게 없었다. 스스로 이룬 게 없으니 자부심이 있을 까닭이 어디 있겠는가? NP_4는 그들이 발을 딛기 전에 이미 길들여진 곳이었다. 기술은 전부 건네받은 것이었고, 그 기술조차도 시민들이 다루는 기술에 한참 못 미친다는 사실을 누구나 알고 있었다. 후원자들은 개척민이 협약체가 연구하고 발명해 낸 산물을 함께 누리기에는 적합하지 않고 준비가 덜 됐으며, 아직 확실하지 않은 어떤 의미에서 때가 되지 않았다고 여겼다.

독창적인 문명으로 가득한 세계가 있다는 사실을 이론적으로 아는 것과 실제로 그워스의 분투를 지켜보는 건 완전히 달랐다.

그 경험은 키어스틴으로 하여금 잃어버린 고향을 몸으로 느낄 수 있게 해 주었다. 우주 어딘가에 그워스의 얼음 위성처럼 독특한 실제 세계가 있었다는 것을.

키어스틴은 NP_4를 닮았지만 창백한 푸른색 행성을 희미하게나마 마음속으로 떠올렸다. 그녀의 조상들은 행성을 가꾸었고, 독자적인 기술을 개발했으며, 누구의 도움도 없이 항성 간 우주여행을 시작했다. 그워스의 성취를 인정한다면 조상들 역시 인정받아야 마땅하지 않겠는가?

그들은 어떤 사람이었을까? 어떻게 조직을 구성했을까? 어떤 목표를 세우고 싸웠을까? 어떤 언어로 말했을까? 분명히 시민들이 만들어 준 이 영어보다는 더 논리적이고 구조가 튼튼한 언어였을 것이다.

오래전에 있었던 개척민 구출에 대한 자료가 '탐험가'호의 도서관에 거의 없다는 사실은 새로운 관심사를 갖게 된 키어스틴을 골치 아프게 했다.

함교는 세 명이 함께 있기에 공간이 좁았다. 오마르와 에릭은 네서스의 자리에 엉덩이를 붙이고 함께 앉았다. 오마르는 뜨거운 자극제 주스 세 잔이 놓인 쟁반을 가져왔다.

"와 줘서 고마워요."

키어스틴이 말했다.

"무슨 일이야?"

오마르가 앞에 있는 조종 장치를 가리키며 물었다. 키어스틴은 그 동작의 의미를 알아챘다. 네서스도 여기 있어야 할까?

네서스가 선실에서 나오지 않는다는 점은 키어스틴에게 도움이 되었다. 그렇게 반항적인 생각을 할 수 있다는 사실은 그녀 자신에게도 놀라울 정도로 생소했다.

키어스틴은 노멀 스페이스에서 잠시 머리를 식힐 시간을 갖겠다고 알렸다. 당분간 가리지 않은 채로 둔 함교의 전망 창 밖에서 다이아몬드처럼 보이는 빛이 반짝였다. 멀리 떨어져 있는 선단은 육안으로 보이지 않았다.

"우주는 정말 비어 있는 거죠?"

"별로 새로운 소식은 아닌데."

오마르가 대꾸했다.

"그렇죠. 하지만 직접 거기서 살아 보지 않으면 얼마나 비었는지 진정으로 알기는 어려워요."

키어스틴은 다른 이들이 잠시 생각할 수 있게 가만히 있었다.

"시민들이 탄 우주선이 표류하는 우리 조상들과 마주칠 확률이 얼마나 낮은지 상상해 보세요."

하이퍼드라이브를 갖춘 우주선은 아주 가끔씩만 노멀 스페이스로 나온다는 사실을 고려하면 굉장히 낮은 확률이었다. 특히 으레 이야기하듯이 핵융합 엔진이 작동하지 않는 우주선을 알아챘다고 한다면 확률은 더 낮았다. '탐험가'호의 센서로는 거의 옆에 가지 않는 한 그렇게 표류하는 물체를 감지할 수 없었다.

에릭이 네서스의 선실 쪽을 흘긋 보았다.

"우리가 운이 좋았던 거지. 감사해야 한다고."

저 시선은 두려움의 표시일까? 의구심? 경고? 곧 알 수 있을 것이다. 만약 키어스틴이 옳다면 에릭이 가장 받아들이기 어려울 테니까.

"둘 다 내가 원시 기술에 대해 조사했다는 걸 알고 있을 거예요. 그위스의 실험을 시민들이 그동안 여행하면서 본 기술과 비교해 보는 게 유용할 거라고 생각했기 때문이죠."

키어스틴은 자신이 찾아낸 정보—라기보다는 정보 부족—를 요약한 홀로그램을 보여 주었다. 그리고 두 번째 화면을 띄웠다.

"이건 내가 도서관에서 검색한 질문들이에요. 잘못된 점이 있어요?"

오마르가 화면을 유심히 들여다보며 말했다.

"내가 보기엔 괜찮은데."

"네서스는 우리 조사가 다른 외계인에 대한 지식 때문에 영향받지 않기를 원한다고 말했어. 도서관에서 그런 자료를 지웠다고 해도 이상할 건 없지. 네서스는 분명히 옳아. 우리 중 누군가는 그런 자료를 못 보게 하는 게 나을 수도 있다고."

에릭이 끼어들었다. 키어스틴은 그의 비판을 무시하고 말을 이었다.

"다음으로, 난 시민들 자신의 역사에도 그런 비슷한 자료가 있을지 모른다고 생각했어요."

그녀가 추가로 띄운 홀로그램 둘 역시 도서관 자료가 지워졌음을 암시하고 있었다.

"키어스틴, 무슨 소리를 하고 싶은 거야? 네서스가 도서관에서 어떤 자료를 지웠는지 같이 알고 있자는 얘기야?"

오마르가 물었다.

키어스틴은 자기도 모르게 네서스의 선실 쪽을 돌아보았다. 충분히 조심했을까?

"조금만 기다려 보세요."

그녀는 또 다른 질문을 보여 주었다. 앞서의 조사와 정반대로, 초기 우주 비행 기술의 역사와 무관한 모든 것에 대한 질문이었다. 너무 광범위한 질문에 대한 경고가 뜨고, 도서관이 관련 검색 결과로 내놓은 건 엄청나게 큰 숫자 두 개뿐이었다. 하나는 관련 파일의 수였다. 다른 하나는 훨씬 더 큰 숫자였는데, 관련 파일에 들어 있는 자료의 양이었다.

"봐요, 난 상보적인 질문을 넣었어요. 첫 번째는 초기 기술사와 관련된 모든 자료를 원했고, 두 번째는 관련이 없는 모든 자료를 원했죠. 두 결과를 합하면 도서관의 용량과 맞먹어야 하잖아요. 그런데 그렇지가 않아요."

에릭이 코웃음 쳤다.

"당연하지. 네서스도 네가 캐내려 들 거라고 예상한 거야. 비는 용량은 네서스가 보려고 따로 빼놓은 파일이겠지."

"그렇겠지. 확인 차원에서 이 질문 목록을 봐."

하이퍼드라이브 기술에 관련된 자료와 관련되지 않은 자료를 도서관에서 찾은 결과였다. 시민들이 하이퍼드라이브 이론을 공개하지 않는다는 사실은 비밀도 아니었다. 당연하게도, 키어스틴이 두 결과를 비교하자 또 다른 대용량의 접근 불가 영역이 드러났다.

"이게 특정 주제에 대해 숨겨진 자료가 얼마나 있는지 알아내는 적합한 방법이라는 점에는 동의하겠죠?"

이번에는 둘 다 아무런 말이 없었다. 오마르는 네서스의 조종 장치를 뚫어지게 바라보고 있었다. 어쩌면 그는 키어스틴의 생각과 달리 뭔가 알고 있는지도 몰랐다. 키어스틴은 명백한 경고를 무시했다.

"날짜로 검색했을 때도 마찬가지예요. 집으로 돌아가고 있는 지금도 접근 금지 영역이 계속 늘어나는 중이라는 게 놀랍지 않아요?"

오마르가 푹신한 의자에서 어색한 동작으로 일어섰다. 그러다가 발끝이 걸려 조종 장치 위로 넘어졌다.

"빌어먹을!"

그가 똑바로 섰을 때는 주스가 셔츠를 온통 적시고 있었다. 둥근 주스 잔이 눌려서 납작해졌다.

"뜨겁잖아."

주스는 나노 섬유에 달라붙지 못하고 빠르게 방울져 바닥으로 흘러내렸다. 조종 장치 위로도 떨어지자 오마르가 셔츠를 벗어 조종 장치를 닦았다. 키어스틴은 반사적으로 시선을 돌렸다. 그의 맨가슴을 보는 건 왠지 부적절한 일 같았다.

하지만 곧 오마르의 손에 다시 시선이 갔다. 오마르는 조종 장치를 아무렇게나 닦고 있는 게 아니었다!

우주선이 하이퍼스페이스에 있는 동안에도 자료가 늘어나고 있다는 것은 네서스가 그워스만 몰래 엿보고 있는 게 아니라는 사실을 암시했다. 키어스틴은 이미 함교에서 숨겨진 센서를 찾은 적이 있었다. 바로 지금 오마르가 주스를 엎지르고 젖은 셔츠로 막고 있는 바로 그곳에서. 오마르 역시 숨어 있는 카메라를 찾아냈던 것이다.

"이런 방법은 한 번밖에 통하지 않을 거야."

갑자기 오마르는 키어스틴이 전에 봤던 그 어느 때보다도 직선적으로 나왔다.

"그래도 네서스는 의심할지 몰라. 키어스틴, 하고 싶은 말이 중요하기를 바라. 그리고 에릭, 질문하지 마."

에릭은 폭발할 듯 보였지만 잠자코 있었다.

"다들 부르기 전에 나도 엎지르는 실수를 한 번 했는데. 무사히 넘어가면 좋겠네요."

키어스틴이 말했다. 그러나 네서스는 짧은 시간 동안에 일어난 두 번의 실수가 순전한 우연이라고 생각하지는 않을 터였다.

"지금부터 하는 이야기는 아주 중요한 거예요. 우리는 시민들이 우리 조상들을 구조했다는 영웅적인 이야기를 들으면서 자랐어요. 우리 조상들은 미지의 존재에게 공격받은 피해자였죠. 선체가 파괴돼 떠돌던 난파선은 얼마나 위험했는지, 그럼에도 불구하고 시민들은 난파선의 경로를 역추적했어요. 하지만 수백 광년 거리 안에 고향으로 추정되는 별은 없었죠. 난파선은 어쩌면 아주 오랫동안 표류했을지도 몰랐고, 아니면 위험으로부터 필사적으로 도망치면서 경로를 바꿨을지도 몰랐어요. 어느 쪽이든 원래 어디서 출발했는지는 알 수 없었죠. 시민들은 수정란을 구조한 뒤에 우주선이 그냥 우주를 떠돌게 내버려 뒀고, 지금은 어떻게 됐는지 알 수 없어요. 간단히 말하면 우리는 협약체가 우리의 과거에 대해 거의 모른다고 배운 거예요. 이제 이걸 보세요."

키어스틴이 입력한 마지막 두 질문은 자료실에 있는 또 다른 접근 불가 영역을 드러냈다. 주제어는 'NP$_4$ 정착 이전 개척민의 역사'였다. 그리고 그 양은 방대했다.

네서스는 슬슬 이번 임무를 성공으로 여겨도 되겠다고 생각했다. 개척민들은 하나의 팀으로서 훌륭하게 임무를 수행했다. 효율적으로 우주선을 운영했으며, 그워스에 대해 많은 정보를 알아냈다.

그와 함께 그들은 충성심도 입증했다. 정중한 태도로 이야기하기는 했지만 키어스틴의 강한 자기주장 때문에 잠시 걱정도 했었다. 하지만 그건 기우였다. 해야 할 때가 되자 그녀는 추진기가 달린 탐사체를 혜성에 설치하는 작업을 도왔다. 시민에게 복종하는 습관은 개척민 사회에 깊숙이 파고들어 있었다.

선단은 더 많은 정찰대원을 키울 것이고, 그건 은하를 빠져나가는 데 도움이 될 터였다. 그리고 그렇게 위험을 경감시키는 좋은 일을 이뤄 낸 것이 네서스였다. 선단에 도움이 필요한 바로 지금, 그가 성공을 거두고 귀환한다면 원하는 모든 게 가능해질 것이다.

수많은 동족들이 네서스를 의심했다. 네서스는 자신의 평범하지 않은 성공이 '다리 사이에 머리를 처박고 있는' 부모를 얼마나 놀라게 할지 상상만 해도 즐거웠다. 새로 사귄 실험당 친구들로부터 받을 인정과 명예에 대한 꿈도 꾸었다. 게다가 이번 성공은 가장 귀중한 보상을 제공할 가능성이 컸다. 바로 배우자였다. 그것도 단순한 배우자가 아니라……

성공을 거두고 귀환하면, 섬세하고 우아한 니케에게도 다가가 볼 수 있을 것이다. 네서스는 대담한 꿈을 꾸기 시작했다.

그때, 메시지가 도착했다.

내용은 짧았지만 네서스는 꿈꾸던 미래를 모두 잊고 선실 안에 웅크린 채 벌벌 떨었다. 아무것도 중요하지 않아 보였다. 음식은 방 안의 합성기에서 나온 것만을 조금 먹었다. 그가 신경을 쓰든 안 쓰든 허스로 돌아가는 일은 개척민이 알아서 할 터였다.

예상치 못했던 메시지의 내용은 이랬다.

즉시 선단으로 돌아올 것.
야생 인간이 우리를 발견하기 직전임.

"어떻게 된 건지는 모르겠지만, 협약체는 우리에게 알려 준 것보다 우리 과거에 대해 훨씬 더 많은 것을 알고 있어요. 난 진실을 알고 싶어요. 그래서 먼저 우리 조상들의 우주선을 찾을 생각이에요."

키어스틴이 말했다.

"그건 불가능해."

에릭은 네서스의 의자에 푹 파묻혀 있었다. 그동안 믿었던 체계가 무너져 내린 듯 한풀 꺾인 모습이었다.

"수백 년 전에 버려두고 왔잖아. 그걸 어디서부터 찾아야 할지 우리가 어떻게 알아?"

우리가 어떻게 알아? 에릭은 그녀를 믿고 있었다! 키어스틴은 품고 있던 의심과 불확실성을 전부 한쪽으로 치워 버렸다.

"그게 뭐건 실마리는 지금 우리가 가는 곳에서 찾을 수 있을 거야. 협약체가 무슨 비밀을 숨기고 있든 그건 세계 선단 안에 있을 테니까."

| 임무: 지구력 2650년 |

1

니케의 사무실은 아파트에서 도약 원반 하나 거리에 있었다. 비상사태가 아닌 한 니케는 도약 원반을 이용하지 않았다. 순간 이동은 효율적이었지만, 편하지 않고 정보를 얻을 수도 없었다.

생태건물* 로비로 순간 이동을 한 니케는 활기 있는 동작으로 도약 원반을 나와 인공으로 기후를 조절하는 안마당과 외부 보도를 나누는 부드러운 역장을 통과했다. 시선이 닿는 곳 어디에나 온갖 건물들이 늘어서 있었다. 가장 낮은 건물조차도 니케의 키보다 천 배는 높았다.

군중의 향기가 마치 따뜻한 목욕을 할 때처럼 니케를 감쌌다.

---

* arcology, 환경 친화적이고 공간 효율적인 생태 도시계획에 따른 건축물.

무리를 짓고 싶은 충동을 느끼자 니케는 끊임없이 이어지는 보행자의 행렬로 재빨리 뛰어들었다. 남과 부딪치고 스치는 일은 피할 수 없었지만, 그래도 그만큼 안도감을 주었다.

니케는 고개를 앞으로 내민 채 걸어가며 다른 이들의 다용도 띠와 장식용 띠, 브로치, 갈기를 꾸미고 있는 리본과 보석을 훑어보았다. 언제나 그렇듯이 보수당에 대한 충성심을 나타내는 녹색과 실험당임을 나타내는 주황색이 눈에 띄었다.

자기가 빠져 있는 취미나 직업적인 소속, 사교 모임을 드러내는 색이 다른 색보다 훨씬 많았다. 다양한 장식들을 둘러본 결과는 니케가 슬프게도 받아들여야만 했던 현실을 두드러지게 보여주었다. 은하핵의 폭발이 발견된 이래 열정은 식어 버렸다는 것이었다.

안 그럴 이유가 있을까? 대륙을 뒤덮은 도시의 불빛에 가려져 별의 움직임은 보이지 않았다. 세계 선단을 가속하는 무반동추진기가 작동한다는 사실은 아주 정교한 장치로만 확인할 수 있었다. 은하를 떠난다고 해도 시민 대부분과 그 자녀들에게는 달라지는 게 없었다. 시간의 흐름을 세대의 변화로 헤아리자면 대대손손 달라지는 게 없다고도 할 수 있었다. 물론 시민에게는 탄생이나 죽음이나 모두 아주 드문 일이었다.

특별한 일은 어느덧 평범한 일이 되고 종국에는 잊히게 마련이었다. 은하에서 탈출하는 일은 보수당이 떠맡았지만, 그들은 그런 일을 하기에 상상력이 너무 부족했다. 그게 협약체가 비상사태에 대처하는 방식이었다. 좌절감에 몸을 떨던 니케는 다용도 띠에 달린 주황색 브로치를 바로잡았다.

사방에서 대화를 나누는 소리가 흘러갔다. 가족, 친구, 예술, 공연, 쇼핑과 정치에 대한 이야기였다. 귓가에 들려온 짧은 정치적 토론 하나는 소소한 내용이었을 뿐 최후자에 가장 적합한 자가 누군지 재고해야 한다는 투는 전혀 없었다.

물론 니케가 알고 있는 정보를 아는 이는 드물었다. 그 사실을 떠올린 니케는 오늘의 여론조사는 이 정도면 충분하다고 생각했다. 보도에 설치된 공용 도약 원반이 가까워지자 그는 머리 하나를 주머니에 넣었다. 입술로 개인용 순간 이동 제어기에서 재빨리 주소를 불러냈다. 설문舌紋, tongueprint을 인증하자 보안 파일에 접근할 수 있었다. 도약 원반은 순식간에 그를 제한구역으로 보내 주었다. 외무부 소속 직원용 출입구였다.

"안녕하십니까."

입구를 순찰하던 경호원들이 인사했다. 그리고 존경의 뜻으로 한 번에 하나씩 머리를 아래로 까딱거렸다. 그 동작은 니케에게서 가장 가까운 경호원부터 시작해 전체로 퍼져 나갔다. 그렇게 함으로써 항상 누군가는 원반을 감시할 수 있었다.

니케는 머리를 주머니에서 빼며 다리를 넓게 벌리고 절대 달아날 필요가 없어 보이는 자세를 취했다. 자신감 넘치는 지도자의 자세였다.

"안녕들 하십니까."

니케가 몸짓을 하자 경호원 둘이 옆으로 물러나 길을 열어 주었다. 니케는 기운찬 동작으로 전용 도약 원반이 모여 있는 곳을 향해 걸어갔다. 외무부 안으로 이어지는 원반이었다. 다시 한 번 설문을 인증하고 주소를 불러내자 경비가 삼엄한 '비밀 임원회' 사무실 단지로 이동했다.

직원들이 각자 자리에서 나와 존경의 동작을 반복했다.

"부장관님, 안녕하십니까."

니케는 이곳에 있는 보수당원들이 마지못해 하는 인사를 즐겼다. 보수당이 정권을 잡고 있는 상황이니 당연히 장관 역시 보수당이었다. 사실, 현 정부의 장관은 전부 보수당이었다.

그러나 정치적 균형과는 상관없이 외무무 안의 책임 있는 지위에는 여전히 실험당이 남아 있었다. 오랜 세월에 걸쳐 적응해 왔음에도 개척민과 직접 접촉할 수 있는 보수당원은 거의 없었다. 개척민과 관련된 정책은 외무부 업무에서 가장 단순한 일이었지만 언제나 인력이 부족했다. 아주 특이한 자들만이 야생의 외계인을 마주할 수 있었다. 그리고 실험당을 빼면 그 누구도 아주 특이한 자들과 함께 일할 수 있을 정도로 유연한 사고방식을 지니지 못했다. 비밀 임원회는 과거에도 그랬듯이 앞으로도 실험당의 구역으로 남을 터였다.

니케와 같은 파에 속한 자들 중 상당수가 군중은 쉽게 잊는다는 사실을 한탄했다. 니케는 그러지 않았다. 다수의 지혜를 부정한다는 것은 바로 광기를 뜻했다. 지금 실험당을 뒤에 숨에서 이끄는 자들은 스스로 사임하고 권력이 없는 야당의 시대로 다시 돌아갔다.

그러니까 우리 실험당이 다시 정권을 잡아도 그들은 우리를 이끌 수 없지. 니케는 생각했다.

그는 다시 자신감 가득한 자세로 섰다. 그렇게 머리를 높이 곧추세운 채 개인 사무실로 향했다. 사무실의 전용 문이 그의 높은 지위를 웅변해 주었다.

문을 닫기 직전 니케는 모두에게 말했다.

"날 방해하지 마십시오."

"GPC의 대표단이 사라진 일은 퍼페티어에 대한 궁금증을 자아내고 있어요. 국제연합은 여러분의 고향 세계를 찾는 일을 계속하고 있죠. GPC 대표단의 부재로 인해 계약이 불이행되거나 보증 규약을 강제할 수 없게 된다는 근거로 그 일을 합리화하면서 말이지요. 아직 조사관의 자료를 얻지는 못했지만, 천문학적인 이상 현상을 광범위하게 분석해서⋯⋯."

니케는 하이퍼웨이브 메시지를 일시 중단했다. 소식을 전하는 인간 여자가 선 채로 움직임을 멈췄다. 대담한 피부 염색 문양부터 옷의 재단까지, 셀 수 없을 정도로 많은 특징이 그녀가 개척민이 아니라는 점을 분명히 보여 주었다.

여자가 쓰는 '퍼페티어'라는 단어는 니케에게도 똑같이 들렸다. 건방지기 짝이 없게도 '알려진 우주*라고 이름 붙인 조그만 영역 안에서 활동하는 고유 문명에 마침내 협약체 대표단이 모습을 드러냈을 때, 피어슨이라는 인간 탐험가가 시민의 몸 구조를

---

* known space. 지구를 중심으로 인간이 진출한, 은하계의 일부에 해당하는 영역.

다리 셋과 양말 인형 같은 머리 두 개가 있는 켄타우로스에 빗댔다. 그때 퍼페티어라는 이름이 자리를 잡았다.

정지 영상 속 야생 인간은 입을 벌리고 있었다. 뚫린 입을 보니 나쁜 소식이 끝도 없이 흘러나오는 것만 같았다. 적어도 개인 사무실을 가진 덕분에 니케는 조금이나마 혼자 있을 수 있었다.

어쩌면 야생 인간이 최후에 웃는 자가 될지도 몰랐다. 개척민 실험의 성공에 뒤이어 여러 실험당원들이 인간식 이름을 차용했다. 갑자기 자신이 고른 명칭이 입속의 재처럼 느껴졌다. 니케, 승리의 여신.

누구를 위한 승리냐가 문제였다. 만약 야생 인간이 선단을 발견한다면 어떻게 반응할까? 그리고 협약체가 인간을 하인으로 부리고 있다는 사실을 알아낸다면?

적어도 아직은 야생 인간이 별에 못 박혀 있는 세계를 찾는 게 분명했다. 가장 신뢰받는 인간 요원도 여섯 개의 세계가 자유롭게 별을 떠났다는 사실을 듣지 못했다.

니케는 사무실 대부분을 차지하는 부드럽고 푹신한 업무 공간 위를 거닐었다. 마음을 가라앉힐 필요가 있었다. 한쪽 입으로 빗을, 다른 입으로 거울을 든 채 니케는 조심조심 털을 부드럽게 다듬고 층을 나눠 정리했다. 털 고르는 일은 언제나처럼 마음을 달래 주었다.

통신기가 울렸다.

"부장관님."

정중한 비서의 목소리가 부드럽게 울렸다.

"얘기하십시오."

니케가 대답했다.

"집회 시간이 되면 알려 달라고 하셨지요."

니케는 깊은 한숨 몇 번으로 떨리는 몸을 진정시켰다. 멀리 떨어져 있는 요원의 보고는 실험당이 권력을 되찾는 데 아주 중요했다.

그건 곧 집회가 더욱 중요해진다는 뜻이었다.

네서스는 군중을 뚫고 가능한 한 빠른 속도로 걸었다. 발굽이 단단한 대로에 부딪쳐 소리를 냈다. 아무리 고개를 내밀어도 목적지는 보이지 않았다. 하지만 그가 지나온 여정의 마지막을 앞당겨 줄 수도 있는 공용 도약 원반을 이용하고 싶은 생각은 들지 않았다.

"아름다운 날이야."

그는 혼자서 중얼거렸다. 군중 소리가 컸음에도 머리 몇 개가 무슨 일인지 돌아보았다. 네서스는 스스로를 억제하지 못하고 한쪽 눈을 깜빡여 응답했다. 웃지 않을 이유가 어디 있을까? 그는 고향으로 돌아와 '탐험가'호에서 내린 게 기뻤다. 너무 기쁜 나머지 세련되게 다듬지 않은 평범한 갈기일망정 단정하게 뒤쪽으로 빗은 뒤 주황색 리본 두 개로 묶었다.

공원이 가까워지자 보도가 넓어졌다. 일정한 간격으로 서 있는 안내원들이 환영의 뜻으로 고개를 까닥거렸다. 다들 집회를 위한 밝은 색 리본 다발을 입에 물고 있었다. 네서스는 밝은 주황색과 금색으로 된 리본 두 개를 받아 들고 기다리는 군중 속으로 들어갔다. 여럿이 새 리본을 목에 두르고 있었다. 네서스도 따라서 했다.

왼쪽에 있는 한 시민이 어깨를 두드렸다.

"많이 왔군요."

"나도 그렇게 생각합니다."

네서스는 오랫동안 개척민과 함께 지내면서 영어로만 대화했다. 단순히 단어를 넘어 모국어로 노래하듯이 기다란 화음을 늘어놓을 수 있다는 것, 혼자서 혹은 다른 이들과 조화롭게 휘감기는 대화를 할 수 있다는 것, 즉 진정한 말을 한다는 것은 여전히 굉장하게 느껴졌다. 그워스에 대한 기억은 벌써 가물가물했다.

"훌륭한 일을 위해서니까요."

"다른 '영구적 비상사태' 집회에도 가 봤습니까?"

옆 친구가 물었다.

"몇 번 가 봤습니다."

가고 싶은 대로 전부는 못 갔지. 네서스는 생각했다. 오랫동안 떠나 있었던 일은 언급하지 않았다. 실제로 한 일 중 NP_4를 떠나 있었다는 부분은 밝혀도 좋다고 허락받았지만, 그랬다가는 대부분이 뒷걸음질 치며 멀어질 터였다. 미치광이와 어울리는 건 대다수가 피하는 일이었다.

단절감에 대한 생각이 좋은 기분을 망치기 전에 네서스는 그 순간에 빠져들었다. 수천 개의 목소리가 겹치며 부르는 노래와 함께 모여 다니는 무리 그리고 향이 강한 공기가 네서스를 휘감

앉다. 곧 니케가 연설을 할 것이다.

여러 연사들이 차례로 나와 위기에 대해, 과거 실험당이 어떻게 협약체를 구원했는지에 대해 말했다. 익숙하면서도 동시에 흥분되는 광경이었다. 네서스도 주위의 다른 이들과 함께 동의한다는 뜻으로 머리를 까닥였다. 위로 아래로, 아래로 위로, 위로 아래로, 아래로 위로.

"은하에서 떠나는 여행은 우리가 첫 번째일 수 있습니다."

연사가 노래하듯 말했다.

"그러나 분명히 마지막은 아닙니다. 다른 종족들도 차례로 우리를 따를 겁니다. 현명치 못하게 미뤘다는 이유로 더욱 절망에 빠진 채로 말입니다. 핵폭발로 인한 방사선이 가까워지면 그들이 어떤 혼란에 빠질지 상상해 보십시오. 행동이 늦은 종족은 앞서 간 종족이 먼저 에너지와 자원을 가져간 곳에서 절망적으로 그걸 찾을 겁니다. 이렇게 절실하게 무언가를 필요로 하는 종족이 세계 선단과 마주친다고 상상해 봅시다. 우리가 조심스럽게 모은 자원을 그들이 발견했습니다. 그러면 협약체는 안전할까요?"

"아닙니다!"

작은 공원에 빽빽하게 들어찬 수만 명이 한목소리로 외쳤다. 네서스는 사방에서 희미하게 예상되는 위기를 생각하고 초조한 나머지 발굽으로 땅을 긁는 소리를 들었다.

"위험이 지나갔습니까?"

"아닙니다! 아닙니다!"

"협약체의 존재를 보수당에 맡겨도 될 정도로 우리의 대응 방침이 일상적인 일입니까?"

"아닙니다! 아닙니다!"

"우리는 언제 안전해질까요?"

듣기 싫은 불협화음으로 시작된 소리는 곧 엄청난 힘을 지닌 하나의 가락으로 변했다.

"비상사태가 끝나면!"

영구적인 비상사태가 끝난 뒤라는 소리였다. 너무 새로운 개념이라 섣불리 판단하기 어려웠다. 모든 기준을 뒤엎고, 숨이 막힐 정도로 무례한. 그래서 그 자체로 두려웠다. 심지어는 실험당도 대부분 그 개념에 난색을 표했다. 보수주의자의 양육에서 거의 벗어나지 못한 네서스에게도 엄청나게 큰 도약이었다. 그래도 상관없었다. 네서스는 실험당의 '영구 비상'파에 대한 자신의 관심이 정책과 무관하다는 사실을 알고 있었다.

공원 가운데 있는 작은 언덕 위에 섬세한 형체 하나가 물질화되었다. 머리 위에는 몇 배로 확대된 홀로그램이 떠올랐다. 피부는 연한 황갈색으로, 점이나 얼룩이 전혀 없었다. 주황색과 황금색이 섞인 정교한 장식물과 물결치는 황갈색 갈기가 조명 아래 빛났다. 네서스는 최후자나 실험당을 이끄는 최후자 후보를 제외하고는 그렇게 정교한 갈기 장식을 본 적이 없었다.

니케가 일어섰다. 다리를 넓게 벌리고 완벽하게 균형을 잡아 자신감이 넘치는 지도자의 자세를 취했다.

울부짖는 수만 명의 참가자 속에서 네서스는 사적인 진실 하나를 깨달았다. 저 아름답고 비범한 지도자를 얻기 위해서, 그리고 함께 아이를 가질 권리를 위해서라면 그 어떤 일이라도 할 것임을.

생태건물에는 식당이 많았다. 식사 중인 수천 명의 관심과 경험을 반영하는 수많은 대화가 자유롭게 시작됐다가 끝나고, 화제가 합쳐졌다가 갈라지고, 고조됐다가 사그라졌다. 직업과 취미, 정치적 견해, 개인적인 관심사가 다양하니만큼 당연한 일이었다.

그럼에도 네서스가 도약 원반을 타고 즐겨 가는 식당에 들어섰을 때는 '니케의 연설'이라는 한 가지 주제가 확실히 지배적이었다. 대화는 시끌벅적했다. 소음 상쇄 기술이 없었다면 얼마나 더 시끄러울까, 네서스는 궁금했다.

삼각형의 탁자가 저 멀리까지 줄줄이 늘어서 있었다. 네서스는 익숙한 얼굴을 찾아 드넓은 식당 안으로 깊숙이 걸어 들어갔다. 그리고 익숙한 얼굴 둘이 보이자 그 사이로 파고들어 길고 푹신한 의자에 앉았다. 의자에 무게가 실리는 순간, 자동으로 그 앞에 놓인 탁자 위에 죽이 담긴 얕은 통과 빵 한 덩어리, 차가운 물 한 잔이 물질화되었다. 우주선 안에서 식단을 자유롭게 고르던 기억은 벌써 희미해졌다.

양쪽에서 반갑다는 뜻으로 고개를 까닥였다. 네서스는 이 둘을 식당에서 자주 봐서 알고 있었다. 아마도 이 생태건물 어딘가에 사는 듯했다. 한 명은 주황색 리본을, 다른 한 명은 주황색 다용도 띠 주머니를 하고 있어서 이들이 실험당 동료들임을 알 수 있었다. 다만 황금빛은 없었기 때문에 니케파는 아니었다.

야생이든 길들였든 인간과 접촉한 적이 없다고 해서 실험당원이 인간식의 가명을 고르는 데 문제가 되지는 않았다. 지금 식사를 함께하는 동료들의 경우만 해도 음악에 대한 취미가 충분히 영감을 제공했다.

"에우테르페, 오르페우스."

네서스가 알은체를 했다. 머리 하나로 편하게 말을 걸면서 다른 머리는 벌써 식사를 하고 있었다. 집회에 일찍 가려고 식사를 걸렀던 탓에 배가 고팠다.

"지난번 작곡은 잘됐습니까?"

솔직히 별 관심은 없었다. 식사를 하는 동안 두 명이 길게 대답할 수 있을 법한 질문이었을 뿐이다.

하지만 네서스의 계획은 실패했다.

"좋습니다, 좋아요."

에우테르페가 대답했다. 그는 반쯤 먹은 빵을 내려놓고 입 두 개로 짧고 감미로운 악절을 노래했다. 중간에 오르페우스가 합류했다.

"이건 나중에 하지요. 지금 우리는……."

에우테르페는 구불거리는 목으로 식당 전체를 가리키는 동작을 해 보였다.

"전부 다 니케가 한 연설에 대해 이야기하고 있습니다. 그 연설 들었습니까?"

그의 말은 회의적인 어조로 들렸다. 네서스는 조심스럽게 대답했다.

"다 듣지는 못했습니다만."

"놀라웠습니다. 아니, 더 나빴지요. 전례가 없으니까."

오르페우스가 대놓고 경멸하는 듯한 기색을 드러냈다.

네서스는 탁자 위의 키패드를 두드려 먹다 남은 합성 곡물 죽을 재활용시켰다. 식욕이 없어졌던 것이다. 반쯤 차 있던 죽 그릇이 사라졌다.

"은하핵의 연쇄 초신성 폭발은 전례가 없는 일이지요. 방사선 파도가 만나는 모든 곳을 불모지로 만드는 것도 전례가 없는 일이고요. 우리의 대응 방침 역시 전례가 없어야 한다는 게 그렇게 놀라운 일입니까?"

"대응 방침 얘기가 아닙니다."

오르페우스는 길게 물을 들이켜다 말고 대꾸했다. 중요한 의견이라 입 두 개를 다 써야 한다고 생각하는 게 분명했다.

"대부분은, 그러니까 대부분의 실험당원들은 당신과 같은 생각일 겁니다. 우리 대응이 어떻든 혹은 앞으로 어떻게 되든, 전례가 없는 일이란 건 분명합니다. 하지만 일단 우리가 그런 대응 방침을 잠시라도 따르면 그건 전례가 되지 않습니까, 네서스? 아니, 이미 전례가 있는 일이 되지 않았습니까?"

오르페우스가 아닌 그 뒤쪽에서 마음을 편안하게 하는 냄새가 났다. 배설물 냄새였다. 부드럽게 떨어지는 소리가 간신히 네서스의 의식 속으로 들어왔을 때 그 소리는 이미 사라진 뒤였다.

탁자는 음식을 배달하는 도약 원반으로 덮여 있었다. 복도에도 도약 원반이 깔려 있는데, 그곳에는 배설물만 다시 합성기로 돌려보내는 필터가 설치돼 있었다. 먹으면서 동시에 비료를 제공하는 것. 초식동물 무리는 아주 오래전, 그런 행동을 의식하기 전부터 그렇게 해 왔다. 기술은 단지 그 과정을 효율적으로 만들었을 뿐이다.

지적 종족 중에서 초식동물은 오로지 그들뿐이었다. 그리고 초식동물만이 먹이를 먹는 바로 그 자리에 배설을 했다. 네서스가 다른 지적 종족을 방문하기에 앞서 받은 훈련 중에는 장운동도 있었다. 다시 한 번 네서스는 단절감을 느꼈다.

"네서스, 오르페우스의 논지를 모르겠습니까?"

에우테르페가 조급하게 말했다.

슬프게도 네서스는 잘 알았다. 심지어는 그런 의견 아래 깔린 더 깊은 현실도.

성공은 익숙함을 낳고, 익숙함은 자기만족을 키운다. 실험당의 경우도 마찬가지였다. 네서스가 다녀온 여행은 은하의 아주 작은 부분만을 보여 줬을 뿐이지만, 그런 제한적인 경험도 때때로 놀라웠다. 그워스는 가장 최근에 본 경이일 뿐이었다. 또 어떤 놀라움이, 어떤 상상할 수 없는 위험이 선단의 앞길에 놓여 있을까? 핵폭발 때문에 이뤄진 이 전례 없는 여행에서 자기만족은 결국 모두를 죽이고 말 터였다.

동족과의 사회적 교류는 다시 한 번, 아무 경고도 없이 네서스로 하여금 자신이 얼마나 잘못 적응했는지, 동족과 얼마나 다른 존재로 바뀌었는지를 깨닫게 했다. 네서스는 양해를 구한 뒤 가장 가까운 도약 원반을 타고 문도 창문도 없는 작은 공간, 자신의 집으로 돌아왔다.

니케가 옳았다는 사실을 새삼 느꼈다. 핵폭발로부터 탈출하는 건 영구적인 비상사태였다. 적어도, 영구적이라고 표현해도 상관없을 정도로 오랜 세월에 걸쳐 그럴 것이다.

네서스는 협약체를 대신해 겪는 온갖 두려움으로 인해 머리를 앞다리 사이에 단단히 박았다. 역설적이라는 생각만 들었다. 몸을 움직일 수도 없게 만드는 바로 이 두려움이야말로 그가 애정의 대상을 만날 수 있게 해 줄 최선의 기회인 것이다.

2

대북부만Great North Bay 가장자리의 바위 절벽에 파도가 부딪쳤다. 소금기 섞인 물이 허공으로 높이 솟아올랐다. 형광색 거품을 품은 파도가 물결치고, 절벽 아래 퇴적암 사이에서도 거품이 일었다. 하지만 만의 앞머리에 있는 울퉁불퉁한 절벽 꼭대기에서는 입구에서 짓쳐들어오는 파도의 벽을 간신히 느낄 수 있을 뿐이었다. 청색과 갈색, 흰색이 아름답게 어우러진 세계가 머리 위에서 별과 함께 맑은 밤하늘을 지배하고 있었다. 그것은 밀물과 썰물을 일으키는 힘의 원천이기도 했다. 일렬로 NP_3 주위를 도는 인공 태양들이 적도의 바다에 반사되어 두 배로 밝게 빛났다.

"우와."

오마르는 입을 떡 벌렸다. 혹시나 해서 입을 다물고 다른 표현을 찾아보았지만 실패였다.

"우와."

똑같은 감탄사를 되풀이했을 뿐이다.

행성이 다섯 개 있다는 말은 매일 열 번의 조석[*]이 나타난다는 뜻이었다. NP$_4$의 어느 곳도 멀리 떨어진 이 협만[**]보다 파도가 높게 치지 않았다. 키어스틴도 처음 왔을 때 경치에 압도당해 며칠 동안이나 그 자리에 못 박혀 구경했다. 그때 생각이 나서 그녀는 미소를 지었다.

"아침에 일찍 깨운 게 나쁘지 않았죠?"

"여기까지 와서 이걸 안 보면 안 되겠지."

에릭은 그렇게만 말하고 곧 화제를 돌렸다.

"이제 여기까지 온 이유를……."

"장난해, 에릭? 우리는 전부 도시에서 자랐잖아. 숲 속을 걷는 일이나 이 울퉁불퉁한 바닷가는 얼음 위성에서 본 것만큼이나 색다르다고. 게다가 이 경우에는 우리가 직접 체험할 수 있지. 이런 멋진 경치를 감상할 줄도 몰라?"

오마르가 말했다.

에릭은 이마에 튄 소금기 어린 바닷물을 손등으로 닦았다.

"맞아요, 장난이었어요. 아르카디아의 가장 구석이긴 해도 여기까지 우릴 데리고 온 건 참 잘한 일이야, 키어스틴."

---

[*] 潮夕. 위성, 행성 따위의 인력에 의하여 해면이 주기적으로 높아졌다 낮아졌다 하는 현상.
[**] fjord. 골짜기까지 바닷물이 들어와 생긴 좁고 긴 만. 육지로 깊이 파고든 모양으로, 양쪽 해안은 경사가 급하며 횡단면은 'U' 자를 이룬다.

밤이 되니 추웠다. 키어스틴은 겉옷 발열기의 온도를 높인 뒤 말했다.

"우리가 사는 세계도 잘 못 보잖아. 안 그래?"

그리고 잠시 그 사실을 음미하도록 가만히 있었다. 꿍음과 함께 커다란 파도가 절벽에 부딪쳤다.

"사실은 이 대륙 하나가 전부지만."

"아르카디아만으로도 충분하다 못해 넘쳐. 이게 완전히 우리 것이면……."

에릭의 말을 자르고 오마르가 끼어들었다.

"우리도 알아, 에릭. 시민들이 우리 조상들의 우주선에 남아 있던 종족에게 준 건 고립된 대륙 하나였지. NP$_4$의 나머지는 시민이 먹을 작물을 기르는 용도였고. 키어스틴, 여기까지 온 이유가 경치 때문이 아니라는 생각을 멈출 수가 없는데. 대체 여기 뭐가 있는 거지?"

'여기 없는 게 뭐냐?'가 더 정확한 질문이겠죠. 키어스틴은 생각했다. 이곳에는 시민이 없었다. 가장 가까운 도약 원반은 우거진 숲을 뚫고 한나절은 걸어가야 있었다. 네서스라고 해도 이렇게 미끄러운 바위들로 덮인 절벽에 가까이 오지 않을 터였다.

"여기선 남의 눈을 피할 수 있어요. 의심스러운 점을 자유롭게 논의할 수 있죠."

오마르는 근처의 바위에 기댔다.

"'탐험가'호에서 찾아낸 아르카디아 이전의 역사에 대해서 말이군."

"나도 그걸 보고 깜짝 놀랐어."

에릭이 다시 끼어들었다. NP_3의 빛이 그의 얼굴을 푸르게 물들였다.

"하지만 그동안 생각을 좀 해 봤는데, 내가 과잉 반응을 한 것 같아."

키어스틴 역시 과잉 반응을 했다는 암시였다.

"우리는 속은 거야. 난 그게 싫어."

"어떤 정보를 우리에게 숨겼다는 건 알겠어. 적어도 그런 정보가 있다는 사실에 대해서는 우리를 속인 거지. 하지만 시민들이 실질적인 일에 대해 우리를 속인 적이 있어? 그렇게 믿을 이유가 없잖아."

불신감에 키어스틴의 눈동자가 커졌다.

"왜 우리 역사를 우리한테 숨겨?"

"우리를 보호하기 위해서. 어쩌면 우리 조상들이 부끄러운 짓을 해서 우리가 그걸 알지 못하게 하려는 걸 수도 있잖아."

부끄러운 짓? 키어스틴은 머릿속이 빙글 돌았다.

"아니면 시민들이 부끄러운 짓을 했고, 그걸 우리에게 숨기려는 건지도 모르지!"

잠시 침묵이 내려앉았다.

"어느 쪽이든, 협약체는 우리가 모르는 우리의 과거를 알고 있어. 그것도 방대한 양이야. 숨기는 게 많은 거지."

어색하게 이어지던 침묵을 깬 오마르는 절벽으로 다가가 밀려오는 조수를 내려다보며 말을 이었다.

"그걸 처음 알아낸 개척민은 우리가 아니야."

키어스틴은 오마르도 '탐험가'호의 비밀 센서에 대해 알고 있었다는 사실을 떠올렸다.

"오마르, 당신 정말 누구예요?"

"너희 선장으로서가 아니라 말이지? 비난의 여지도 없고, 의문을 품을 만한 행동도 하지 않으며, 비굴함을 살짝 벗어난 정도인 선장으로서가 아니라?"

오마르가 미소를 지었다. 키어스틴은 자신감 넘치면서 동시에 겸손한 이 남자가 언제나 네서스의 뜻에 따르던 오마르가 맞는지 의심스러울 지경이었다.

"난 아르카디아 자치 정부의 누군가로부터 두 눈을 크게 뜨고 관찰하라는 비밀 지령을 받은 사람이야. 이렇게 외딴 곳에서 모임을 주선해 줘서 고맙군. 이제 우리가 함께 일할 시간이야."

키어스틴이 한 번도 신경 써 본 적 없는 낡은 금언이 하나 있었다. 모든 개척민은 몇 다리만 건너면 서로 아는 사이가 된다는 말이었다. 사촌의 이웃집을 방문한 친구와 함께 온 동료—마침 그는 아르카디아의 기록 관리인이었다—를 보면서 키어스틴은 그 금언을 재평가해야 할지도 모르겠다고 생각했다.

누가 봐도 우연한 그 만남은 오마르의 작품이었다. 적어도 그런 기회가 있다는 사실을 알려 줬으니 기여는 한 셈이었다. 키어스틴이 어떻게 그걸 알았냐고 물어도 오마르는 알 듯 모를 듯 미소만 지었다. '탐험가'호의 승무원으로 얻은 유명세를 이용해 스벤과 약속을 잡는 일은 쉬웠다. 핵심은 흔적을 남기지 않으면서 기록 관리인과 이야기를 나누는 것이었다.

시민들은 '탐험가'호 승무원의 사회 활동이나 기록 관리인인 스벤 허버트드라코빅스, 아니면 오마르와 접촉한 자치 정부 의회의 비밀 인물을 감시하고 있을까? '탐험가'호의 함교에 있던 비밀 마이크를 생각해 보면 그렇게 몰래 감시하고 있다고 해도 전혀 이상할 게 없었다.

마을에서 열리는 파티는 우연한 만남을 가장할 수 있는 완벽한 장소였다. 음식과 음료수를 손에 든 사람들이 거리를 가득 메운 채 이리저리 부딪치며 이야기를 나누고 있었다. 키어스틴은 마침내 스벤이 그녀가 모르는 어떤 여자와 이야기하고 있는 곳으로 슬슬 다가갔다. 그리고 가볍게 인사하며 날씨 이야기로 시작해 조금씩 대화에 끼어들었다.

잠시 후 스벤과 함께 있던 여자가 마실 것을 찾아 자리를 떴다. 시간이 좀 흐르자 키어스틴이 물었다.

"무슨 일을 하세요?"

"별로 재미없는 일이죠. 먼지 쌓인 옛날 기록을 관리해요."

스벤이 대답했다.

"먼지가 쌓여요?"

키어스틴의 물음에 스벤은 웃었다.

"미안해요. 당연히 기록은 거의 다 컴퓨터에 들어 있죠. 그냥 비유였어요. 오래됐다는 뜻이죠."

"헷갈렸잖아요."

"그게 제 주특기예요."

스벤이 빈 맥주잔을 새 잔으로 바꿀 곳이 있나 주위를 둘러보며 말을 이었다.

"구석에 처박혀 살아요. 개척민 기록 관리인이거든요."

"기록 관리인이 있는 줄은 몰랐네요."

키어스틴은 거짓말을 했다.

"먼지 쌓인 낡은 기록이라고 했죠? 그럼 개척지 설립에 관해 모르는 게 없겠네요. 기록을 마음대로 볼 수 있잖아요."

"보통은 그보다 현대와 관련된 기록을 다루죠. 생산성 자료라든가 인구나 날씨 통계 같은 거요. 뭐, 그래도 보통 사람보다는 초기 시대에 대해 잘 알겠지만."

스벤은 어딘지 애석해하는 표정으로 말을 이었다.

"그 정도로는 당신 기대에 못 미치겠죠."

"잠깐만요."

키어스틴은 얇게 자른 치즈가 놓인 접시를 들고 가는 남자의 소매를 붙잡았다. 그리고 스벤의 말에 별로 관심이 없는 척하면서 여유 있게 치즈를 골랐다. 그녀의 잃어버린 조상들에게는 숨겨진 비인가 자료를 가리키는 단어가 있었을까? 개척민을 위해 개발된 언어에 그런 단어가 없는 건 분명했다.

"미안해요. 뭔가 기대에 못 미친다고 했나요?"

"초기 시대에 대한 자료나 유물은 거의 남아 있지 않아요."

키어스틴은 짐짓 놀라는 척했다.

"정보가 아예 없어지기도 하는 줄은 몰랐네요. 시민들은 사본의 사본의 사본을 만들어 두잖아요."

"물론이죠. 시민들의 컴퓨터는 용량이 크고 백업도 자주 해요. 하지만 아르카디아 개척지를 세운 시민들은 복구한 컴퓨터를 자신들의 통신망에 연결하지 않기로 결정했죠. 안전하지 않을지도 모른다고 걱정했던 거예요. 나중에 일어난 일로 보면 결국 그건 옳은 결정이었죠."

아이들이 양팔을 펄럭거리고 괴성을 지르며 달려갔다. 키어스틴이 보기에는 아무렇게나 이상한 행동을 하는 것 같았다. 그녀는 시끄러운 아이들이 지나가기를 기다렸다가 물었다.

"복구한 컴퓨터요? 아, 우리 조상들의 우주선 잔해에서 꺼낸 컴퓨터 말이군요. 그게 중요한가요?"

"그것보다 중요한 건 없죠."

스벤은 손가락으로 숱이 적은 검은 머리를 쓸어 넘겼다. 손가락에는 결혼반지가 있었다. 작은 루비 세 개가 박힌, 자녀를 나타내는 띠도 있었다.

"수정란 보관소의 유지 관리, 인공 태반의 실시간 제어, 갓 태어난 아기에게 필요한 영양 성분 등등 모든 걸 조상들의 컴퓨터에 의존하고 있었으니까요. 지금은 전부 잃어버렸지만."

"잃어버려요? 어떻게요?"

"화재로요. 복구한 장비 중 하나가 타면서 시작됐을 거라고 하더군요."

물론 시민들의 장비는 그렇게 위험한 고장이 날 리 없었다. 그래도……

"스벤, 난 잘 모르겠어요. 수정란 보관소를 유지하던 장비는 시민의 우주선을 만나기 전까지 공격을 받고도 안전했잖아요. 시민들이 작동법을 알아내려고 시도한 실험들도 견뎠고요. 최소한 한 세대를 태어나게 할 수 있을 정도로 오래 버텼어요. 그러지 못했으면 지금의 우리는 없었겠죠. 그런데 어느 날 갑자기 불타 버렸다고요?"

"나도 참 불행한 일이라고 생각해요."

스벤은 기침을 한 뒤 덧붙였다.

"그래도 어쩔 수 없죠."

조상들의 컴퓨터는 시민들의 통신망에 연결할 수 없을 정도로 신뢰성이 부족했다. 그런 컴퓨터에 개척지 설립에 관한 시민들의 주요 기록을 보관했다고! 둘 중 하나는 사실이 아닌 게 틀림없었다. 어쩌면 둘 다 사실이 아니거나.

만약 키어스틴이 '탐험가'호에서 발견한, 접근 불가능한 NP₄ 이전의 역사 기록을 알려 준다면 기록 관리인은 뭐라고 할까?

"우리의 과거는 그렇게 없어졌군요. 당신 말대로 어쩔 수가 없네요."

키어스틴은 농담이라는 듯이 웃으며 말을 이었다.

"우주선 잔해를 조사하기 전에는 알 수 없겠죠. 그게 어디로 갔는지에 대한 기록도 없을 테고."

스벤도 따라 웃었다.

"그야말로 황당한 생각이네요. 우주에서 잃어버린 고대의 우주선을, 그것도 이렇게나 시간이 지난 후에 찾는다니."

분명 황당한 생각이었다. 네서스와 마찬가지로 키어스틴도 작은 광기가 앞길을 가로막게 내버려 두지 않을 터였다.

3

호출을 받자 기분이 좋은 동시에 겁이 났다. 약속한 시간이 가까워져서 네서스는 혀로 도약 원반 좌표를 입력했다.

조그만 침실이 사라지고, 그보다 더 작고 벽이 투명한 방이 나타났다. 텅 빈 대기실이 보였다. 푸른색 광선이 네서스를 감쌌다. 아마도 위험한 이식물이 있는지를 조사하는 동시에 망막 무늬도 확인하는 절차일 터였다. 네서스는 벽을 살짝 두드려 보고 그 추측을 확인했다. 평범한 입구가 아니었다. 그는 우주선 선체에 쓰이는 거의 투과 불가능한 물질에 둘러싸여 있었다. 천장에서 강렬한 광원—치명적인 수준으로 강도를 높일 수도 있을 것이다. 가시광선은 드물게 GPC의 우주선 재료를 통과할 수 있었다—이 네서스를 밝게 비췄다.

다음 순간 네서스는 보안 검색실 바깥에 있었다. 바닥에 설치된 도약 원반이 자동으로 작동한 듯했다.

"외무부에 오신 것을 환영합니다. 여기서 기다려 주십시오."

녹음된 목소리가 노래하듯 말했다.

네서스는 호화로운 쿠션 위에 앉았다. 기다려야 한다고 해서 기분이 나빠지지는 않았다. 보안 절차 때문에 기가 죽었던 참이라 추스를 시간이 필요했다. 물론 그보다 훨씬 신경이 쓰이는 문제도 있었다.

언제든 니케를 보고 얼빠지지 않은 적이 있었던가? 네서스가 기억하는 한 그 비범한 정치가는 언론 매체의 총아였다. 니케의 말에는 떨림과 기지가 있었고, 훌륭한 자세와 태도는 ─그리고 아름다움은─ 끊임없이 미디어의 주목을 받았다. 니케의 색다른 정치적 입장 역시 네서스를 더욱 빠져들게 만들 뿐이었다.

부모님이 알아주지 않았다는 사실은 네서스의 어린 시절 집착을 더욱 강하게 만들었다. 네서스는 니케가 등장한 주요 방송을 모조리 녹화해서 보고 또 보았다. 대중에게 공개된 정치 행사도 많았는데, 적어도 예순 번은 참여했다. 머리로는 니케의 입장이 시간에 따라 계속 바뀐다는 사실을 알았지만, 마음으로는 전혀 신경 쓰지 않았다.

지지자들에게 니케는 창의적이고 유연하고 독창적인 존재였다. 반대자들에게 그는 야심이 많고 대담한 존재였다. 궁극적으로 어느 쪽 묘사가 더 맞아떨어지는지는 상관없었다. 네서스는 보수당에 헌신하는 가족의 오랜 전통을 버렸다. 가족은 네서스를 버렸다.

동료들이 한가한 사교 활동이나 시시한 취미로 시간을 낭비하는 동안 네서스는 니케의 주의를 끌 수 있는 실험 계획에 모조리 지원했다. 그 어느 것도 니케의 주의를 끄는 데 실패하자, 훨씬 더 혁신적인 계획을 직접 제안하기 시작했다. 그중 개척민을 탐험대로 이용하자는 계획이 아마도 니케의 개인적인 관심을 끈 모양이었다.

그리고 마침내 오늘, 니케를 만나게 된 것이다!

"따라오십시오."

키가 크고 눈이 녹색인 직원이 방 건너편에 나타났다. 그의 다용도 띠에는 녹색 브로치가 달려 있었다. 태도를 보니 꾀죄죄한 방문객이 못마땅한 듯했다.

"부장관님께서 지금 보시겠답니다."

직원은 그렇게만 말하고 사라졌다.

네서스는 임시로 활성화시킨 도약 원반을 향해 종종걸음을 쳤다. 심장이 뛰었다. 네서스가 나타난 곳은 문이 열린 사무실 바로 바깥이었다. 문가에서 보이는 넓고 푹신한 업무 공간만도 그의 주거지 전체보다 컸다. 바닥에는 풀이 우거지게 깔려 있었다. 녹색 눈의 직원이 네서스를 안으로 밀어 넣다시피 한 뒤 고개를 까딱거리고 밖에서 문을 닫았다.

"부장관님."

네서스는 유순하게 고개를 숙였다.

"편하게 하십시오."

니케가 우아하게 목을 앞으로 뻗어 네서스와 머리를 가볍게 스쳤다. 마치 둘이 동등하다는 듯이.

네서스는 어색한 자세로 손님용 의자에 앉았다. 커다란 사무실에는 예술품이 여러 점 있었다. 물론 상당수는 홀로그램이었다. 하지만 바닥의 풀이 눌려 있는 것으로 보아 커다란 상 몇 개는 돌로 조각했거나 금속으로 주조한 게 분명했다. 커다란 사무실과 마찬가지로 실체가 있는 예술품은 강한 권력을 나타냈다. 분명히 압도하기 위한 목적으로 가져다 놓았을 터였다. 그리고 그런 전략은 성공적이었다.

네서스는 이날을 수도 없이, 수많은 방식으로 상상해 왔다. 하지만 막상 이 순간 무슨 말을 해야 할지 떠오르지 않았다. 기껏해야 갈기를 쥐어뜯거나 경박하게 목을 서로 교차시키고 싶은 것을 참을 수 있었을 뿐이다.

"왜 불렀는지 궁금할 겁니다."

"그렇습니다, 부장관님."

"니케라고 불러요. 네서스라고 불러도 될까요? 좋습니다. 우리가 다룰 사안을 생각하면 인간식 명칭이 특히 적절해 보이는군요. 그것이…… 최근 있었던 '탐험가'호의 임무 말입니다."

직접 얼굴을 맞대고 이야기하자니 니케의 고상함과 비범함은 압도적이었다. 네서스는 유쾌한 충격 속에서 몇 마디를 놓치고 말았다. 임무가 어쨌다는 걸까? 그워스에 대한 보고서? 승무원들의 능력에 대해? 그것 같았다.

"그렇습니다, 니케."

그 이름을 입에 담는 것만으로도 네서스는 몹시 기뻤다.

"전 그 임무가 성공적이었다고 생각합니다. 더 오래 머물렀다면 더 많은 자료를 얻을 수 있었겠지만, 개척민에 대한 긍정적인 평가는 달라지지 않았을 겁니다."

니케는 네서스를 유심히 바라보며 말했다.

"내가 그 실험을 직접 승인했다는 걸 알고 있습니까? 내가 직접 했지요. 협약체에는 우리가 가는 경로에 놓인 위험을 탐색할 능력을 가진 자가 너무 적습니다. 당신의 창의적인 문제 해결책은 칭찬받아 마땅합니다."

거기서 잠시 멈추고 네서스가 방금 들은 칭찬을 음미하게 해 준 후, 계속했다.

"선단으로 돌아오게 한 건 가벼운 결정이 아니었습니다."

칭찬을 들은 네서스는 마냥 기분이 들떴다.

"알겠습니다. 그러면 무슨 일입니까, 니케?"

"우리는 더 급박한 위험에 직면했습니다."

네서스는 하이퍼웨이브로 날아온 메시지를 기억하고 있었다.

"야생 인간들이 선단을 발견했습니까?"

"아직은 아닙니다. 하지만 지구에 있는 우리 요원들이 대규모 탐색이 진행되고 있다고 보고했습니다."

"오래전부터 그게 문제였지요."

그런 말을 할 수 있는 이는 거의 없었다. 네서스가 그중 하나 였다. 실험당에서 앞서 나가기 위해 그가 초반에 시도했던 여러 가지 일 중에는 인간의 우주에서 GPC의 대표로 근무하는 임무 도 있었다. 니케가 말하는 요원은 네서스가 고용한 자일 가능성 이 꽤 높았다.

"아직도 성공하지는 못했습니다만."

"하지만 그 일에 이 정도 자원을 쏟은 적은 없었습니다."

니케가 강한 어조로 말했다.

네서스는 조금 전 니케의 예상치 못한 격찬이 갑자기 이해가 되었다. 그가 네서스를 찾은 건 '탐험가'호의 임무 때문이 아니었다. 과거 네서스의 경험 때문이었다. 인간의 시간으로 백 년 전, 시민들이 야생 인간에게 모습을 드러낸 지 고작 오십 년 만에 네서스는 인간의 우주에 첫발을 들여놓았다.

그때 느꼈던 두려움과 고립감이 다시금 홍수처럼 밀려들었다. 네서스가 공처럼 몸을 말고 부들부들 떨지 않을 수 있었던 것은 오직 니케가 있기 때문이었다. 니케에게는 내가 필요해. 네서스는 마음속으로 중얼거렸다.

그곳으로 돌아가는 게 그렇게 나쁠까?

인간 세계는, 심지어 지구마저도 대부분이 인구가 살지 않는 황야였다. 가난하기 짝이 없는 인간이 사는 집조차도 복도와 계단, 엘리베이터, 개인 주방 따위로 공간을 낭비하고 있었다. 게다가 인간의 우주는 원시적인 상태였다. 개척민이 출발한 장소를 마침내 찾아냈을 때, 야생 인간의 기술력은 '긴 통로'호보다 약간 앞선 정도였다. 그 뒤로 인간의 기술이 조금이나마 진보한 건 협약체가 직간접적으로 도와준 덕분이었다. 순진하고 쉽게 다룰 수 있는 개척민을 통해 얻은 실험 결과와 경험이 없었다면 인간에게 기술을 얼마나 많이 줬을지 네서스는 의심스러웠다.

인간은 원시적이지만, 여전히 위험했다.

네서스는 '탐험가'호의 승무원들에게 조약돌도 운동에너지를 지닌 무기로 둔갑할 수 있다는 생각을 불어넣어 주었다. 만약 인간이 선단을 발견한다면, 하이퍼드라이브로 선단의 경로 위에 스텔스 우주선을 도약시켜 허스를 완전히 파괴할 수도 있었다. 게

다가 만약 야생 인간이 개척민과 그들의 역사에 대해 알게 된다면…… 당연히 적대적으로 변하지 않겠는가?

집중해! 니케를 만나기 위해 그렇게 오랫동안 노력했는데, 쓸데없는 생각을 하다니!

니케의 말이 이어지고 있었다.

"……그 요원은 국제연합 조직의 꽤 고위층에 있습니다. 이 국제연합이 전보다 더 광범위하게 협약체를 찾고 있지요."

지식이라면 니케에게 강한 인상을 줄지도 몰랐다.

"조심스럽게 말씀드리자면, 그 탐색은 오래 지속될 수 없습니다. 야생 인간의 원시적인 경제는 GPC에 점점 의존하게 되었습니다. 이제 GPC가 철수함에 따라 경제도 축소될 겁니다. 앞으로 몇 년 동안은 괴롭겠지요."

GPC를 그렇게 활용하자는 생각은 '긴 통로'호의 컴퓨터에 있던 역사 자료 속 '동인도회사' 항목에서 비롯되었다. 물론 협약체가 영향을 끼친 방식은 왕권으로 부여한 동인도에서의 교역 독점권보다 훨씬 더 세련된 것이었다. GPC는 인간에게 파괴 불가능한 선체를 팔아서 엄청난 양의 금액을 축적했다. 이 돈은 장막 뒤에 숨어 있는 영향력을 구매하는 데 주로 쓰였다. 인도의 세포이 군대가 대영제국의 적들과 싸웠듯이, 야생 인간은 쉽사리 조종당해 훗날 협약체를 위협할 정도로 자랄 가능성이 있는 우주 비행 종족을 억제했다.

네서스는 고위직에 속하는 요원들을 남겨 두고 왔다. 그중에는 국제연합의 부차관도 있었다. 그들 대부분은 아주 멀리 우회해서 —협상 혹은 매수로— 영입한 자들이었다. 그들이 아직도 하이퍼웨이브로 외무부에 보고하고 있는지도 몰랐다.

"니케, 야생 인간은 제가 그곳에 있는 동안에도 끊임없이 '퍼페티어'의 고향을 찾았습니다. 저도 인간들의 뉴스 매체를 통해 그런 노력에 어떤 진전이 있는지를 추적했지요. 국제연합 역시 비밀리에 우리를 추적하고 있었습니다. 제가 심어 둔 요원들이 가끔씩 자기도 모르는 사이에 그런 정보를 흘리곤 하더군요. 우리를 찾는 일에 실패를 거듭할수록 인간은 더 먼 우주를 바라보았습니다."

네서스가 아무런 보호 장비 없이 황색 태양 아래 설 때마다 인간은 퍼페티어가 근처의 비슷한 별에서 진화했다고 확신했다.

"인간이 황색 별 근처만 계속 찾는 한 절대 우리를 찾지 못합니다."

"하지만 그래도, 그렇게 실패했으면서도 계속 찾고 있지요. ARM이라는 조직에 대해 말해 보십시오."

"지역군사엽합Amalgamated Regional Militia 말씀이시군요."

극도로 강한 권력을 쥔 존재치고는 별 특징이 없는 평범한 이름이었다.

"ARM은 국제연합의 경찰로 생긴 조직입니다. 요원들도 ARM이라고 불리지요."

"요원들은 유능합니까?"

"일부는 그렇습니다."

네서스는 다시 갈기를 쥐어뜯고 싶은 충동과 싸우고 있었다.

"ARM들은 향정신성 약물을 주입받아 편집증을 유지합니다. 거기다가 영리하기까지 하면……."

"지그문트 아우스폴러라는 인간이 그런 영리한 자라고 들었습니다. 가장 최근 국제연합의 수색을 지휘한 인물이지요. 정보원들에 따르면, 아우스폴러는 GPC가 '알려진 우주'에서 서둘러 철수하면서 흔적을 남겼을 거라고 생각한답니다. 새로운 실마리가 되겠지요. 그자의 추측이 옳을까 봐 두렵습니다."

아우스폴러!

"그는 인간들 중에서 가장 영리한 축에 속하고, 편집증을 타고났으며, 쉽사리 정신이 산만해지지도 않는 자입니다."

게다가 여러 차례 은밀한 수작을 부려 봤음에도 네서스는 그를 부패시킬 방법을 찾지 못했다. 아우스폴러가 NP_4를 발견한다면 무슨 짓을 하려 들까? 그래도…….

생각이 하나 떠올랐다. 아직 완전하지도 않고, 꼭 실용적이라고 할 수도 없었다. 용기를 내서 니케에게 자세히 설명하기 전에 더 많은 부분을 고려해 봐야 할 듯했다.

어쨌든 그건 더할 나위 없이 영리한 계획인 것 같았다.

미용사가 한 입에는 참빗을 다른 입에는 작은 가위를 들고 니케의 갈기를 마지막으로 매만졌다. 염색은 이미 끝났고, 털은 세심하게 부풀려 층지게 했으며, 땋은 곳은 다시 매듭을 지어 정렬했다. 보석 수백 개도 제자리를 찾았다. 니케는 목을 앞으로 구부려 여러 각도에서 그 모양을 감상했다. 정교한 장식을 유지하려면 하루에 두 번씩 최상급 미용사의 조력을 받아야 했다. 그게 핵심이었다. 성공한 권력자만이 그런 지출을 감당할 수 있었다.

니케가 노래하듯 만족스럽다는 소리를 냈다. 미용사는 도구와 사용하지 않은 장식을 가방에 던져 넣고 도약 원반을 통해 니케의 거주지를 떠났다. 사용한 여러 장비를 분류하고 다시 싸는 일은 다른 곳에서도 할 수 있었다.

거울 속 니케의 모습은 강건하고 위풍당당했다. 오늘 밤 무용극에 오는 관객들 중 누구도 이보다 멋지긴 어려울 것이다. 한 바퀴 빙글 돌며 훑어본 뒤 니케는 고개를 높게/낮게, 낮게/높게 까딱거렸다. 방금 본 모습과 다가올 약속 모두 만족스럽다는 뜻이었다.

기록이 훌륭했던 것에 비해 네서스는 첫 만남에서 주의를 집중하지 못했다. 때로 완전히 얼어붙기도 했다. 성적으로 끌려 정신이 분산됐던 걸까? 그는 또 다른 영웅 숭배자일까? 어느 쪽이든 오늘 저녁 만남 이후로 홀딱 빠진 네서스는 뭐든지 니케가 요구하는 대로 하게 될 터였다.

농장 행성의 빛을 받으면 얼마나 멋져 보이는지 잘 아는 니케는 네서스에게 바닷가 산책로에서 만나자고 했다. 거기서 곧바로 무용극을 보러 갈 계획이었다.

니케는 머리 하나를 장식이 화려한 띠—오늘 밤은 주머니 많은 다용도 띠가 아니었다!—에 달린 주머니에 넣고 순간 이동 제어기를 간단히 조작해 거주지를 떠났다. 니케가 다시 나타난 곳은 이 세계에서는 드문 장소였다. 전등이나 샹들리에, 발광판이 없는 곳. 인공조명은 경치 감상을 방해할 뿐이었다.

시커먼 바다에서 NP_1 행성이 떠올랐다. 고리를 이루며 적도 궤도를 돌고 있는 인공 태양들 아래로 허스의 가장 오래된 동반자가 전신을 드러내며 빛났다. NP_1의 바다는 밝은 청록색으로 반짝였고, 극관은 순수한 백색이었다. 천천히 해변으로 밀려드는 파도 위에 반사된 빛이 수도 없이 반짝였다. 반대쪽에서는 초승달 모양의 NP_5가 지고 있었다. NP_5의 인공 태양들은 극궤도를 돌았다. 극지에서 극지까지 좀 더 일정한 기후를 제공하기 위해서였다. 눈에도 선명한 둥근 모양의 세계 위에는 거대한 회오리 폭풍이 불고 있었다. 저 폭풍이 가라앉고, 가장 최근 선단에 합류한 행성이 완전히 길들여져 생산을 하게 되는 건 아직 태어나지도 않은 니케의 아이들이 꽤 나이를 먹은 뒤에나 가능할 터였다. 나머지 NP_2, NP_3, NP_4는 잠시 시야 밖에 있었다.

"정말 아름답습니다."

네서스가 말했다. 목소리가 떨리는 것으로 짐작건대 '당신은' 이라는 주어가 빠진 듯했다. 네서스는 근처에 서 있었다. 머리 하나를 부드럽게 경사진 해변과 산책로를 가르는 튼튼한 난간 위에 올려놓은 채였다. 갈기는 지극히 수수했다. 특색 없게 자른 뒤 정성껏 납작하게 눌러 빗은 모양에, 수수한 리본 몇 개로 큼지막하게 묶은 게 다였다. 개인 문서에 있던 홀로그램 사진과 비교하면 그답지 않게 격식을 차린 셈이었다. 니케도 그런 시도는 인정했다.

"네, 아름답습니다."

니케가 동의했다. 이 세계에서 네서스가 이런 광경을 보기는 쉽지 않았다. 아무나 올 수 없는 장소라는 사실을 굳이 언급할 필요도 없었다. 전용 도약 원반 주소에 일회용 접근 암호면 알 만하지 않은가. 둘은 지금 허스에서 생태건물로 뒤덮이지 않은 드문 장소에 함께 있었다.

네서스가 지금처럼 니케의 호의를 얻는다면 특권층에 들어갈 수 있을지도 모른다는 전망 역시 둘 다 입에 담지 않았다. 니케는 잠시 부끄러웠다. 입으로는 어떤 약속도 하지 않을 테지만, 수천 세대에 걸쳐 내려온 사회적 관습은 언어만큼이나 분명했다. 협약체를 향한 위험은 회피해야 했다. 니케는 네서스를 인간의 우주로 돌려보내기 위해 무슨 일이든 할 작정이었다.

"이건 자연스러운 일은 아니군요."

네서스는 잠시 두 눈을 서로 마주 보았다. 그리고 니케가 다시 죄책감을 느끼고 있을 때, 말을 이었다.

"이렇게 영원한 밤은 아름답기 그지없지만, 다른 세계들에는 온기를 유지해 줄 태양이 있으니 말입니다."

태양. 일조 명의 인구에서 나오는 폐열이 아니라 태양열. 선단에 속한 세계 중에서 허스에만 인공 태양이 없었다. 니케는 목을 길게 늘였다. 그렇게 머리를 NP_1으로 향한 채 입술을 오므리고 혀를 뻗었다.

"여기서 그런 광경을 즐길 수는 있지요."

네서스는 아니라는 듯이 머리를 좌우로 흔들었다.

"절대 일어나지 않을 일이라는 건 알지만, 당신께 진정한 해돋이의 아름다움을 보여 주고 싶습니다. 반짝이는 별들이 수놓인 가장 어두운 검은색에서 차츰 청백색으로 변해 가는 하늘과 노란색, 분홍색, 빨간색으로 물든 구름들을 말입니다."

한참 동안 그들은 나란히 서서 긴 파도가 해변에 밀려드는 모습을 바라보았다.

"지구의 해돋이는 멋질 겁니다."

성공이었다. 동시에 니케는 부끄러움에 가슴이 아팠다.

"늦었군요. 이제 가지요."

니케가 말했다.

4

키어스틴은 땅에서 주운 단단한 나뭇가지를 들고 무성한 잎을 헤치며 덤불 속으로 조심스럽게 길을 이끌었다. 허리 높이에서 키의 두 배 정도 되는 식물이 가장 많이 보였다. 빽빽한 관목을 보고 산울타리가 우세종이라고 생각할 뻔했지만 빨간색이어서 탈락시켰다. 과일이나 꽃은 무지개색이어도 상관없지만, 식물이라면 잎은 초록색이어야지. 키어스틴은 생각했다.

오마르나 키어스틴처럼 에릭도 오늘은 부드러운 색의 옷을 입고 있었다. 은폐하기 위해서만이 아니었다. 에릭은 짝을 찾는 남자를 나타내는 꾸밈새와 색을 전부 없앴다. '탐험가'호에 타고 있을 때부터 그럴 생각이었는지도 몰랐다. 어쨌든 태도가 나아진 건 분명했다.

"저건 뭐 하는 거지?"

에릭이 물었다. 오랜만에 운동을 하는지 숨이 가빴다. 키어스틴은 에릭이 쉴 시간을 내려고 하나 의심했지만 웃음을 보이지는 않았다.

"어떤 거?"

"왼쪽에 있는 저 빨간 수풀 말이야. 보라색 촉수 같은 것도 나 있고."

에릭이 바위에 주저앉아 손가락으로 가리키며 말했다.

"이름은 잊었는데, 식충식물이야. 예전에 시민들이 밭을 보호하려고 가장자리에 심었던 거지."

보충 설명이라도 하듯이 가장 가까운 산울타리에 달린 촉수 몇 개가 뻗어 나와 한 곳을 후려쳤다. 투명한 날개 조각이 팔랑거리며 땅으로 떨어졌다. 보라색 꽃가루 매개 곤충의 잔해였다.

오마르가 그 광경에 얼굴을 찡그리며 등에 멘 가방을 떨어뜨렸다. 부드럽게 쉭 하는 소리를 내며 가방이 떨어진 바닥은 뾰족한 꽃이 드문드문 달린 이끼 비슷한 노란색 식물로 덮여 있었다.

"네서스를 설득해서 인가받은 이 간단한 훈련 말이야, 안전하다고 했지?"

오마르의 물음에, 키어스틴이 대답했다.

"안심하세요. 여기 사는 것들이 맛있어할 만한 냄새가 우리한테서는 안 나니까요."

맛은 고사하고 냄새라도 맡을 수 있을까? 주위의 냄새가 압도적이었다. '탐험가'호에서도 인공적으로 초식동물의 페로몬을 공기에 퍼뜨렸지만, 그래도 그건 한 가지 냄새였다. 지금은 수없이 많은 자극적인 냄새와 찌르는 듯한 향기가 사방을 둘러싸고 있었다. 다음번에는 냄새 정화기를 가져와야 할 듯싶었다.

두 번이나 항성 간 여행을 경험한 키어스틴은 대양을 가로질러 엘리시움 대륙으로 가는 건 나들이에 불과하리라고 예상했다. 하지만 실제로는 아르카디아 대륙 바깥 역시 완전히 새로운 세계였다. 준궤도 비행도 예상과 전혀 달랐다. 다른 건 둘째 치고 침투 불가능한 선체도, 몸을 보호해 주는 튼튼한 우주복조차도 없었다. NP$_4$의 대부분이 시민들의 자연 보존 지역이라는 사실은 너무 잊기 쉬웠다. 농부가 아니라면 특히 더했다.

분명히 여기서 일하는 시민도 있어. 키어스틴은 기억을 떠올렸다. 위험해 봤자 얼마나 위험하겠어?

오마르와 에릭이 시선을 교환했다.

"냄새 얘기가 나왔으니까 말인데, 이렇게 냄새가 고약할 줄 알고 있었어? 그렇게 세세한 부분도 미리 조사했어?"

에릭이 물었다.

잠시 멈췄더니 근육이 아우성을 쳤다. 피로가 쌓였다. 힘든 일이었다. 쉬려면 아직 먼 길을 가야 했다. 키어스틴은 상체를 살짝 앞으로 숙여 배낭을 좀 더 편한 자세로 고쳐 멨다.

"어두워지기 전에 야영하기 적당한 곳을 찾아야 해."

그들 모두 키어스틴이 어느 곳인가를 마음에 두고 있다는 것을 알았다. 오마르가 투덜거리며 가방을 들어 올렸다.

"왜 애초에 바로 그곳으로 도약해서 야영하지 않은 건지 누가 좀 설명해 봐. 여기까지 날아와서 또 이렇게 걷다니……. 이건 너무 원시적이야."

"도약 원반이 흡수하거나 전달할 수 있는 운동에너지에 한계가 있거든요."

이 여행에 동의했으면서도, 그렇게 대답하는 에릭은 당황스러운 표정이었다. 마치 시민들의 기술에 한계가 있다는 사실을 인정하는 게 불충해 보인다는 듯했다.

"간단한 예를 들게요. 지금 적도 위에 있다고 쳐요. 가려는 곳은 적도를 반 바퀴 돌면 나오고요. 이 두 지점은 위도도 같고 회전속도도 같지만, 순간속도는 정반대 방향으로 작용하겠죠. 어림해 보세요. 보통 큰 수가 아니에요. 당연히 허스도 그렇지만, 아르카디아에는 도약 원반이 엄청 많아서 이 문제를 피할 수 있어요. 두 장소 사이의 속도 차이가 너무 커서 한 번에 도약하기 어려우면 자동으로 중간에 있는 원반을 거쳐서 움직이게 해 주죠. 다만 이 과정이 너무 빨리 이뤄지기 때문에 중간 단계를 거의 느끼지 못하는 거예요. 우리가 비행기를 타고 온 건 원반으로 건너기에는 바다가 너무 넓었기 때문이에요. 지금 걷는 건 키어스틴이 우리를 산 채로 잡아먹히게 하려고 안달 난 이 미개척지에 도약 원반이 너무 드문드문 있기 때문이죠."

오마르는 방금 뭔가 달려가면서 땅에 바짝 붙은 잎이 부스럭거리는 보라색 덤불을 미심쩍다는 듯 바라보았다.

"그 한계가 얼만데?"

"일 초에 육십 미터요."

키어스틴이 대답했다. 시민들이 영어를 만들면서 굳이 함께 쓸 단위까지 영어로 만든 이유는 아무도 이해하지 못했다. 어쩌면 인간과 이야기할 때만 그 단위를 쓰는지도 몰랐다. 키어스틴은 '탐험가'호를 조종하기 위해 협약체의 표준 단위를 철저하게 익혀야 했다.

"이제 가요."

키어스틴은 부스럭거리는 소리가 나는 곳으로 돌멩이를 하나 던졌다. 시민과 코알라의 잡종처럼 생겼으면서 손바닥보다 작은 동물 하나가 덤불에서 뛰어나와 옆을 스쳐 지나갔다.

"설마 저런 게 무섭진 않겠죠?"

그 말은 키어스틴이 바랐던 대로 웃음을 끌어냈다. 그들은 허스의 식물을 이식해 만든 숲을 뚫고 계속 걸었다.

가는 길은 대개 서쪽을 향해 있었다. 마지막 인공 태양이 지기 전까지는 북쪽과 남쪽을 헷갈릴 염려가 없었다. 키어스틴은 이 여행의 진짜 목적을 향해 앞장서서 힘차게 걸었다.

키어스틴도 슬슬 힘이 부치기 시작했다. 그녀처럼 하이킹을 해 본 적이 없는 동료들은 비틀거리고 있었다. 주변의 나뭇가지와 나뭇잎에서 바스락거리는 소리가 났다. 덤불과 나무 위에서는 처음 보는 동물이 울음소리를 내거나 황급히 뛰어갔다. NP_4의 인공 태양은 이미 진 지 오래였다. 들고 있는 손전등을 제외하면 유일한 광원은 하늘을 덮은 다양한 색의 식물들 사이로 희미하게 들어오는 선단의 불빛이었다.

목적지는 숲 속 깊은 곳에 있는 대피소였다. 키어스틴은 다양한 색깔의 무성한 잎 속에서 건물이 제대로 보이기나 할지 의심스러웠다. 그러나 그건 바보 같은 걱정이었다. 건물 외곽을 따라 반짝이는 전등이 달려 있어 놓치려고 해도 놓치기 어려웠다. 심지어 전등 불빛의 색이 무작위로 빠르게 변하기도 했다. 시민용 대피소였으니 애초에 못 찾을 걱정을 할 필요가 없었던 것이다.

대피소는 다른 세계의 불빛이 비치는 공터 한가운데 서 있었다. 지금은 세 곳이 보였다. 초승달 모양의 NP_2, 보름달 모양의 NP_1 그리고 허스.

인공 태양이 없는 허스는 다른 세계와 달랐다. 칠흑같이 어두운 바다 사이에 놓인 대륙이 수백만 개의 보석이 박힌 듯이 반짝거렸다. 보석 같은 빛의 점들은 각각이 아르카디아에 있는 그 어느 도시보다 큰 도시들이었다. 키어스틴은 그 모습을 아무리 자주 봐도 볼 때마다 기가 죽었다.

"멍하니 쳐다보는 거 다 끝났으면 들어가지."

오마르가 숨을 헐떡이며 말했다. 웃는 것을 보니 책망하는 말은 아니었다.

"시민용 푹신한 의자라도 지금은 좋을 것 같아."

"아니면 푹신한 바닥도 괜찮고요."

에릭도 동의했다.

무성한 숲을 뚫고 이십여 킬로미터를 걸어온 그들은 녹초가 되어 있었다. 엘리시움에 늦은 오후에 도착했다는 점을 고려하면

과도하게 걸었다. 만약 바로 이곳에 꼭 와야 했다면 공항이나 출발지에서 더 가까운 대피소에 있는 도약 원반을 이용하는 게 훨씬 더 합리적인 선택이었다. 시민이라면 당연히 그렇게 여길 터였다. 내일 다시 걸어서 나간다면 그들이 이곳에 있었다고 의심할 이는 아무도 없을 것이다. 다만…….

"내일이면 우리 전부 절룩거리겠네요. 여유 있게 하죠. 내가 마사지를 할 줄 아니까 둘 다 해 줄게요."

키어스틴은 둘이 고개를 끄덕일 때까지 대답을 기다렸다.

문을 열자 실내 전등이 활성화되었다. 키어스틴이 먼저 들어갔다.

"집이나 다름없이 편하고, 도약 원반 시스템에는 아무 기록도 안 남겼습니다, 여러분."

도약 원반에 누가 어디로 갔는지 기록이 남던가? 그녀도 잘 몰랐지만, 괜히 물었다가는 의심만 살 수 있었다.

에릭이 인상을 쓰며 가방을 떨어뜨렸다.

"나한테 있었는지도 몰랐던 근육까지 아파. 뭘 좀 먹으면 나아지려나."

"먹어서 나쁠 건 없지."

오마르가 대꾸했다. 그는 바닥에 앉아서 신발을 벗은 채 발을 주무르고 있었다.

"게다가 뭘 먹든 가방은 좀 더 가벼워질 거 아니야."

"좋은 지적이에요."

에릭이 가방을 뒤지기 시작했다.

"키어스틴, 뭐 줄까?"

"아무거나 괜찮은 걸로 줘."

키어스틴은 건성으로 대답했다. 통신 단말기가 어디 있지? 시민용 대피소에 없을 리가 없었다.

"포장지랑 쓰레기는 꼭 다시 싸야 해."

단말기는 등 뒤에 있었다. 문 바로 옆이었다. 머리가 하나 더 있었다면 좀 더 빨리 찾았을 터였다.

"여기 있네. 난 일 좀 할게요."

키어스틴이 집착하고 있는 질문에 대한 답은 아르카디아에서 얻을 수 없었다. 그녀의 주장을 입증할 방법이 없었다. 설령 숨겨진 뭔가가 있다고 해도, 스벤이나 전임자 모두를 속여 넘긴 비밀을 어떻게 벗길 수 있을까? 시민들이 사용하는 공용 통신망을 이용해 검색하는 게 더 그럴듯했다.

어쨌든 그게 키어스틴의 이론이었다. 그리고 이제 시험해 볼 기회였다. 키어스틴은 깍지를 끼고 손가락 관절을 풀었다. 에릭이 불안한 표정을 하자 웃음이 나왔다.

"난 손밖에 없어서 말이야. 이 키보드는 시민들의 입술 마디에 맞게 돼 있거든."

"키보드가 있기는 있군."

에릭이 말했다.

"음성인식의 예비용이지. '탐험가'호에 있는 것처럼."

기분 좋은 냄새가 퍼지기 시작했다. 자체 발열 용기에 담긴 소고기 스튜였다.

"먹어, 키어스틴."

오마르가 용기를 열어 주고는 물었다.

"단말기는 조작할 수 있어?"

키어스틴은 갑자기 배가 몹시 고파졌다. 그래서 오마르에게 대답한 건 삼분의 일이나 먹고 난 뒤였다.

"'탐험가'호에 있는 네서스의 조종 장치 같은 거예요. 쓸 수 있어요."

'간신히'이긴 했지만.

시험 삼아 아무 버튼이나 누르자 예상대로 초기 화면이 떴다.

"'허드 넷Herd Net'에 오신 것을…… 환영합니다."

키어스틴이 통역했다. 네서스는 우주선의 문서를 영어로 번역하느니 승무원에게 시민어를 가르치는 게 낫겠다는 결론을 내린 바 있었다.

"이 공용 자료를 이해할 수 있을 정도로 제 독해 실력이 충분하다면 금세 알 수 있을 거예요."

키어스틴은 먼저 어딘가 있을 공용 데이터 센터에 있는 기록용 소프트웨어를 의식해 검색을 시작했다. 엘리시움에 있는 시민이라면 충분히 요청할 법한 자료를 불러낸 것이다. 그녀는 NP_4의 지리와 기후, 엘리시움의 동식물 그리고 고대의 허스와 비슷하게 꾸미려고 행성의 모양을 바꾼 과정에 대한 간략한 역사를 보여 주는 홀로그램을 천천히 읽어 보았다. 그러는 동안 스튜는 다 먹어 치웠고, 가방에 손을 넣어 주스를 꺼냈다.

"꽤 재미있군. 좀 저장해 놓을 필요가 있겠어. 동의해?"

그녀 뒤에 서서 어깨 너머로 보고 있던 오마르가 말했다.

"그러죠."

키어스틴은 메모리 큐브를 끼웠다.

"이걸 복사하면 최소한 우리가 진짜 어떤 주제에 관심이 있었는지 헷갈리게 할 거예요."

그리고 아까 본 NP_4의 역사를 요약한 자료로 돌아갔다. 거기서부터 슬슬 엘리시움을 벗어나 인간의 정착지인 아르카디아에 대한 내용으로 접근했다.

"저것 좀 봐. 아까보다 목록이 훨씬 적은데. 아르카디아보다 엘리시움에 먼저 정착했나?"

에릭이 가까이서 보려고 몸을 웅크리며 말했다.

"보자고."

키어스틴은 검색 요청을 지난 이백 년 동안의 기록으로 조정했다.

"아니, 그래도 엘리시움에 대한 자료가 훨씬 더 많아."

"개척민은 별로 재미가 없나 보군."

오마르가 기분 나쁘다는 투로 말을 이었다.

"아르카디아 역사에 뭐 새로운 건 없어? 내 언어 능력이 부족해서 그런가, 별로 놀라운 게 없네."

키어스틴의 눈에도 별다른 건 보이지 않았다.

"세부 사항으로 들어가면 있을지도 몰라요. 솔직히 말하면 모르는 단어가 좀 있어요."

잠시 기다려 보았지만, 에릭도 어깨를 으쓱해 보일 뿐이었다.

"어쨌거나 전부 내려받았어요. 이제 대망의 실험을 할 시간이네요."

키어스틴은 구체적인 검색어를 입력했다. 아르카디아 이전 개척민의 역사.

가슴 졸이는 시간이 몇 초 지나자 눈앞에 일련의 주제 목록이 나타났다. 익숙지 않은 용어를 보느라 힘이 들었다. 몇몇 단어는 시민어 문자로 음역한 영어 단어였다.

"지구, 인간들, 긴 통로, 램스쿠프[*], 국제연합."

"램스쿠프에 뭐가 있을 것 같은데. 우리 조상들의 우주선은 아마도 성간 수소를 모아서 연료로 썼을 테니까. 조상들에게는 하이퍼드라이브가 없었다고 들었잖아."

에릭의 의견대로, 키어스틴은 램스쿠프를 골랐다. 몇 초 뒤 나온 결과는 '제한된 자료'라는 거부의 답변뿐이었다. 다시 지구를 시도했다. 제한된 자료. '긴 통로'호. 제한된 자료. 인간들. 제한된 자료. 키어스틴은 손목에 이식한 시계로 지연되는 시간을 재기 시작했다. 조금 전 답을 얻을 수 있었을 때는 검색을 하자마자 거의 즉시 결과가 나왔다.

"재미있는데요. 지연되는 시간이 허스까지 광속으로 갔다 오는 시간과 비슷해요."

"협약체가 비밀을 숨겨 둘 만한 곳이군. 아쉽지만, 전혀 예상치 못한 일은 아니야. 자료가 제한돼 있으니 어디 있든 상관은 없

---

* ramscoop. 수소 등 성간물질을 빨아들여 에너지를 얻는 추진 방식.

겠지만."

오마르가 말했다.

키어스틴은 '탐험가'호에서 네서스가 제한된 자료에 접근하는 모습을 본 적이 있었다. 그러나 아무리 영리하다고 해도 시민의 설문을 흉내 낼 방법은 없었다.

"그렇겠죠. 아니면…… 이렇게 해 볼 수 있을지도 몰라요."

지금은 초기 화면으로, 최소한의 설명만 보이도록 효율적으로 구성된 형태였다. 키어스틴은 키보드를 몇 번 두드려 배치를 유지 보수 화면으로 바꿨다. 그러자 몸이 떨렸다. 접근 불가능했던 자료가 작성된 시간과 함께 순서대로 정렬되어 나타났던 것이다.

"무슨 내용인지는 모르겠지만, 아르카디아 개척지보다 먼저 생긴 자료예요."

5

용기에는 대가가 따랐다.

네서스는 들뜬 기분과 공황 상태를 오가며, 자신의 거주지에서 몸을 웅크리고 있었다. 니케와 만났던 일 때문에 잠이 오지 않았다. 그 만남은 네서스가 꿈꿔 왔던 모든 것이었다. 아니, 그 이상이었다. 하지만…… 분명 니케에게는 더 위대한 운명이 기다리고 있으리라. 나 같은 시시한 독신자가 어찌 감히 미래의 최후자 후보와 결합할 꿈을 꿀 수 있을까?

네서스는 양쪽 머리로 갈기를 쥐어뜯었다. 최근에 꾸민 장식은 이미 다 뜯어져 버렸다. 솔직히 그건 장식이라고 할 수도 없었다. 기껏해야 리본 몇 개와 삐뚤어지게 땋은 부분이 듬성듬성 있을 뿐이었다. 니케의 장식은 예술 작품이었다. 네서스가 완고하게 갈기 장식을 거부하는 것도 같잖은 짓이었다. 니케는 나를 어떻게 생각할까?

지금까지는 한 번도 그런 적이 없었지만, 최후자가 되기 위한 여정, 협약체 전체를 책임지겠다는 데는 그 나름의 용기가 필요하다는 생각이 들었다. 물리적인 위험에 직면하지는 않겠지만, 분명 의무에는 끝이 없었다. 어떻게 그런 배우자와 결합할 수 있을까?

그래도…….

둘이서 께한 시간은 환상적이었다.

쉰 명의 무용수가 이전보다 더욱 복잡한 동작으로 미끄러지고 몸을 돌렸으며, 시간이 흐를수록 점점 더 빠르게 바닥을 때리는 발굽 소리는 전보다 훨씬 더 빨랐다. 공연 뒤의 호화로운 모임도 상상해 보지 못한 일이었다. 네서스는 협약체에서 가장 유력한 존재 몇 명과 자리를 나란히 했다. 드넓은 식탁은 온통 직접 길러 만든 요리로 가득했다. 곡물과 뿌리와 갓 짠 주스에는 대부분의 시민들이 먹는 합성 식품의 흔적이 전혀 없었다.

그런 모든 경험을 니케와 함께했다.

근육이 떨리는 걸 보니 다시 우울한 기분으로 바뀌는 모양이었다. 이번에는 네서스가 본능에 저항했다. 언제나 기분을 차분하게 만들어 주었던 장소로 이동한 것이다.

'여인의 집'의 방문자 관람석은 항상 붐볐다.

네서스 정도의 삶의 단계에서 여인의 집은 뭔가 추상적인 존재였다. 네서스는 천여 개 층, 백여 개의 물리적 장소 중 어느 곳에나 갈 수 있었다. 등록된 혼인 관계를 맺을 때까지 그리고 짝짓기를 할 수 있는 허가를 얻을 때까지, 도약 원반은 네서스를 아무 관람석으로나 계속 보내게 되어 있었다. 아무리 자주 찾아와도 같은 '반려' 무리를 두 번 보기는 어려웠다. 네서스 같은 이를 위한 사회적 관습으로, 특정 여성에게 부절절한 애착을 갖지 않도록 하기 위해서였다.

시민들이 생활하는 생태건물 안에는 거주지와 사무실이 빽빽하게 들어찬 반면, 지금 네서스의 눈앞에는 자연 속의 광활한 공간이 펼쳐져 있었다. 군데군데 덤불과 나무가 보이고 연못과 거품이 이는 개울이 흐르는 초원이었다. 구불구불한 관목은 디지털 벽지 속에서 구름이 흘러가는 파란 하늘 홀로그램 아래 아득히 먼 가상의 지평선까지 뻗어 있었다. 물론 짝짓기용 들판은 다른 곳에 있어 보이지 않았다.

네서스는 우글거리는 군중을 뚫고 한쪽에서만 반대편이 보이는 방음벽으로 다가갔다. 사랑에 빠진 이들의 표정에 떠오른 불쌍하다는 기색을 무시하려고 애쓰면서. 그 안에서 짝이 없는 이는 분명히 소수였다. 게다가 대부분은 네서스보다 젊었다.

언젠가 나도 니케와 함께 여기서 아이가 태어나길 기다리고 있게 될 거야. 니케와 내가 말이지. 네서스는 생각했다.

자신를 평가하듯이 수군거리는 말을 들으면 네서스는 가슴이 아팠다. 그는 과거에 이곳에 올 때면 종종 배우자가 늦는 것 같다고 거짓말을 하곤 했다. 그것도 동정하듯 쳐다보는 이들을 향해 들으라는 듯이 큰 목소리로. 지금은 그런 의미 없는 핑계를 대지도 못할 정도로 심란했다.

"저기 우리 신부가 있습니다."

새로운 한 쌍이 네서스 왼쪽의 창가로 다가왔다. 두 연인은 나란히 서서 가까운 쪽 목을 서로 휘감고 있었다. 말을 한 쪽은 밝은 파란색 눈에, 키가 크고 깔끔하게 정리한 빨간 갈기가 무성했다. 그의 배우자는 키가 거의 비슷하고, 흰색에 검은 무늬가 있어 판다를 떠올리게 했다. 둘 다 추상예술을 지지한다는 의미의 브로치를 달고 있었다.

빨간 갈기가 자유로운 쪽 목을 쭉 펴서 반려 셋이 모여 있는 곳으로 머리를 향했다. 무성하게 자란 청록색 풀을 뜯어먹는 반려들의 옆구리가 천천히 들썩였다.

"가운데입니까?"

네서스가 어림잡아 물었다. 셋 중 가장 몸통이 두꺼워서 임신했을 가능성이 높았다.

"맞습니다, 그녀가 우리 아이를 가졌지요."

판다—서로 소개는 하지 않으니, 네서스는 편의상 판다와 레드라고 부르기로 했다—가 대꾸했다.

"당신과 당신의 가족이 번영하기를."

네서스가 말했다. 전통적인 대답이 가장 안전했다.

"튼튼해 보이지 않습니까?"

판다가 자랑스럽게 물었다.

"아주 튼튼해 보입니다."

대답은 그렇게 했지만, 솔직히 네서스의 눈에 반려들은 언제나 연약해 보였다. 가장 키가 큰 반려도 시민의 절반에도 못 미쳤다. 그게 유일한 차이점도 아니었다. 몸통의 갈색—흰색 문양은 시민과 비슷했지만, 전체가 털가죽으로 덮여 있었다.

판다와 레드는 네서스의 괴로움은 전혀 알지도 못한 채 자기들 신부의 지능에 대해 떠들고 있었다. 네서스는 만약 자기도 차례가 돌아오면 저렇게 완전히 객관성을 잃어버릴지 궁금했다. 겉으로 드러나는 시민과 반려의 차이 중에서 가장 뚜렷한 것은 크기였다. 또 다른 차이는 어깨 사이의 갈기 아래 자리한 두개골 속에 있었다. 반려의 혹은 훨씬 더 납작했다. 두개골 속의 뇌가 훨씬 작기 때문이었다. 반려는 말을 하지도, 학습을 하지도 못했다. 네서스가 듣기로, 가장 영리한 반려는 몇 마디 말을 알아듣고 남편들을 좋아하게 되는 듯하다는 정도였다.

지성이 있다고 하기에는 한참 모자랐다.

초원과 같은 장소에서 자연 식품을 먹는다는 더할 나위 없이 호화로운 생활은 물론이고, 이미 짜여 있고 아무 생각이 없는 여성의 삶이 한가로워 보인다고 생각했던 적이 있었다. 자손을 낳을 가치가 있다고 인정받기 위해 생애 대부분을 애쓰고 고민할 필요가 없는 삶이란 얼마나 자유로울까. 하지만 자기반성은 네서스의 숙명이었다. 눈앞에 있는 작고 생각 없는 존재들은 저들 나름의 숙명을 마주했을 뿐이고…….

판다와 레드가 마침내 떠났다. 네서스는 좀 더 남아서 반려들을 지켜보았다. 배우자 없이 그러고 있는 건 너무 어색하고 고통스러웠다.

때문에 니케의 사무실에서 떠올린 그 가능성은 네서스의 마음 속에서 점점 더 선명해졌다.

사무실로 향하는 니케는 혼란스러웠다. 정찰대는 귀중한 필수품이다. 니케 스스로 확신하는 점이었다. 정찰대원은 한 세대에 몇 명 나오지 않을 만큼 희귀한 존재였다. 그렇게 희귀하다는 사실 외에 도대체 뭐가 있기에 부장관인 니케가 인사 기록을 모두 읽어 봤던 걸까? 심지어 그중 한 명을 몸소 만나기까지 한 이유는 뭘까?

정찰대원은 각자 나름대로의 방식으로 이상했다. 그리고 달래 주고 기쁘게 해 주기를 바라거나 다른 혐오스러운 방법으로 격려받는 데 안달이 나 있었다. 그들이 수행하는 임무는 본질적으로 선단에서 멀리 떨어져 고립된 상태에서 훈련받은 자기 주도 능력에 달려 있었다. 오로지 동기가 강력한 자원자만이 그런 임무를 수행할 수 있었다.

다른 방법이라도 있단 말인가? 무리를 지어야 안전하다고 느끼는 본능은 지성을 갖추기도 훨씬 전에 유전자에 새겨졌다. 무리 밖에는, 너무 어리거나 너무 늙었거나 너무 약하거나 너무 주의력이 떨어져서 무리에서 벗어나는 개체를 덮치기 위해 끈질기게 따라오는 포식자가 있었다. 하지만 아무도 새로운 목초지를 찾아 앞서 정찰을 나가지 않는다면 어떻게 될까? 무리 전체가 굶어 죽을 수밖에 없었다.

허스의 토착 육식동물이 사라진 건 아주 오래전의 일이었다. 하지만 더욱 불길한 위험이 상주했다. 우주를 날아다니는 외계 종족이 널려 있었던 것이다. 한때 황색 별이었던 허스의 모성은 몇 세대 전에 적색거성이 됐고, 그 탓에 역사에 남을 행성 여행이 시작됐다. 은하핵의 폭발은 수천 광년 두께의 치명적인 방사능 폭풍을 일으켰다. 만약 아무도 앞서 모험을 하지 않았다면, 이 새로운 위험을 누가 선단에 알려 줄 수 있었을까? 정찰대원이 없었다면 협약체가 어디로 도망가야 할지 어떻게 알았을까?

물론 이건 전부 합리화였다. 해변에서 단둘이 걸은 일이나 무용극, 그 뒤의 비공개 파티……. 니케는 네서스에 대해 선을 넘었다는 사실을 알고 있었다. 거친 눈에 더러운 갈기를 지닌 정찰대원이 니케에게 완전히 빠진 건 누가 봐도 명백했다. 니케는 아무 부끄러움도 없이 네서스의 마음을 이용했다.

뒤늦긴 했지만, 많이 부끄러웠다. 네서스는 절박하게 니케를 다시 볼 수 있게 해 달라고 요청했고, 니케는 동의했다. 이제 곧 네서스에게 또 다른 임무를 맡겨야 한다. 모두의 안전을 위해서, 다른 어떤 종족도 허스의 위치를 알아서는 안 된다.

네서스가 인간의 우주에서 해야 할 일은 끔찍했다.

알림 소리가 니케의 음울한 생각을 방해했다.

"무슨 일입니까?"

"부장관님, 손님이 왔습니다."

내선을 통해 비서가 대답했다.

"들여보내십시오."

습관적으로 니케는 갈기 장식을 매만졌다. 문가에 비서와 정찰대원이 나타났다.

"들어오십시오."

네서스는 열정을 억제하지 못해 폭발해 버릴 듯한 기세였다. 삐뚜름하게 땋은 두 가닥 갈기는 형식적으로나마 사회규범에 따른 흔적이었다. 앞서 리본을 달았던 곳인 듯, 털이 눌린 희미한 자국이 보였다.

"답변을 가져왔습니다!"

네서스 대답은 니케가 부당한 방법으로 그를 자극했다고 걱정했던 심정과 사뭇 다르게 들렸다.

"아주 좋군요. 질문이 뭐였지요?"

니케가 의뭉스럽게 되물었다. 네서스는 앞다리로 비스듬히 무게중심을 바꿨다.

"야생 인간에 대한 문제 말입니다. 제가 해결할 수 있습니다. 그러니까, 인간의 생각을 다른 데로 돌리는 법을 압니다."

생각을 다른 데로 돌린다는 건 부적절하게 들렸다.

"ARM이 우리를 찾지 못하게 할 수 있다는 말입니까?"

"그렇습니다, 그래요!"

네서스는 양쪽 머리를 교차해 가며 격렬하게 까딱거렸다.

"제가 여인의 집에 있었는데, 거기서……."

니케가 준 자극이 벌써 네서스를 거기까지 이끌었던 걸까? 니케의 당황스러운 심정은 더욱 깊어졌다. 더 나쁜 건 최근 사적으로 만난 일에 영향을 받은 게 네서스만이 아니라는 사실이었다. 니케 자신도 알 수 없는 동정심에 마음이 혼란스러웠다.

우리 시민들은 아무리 극렬한 실험당원이라고 해도 체제 순응적이지. 니케는 생각했다. 호기심에 자극받으면서, 위험에 끌리면서 자란다는 건 어떤 기분일까? 어떻게인지는 모르겠지만 네서스는 저 다음 언덕 너머에 무엇이 있는지 궁금해하는 법을 배웠다. 게다가 필요하다면 혼자서라도 가서 살펴본다는 건 더욱 경이로웠다. 인사 기록에 따르면 네서스는 오래전에 부모와 소원해졌다고 했다.

"……지구의 출산 위원회를 불신하게 만드는 게 핵심입니다."

니케는 진보한 문명의 인구가 고작 수십억 명밖에 안 된다는 것을 상상하기 어려웠다. 어쨌든 인간 세계의 국제연합은 이미 의무적인 인구 제한 정책을 세웠다.

"협약체 추적을 잊게 할 만한 파문을 일으키자는 거로군요."

네서스는 머리 두 개로 니케를 응시했다.

"만약 시민이 비밀리에 신부와 번식할 권리를 구입한다면 어떨지 상상해 보십시오. 어떻게 반응하겠습니까?"

니케가 느낀 공포가 눈에 보일 정도였는지 네서스가 덧붙였다.

"바로 그겁니다."

섬뜩하지만 일리가 있는 말이었다. 번식 통제가 공평하게 이루어진다는 확신만이 그런 통제를 받아들일 수 있게 해 준다. 공평함에 대한 신뢰가 사라지면 이곳 허스에서조차도 분쟁이 일어날 것이다. 야생 인간은 어떻게 반응할까? 니케는 광범위한 소요가 일어날 거라고 추측했다. 폭력 사태까지도. 경비 병력을 모험에 불과한 퍼페티어 추적에 투입하지 않게 하고도 남을 터였다.

"그게 가능합니까?"

"충분히 여러 자원에 접근할 수 있다는 점을 고려하면 가능하다고 생각합니다. 우선, 우리 요원을 통해 출산 위원회 임원 일부에게 뇌물을 줄 생각입니다. 다른 자들은 그들 이름으로 은행 계좌를 만들어 신뢰성을 떨어뜨릴 겁니다. 게다가 인간 세계의 경제는 GPC의 철수가 일으킨 충격에서 회복해야 합니다. 더 많은 부가 사라질수록 더 빨리 음모론이 일어날 겁니다. 부자들이 출산권을 돈으로 사고 있다고 생각하는 사람들이 많아지겠지요. 여기에 암시적인 말도 좀 흘리고, 정치적 기회주의자들에게 은밀한 자금도 좀 보내고……."

퍼페티어의 어휘에 없는 단어가 나올 때마다 네서스가 자꾸 야생 인간의 언어—공용어였던가?—를 섞어 쓰자 의사소통이 어려워졌다. 몇 번 그러고 난 뒤 니케는 그 이유를 깨달았다. 네서스는 삶의 거의 대부분을 오로지 인간과 교류하며 지냈다. 선단에 돌아와서조차 주로 다른 인간, 개척민들과 지냈던 것이다.

야생 인간의 특성에 대해 문답이 오가고 오랜 토의를 거친 끝에 네서스의 제안이 니케의 마음속에서도 대략이나마 형태를 갖추게 되었다.

"GPC를 통해 들어온 돈이 일을 진행하는 데 적절합니까?"

"접근 방법만 제대로라면 돈은 걸림돌이 되지 않을 겁니다."

제대로라면? 넘치는 자신감으로 니케의 사무실에 쳐들어오다시피 한 네서스가 갑자기 소심해지기 시작했다. 니케는 자신이 너무 밀어붙였다고 생각했다.

"아주 의욕이 솟아나는군요. 하지만 그 전에 결정해야 할 세부 사항이 많습니다. 이 일을 최우선순위로 놓았으면 합니다. 빠른 시일 내에 진척 상황을 갖고 다시 찾아오십시오."

네서스가 쏟아 낸 설명 중에 희한한 비유가 하나 있었다. 국부 공격*. 원시적인 의술과 전쟁 행위 그리고 최대의 효과를 얻도록 힘을 적용하는 일과 동시에 관련이 있는 표현이 분명했다. 니케는 그 은유를 부분적으로만 이해했을 뿐이지만 그걸로 충분했다. 네서스의 작전이 성공한다면 인간 세계를 향해 상대속도가 큰 스텔스 상태의 물체를 던질 필요도 없었다. 아무리 외계인이라고 해도, 그리고 아무리 협약체의 방어를 위해서라고 해도 엄청난 수의 죽음은 최후의 수단이어야 했다.

또한, 야생 인간은 선단의 다른 잠재적인 적들과 대항하게 만들었을 경우 —그들은 눈치채지 못했지만— 유용했다. 야생 인간을 여러 차례 공격했다가 패퇴한 크진인, 그 흉포한 육식동물을 생각하면 니케는 몸이 떨렸다. 선단의 위치가 드러나면 상대속도를 이용한 폭탄이 곧바로 시민들이 사는 세계로 날아올지도 몰랐다.

* surgical strike. 의도한 특정 목표에 대해서만 신속하고 정확하게 수행하는 군사적 공격 방식. '정밀 타격'이라고도 한다.

끔찍한 결과가 너무 쉽게 떠올랐다. NP_4를 발견한 ARM의 적대 행위. 만약 선제공격을 한다면 살아남은 ARM은 더욱 분노하리라. 그리고 인간이라는 억제력이 사라진 상황에서 크진인이 선단을 발견한다면? 인간의 운명을 알게 된 크진인은 훨씬 더 공격적으로 나올 터였다. 그 어떤 결과도 상상할 수 없었다.

상상할 수 없는 일을 생각하는 것이 니케가 선택한 일이었다. 니케는 마음을 단단히 먹었다. 받아들일 만한 결과가 나올 수 있다는 희망은 그의 앞에서 몸을 떨며 서 있는 괴짜 이단아에게 달려 있다.

사무실 문은 여전히 닫혀 있었다. 의무감이 부끄러움을 누르는 것을 느끼며 니케는 몸을 앞으로 숙여 네서스의 더러운 갈기를 친근하게 쓰다듬었다.

"빨리 돌아오십시오. 당신에게 달려 있습니다."

니케의 부하 직원들 중 한 명이 네서스를 따로 떨어진 칸막이 방으로 데려갔다. 지난번에 와 본 곳이라 어디로 나가는지는 알고 있었지만, 이번 만남 때문에 가슴이 터질 것만 같아 뭐라고 하지 못했다. 갈기에 아직 부드러운 감촉이 남아 있었다. 어떤 말은 꼭 해야 알지만, 때로 어떤 행동은 그 자체로 의미가 충분한 법이었다.

과묵한 직원은 자기소개를 하지 않았다. 놀랄 일도 아니었다. 에메랄드빛 녹색 구슬로 연결된 사슬이 땋은 갈기에 박혀 있는 모습을 보니 고위급 보수당원임에 틀림없었다. 분명 부하 직원인

동시에 상대 당의 감시원인 것이다.

네서스는 억지로 조증 상태에 들어가 있었다. 도대체 어떻게 니케처럼 최후자에 근접한 사람에게 조언할 수 있는 자신감을 얻었을까? 그러나 그렇게 흥분한 상태를 영원히 지속하기는 불가능했다. 우울증과 공황 상태가 조만간 찾아올 터였다.

네서스는 칸막이 방에서 근처에 있는 공공 단지로 이동했다. 거기서 다시 한발 내디뎌 즐겨 찾는 작은 공원 안의 좁은 계곡으로 갔다. 깃털 달린 보라색 산울타리가 주위를 감싸고 있었다. 밝은 색 날개가 달린 발아 생물이 머리 위에서 퍼덕였다. 네서스가 눈을 크게 뜨고 바라보자 몇몇 시민들이 자리를 피했다.

몸이 점점 더 심하게 떨렸다. 네서스는 많은 것을 약속했고, 그보다 더한 것까지 암시했다. 그런 공언 덕에 마침내 니케에게 인정받았다. 이제 곧 상상할 수 있는 모든 문제에 대한 해답을 갖고 다시 니케를 찾아가야 했다.

니케를 위해, 네서스는 개척민 정찰대원들에게 자신이 없어도 선단에 앞서 임무를 수행할 수 있다는 확신을 심어 줘야 했다. 니케를 위해, 얼마나 오래가 되든 인간의 우주로 자원해 가서 야생 인간의 사회를 혼란에 빠뜨리고 전복시켜야 했다.

눈앞에 놓인 임무는 과거의 그 어떤 시도보다도 네서스를 강하게 시험하고 압박할 것이다. 몸이 점점 더 심하게 떨렸다. 곧 실패할지도 모른다는 공포가 통제할 수 있는 수준을 넘어설 터였다. 마지막으로 네서스는 아늑한 침실로 돌아갔다. 두려움에 굴복한 채 숨만 간신히 쉴 수 있을 정도로 단단히 몸을 말았다.

그럼에도 네서스는 결국 이 임무를 맡으리라는 사실을 조금도 의심하지 않았다. 선단의 안전이 달려 있었다.

니케를 실망시키고, 더 나아가 잃을지도 모른다는 건, 생각할 수 없었다.

6

호를 이룬 세 개의 인공 태양이 머리 바로 위에서 아르카디아 우주 공항의 드넓은 콘크리트 표면을 내리쬐고 있었다. 평소 소리도 없이 화물선 크기의 원반 위에 나타났다 사라지곤 하는 커다란 화물 운반선도 지금 그들이 일하는 거대한 우주선 옆에 있으니 왜소해 보였다. 끊임없이 오가는 화물 운반선의 행렬은 그 자체로도 인상적이었지만, 가장 덩치가 크고 괴상하게 생긴 화물만 날랐다. 보통은 화물칸 갑판에 설치된 순간 이동 원반으로 대부분의 행성 간 화물을 싣거나 내렸다.

키어스틴은 한 손으로 햇빛을 가린 채 서서 곡물 수송선이 포장도로 위에 내려앉는 모습을 지켜보았다. 싣고 있는 생물성 폐기물 통을 곡물 수송 상자와 교환할 예정이었다. 구 모양의 우주선은 지름이 삼백 미터가 너끈히 넘었다. 근처에 있는 '탐험가'호는 양 끝이 뾰족한 원통형이었는데, 길이가 약 구십 미터라 그에 비교하면 마치 장난감 같았다.

키어스틴은 한 개척민 무리 옆에 서 있었다. 넷은 키어스틴을 배웅하러 온 가족이고, 다른 사람들은 오마르와 에릭의 친지와 친구 들이었다. 키어스틴은 습관적으로 사람들의 옷과 보석을 확인했다. 이 둘은 결혼했고, 저 둘은 결혼하고 임신도 했고, 저기 독신인 젊은 여자는 저 남자에게 관심이 있고…….

누군가 소매를 잡아당겼다. 조카인 레베카였다. 아직 어려서 누구를 만날 때가 아니라는 뜻의 연한 색 옷을 입고 있었다.

"왜 그러니?"

"안전하게 있을 거예요, 키어스틴 고모?"

네서스는 아직 나타나지 않았다. 만약 함께 여행하는 시민이 하나라도 옆에 있었다면 아무리 여섯 살짜리 꼬마라도 그런 질문은 하지 않았을 것이다.

"그럼, 안전하고말고."

키어스틴을 올려다보는 아이의 심각한 얼굴에는 아직 의심스럽다는 표정이 떠올라 있었다.

"아빠에게 물어보렴."

칼―결혼한 성인을 나타내는 파스텔 색조의 옷을 입었고, 자녀를 나타내는 반지에는 돌이 네 개 박혀 있었다―이 다정하게 키어스틴을 포옹했다.

"고모는 괜찮을 거야. 눈 깜짝할 사이에 돌아와 있을걸."

뒷부분은 칼이 멋대로 한 말이었다. 그런 말은 아예 하지 않는 게 나았다. 키어스틴도 얼마나 오래 떠나 있게 될지 몰랐다. 물론 이번 여행은 그녀의 생각이었지만, 스스로 보기에도 근거가 너무 약한 것 같았다.

키어스틴은 절실하게 허스에 가고 싶었다. 일단 가기만 하면 몰래 '허드 넷'에 접속할 기회를 찾거나 만들어 낼 작정이었다. 계획을 입안한 이들이 개척민 특유의 관점을 알아보기 위해 승무원들을 직접 만나기로 했다는 소식을 듣고 키어스틴보다 놀란 사람은 없었다.

네서스가 아무 질문도 없이 기다렸다는 듯이 동의했다는 것도 아직 키어스틴을 혼란스럽게 했다. 골치 아픈 문제는 그뿐이 아니었다. 네서스는 지금 어디에 있을까? 왜 안내하겠다고 나선 걸까? 수시로 NP_4와 허스를 오가는 곡물 수송선 중 하나에 타고 가게만 해 줄 수도 있었다. 개척민이 허스를 방문하는 건 드물긴 해도 전례가 없는 일은 아니었다. 지금까지 허스에 간 개척민은 대부분 아르카디아 자치 정부의 의회 관계자로 화물선을 이용했다.

네서스가 근처의 도약 원반 위에 나타났다. 개척민들이 모여 있는 모습을 보고도 거의 떨지 않고 천천히 앞으로 걸어온 그는 인사의 뜻으로 고개를 까딱거렸다. 네서스가 주저하는 걸음으로나마 개척민들에게 다가오자 키어스틴은 놀라지 않을 수 없었다. 그는 오마르와 에릭을 배웅하러 나온 사람들과 만난 뒤, 그녀 쪽으로 다가왔다.

키어스틴이 식구들을 소개했다. 네서스는 마치 오랜 친구라도 만난 듯이 그녀의 부모, 오빠와 대화를 나눴다. 키어스틴은 네서스가 조증의 주기에 있음을 깨달았다. 고작 승무원 가족을 만나겠다고 용기를 북돋웠을까? 그럴 리가 없었다.

키어스틴이 그런 생각을 하는 동안 네서스는 목을 구부려 레베카의 섬세한 금빛 머리칼을 쓰다듬었다.

"뭘 좋아하니, 꼬마야?"

그가 물었다.

그때, 키어스틴은 시야 구석에서 예상치 못한 움직임을 포착했다. '매애애' 하는 큰 소리가 의심을 확신으로 바꾸었다. 레베카의 애완용 양이 뛰어오고 있었던 것이다. 슐츠는 묶어 둔 끈을 질질 끌며 레베카와 그녀 곁의 새로운 친구들과 놀려고 달려왔다. 발굽이 거친 바닥을 때렸다. 입을 헤벌리고 있어서 혀가 한쪽으로 축 늘어졌다. 얼마나 혀를 깨물어 봐야 저런 식으로 뛰면 안 된다는 걸 배울 수 있을까?

네서스가 도망가기 위해 몸을 빙글 돌렸다. 그리고 키어스틴은 네서스의 눈에 비친 양의 모습이 어떨지 깨달았다. 자신을 향해 달려오는 커다란 동물. 허스는 인구가 너무 많아서 무해한 동물조차도 기를 수 없었다. 키어스틴은 앞으로 나가 양을 붙잡았다. 녀석은 키가 거의 육십 센티미터나 됐는데, 대부분이 다리 길이였다.

"착하지."

키어스틴이 양을 얼렀다. 슐츠는 그녀의 품속에서 몸부림치면서 꼬리를 격렬하게 흔들다가 그녀의 얼굴을 핥았다.

"착하구나. 그럼! 착하기도 하지!"

키어스틴은 양의 귀 사이를 긁어 주었다.

오마르의 아내 에블린—그녀가 입은 따뜻한 파스텔 톤의 튜닉은 결혼했다는 명백한 표시였다—이 다소 큰 소리로 말했다.

"키어스틴에게 남자를 소개시켜 줘야겠어요."

키어스틴은 에릭이 그 소리를 듣고 좋아하는 모습을 떠올리고는 얼굴을 붉혔다.

"죄송합니다, 네서스. 저 녀석은 제가 데려가지요."

칼은 그렇게 말하고 부산하게 움직였다. 키어스틴과 작별의 포옹을 하고, 아직도 그녀의 품에서 몸부림치는 양을 옮겨 받았다. 헤어지면서 그는 어깨 너머로 키어스틴에게 소리쳤다.

"무사히 다녀와라."

내가 무슨 짓을 하려는지 상상도 못 하겠지. 키어스틴은 생각했다.

네서스는 다시 개척민이 모인 곳을 향해 몸을 돌렸지만, 더 심하게 떨고 있었다.

"먼저 가겠습니다. 준비되면 합류하십시오."

아마도 곧바로 '탐험가'호로 이어질 도약 원반을 타고 사라질 때까지 네서스의 한쪽 머리는 꿈틀거리는 양을 주시했다.

키어스틴도 작별 인사를 마치고 그를 뒤따랐다. 네서스는 함교에 있었다. 아직도 떨고 있었다.

"슐츠 일은 미안했습니다. 녀석은 그냥 친근하게 구는 거였지요. 해를 끼치지는 않았을 겁니다."

"동물을 좋아합니까?"

네서스의 목소리는 단조로웠다. 아직도 기분이 좋지 않은 것이다.

"네."

네서스는 그렇지 않은 게 분명했다. 화제를 돌리는 게 현명할 것 같았다.

"네서스, 우주 공항에서 만나서 놀랐습니다. 사실 NP$_4$에 있다는 것 자체가 놀라웠지요."

네서스는 고개를 빙글 돌려 잠시 자기 몸을 바라보았다.

"개척민과 같이 있고 싶었습니다. 아르카디아에 온 지도 며칠 됐습니다."

응? 얼음 위성 임무 이래로 키어스틴은 네서스를 직접 만나지 못했다. 네서스를 봤다고 한 사람도 없었다. NP$_4$에서 누구를 만난 걸까? 그리고 왜?

오마르와 에릭이 함교 입구에 나타났다.

"괜찮습니까?"

오마르가 물었다.

"괜찮습니다. 난 여러분 가족을 만나기 전부터 여기 타고 있었지요. '탐험가'호는 출발 준비가 끝났습니다. 모두 자기 자리로 가십시오."

네서스는 기계적인 투로 대답했다. 그러고는 한쪽 머리로 두 남자가 자기 자리로 가는 모습을 지켜보면서, 다른 머리로 외부 카메라에 접속했다.

"좋습니다. 전부 안전거리 밖에 있군요."

통신이 몇 번 오가더니 '탐험가'호의 출발 허가가 떨어졌다.

키어스틴이 따지는 듯한 표정으로 쳐다보자 네서스가 말했다.

"미안합니다. 키어스틴의 자격 때문이 아닙니다. 선단 근처에서는 오로지 시민만이 질량이 큰 물체를 움직일 수 있지요."

사과하는 말도 오마르에게 한 대답처럼 기계적이었다. 네서스 같지가 않아. 키어스틴은 생각했다. 우선, 아까 네서스는 조증의 주기에 있었다. 그런데 지금은 반사적으로 움직이고 있다. 무엇 때문에 이렇게 날카로워진 걸까? 어쩌면 계획이 탄로 났을 수도 있었다. 긴장해야 할지 몰랐다. 키어스틴은 어깨를 움츠렸다. 만약 그렇다면 협약체 정부는 에릭과 오마르, 키어스틴에게 무슨 짓이라도 할 터였다. 그런 위기 때문에 네서스의 기분이 저런 걸까? 어쩌면 개척민이 뭔가를 캐고 다닌다는 사실로 인해 네서스가 곤란해졌는지도 몰랐다.

"날 믿으십시오. 어쨌든 이번 여행은 재미있을 겁니다."

네서스가 말했다.

NP_4가 등 뒤로 멀어졌다. '탐험가'호가 인공 태양 두 개 사이를 지나자 냉각장치가 최고 속력으로 돌아가면서 잠시 쉭 하는 소리를 냈다.

"허스에서 우리가 뭘 하게 되지요?"

키어스틴이 물었다.

"날 믿으십시오."

네서스는 똑같은 말만 반복했다. 다시 아까처럼 광증의 기미가 엿보였다.

대기권과 인공 태양 위로 올라가자 하늘이 어두워지면서 수많은 별들이 나타났다. 세계 선단은 그런 우주를 배경으로 영광스럽게 빛나고 있었다. 숨이 막힐 듯한 광경이었다. 추상적인 지식, 몇 차례 행성 밖으로 나가 본 여행 경험이 있지만 쉽게 적응되는 모습은 아니었다.

키어스틴은 여섯 개의 세계가 이루는 평면을 내려다보았다. 비행경로는 그 위를 지나가게 되어 있었다.

크기가 비슷한 행성 여섯 개가 각각 육각형의 꼭짓점에 자리했다. 이들은 텅 비어 있는 공통의 무게중심 주위를 공전하며, 그 반지름이 대략 백사십만 킬로미터에 달했다. 목걸이처럼 늘어선 인공 태양의 빛을 받는 다섯 개의 세계는 연한 청백색의 형제들로, 모두 자연 보존 지역이었다. 그리고 스스로 빛나는 여섯 번째 구슬이 바로 허스였다. 허스의 대륙은 거대도시가 발하는 빛으로 반짝였다. 바다는 거의 칠흑같이 검었지만, 반짝이는 섬들과 다른 세계에서 나오는 연푸른색의 반사광, 플랑크톤이 내는 청록색 광채로 군데군데 빛이 났다.

강렬한 붉은색 광점이 키어스틴의 시선을 끌었다. 일 광년에도 채 못 미치는 거리에 있는 별이었다. 한때 그 별은 허스의 생명체를 보살펴 주었다. 물론 그때는 황색 별이었다. 협약체는 모항성이 지금의 적색거성 단계에 들어서기 전에 허스와 동반 행성들—아주 오래전에는 단지 농장 행성 두 개였다—을 움직였다.

허스의 궤도를 멀리 옮기자 다른 문제도 다소 해결이 되었다. 그 문제란 전례가 없는 양의 폐열이었다. 당시에는 인구가 오천억밖에 되지 않았지만, 폐열이 환경을 파괴하고 있었다. 만약 근처에 별이 없다면 더 많은 인구가 살 수 있었다. 키어스틴의 눈앞에 펼쳐진 전경은 문제를 해결한 지혜를 보여 주었다. 비어 있는 무게중심에 큰 인공 태양 하나를 두자 마찬가지로 허스와 농장 행성을 덥힐 수 있었다. 각각의 NP 세계를 돌고 있는 작은 인공 태양 무리는 허스에 에너지를 거의 보내지 않았다.

"인상적인 광경이지요."

네서스가 말했다.

인상적이라는 말은 아주 겸손한 표현이었다. 키어스틴은 몸을 떨었다. 대답은 하지 않았다. 고향 행성에서도 떠나지 못할 정도로 위험에 민감한 존재가 그 대신 행성 자체를 모항성에서 완전히 떼어 버리다니.

NP$_4$가 작아지자 키어스틴의 마음 한구석에서 모든 계획을 포기하고 싶은 열망이 고개를 들었다. 협약체는 믿을 수 없을 정도로 많은 지식을 가지고 있었다. 상상하기도 어려울 만큼 엄청난 힘을 발휘할 수 있었다. 키어스틴이 뭐라고 그들의 행동에 의문을 제기할 수 있을까? 개척민의 과거에 비밀이 숨어 있다면 어떻게 하겠다는 걸까? 그런 강대한 존재에 대해 개척민이 무엇을 할 수 있을까?

키어스틴은 의심을 떨쳐 버렸다. 중요한 건 진실이었다. 개척민은 자신들의 과거를 알 권리가 있었다. 키어스틴은 그 과거를 드러낼 작정이었다.

최종 접근에는 입 두 개를 다 써야 했다. 네서스는 좀 실망스러웠다. 키어스틴의 반응을 보고 싶었던 것이다. 함교에 숨겨 놓은 카메라에 찍힌 모습을 나중에 봐야 할 듯했다. 그 정도 간단한 수리는 네서스도 할 수 있었다.

"도킹 준비."

네서스는 그렇게 말하며 한쪽 머리로 슬쩍 키어스틴을 살폈다. 놀라는 모습이 볼만했다.

"어디에 도킹을 하지요? 근처에 우주선이 전혀 없습니다만. 일단 위성을 지나고……."

계기판을 확인하는 키어스틴의 말소리가 흐려졌다.

"표면이 완전히 매끄럽군요. 중력도 거의 읽히지 않고. 저건 자연 위성이 아닙니다."

"맞습니다."

카메라 조리개 형태의 커다란 입구가 열리자 네서스는 방향을 틀고 통신기를 켰다.

"우리는 지금 GPC가 운영하는 궤도 시설로 들어가고 있습니다. 우주선의 선체를 만드는 곳이지요. 우리가 타고 있는 우주선도 여기서 만들어졌습니다."

그는 거의 진동이 느껴지지 않도록 '탐험가'호를 착륙시켰다.

"전 승무원, 하선 준비."

에릭과 오마르는 휴게실에 먼저 들어와 있었다. 네서스가 바닥에 내장된 원반을 가리켰다. 다른 쪽 머리는 이미 주머니에 넣고 입으로 순간 이동 제어기를 잡은 채였다.

"준비됐습니까?"

오마르와 키어스틴은 고개만 끄덕였다.

"완벽합니다."

에릭이 대답했다.

네서스는 혀를 놀려 공장 안 대기실로 이동했다. 오마르의 눈이 커졌다. 에릭과 키어스틴은 뭔가 아는 듯한 표정으로 웃기만 했다. 에릭이 둥실 떠가다가 처음 눈에 띈 돌출부를 붙잡으며 말했다.

"궤도에서 생산한다면 뻔하지요, 네서스. 미세 중력입니다. 그게 아니면 왜 여기서 만들겠습니까?"

빠른 사고력이었다. 문득 네서스는 자신이 이 개척민들을 진심으로 좋아한다는 사실을 깨달았다. 물론 모든 개척민이 다 좋은 건 아니지만, 점차 존중하는 마음이 커지고 있었다. 그런 생각이 들자 죄책감이 느껴졌다. 전보다 더 심했다. 아르카디아는 오래전 협약체가 간섭해서 생긴 결과물이었다. 그리고 조만간 출산 위원회를 조종하는 건 네서스의 개인적인 범죄가 될 터였다.

두 번째 생각은 첫 번째를 덮어 버렸다. 지난 며칠 동안 아르카디아의 도시를 돌아다닌 일은 현명했다. 수백만 명의 개척민을 보면 여전히 도망쳐 숨고 싶은 기분이 들었지만, 그들 사이에서 지내는 건 인간의 우주로 돌아가기 위해 할 수 있는 최선의 준비였다. 네서스는 웬만하면 여러 야생 인간들 앞에, 심지어는 요원들 앞에도 모습을 드러낼 생각이 없었다. 그래도 인간은 사방에 널려 있을 게 분명했다. 생각하는 것만으로도 두려움이 솟았다.

에릭이 전망 창 제어기를 찾아 조작하자 벽이 투명해지면서 가려져 있던 공장의 거대한 중심부가 드러났다. 선체 여섯 개가 건조 중이었다. 이 인공 세계가 개척민들에게 경이로워 보이는 것도 당연했다. 네서스가 전망이 좋은 비행경로를 택한 것도, 이곳에 들른 것도 모두 경이감을 불러일으키기 위해서였다. 그가 떠난 후에도 개척민들이 근면하게 의무에 충실하도록 만들 필요가 있었던 것이다.

가장 가까운 곳에 보이는 건 4호 선체였다. 개척민들은 곡물 수송선으로 알고 있었다. 하필이면 그게 전망 창 근처에 있는 건 우연이 아니었다. 그 바람에 거의 비어 있는 작업 공간이 가려져 보이지 않았다. 과거 네서스는 바로 그 공간이 우주선으로 거의 가득 차 있는 모습을 본 적이 있었다. 물론 이제는 수출 시장이 존재하지 않았다. 선단은 은하핵의 폭발을 피해 즉시 도망치지 않는 어리석은 종족들을 뒤로하게 될 터였다.

"견학할 수 있습니까?"

에릭이 물었다. 그는 공장에서 눈을 떼지 못했다.

"물론입니다."

네서스는 약속했다. 때마침 GPC 직원이 나타났다. 빽빽하게 땋은 갈기에, 털 색깔은 개척민의 창백한 금발에 가까운 황갈색이었다. 다용도 띠와 몇 개 없는 장식은 오로지 회사에만 소속돼 있음을 나타냈다.

"이분이 안내할 겁니다."

네서스는 영어를 하지 못하는 직원과 인사를 나눴다.

"통역기를 가져왔습니다. 지금 작동시키지요."

"안녕하십니까."

직원이 말했다.

"……입니다. 공장 시설을 안내하겠습니다."

시민의 이름은 거의 통역되는 법이 없었다. 안내하는 시민을 뭐라고 불러야 할까? 네서스는 이름을 하나 떠올렸다. 최근 다시 야생 인간의 문화에 빠졌다는 사실을 고려하면 놀라울 것도 없는 이름이었다. 그 이름을 떠올리자 즐거워졌다. 앞으로 닥칠 일이 많은 지금 상황에서 네서스에게는 즐거움이 필요했다.

"오늘은 당신을 베데커*라고 부르겠습니다."

"그러십시오. 먼저 우리 작업에 대해 간략히 설명하겠습니다. 지금 보는 곳은 주 생산 공간……."

키어스틴은 처음에 작은 방으로 착각했던. 그러나 네서스가 당연하다는 듯이 공장이라고 불렀던 공간을 지그시 바라보았다. 오마르도 조용했다. 그녀처럼 위압감을 느낀 듯했다. 에릭은 질문을 쏟아 내고 싶은 기색이었다. 하지만 시민이 말할 때 끼어들지 않는다는 평생의 습관을 거스르지 않는다면, 아마도 그냥 넘어갈 터였다. 한쪽 머리로 말하는 내용만으로도 통역기가 감당하기에 벅찼다. 그리고 베데커는 숨 쉴 틈도 없이 말을 계속했다.

"……2호는 당연히 익숙할 겁니다. 이 선체를 가지고 여러분의 우주선을 만들었으니까요. 그래도 '탐험가'호는 독특합니다. 핵융합 엔진이 있거든요. 이번에 수리할 때는 핵융합 엔진을 더 큰 무반동추진기로 바꿀 겁니다."

---

* Baedeker, 독일 베데커 사에서 발행하는 유명한 여행안내서.

"무반동추진기가 더 아담하지요."

네서스가 말했다.

네서스는 왜 말을 덧붙였을까? 무반동추진기에 대해서는 다들 알고 있었다. 인구가 많은 곳 근처에서는 무반동추진기만 쓰는 게 옳았다. 그게 '탐험가'호에도 몇 개 달려 있는 이유였다.

네서스는 이번 수리에 대해 알고 있었던 게 분명했다. 그런데 왜 그런 말을 하지 않았을까? 노멀 스페이스에서 쓰는 주요 추진기를 바꾼다는 사실은 키어스틴이 보기에 아주 큰 변화였다. 에릭도 놀랐는지 눈썹을 찡그렸다.

"가장 인기 좋은 모델은 1호 선체입니다."

베데커는 두 머리 사이에 삼십 센티미터가량의 공간을 두고 있었다.

"자유비행 센서라든가 작은 인공위성 같은 데 쓰기에 아주 좋지요."

공기 중에 자극적인 화학물질 같은 냄새가 났다. 네서스가 '탐험가'호에서 풍기던 페로몬을 떠올리게 했지만, 어딘가 달랐다. 키어스틴은 이 냄새가 좀 더 다양하다고 생각했다. 엘리시움의 숲 냄새와 비슷했다. 어쩌면 이 공장 겸 위성은 생물학적인 방법으로 공기를 재순환하고 있을지도 몰랐다. 그 정도로 대규모인 건 분명했다.

"개척민 여러분이 제안한 변경 사항 몇 개를 시험 삼아 적용했습니다."

베데커가 갑자기 사라졌다. 그는 처음 나타난 이래 방 안에 있는 도약 원반 밖으로 한 발짝도 나가지 않았다. 미세 중력 상태였지만, 원반을 둘러싼 섬유 고리에 발톱을 걸고 위치를 고수하고 있었다. 언제든지 개척민에게서 벗어날 태세를 갖추고 있었던 것이다. 아마 키어스틴 일행이 베데커가 처음 만난 인간일 터였다.

키어스틴은 벽을 살짝 밀어 도약 원반 위로 둥둥 떠갔다. 원반이 작동했다. 그녀는 조금 전보다 두 배는 큰 방 안에 떠 있었다. 그곳에는 컴퓨터 책상이 가득했다. 키어스틴은 입술 마디와 혀보다는 손가락에 더 적합하게 생긴 키보드를 보고 기뻐했다.

다른 장비는 무엇이 있는지 보기도 전에 오마르와 에릭이 차례로 나타났다. 네서스가 마지막이었다.

"함교에 놓으려고 개선한 완충 좌석입니다."

베데커는 그렇게 말하며 다른 머리로 좌석을 조정했다.

"다음 임무에서는 여러분 모두 비행할 수 있도록 훈련받는 것으로 알고 있습니다. 이 좌석은 조정이 가능해서 누가 조종석에 앉더라도 편안합니다."

그는 누구든 앉혀 보려고 방문객을 둘러보았다.

"누가 앉아 보십시오."

"제가 해 보지요."

오마르는 첫 시도에서 앉다가 튕겨 나왔다.

"중력이 없어서 어려운데, 중력을 좀 만들 수 있습니까?"

"안 됩니다. 그렇게 해야 편안합니까?"

"왜 안 됩니까?"

에릭이 불쑥 물었다. 자기가 끼어들어 놓고도 제풀에 깜짝 놀란 기색이었다.

베데커는 기분이 좋지 않은 표정으로 네서스를 쳐다보았다.

"우리 공정은 중력에 아주 예민합니다. 좌석이 어떻습니까?"

"제게는 잘 맞는군요."

오마르가 팔걸이를 살짝 밀어 다시 떠올랐다.

"누가 앉아 봐. 에릭?"

"전 공학자예요."

에릭이 말했다. 조정이 가능한 의자 정도는 대수롭지 않다는 뜻임을 키어스틴은 알아챘다.

"방 크기 정도의 인공중력은 최소한의 중력장밖에 만들지 않습니다. 베데커, 물어봐서 죄송하지만 뭐가 그렇게 예민합니까?"

에릭, 닥쳐! 이번 여행은 오랫동안 숨겨져 있던 역사를 밝혀낼 유일한 기회일지도 몰랐다. 쓸데없는 호기심은 그런 기회를 앗아 갈 수도 있었다. 화제를 바꿔야 했다.

키어스틴은 볼트로 고정된 탁자를 붙잡고 당겨 시제품 좌석을 향해 몸을 움직이며 말했다.

"내 차례야."

에릭은 인상을 썼지만, 그녀의 의도를 알아챘다. 결국 새로운 센서를 소개하는 동안 입을 다물고 있다가 끝나고 난 뒤에야 물었다.

"선체를 만드는 건 언제 볼 수 있습니까?"

"이미 봤습니다."

네서스가 말했다.

"가까이서 말입니다, 네서스. 자세히."

"그건 허용되지 않습니다. 그곳은 진공 상태를 유지하고 있으니까요."

베데커가 대답했다.

"압력복을 입으면 됩니다. 우주선 안에 있는……."

베데커의 머리 두 개가 목 관절 바로 위에서 양옆으로 까딱거렸다. 키어스틴은 그 동작을 자주 보지는 못했지만, 강력한 거부를 뜻한다는 건 알고 있었다. 에릭은 그만둬야 했다!

"그건 허용되지 않습니다. 압력복 외부에 묻어 있는 가스와 먼지 때문에 공정이 오염됩니다."

베데커가 강한 어조로 말했다.

"이해가 안 갑니다. 네서스, 우리에게는 '탐험가'호의 선체에 피해를 줄 수 있는 건 많은 양의 반물질밖에 없다고 하지 않았습니까? 어떻게 먼지 조금이 문제가 되는 겁니까?"

오마르가 네서스를 향해 물었다.

"내가 한 말은 맞습니다. 다만 완성된 선체의 경우를 이야기한 거였지요. 건조 중에는 손상을 입기 쉽습니다."

네서스의 대답을 에릭은 그냥 지나치지 않았다.

"중력의 변이에 굉장히 예민하고, 미세한 오염 물질에도 굉장히 예민하고……. 아주 큰 규모의 나노 기술공정 얘기 같군요."

베데커가 슬로모션으로 보일러가 폭발하는 듯한 소리를 냈다. 그 울부짖는 소리는 통역이 되지 않았다. 네서스가 비슷하지만 좀 더 크고 긴 소리로 대꾸했고, 마침내 베데커가 굴복하듯이 고개를 숙였다.

"GPC는 정보를 거의 공개하지 않습니다."

네서스가 말했다.

"그 정도를 알아냈으면 나머지 이야기도 하는 게 좋겠군요. 불행히도 여러분은 우주선에 대한 신뢰를 잃게 될지 모릅니다. 우선, '탐험가'호의 선체는 그 어떤 손상도 입지 않습니다. 그렇지 않다면 내가 그걸 타고 모험을 떠났을까요? 하지만 이야기하지 않은 사실이 하나 있습니다. 선체의 강도는 그 독특한 형태에서 나옵니다. 나노 기술로 원자를 하나씩 붙여 가며 하나의 초분자를 만들지요. 그래서 건조가 끝나지 않은 선체는 불안정합니다. 아주 약간의 오염 물질이나 힘의 불균형만 생겨도 산산이 부서질 수 있습니다. 그런 이유로 이곳에는 인공중력이 없는 겁니다. 통신수단도 광섬유를 이용하지요."

키어스틴은 침을 삼켰다. NP$_4$에는 매일같이 해가 뜨는 것처럼 당연하게 수백 척의 곡물 수송선이 들어왔다. 그 하나하나는 지름이 삼백 미터가 넘는 비누 거품처럼 생겼다. 그게 전부 원자를 하나씩 붙여서 만든 것이라니. 그런 일이 어떻게 가능할까?

"베데커, 선체 종류가 네 개밖에 없는 건, 그것도 항상 일정한 크기인 건 초분자구조 때문입니까?"

그녀는 머릿속 한편으로 기하학에서 정다면체는 오로지 다섯 종류밖에 없다는 기이한 사실을 떠올리며 물었다.

에릭이 격렬하게 까딱거리는 두 쌍의 머리를 무시한 채 끼어들었다.

"내 생각은 달라, 키어스틴. 선체의 모양은 규격화되어 있어도 세부 모양이 다르잖아. 에어록이나 전선 구멍의 개수와 위치 같은 걸 생각해 보라고. 내가 저번에 '탐험가'호의 외부에 추가 센서를 달려고 요청했을 때, 센서 위치나 전선을 어디로 통과시켜야 하는지 제약이 전혀 없었어. 선체에 구멍을 낼 수 있는 위치에 제약이 없는데, 분자의 힘이 특정 크기나 모양에서 나온다고 보기는 힘들지."

베데커가 다시 소리를 질렀다. 아까보다 더 크고 더 듣기 힘든 울부짖음이었다. 소리는 그가 도약 원반을 작동시켜 사라진 뒤에야 그쳤다.

도망친 건가? 아니면 더 높은 시민을 찾으러 갔는지도 모르지. 키어스틴은 생각했다.

"너무 논리적이었나?"

에릭이 물었다. 그리고 상처받은 표정으로 덧붙였다.

"개척민 주제에?"

"이미 말했듯이 이 건조 공정에 대해서는 널리 알려지지 않았습니다. 에릭은 마지막 한 가지 세부 사항을 빠뜨렸군요. 초분자의 불침투성은 자체 동력원을 이용해 인공적으로 강화한 원자 사이의 결합력에서 나옵니다. 이 단단한 결합은 거의 모든 충격을 흡수하지요. 온도는 수십만 도까지 견딜 수 있습니다. 그리고 이 결합력이 효과를 발휘하는 건 선체가 사실상 완전히 모습을 갖췄을 때입니다. 그때까지는 베데커의 설명처럼 아주 취약하지요. 만족했습니까?"

네서스의 물음에 에릭은 시선을 돌렸다. 그러다 너무 오래 시선을 피했다 싶었는지 입을 열었다.

"네, 네서스. 저 대신 베데커에게 사과해 주십시오. 직업상 관심이 많다 보니 예의가 없었습니다."

"좋습니다. '탐험가'호의 정밀 수리는 계속 진행될 겁니다. 하지만 보아하니 이제 우리는 환영받지 못하는 손님이 된 것 같군요. 다음 셔틀을 타야겠습니다."

네서스가 말했다.

셔틀이 재진입의 영향으로 진동하며 표면에 거의 절반쯤 이르렀을 때 키어스틴은 사소하지만 아주 중요한 사실을 깨달았다. 아까 그녀가 네 개의 안정된 선체 형태에 대해 이야기한 순간 — 비록 곧바로 에릭이 반박했지만— 네서스와 베데커 둘 다 고개를 까딱였다. 위로/아래로, 아래로/위로, 위로/아래로, 아래로/위로…… 마치 개척민이 힘차게 고개를 끄덕이듯이, 그건 강한 동의의 뜻이었다. 하지만 네서스는 강화된 화학결합력이 선체의 강도를 설명해 준다는 것을 알고 있었다.

네서스가 거짓말을 했어.

또 우리에게 무슨 거짓말을 했을까?

7

셔틀에서 내리자 드넓은 콘크리트 바닥이 나왔다. 무엇을 보게 될지 키어스틴은 충분히 예상할 수 있었다. 아르카디아의 우주 공항은 다섯 개의 농장 행성 중 하나에 있는 여러 개의 우주 공항 중 하나에 불과했다. 이곳이 바로 허스의 주 우주 공항인 것이다.

당연히 키어스틴은 만반의 준비를 갖추었다. 그러나 상상을 넘어서는 압도적인 규모는 그녀를 얼어붙게 만들었다. 일행은 사방으로 늘어서 있는 곡물 수송선들 한가운데에 내렸다. 어디를 봐도 수천 대의 수송선으로 가득했다. 바닥에 죽 이어진 하얀 조명이 지표면부터 빛을 밝혔다. 하늘에서는 구름이 도착하거나 떠나는 우주선의 푸른빛을 반사해 반짝였다. 불빛이 점점이 박힌 육면체, 삼각기둥, 원기둥 형태의 구조물이 저 멀리서 우주선 위로 솟아 있었다. 곡물 수송선 위로 저렇게 높이 솟아 있다면⋯⋯ 탑이 분명했다. 가장 낮은 건물도 최소한 천육백 미터는 넘어 보였다. 점점이 박힌 불빛은 창문이었다.

"믿을 수가 없군. 눈으로 보고 있는데도 말이야. 읽은 적도 있고 이야기한 적도 있는데, 그래도 믿을 수가 없어."

오마르가 경이롭다는 표정으로 말했다.

"믿으세요. 일조 명의 시민이 한 행성에 살잖아요. 계산해 보면 뻔하죠."

에릭은 눈앞의 풍경을 자세히 보기 위해 서서히 고개를 돌리고 있었다.

그들이 이야기하는 모습을 지켜보던 네서스가 물었다.

"출발할 준비가 됐습니까?"

셔틀에서 내릴 때는 도약 원반을 이용했다. 처음부터 네서스가 원하는 곳으로 곧바로 갈 수도 있었던 것이다. 관광을 시켜 주려는 걸까, 아니면 조용히 위협하려는 속셈일까?

"어디로 갑니까, 네서스?"

키어스틴의 물음에, 네서스는 목과 혀를 늘여 눈에 보이는 가장 높은 탑을 가리켰다.

"조만간 저기로 갈 겁니다. 협약체 관료들과 정찰 임무에 대한 회의를 잡아 두었습니다. 사실 도약 원반을 이용하면 어느 곳에서나 편하게 우주 공항으로 갈 수 있지만, 부장관님께서는 자신의 부서를 우주 공항이 보이는 곳에 배치했지요."

"그때까지 시간이 얼마나 있습니까?"

허드 넷에 접속할 방법을 어떻게든 찾아볼 수 있는 시간이 얼마나 될까?

"원래는 NP_4의 하루에 해당하는 시간 동안 관광을 하게 할 생각이었습니다."

네서스는 갈기를 잡아 뜯었다.

"그런데 상황이 바뀌었습니다. 우리가 GPC의 궤도 시설을 방문한 것에 대해 항의가 있었다고 합니다. 부장관님께서 우리를 더 일찍 만나도록 일정을 조정하시는 중입니다. 딱 부름을 받을 때까지만 시간이 있습니다."

부장관 얘기를 꺼낸 데는 어떤 저의가 있는 걸까? 직함을 말하기 전에 잠깐 머뭇거리지 않았나? 그냥 특별히 발음에 신경 썼을 뿐인가? 네서스가 인간이었다면 키어스틴은 아무런 의심도

하지 않았을 것이다.

가까이 있던 곡물 수송선이 이륙했다. 에릭은 머리를 앞으로 내밀고 우주선이 멀어져 가는 광경을 바라보았다. 영원한 허스의 밤 속으로 불빛이 깜빡이며 사라져 갔다.

"따라오십시오."

네서스가 사라졌다.

키어스틴은 침을 꿀꺽 삼키고 네서스를 따라 원반 위로 올라갔다. 다음 순간, 온몸의 모든 감각에 부하가 걸렸다.

상상할 수 없을 정도로 큰 건물이 불쑥 나타났다. 꼭대기는 구름에 가려 보이지 않았다. 키어스틴은 광장에 서 있었다. 사방에 수만 명의 시민들이 복작거렸다. 그 모습은 마치…… 뭐라고 할까, 빈틈없이 몸을 꼭 붙이고 무리 지어 모여 있는 양 떼 같았다. 그중 일부는 목적에 따라 무리에 들어오거나 떠나고, 방향을 바꾸거나 합쳐지기도 했다. 무리에서 나오는 페로몬이 공기 중에 가득했다. 눈이 얼얼해서 눈물이 나올 정도였다. 그리고 그 소음이란! 마치 수천 개의 오케스트라를 한꺼번에 연주하면서 동시에 수만 개의 발굽으로 바닥을 굴러 대위법을 이루는 것 같았다.

네서스가 무딘 이빨로 키어스틴의 팔을 물고 당기며 말했다.

"원반에서 비켜나야 합니다."

말소리는 팔을 물지 않은 입에서 나왔다. 키어스틴이 비켜서자 에릭이 나타났다. 그가 입을 떡 벌리는 모습을 보고 키어스틴은 기분이 좋아졌다.

곧이어 네서스가 에릭을 옆으로 밀어내자 오마르가 나타나 비숫하게 반응했다.

"네서스, 다들 우리를 보고 있습니다."

"허스에 개척민은 드무니까요."

네서스는 광장을 가로질러 걷기 시작했다.

"내 옆에 있으면 아무도 귀찮게 하지 않을 겁니다."

"긴장이 되는군요. 여기가 어딥니까?"

오마르가 불안한 기색으로 물었다.

일행 주위에 생긴 텅 빈 공간이 일행을 따라 움직였다. 시민으로 가득한 바다를 떠가는 거품 같았다. 드물다는 것은 알려지지 않았다는 의미이고, 시민들에게 있어서 이는 곧 위험할 수 있다는 뜻이었다. 개척민 세 명이 무슨 위협을 가할 수 있을까? 키어스틴은 의아했다.

"여긴 공동으로 쓰는 광장입니다. 전형적이지만, 평균보다는 좀 작지요. 처음부터 위압감을 주고 싶지는 않았습니다."

네서스가 대답했다.

"주변의 건물들은 뭡니까?"

에릭이 물었다.

"광장의 삼면은 생태건물입니다. 허스 기준으로 보자면 평범하지만, 여러분이 보기에는 하나하나가 큰 도시 정도일 겁니다."

네서스는 네 번째이자 가장 가까운 면을 가리키며 말했다.

"저건 이 지역의 위락 시설과 쇼핑 단지입니다."

그리고 일행을 그쪽으로 이끌었다.

키어스틴이 질문을 하나 던지려는 참에 독특한 진동음이 끼어들었다. 네서스는 '잠시만.' 하고는 머리 하나를 다용도 띠에 달린 주머니에 넣었다. 숨죽인 오케스트라 연주 같은 소리가 들리더니 머리가 다시 나왔다.

"부장관님 사무실에서 연락이 왔습니다. 한 시간 안에 만나겠 시겠다는군요."

키어스틴은 마음이 급해졌다. 허스 여행은 개척민의 과거에 얽힌 진실을 찾아내는 절호의 기회라고 생각했다. 이렇게 수많은 시민들 속에서, 시간도 없는데 어떻게 허드 넷에 접속할 기회를 얻겠는가? 네서스의 감시에서 벗어날 수나 있을까? 지금밖에 없었다. 그들 셋을 빨리 떠나게 하려고 고위 관료가 일정까지 바꾼 이상 다시 방문할 수 있다는 기대는 접어야 했다.

네서스가 설명을 계속했다.

"주 산책로에는 여러 예술가들이 각자의 작품을 전시합니다. 고전적인 홀로 조각상이 여전히 가장 흔하지만 움직이는 홀로그램 형태도 인기를 끌고 있지요. 내가 가장 좋아하는 건……."

그는 양쪽 목에서 새가 지저귀는 듯한 소리를 냈다.

"미안합니다. 작가의 이름을 뜻이 맞게 번역할 수가 없군요."

조증의 주기가 돌아왔어. 키어스틴은 깨달았다. 이제 약속 시간이 거의 다 되었고, 네서스는 그에 대비하고 있었다.

"……두 번째 입구입니다. 안쪽 로비에도 물론 도약 원반이 있습니다. 창고나 전시 공간으로 이어지지요. 간단히 둘러봐도 됩니다."

머리 위로 튀어나온 돌출부에 다가가자 키어스틴은 가벼운 압력을 느꼈다. 외부 기후를 차단하기 위한 약한 역장이었다. 키어스틴은 역장을 밀고 들어갔다. 반투명한 홀로그램이 머리 위에 떠 있었다. 추상예술이자 동시에 스크롤이 되는 분류표였다. 세련된 글자체에 빠른 스크롤 그리고 익숙하지 않은 단어 때문에 대부분의 분류표를 알아볼 수 없었다. 알 수 있는 건 몇 개뿐이었다. 미용실, 보석과 띠, 음악, 서적 판매소, 전시관, 콘서트장.

아!

"네서스."

키어스틴의 부름에 네서스가 걸음을 멈추었다.

"뭡니까, 키어스틴?"

"기념품을 좀 사고 싶습니다."

키어스틴은 어리둥절해하는 오마르의 표정을 무시하고 말을 이었다.

"화보 같은 것 말입니다."

네서스는 머리를 돌려 가까운 분류표를 검색했다.

"따라오십시오."

그리고 사라졌다. 이번에는 오마르와 에릭이 키어스틴에 앞서 네서스가 방금 활성화시킨 도약 원반으로 올라갔다.

키어스틴은 작고 혼잡한 가게 안에 나타났다. 미디어 재생기가 가게 앞쪽의 선반들에 줄지어 놓여 있었다. 포장된 미디어로 가득한 바구니 위에는 설명문과 그림이 떠 있었다.

"오마르, 독서기 하나만 가져다주세요."

키어스틴은 그렇게 말한 후, 좁은 복도를 비집고 들어갔다. 시민 손님들이 그녀를 쳐다보았다. 마침내 '역사'라고 쓰인 분류표를 찾아낸 키어스틴은 다양한 제목이 적힌 동전 크기의 디스크를 한 움큼 집었다. 대부분은 허스에 대한 내용이었지만, NP 행성과 개척민에 대한 것도 몇 개 있었다. 그녀는 다른 선반에서 지리학과 예술에 대한 디스크도 몇 개 집어 추가했다.

키어스틴이 가게 앞으로 돌아왔을 때, 네서스는 시민 하나와 나누는 대화에 푹 빠져 있었다. 노랫소리가 폭포수 소리처럼 들렸다. 키어스틴은 골라 온 디스크와 오마르가 가져온 독서기를 계산대 위에 올려놓았다. 점원이 스캐너를 물건 위에 흔들 때에야 비로소 이걸 어떻게 살 수 있나 하는 생각이 들었다. 허스에서 개척민 크레디트를 받을까?

"네서스, 대신 계산해 주면 나중에 갚겠습니다."

"그러지요."

네서스는 스캐너에 설문을 찍어 계산을 마쳤다.

"이제 가야 합니다."

니케의 넓은 사무실에는 지난번 네서스가 왔을 때는 없었던 인간용 소파가 놓여 있었다.

턱시도 소파*로군. 네서스는 생각했다. 단순한 접대용일 수도 있었다. 하지만 그보다는 개척민 방문자들이 방심하기를 바랐을 가능성이 더 높았다.

---

* tuxedo sofa, 등받이와 거의 같은 높이의 바깥쪽으로 벌어진 팔걸이가 있는 긴의자.

네서스는 자기에게 맞는 의자에 앉아서 에릭과 오마르, 키어스틴이 니케와 나누는 대화를 들었다. 주황색 석류석으로 장식해서 풍성하게 땋은 니케의 갈기가 찬란하게 빛났다. 네서스는 그쪽을 바라보지 않으려고 집중해야 했다. 지난번에 만났을 때 니케가 하고 있던 여러 가닥으로 땋은 갈기는 단순히 짝짓기를 하지 않았으며 누군가 접근해도 관심이 없다는 상태를 나타냈다. 그런데 지금처럼 장식을 섞어 땋은 갈기는 관계의 가능성을 열어두고 있음을 공공연히 드러냈다. 저건 나에게 알려 주는 거야. 네서스는 감히 희망을 품어 보았다.

오가는 대화는 평범한 내용이었지만, 니케는 새로 들여놓은 거대한 책상 뒤에서 나오지 않았다. 네서스는 그의 푹신한 의자 아래 비상 탈출용 도약 원반이 숨겨져 있을 거라고 추측했다.

"여러분이 조사한 외계인에 대해 말해 보십시오."

니케가 통역기를 이용해 말했다.

"스스로를 그워스라고 부르는 자들입니다. 육체적으로는 작습니다."

오마르는 두 손을 팔 길이만큼 벌려 보인 다음, 말을 이었다.

"손 역할을 하는 관상 조직이 다섯 개 있어서 전체적으로는 별 모양입니다. 감각기관과 뇌가 가운데 있지요. 물속에서 사는 데 적응한 것 같습니다."

"얼음 아래의 물에 말이지요."

평소처럼 우아한 말투로 니케는 자신도 보고서를 읽었음을 넌지시 알렸다. 오마르가 눈치를 채고 말했다.

"그 외계인의 능력과 잠재력에 더 관심을 느낄 겁니다. 그 부분에 대해서는 에릭이 얘기하겠습니다."

에릭은 자세를 똑바로 하고 입을 열었다.

"그워스는 최근에야 산업화가 됐습니다. 진공 속에서 사는 기술을 터득하고서……."

에릭이 그워스의 기술에 대해 설명하고 니케가 에릭이 얼마나 깊이 있게 아는지 탐색하듯 살피는 동안, 네서스는 미래에 대해 생각했다. 그가 선택하고 훈련시킨 대원들은 선단의 앞길에 놓인 위험을 발견하고 경고해 줄 것이다. 그사이 네서스 자신은 협약체를 찾는 야생 인간의 추적을 따돌릴 것이다. 그런 공로를 세우면 니케의 영원한 존경과 사의를, 잘하면 그보다 훨씬 더 많은 것을 얻게 되리라.

"전문가들은 그워스의 발전 속도가 예외적으로 빠르다고 하더군요."

니케가 말했다.

"저도 그 점에 대해 고민해 봤습니다만, 기준으로 삼을 만한 게 없었습니다."

키어스틴의 대답 아래 깔린 비판을 알아채고 네서스는 위에 경련을 느꼈다. 그의 장대한 계획은 너무 쉽게 와해될 수 있었다. GPC를 방문한 일에 대한 불만은 이미 영향을 끼쳤다. 만약 니케가 다음 비행에서 직접 개척민을 감독하겠다고 나선다면? 아니, 아예 개척민 정찰대 실험을 취소한다면? '탐험가'호에 다른 정무담당관을 대신 태우는 정도의 사소한 대비책도 골칫거리가 될 터였다. 네서스를 대신할 다른 시민을 준비시킨다는 건, 일이 잘됐을 때 공로를 나눠야 한다는 ─하지만 잘못됐을 때는 네서스 혼자 책임져야 한다는─ 뜻이었다.

"가장 인상 깊었던 건 그워스의 로켓 개발 계획이었습니다. 인공위성 몇 개를 발사하는 모습을 관찰했는데, 모든 시도에서 성공하더군요. 시도할 때마다 이전보다 기술과 적재 하중이 개선되었고요."

에릭의 말에 오마르가 덧붙였다.

"저는 품질 관리, 정확도, 학습 속도가 인상적이었습니다."

좋았어! 두 남자가 적절하게 잠재적인 위협을 언급해 주었다. 황급히 일정을 조정한 이 만남도 곧 끝날 것이다. 무사히 이 방을 나간다면, 네서스의 계획도 온전히 살아남을 수 있었다.

그때, 키어스틴이 끼어들었다.

"니케, 반대로 그워스의 기술은 아직 원시적인 상태입니다. 그들 세계에는 자원의 한계가 있지요. 선단이 완전히 지나가 버리기 전에 심우주에 진출할 가능성은 희박합니다."

네서스는 갈기를 쥐어뜯으며 소란 부리고 싶은 걸 겨우 참아낼 수 있었다. 수 세대에 걸쳐 개척민을 시민 문화에 순응시켜 왔음에도 그들에게서 위험을 향해 달려가는 즉흥적인 인간의 태도를 없애지 못했다. 위험한 건 무엇이든 피해야 했다. 가능성이 얼마든 상관없었다. 신기하게도 인간은 희박한 가능성을 무시했다. 놀라운 건 그런 자기 파괴적인 행동이 아직까지 인간을 몰락시키지 않았다는 점이었다.

"그건 정찰대가 결정할 문제가……."

니케의 말을 자르며 키어스틴이 몸을 숙였다.

"죄송합니다, 니케. 제 말을 오해한 것 같습니다."

엘리시움에서도, GPC의 생산 시설에서도, 네서스는 키어스틴의 탐구욕이 충족되지 않았음을 민감하게 느꼈다. 그런데 충족은커녕 오히려 부추긴 모양이었다. 어떤 개척민도 부장관의 말을 자를 수는 없었다. 네서스는 당황스럽고 화가 나 몸을 떨면서 재앙을 기다렸다.

"설명하십시오."

통역돼 나온 니케의 명령은 불길할 정도로 짧고 담담했다.

"아직 얘기를 다 못 했습니다. 당연히 우리는 선단에 대한 어떤 위험도 피해야 합니다. 하지만 지금 당장 우리가 마주한 건 위협이 될 잠재성일 뿐입니다. 그 위협이 실현된다고 해도 그워스 기술력의 한계를 이용하면 파괴적이지 않은 방법으로 그들을 무력화시킬 수 있습니다."

키어스틴이 말했다. 그녀의 말에 흥미를 드러내며 니케가 목을 앞으로 기울였다.

"그게 어떻게 가능합니까?"

"그워스의 통신망은 상당히 원시적입니다. 생체 컴퓨터에 접속할 수 없는 얼음 밖으로 나오기 전까지는 통신망이 필요하지도, 가능하지도 않았습니다. 저라면 스스로 복제하고 퍼뜨리는 프로그램을 만들어 쉽게 그워스 통신망을 망가뜨리겠습니다. 그 프로그램을 바이러스라고 부르지요. 그워스에게는 그런 소프트웨어 공격을 방어할 수단이 없습니다. 바이러스는 로켓 발사나 우주선 통제 시스템처럼 통신망에 의존하는 모든 기능을 무력화시킬 겁니다."

"재미있군요."

니케는 다음 약속을 알리는 나직한 신호를 무시하고 질문을 이었다.

"그런데 왜 그런 식으로 대응합니까?"

네서스는 그 이유를 알았다. 키어스틴은 혜성 탐사체를 비활성화시켰다는 그의 말을 믿지 않았다. 물론 그녀가 옳았다. 굳이 선택권을 포기할 이유가 있을까? 만약 비활성화시켰다면, 그건 더 만들기 쉽다는 뜻일 뿐이었다.

"그워스가 선단을 공격하지 못하도록 먼저 행동해야 하는 경우를 상정한 겁니다. 만약 그런 일이 일어난다면, 그워스의 컴퓨터를 무력화시켜서 사상자를 줄일 수 있습니다. 운이 없게도 그 순간 컴퓨터로 제어하는 운송 수단을 타고 있는 자는 목숨이 위태롭겠지만, 대부분의 그워스는 살 수 있을 겁니다."

"국부 공격이군요."

니케가 말했다.

키어스틴은 그 말을 이해하지 못한 게 분명했다. 그건 직접적으로 네서스를 향한 말이었다. 네서스는 인간에 대해 비폭력적인 전략을 제안했다. 이제 키어스틴이 그워스에 대해 그러고 있는 것이다.

니케를 찾는 신호가 다시 울렸다.

"난 다른 회의가 있습니다. 오마르, 에릭, 키어스틴, 오늘 이야기는 큰 도움이 됐습니다. 네서스가 말하길 '탐험가'호가 곧 다음 여행을 떠난다더군요. 흥미로운 임무가 되기를 바랍니다."

니케는 통역기를 끄고 경이로울 정도로 복잡한 네 마디의 이중 화음으로 노래하듯 네서스에게 말했다.

"컴퓨터를 잘 아는 인간은 아직도 날 섬뜩하게 하는군요. 그래도 대량 학살 없이 선단을 보호할 수 있다는 건 흥미롭습니다. 이 셋은 유능하고 충성심이 있어 보입니다. 당신의 추천을 받아들이지요, 네서스. 다음 임무는 저들끼리만 가게 합시다."

8

네서스는 셔틀의 관리 일지를 읽으며 일상 속에서 평안을 구하고 있었다. 지상 근무조가 몇 가지 주석을 달아 놓았다. 전부 다 여분의 보조 시스템 안에 있는 이런저런 부품을 미세 조정 했다는 내용에 지나지 않았다. 그 정도로 사소한 결함은 백 개가 있어도 셔틀을 위험에 빠뜨리지 않았다.

네서스는 떨고 있었다! 의지의 힘으로 떨림을 가라앉히고 재빨리 주위를 살펴보니 대원들은 저희끼리 이야기를 나누고 있었다. 네서스는 그들이 방금 자신의 실태를 눈치채지 못했을 것이라고 생각했다. 니케와의 만남을 무사히 뒤로한 지금에서야 그는 자신이 한 일이 도박이었음을 받아들였다. 만약 다른 결과가 나왔다면, 니케와 잘해 볼 기회를 쉽사리 잃어버렸을지도 몰랐다.

오마르가 더플백을 챙겨 넣으며 말했다.

"네서스, 이번 여행을 주선해 줘서 고맙습니다. 우리 모두 고맙게 생각하고 있습니다."

"별것 아닙니다."

네서스는 함교의 주 컴퓨터에 휘파람 같은 소리로 몇 가지 정보를 알려 주었다. 이제 컴퓨터가 자료를 기록하고 교통 제어실에 연결할 터였다.

"여러분 모두 잘했습니다."

"다시 한 번 감사합니다."

오마르가 대답했다.

"허스는 정말 대단하더군요. '탐험가'호의 함교가 이 셔틀처럼 네 명을 수용할 수 없어서 유감입니다."

에릭이 장비를 점검하며 말했다.

이제 '탐험가'호에는 세 명만 타게 될 것이다. 하지만 수리가 끝나도 시민용 완충 좌석은 그대로 남아 있게 된다. 네서스는 스스로 차분해질 때까지 그 소식을 전하지 않기로 했다.

"허스에서 무엇이 가장 인상 깊었습니까?"

"군중이지요. 당신은 작은 광장이라고 했지만, 거기 모인 정도만으로도 정말 많더군요."

에릭은 뺨을 긁다가 말을 이었다.

"그런데 하나 궁금한 건, 그중에서 여자 시민을 본 적이 없다는 겁니다."

네서스의 몸이 굳었다.

"못 봤겠지요."

"여자들은 따로 공동체를 만듭니까?"

키어스틴이 물었다.

"시민들은 성별에 대해 이야기하는 걸 불편하게 여깁니다."

네서스가 대답했다.

"전부 양호합니다."

비행 전 점검을 마친 에릭이 그렇게 말한 다음, 네서스를 돌아보았다.

"니케는 당신보다 작고 아주 정교하게 장식을 했던데, 그래서 니케가 여자인 줄 알았습니다."

"니케도 남자입니다."

"물론 당신도 알고 있었겠지만……."

에릭은 웃음인지 기침인지 모를 소리를 냈다.

"그가 당신을 계속 쳐다보던데 말이지요."

네서스도 눈치챈 사실이었다. 게다가 갈기가 보내는 신호까지……

"제가 만나 본 몇 안 되는 시민은 다 남자였습니다. 여자 시민도 만나 보고 싶군요."

키어스틴이 말했다.

네서스는 '매애애' 하고 울면서 기운 넘치게 뛰어오던 양을 떠올렸다. 키어스틴이 그 양을 끌어안고 얼러 주던 장면도. 만약 그녀가 알게 되면 어떻게 생각할까? 다른 이들은? 예상되는 반응을 생각하자 걱정이 밀려오면서 움츠러들었다.

교통 제어실에서 연락이 온 덕분에 네서스는 화제를 바꿀 수 있었다.

"세 번째로 출발합니다. 준비하십시오."

이윽고 그들은 언제까지나 붐빌 허스의 상공을 향해 이륙했다. 네서스는 함교 안에서 이뤄지는 대화가 공중 교통과 우주 교통에 집중되도록 계속 이끌었다. 그러나 마음속의 의구심은 여간해서 사라지지 않았다.

반려에 대해 알게 되면 개척민들은 어떻게 생각할까?

작은 행성처럼 보이는 GPC의 궤도 시설이 키어스틴의 계기판 속에서 멀어져 갔다. '탐험가'호는 금방 찾을 수 있었다. 베데커는 굳이 감정을 숨기지 않았다. 키어스틴 일행을 어떻게든 빨리 보내려 했다.

"이 우주선이 그리웠습니다. 다시 찾으니 좋군요."

키어스틴이 말했다.

"이 우주선을 좋아한다니 바람직한 일입니다. 여기서 오랜 시간을 보내게 될 테니까요."

자기 의자에 파묻히듯 앉아 있던 네서스가 대꾸했다. 그는 여행 내내 긴장하고 있었다. 키어스틴은 여전히 그 이유를 몰랐다.

"제가 조종할까요? 뭔가…… 생각할 게 있는 것 같습니다만."

"고맙지만, 아직은 불가능합니다. 걱정하지 마십시오. 아르카디아까지는 데려다 줄 겁니다."

말과 달리 네서스는 몸을 떨었다.

돌이켜 보면 키어스틴이 허스를 방문하려고 온갖 계획을 세웠던 건 전부 부질없는 일이었다. 네서스가 생각한 이 여행의 진짜 목적은 그들과 니케의 만남이었다. 키어스틴은 아직 그의 동기를 알아내지 못했다.

그녀는 시험 삼아 물어보았다.

"니케가 다른 정찰 임무를 계획하고 있습니까?"

"맞습니다."

네서스가 몸을 똑바로 세웠다. 힘든 일이었다.

"이제 자동조종 상태로 들어갔고 GPC 시설에서도 멀어졌으니, 알릴 소식이 있습니다."

그는 통신기를 켜고 말했다.

"오마르, 에릭, 휴게실로 오십시오."

적어도 얼마간이라면 자동조종장치를 이용해도 괜찮았다. 항성이 없음에도 세계 선단은 그 자체로 근처의 시공간을 휘게 만들기 때문에 하이퍼드라이브를 쓸 수 없었다. 키어스틴은 네서스가 지금과 같은 상태로 조종하는 게 걱정스러웠다. 뭔가 해야 했다. 시민들은 컴퓨터를 불신해서 자동 착륙에 맡기지 않았다.

네서스와 키어스틴은 오마르와 에릭보다 먼저 휴게실에 도착했다. 네서스는 기다리는 동안 갈기를 물어뜯었다. 이제 정돈된 모습은 흔적조차 남지 않았다. 이윽고 오마르와 에릭이 들어오자 네서스는 아주 화려한 음악을 휘파람으로 불며 두 눈을 마주 보았다.

"니케와 만난 일은 잘 끝났습니다. 여러분이 불안해할까 봐 결과는 나 혼자 알고 있었지요. 니케가 내 추천을 최종적으로 승인했습니다. 다음 정찰 임무에는 여러분 셋만 '탐험가'호를 타고 갈 겁니다. 나는 다른 일을 해야 합니다."

에릭이 눈을 깜빡였다.

"저희 셋만 간다는 말입니까? 다른 시민은 승선하지 않고?"

"맞습니다."

"하지만······ 이유가 뭡니까?"

에릭은 울 것 같았다.

키어스틴은 자랑스러운지 걱정스러운지 알 수가 없었다. 둘 다일지도 몰랐다. 그녀에게 있어 더 큰 문제는 이 상황이 과거를 찾는 일에 끼칠 영향이었다.

"내 임무에 대해 설명하는 건 부적절합니다."

네서스가 대답했다.

"저희는 언제 떠납니까? 당신은 얼마나 빨리 떠나고요?"

에릭이 다시 물었다.

"나는 며칠 안에 떠납니다."

네서스의 몸이 점점 더 심하게 떨렸다.

"니케의 부서에 있는 과학자들이 여러분의 다음 목적지를 정해 줄 겁니다. 열흘쯤 더 걸리겠지요."

네서스는 선실로 도망치지 않고 얼마나 더 견딜 수 있을까, 생각하며 키어스틴이 끼어들었다.

"네서스, 외람되지만, 당신은 흥분해서 불안정한 상태입니다.

제가 조종하게 해 주십시오."

"난 괜찮을 겁니다. 이제 함교로 돌아가겠습니다."

네서스는 간신히 말했다.

"곧 따라가겠습니다."

네서스가 휴게실을 떠나자 키어스틴은 사물함에서 펜과 공책을 꺼냈다. GPC가 카메라를 새로 숨겨 뒀을까? 지금은 찾아볼 시간도, 찾는다는 보장도 없었다. 걸릴 위험을 감수해야 했다.

키어스틴은 공책 위에 몸을 수그리고, 있을지도 모르는 센서의 시야를 가렸다. 그 자세로도 글을 쓰는 데는 문제가 없었다. 그녀는 공책을 닫아 오마르에게 내밀었다.

오마르가 공책에 쓰인 글을 읽더니 고개를 끄덕였다. 그리고 에릭에게 공책을 전달했다. 에릭도 고개를 끄덕였다.

"이제 난 네서스에게 갈게요."

키어스틴이 말했다.

네서스는 신경이 붕괴되기 직전이라 굳이 그들을 멀리서 감시할 것 같지는 않았다. 하지만 그녀의 생각이 틀렸다면? 키어스틴이 함교에 있으면 네서스도 비밀 센서에 접속하지 않을 터였다.

네서스는 함교 구석에서 몸을 떨고 있었다. 갈기가 사방으로 뻗쳐 있고 장식이 달렸던 흔적은 온데간데없었다.

"괜찮습니까?"

키어스틴이 묻자 네서스는 멍한 표정으로 그녀를 바라보았다.

"난 괜찮을 겁니다. 착륙하기 전에 좀 쉬는 것뿐입니다."

키어스틴은 할 수 있는 만큼 오래 기다렸다가 에릭을 불렀다.

"우리 곧 착륙해. 모두 정상이야?"

선내 상황에 대한 일상적인 질문이 아니었다. 아까 공책에 끼적거린 내용에 따르면 '시민의 역사에 우리에 대한 새로운 정보가 있어?'라는 의미였다.

"모두 정상이야. 새로운 건 없어."

에릭이 대답했다.

키어스틴이 역사 자료를 산 건 충동적인 판단이었다. '새로운 건 없다'는 대답은 협약체가 시민들에게도 개척민에게 한 것과 똑같은 이야기를 들려줬다는 뜻이었다. 키어스틴이 쫓는 과거는 협약체의 비밀이었다.

잃어버린 과거를 찾을 수 있는 마지막 희망은 '탐험가'호의 자체 자료실뿐이었다. 그것도 누군가 아직 그 자료를 들어내지 않았을 때 얘기였다. 하지만 네서스가 '탐험가'호와 아무 관련이 없어질 때까지 개인 기록을 지우지 않을 가능성은 있었다.

키어스틴은 거기에 유일한 희망을 걸었다.

"당신은 지금 조종할 상태가 아닙니다. 정중하게 말하는데, 당신도 알지 않습니까?"

네서스는 말이 없었다.

"네서스, 당신이 직접 우주선을 착륙시키는 건 위험합니다. 우리는 물론 지상에 있는 수많은 이들을 죽이게 될지도 모릅니다."

"압니다."

네서스의 목이 마치 그 자체에 따로 의식이 있는 것처럼 천천히 앞다리 사이의 안전한 곳으로 파고들었다.

"하지만 키어스틴, 선단 근처에서 개척민이 조종하는 건 금지돼 있습니다."

"어차피 '탐험가'호가 다음 임무를 떠나기 전에 바꿔야 할 규칙이잖습니까. 지금이라고 안 될 게 있습니까?"

잠시 침묵하던 네서스가 마침내 말했다.

"교통 통제실이 알면 안 됩니다."

"아무도 모를 겁니다, 네서스. 곧 재진입이니 지금 바로 결정해야 합니다. 안전한 방안은 두 가지뿐입니다. 하나는 제가 착륙시키는 거고, 다른 하나는 교통 통제실에 이유를 대고 NP$_4$ 궤도 진입을 취소하는 거지요."

네서스는 조용히 몸을 떨었다.

즉각적인 위험조차 인식하지 못하다니. 그가 과연 결정을 내릴 수나 있을까? 키어스틴은 니케를 언급할 때마다 미묘하게 변하던 네서스의 목소리에서 실마리를 찾았다.

"궤도 진입을 취소한다고 가정해 보십시오. '탐험가'호는 방금 수리를 마친 완벽한 상태인데 말입니다. 그래도 니케가 당신을 믿고 다가올 임무를 맡길까요?"

앞다리 사이로 막 들어가려던 또 다른 머리가 갑자기 튀어나와 키어스틴을 바라보았다.

"비밀을 지킬 겁니까?"

"약속하지요. 교통 통제실하고는 문자메시지와 데이터전송만으로 통신할 수 있을 겁니다."

"알았습니다."

네서스는 발작이 지나갈 때까지 조용히 있다가 다시 입을 열었다.

"문자메시지 규약을 보여 주겠습니다."

키어스틴이 완충 좌석에 앉았다.

"제가 당신인 것처럼 접속해야 합니다."

"그래야지요."

네서스가 가까이 다가왔다. 목소리는 떨리고 거의 앞뒤가 안 맞을 지경이었지만, 설명은 해냈다.

가르쳐 줄 것을 다 가르쳐 준 네서스는 복도를 달려 자기 선실로 들어가 버렸다. 키어스틴은 두 가지 강력한 감정을 다스리려고 애써야 했다. 첫째는 불쌍한 동료에 대한 연민이었다. 그가 무슨 잘못을 했건 간에 네서스는 그들 셋에게 전례가 없는 기회를 주었다. 그리고 둘째는……

기쁨에 겨워 소리치고 싶은 충동이었다.

'탐험가'호는 NP$_4$의 바깥쪽 대기층을 뚫고 내려갔다. 선체에서 단조로운 소리가 났다. 곧 착륙할 테고, 네서스도 선실에서 나올 터였다.

키어스틴은 함교에 있는 보조 화면을 응시했다. NP$_4$ 이전 개척민의 역사 파일은 없었다. 베데커가 네서스에게만 접근이 허용된 정보를 지우면서 흡족해하는 모습을 상상할 수 있었다.

분노도 좌절도 해결책은 아니었다. 네서스가 나와서 그녀가 임시로 얻은 권한을 회수하기 전에 무엇을 할 수 있을까?

백업. 없었다. 임시 파일. 없었다. 관련 검색. 뭔가 있었다! 그녀가 찾는 사라진 정보를 가리키는 기록이 몇 개 남아 있었다. 하지만 그 기록을 살펴보는 동안 희망은 또다시 가라앉았다. 실마리와 암시. 그뿐이었다.

키어스틴은 계속 검색했다. 익숙한 단어가 눈의 띄었다. 램스쿠프. 엘리시움에서 본 제한된 단어 중 하나였다.

지표면이 빠른 속도로 다가왔다. 키어스틴은 마지못해 검색을 중단하고 마지막 착륙 과정에 집중했다. 교통 통제실과 메시지를 교환하고, 신중하게 네서스가 가르쳐 준 규약에 따랐다. '탐험가'호는 아쉬울 정도로 빨리 아르카디아 우주 공항에 착륙했다.

키어스틴은 통신기에서 관례적으로 흘러나오는 방송을 무시했다. 착륙했다는 사실을 네서스가 바로 알아차리지 못하기를 바랐던 것이다. 대신에 오마르에게 메시지를 보냈다.

"네서스의 선실 문밖에서 기다리다가 그가 나오면 시간을 끌어 주세요."

'램스쿠프'로 검색하자 앞서 봤던 비밀 자료 하나만 나왔다. 엘리시움에서 본 다른 단어가 뭐였지? 국제연합. 아무것도 없었다. '긴 통로'호. 없었다. 인간들. 몇 개 나왔다! 복수형이 아니면 혹시 달라질까. 키어스틴은 '인간'으로 다시 검색해서 몇 가지 결과를 더 얻었다.

복도에 설치된 카메라를 통해 오마르가 네서스의 선실 밖에 서 있는 모습이 보였다. 키어스틴은 인간을 언급한 기록을 훑었다. 눈에 띄는 자료 중에 의미가 있을 법한 건 없었고, 자료를 분석할 만한 여유도 없었다. 그녀는 검색 결과를 아무런 의심도 받지 않을 이름으로 바꿔 새로운 파일로 저장했다. 그런 다음, 사본에 있는 인간이라는 단어를 전부 다람쥐로 바꿨다.

카메라를 통해 선실 문이 열리는 게 보였다. 네서스가 평정을 되찾은 모습으로 나타났다. 오마르와 짧게 대화를 나눈 뒤 그를 지나쳤다. 오마르는 계속 말을 걸면서 네서스를 뒤따랐다.

네서스가 향할 곳은 함교밖에 없었다.

그의 이름으로 접속했던 키어스틴은 우주선 컴퓨터에 접근할 수 있는 권한을 모두 갖고 있었다. 그 권한을 이용해 가짜 계정을 만들고 모든 권한을 위임했다. 네서스의 목소리가 분명한 콘트랄토 음이 복도에 울려 퍼지자 그녀는 검사 파일과 보안 파일에서 검색 기록을 모두 삭제했다.

네서스가 함교에 들어왔다.

"도와줘서 고맙습니다, 키어스틴."

"도움이 돼서 저도 좋습니다."

그녀의 대답을 들으며 네서스는 자기 의자에 앉았다.

"다시 조종을 맡겠습니다."

키어스틴 앞의 화면이 반짝이더니 네서스의 권한과 정보도 함께 사라졌다.

"다시 한 번 말하지만 고맙습니다."

그녀가 마지막으로 검색한 자료에는 외무부가 운영하는 인간 연구소를 언급한 부분이 있었다. 허스에 있는 니케의 부서였다.

"도움이 돼서 저도 좋습니다."

키어스틴도 다시 한 번 말했다.

9

신은 파멸시키고자 하는 자를 우선 미치게 만든다.

최후자의 호출을 받아 만나기 위해 기다리면서, 니케는 에우리피데스라는 이름을 마주친 시민이, 심지어 인간의 신화에서 이름을 차용한 자들 중에서도 과연 얼마나 될지 궁금했다. 아마 아무도 없을 터였다. 지금의 위기는 인간에게 매료된 니케의 감정을 새롭게 해 주었다. 가명으로 삼은 이름의 오만함을 다시 후회하게 될 정도였다. 니케는 요즘 들어 승리감을 느끼지 못했다.

네서스의 정찰대원을 만난 건 실수였을까? 그들은 아주 평범해 보였다. 인간을 두고 내려야 하는 모진 결정은 개척민을 만난 뒤로 더욱 가혹하게 느껴졌다. 어쩌면 그런 결정을 내리는 건 미친 짓일지도 몰랐다. 아니면 그러지 않는 게 미친 짓이거나.

음울한 생각은 거대하고 화려한 대기실에 홀로 있는 니케의 고립감을 더욱 크게 만들었다. 생각을 돌려야 했다. 시민들 중에서 가장 강력한 존재에게 적합한 인간 이름은 뭘까? 니케는 판테온*의 신들을 하나씩 떠올렸다가 고개를 저었다.

어쩌면 전설 속에 나오는 불멸의 존재가 적합할지도 몰랐다.

---

* Pantheon, 그리스와 로마의 온갖 신들을 모시는 신전.

시시포스* 같은. 최후자는 능란한 기술을 발휘하며 의미 없고 끝도 없는 노력에 시간을 대부분 쏟았다. 말하자면, 허스가 불타고 있는데 음악을 연주하는 일 따위 같은.

물론 최후자는 인간식 가명을 붙인다는 그런 별스러운 생각을 경멸했다.

니케 주위로 소란이 일면서 최후자와 소수의 수행원이 물질화되어 나타났다. 모두 눈부신 녹색 빛을 발하고 있었다. 그중에서도 최후자가 가장 두드러졌다. 최후자는 갈기를 에메랄드와 옥으로 복잡하게 꾸미고 있었다. 살아온 세월에도 불구하고 그의 암갈색 피부는 건강하게 빛났다.

"와 줘서 고맙습니다."

최후자가 말했다.

"초대받아 영광입니다."

니케는 최소한도로 두 머리를 숙였다. 최후자에 대한 존경과 스스로 느끼는 것보다 다소 과한 자신감 사이에서 균형을 맞춘 것이었다. 수행원들이 그 광경을 못마땅한 듯 바라보았다.

최후자가 서로 동격인 것처럼 짧게 니케와 머리를 스치며 인사했다.

"우리는 흥미로운 시대에 살고 있군요."

"맞습니다."

---

* Sysiphos, 제우스를 속인 죄로 지옥에 떨어져 바위를 산 위로 밀어 올리는 벌을 받은 그리스신화 속 인물로, 바위가 꼭대기에 이르면 다시 아래로 굴러 내려가기 때문에 그는 영원히 이 일을 되풀이해야 한다.

니케는 신중하게 대답했다.

최후자가 우아하게 목을 움직여 수행원들을 물리자 그들은 순식간에 사라졌다.

"이리 오십시오. 신선한 공기나 즐겨 봅시다."

니케는 최후자를 따라 가상의 벽과 기후 차폐용 역장을 뚫고 지나가 대리석으로 치장한 기다란 발코니에 섰다. 최후자의 집은 산자락을 끌어안고 있었다. 숲이 우거진 사면과 부딪치는 파도, 일렁이는 바다가 만드는 풍경은 웅장했다. 지평선을 따라 보이는 희뿌연 빛은 멀리 떨어진 해변인 듯했다.

색깔이 화려한 비행 곤충이 대형을 이룬 채 지그재그로 지나가는 동안 묵묵히 있던 최후자가 말을 꺼냈다.

"경로를 바꿔야 한다는 제안서를 올렸더군요."

니케는 숨을 깊이 들이마신 다음, 대답했다.

"행정부는 선단의 경로를 수정하자고 제안하고 있습니다. 야생 인간이 우리를 찾고 있기 때문에 신중히 생각해야 할 문제지요. 제안대로 경로를 수정하면 일 년 안에 선단과 인간의 태양계 사이에 먼지구름이 들어오게 됩니다."

"제안서에도 그렇게 씌어 있더군요. 그런 움직임은 별로 쓸모가 있을 것 같지 않습니다. 어디를 봐야 하는지만 추측할 수 있다면 인간이 정착한 다른 세계에서는 여전히 보일 테지요. 인간은 하이퍼드라이브 우주선을 이용해 어디서든 우리를 찾을 수 있습니다."

니케는 깜짝 놀라서 눈을 깜빡일 수밖에 없었다. 위험을 줄인다는 게 언제부터 충분한 이유가 되지 못한 걸까?

"최후자님, 가장 호기심이 많고 가장 끈질긴 건 태양계를 고향으로 하는 인간들, 특히 국제연합이라는…….."

"그 제안은 내 승인을 받을 겁니다."

최후자가 말을 잘랐다.

"그 제안의 한계에 대해 이야기한 건 행정부의 조언이 내 주의를 끌었다는 사실을 보여 주기 위해서지요."

말을 잘랐음에도 불구하고 그의 목소리는 전혀 거슬리지 않았다. 목관악기와 바이올린을 섞은 듯한 니케의 목소리와 완벽하게 조화를 이뤘다.

자갈이 깔린 드넓은 해변에 긴 물결이 천천히 밀려들었다. 파도에 이는 거품이 행성과 별의 빛을 받아 빛났다. 근해에 보이는 형광 빛의 정체는 바다에 사는 군체 생물이었다. 저 멀리 바다 위에 뜬 구름 속에서 번개가 번쩍였다. 머릿속에는 온갖 생각—이 만남의 진정한 목적은 뭘까?—이 소용돌이쳤지만, 니케는 그 경치에 감탄할 수밖에 없었다.

"이곳은 평안한 장소입니다. 어디든 도약 원반 한 번이면 갈 수 있으면서도 사적이고 고요한 공간이지요. 이런 곳은 허스에도 많지 않습니다."

최후자가 말했다.

바다에서 불어오는 미풍이 니케의 갈기를 헝클어뜨렸다. 저택을 둘러싼 숲이 바람을 받아 한숨 쉬는 듯한 소리를 냈다. 니케는 곰곰이 생각했다. 행정부의 제안, 사실상 니케의 제안을 받아들였다는 것. 총책임자가 누구인지 은근히 상기시킨 것. 보상 가능성에 대한 암시.

니케는 유혹받고 있었다. 최근에 그 자신이 네서스를 유혹했던 것처럼. 짝짓기가 아니라 부와 권력에 이끌리는 것이지만, 유혹은 유혹이었다. 나와 함께 일하자, 그러면 그 대가는 엄청날 것이다, 최후자는 이렇게 암시하고 있었다.

니케는 협약체의 안전에 필수적이라는 이유로 네서스를 조종한 일을 합리화했다. 이제 와서 개인적인 이익을 위해 협약체를 희생시킬 수는 없었다.

"최후자님, 곧 있을 합의에 대해 이야기해도 되겠습니까?"

실험당원들이 선동하고 있는 대중의 마음과 감정을 재평가하는 일 말이었다.

최후자가 니케를 향해 머리를 돌렸다.

"이미 정한 문제에 대해 대중을 혼란스럽게 만드는 건 물론 비생산적이지요."

"외람되지만 최후자님, 정책 개정에 대해서는 누구나 관심을 갖고 있습니다."

"영구 비상 정책 말입니까? 난 그렇게 생각하지 않습니다. 그외에 당신들 실험당이 제안할 게 또 뭐가 있지요? 우리는 이미 실험당원들이 하자는 대로 은하계를 탈출하는 항해에 올랐지 않습니까."

"일부 실험당원 이야기지요."

니케는 바다 멀리서 번개가 치자 잠시 사이를 두었다가 말을 이었다.

"실제로는 이렇습니다. 우리가 도망가는 것은 본성이다. 은하 중심핵의 폭발은 무섭다. 그래서 우리는 도망치려고 한다. 하지만 제 생각에 은하에서 도망치는 건 가능한 방책 중에서 최악의 선택입니다."

"당신이라면 그대로 머무는 쪽을 택했을 거라는 말입니까?"

"우리는 아주 오래전에 일어난 초신성 연쇄 폭발로 인한 방사선으로부터 도망가고 있습니다. 그 위험에서 벗어나기 위해, 그러니까 이미 수천 광년 깊이로 퍼진 방사선의 물결이 우리를 덮치기 전에 소멸되도록, 빠른 속도로 멀리까지 나아가겠지요. 물론 제정신이라면 누구든 위험한 하이퍼스페이스를 피할 테니 노멀 스페이스에서 상대속도로 가속해야 합니다. 최후자님, 여기서 역설적인 상황이 생깁니다. 선단이 은하핵 폭발의 방사선으로부터 도망칠수록 점점 증가하는 속도 때문에 마찬가지로 치명적인 방사선이 생겨나고, 그 방사선은 더 빨리 다가옵니다. 또한 성간 먼지와 가스가 우주선*이 되어 우리 세계를 덮칠 겁니다."

"우리 세계를 덮고 있는 역장이 진행 경로에 있는 방사선을 막아 주지 않습니까."

최후자가 반박했다.

"바로 그 역장이 은하핵 폭발로 나오는 방사선 역시 막아 줄 겁니다. 가만히 기다리기만 한다면 말입니다."

---

* cosmic ray, 우주에서 끊임없이 날아오는 매우 높은 에너지의 입자선을 통틀어 이르는 말.

최후자는 재미있다는 듯 눈을 깜빡였다.

"그렇습니다. 대중의 믿음이 어떻든 간에, 우리끼리는 방사선이 위협이 되지 않는다는 데 동의하는군요."

그가 마침내 진의를 드러내는 것일까?

"위험은 다른 데 있다는 뜻이로군요. 과거 우리가 이웃 종족에게 했던 일의 부작용 말입니까?"

니케의 반문에 최후자는 확고하게 말했다.

"당시에는 우리의 이익에 부합하도록 외계 종족을 이끄는 게 가장 현명한 일 같았습니다. 물론 그렇게 간섭할 때마다 나름의 복잡한 문제가 생겼지요. 아주 안타깝습니다. 개척민에게 자연 보존을 맡긴다는 것만 해도 꽤 괜찮은 생각 같았습니다."

수행원 하나가 다가와 헛기침을 했다.

"실례합니다, 최후자님. 다음 약속 시간이 되면 알려 달라고 하셨습니다."

"고맙습니다."

최후자는 몸짓으로 수행원을 물렸다.

간섭은 참 무미건조한 단어지. 개척민은 한 예에 불과하고. 니케는 생각했다. 지금은 NP$_4$를 야생 인간이 발견하느냐가 협약체가 당면한 가장 시급한 문제 같았다.

"은하핵 폭발로부터 도망친다는 생각을 보수당이 왜 그렇게 빨리 받아들였는지 이제야 알겠습니다. 방사선이 아니라 이웃 종족들에게서 멀어지고 싶었던 거로군요."

"너무 비판적인 시각입니다."

최후자는 목을 구부려 아래쪽을 내려다보며, 숲과 바다 냄새가 뒤섞인 공기를 들이마셨다.

"물론 우리 둘 다 시민의 안전이 가장 중요하다는 데는 이견이 없습니다. 그렇다면 대량 학살보다는 약간의 사회공학이 더 낫지 않겠습니까?"

인간과 크진인의 전쟁에 몰래 관여한 게 단순한 사회공학이었을까? 개척민을 노예화한 것도? 네서스라면 최후자의 이 말에 어떻게 반응할까? 니케는 궁금했다. 성질이 별나고 괴상하긴 하지만 네서스에게는 통찰력이 있었다. 게다가 그는 점점 더 개척민을 옹호하고 있었다. 그래도…….

네서스가 인간을 피할 방법으로 제시한 게 오히려 사회공학에 가까웠다. 키어스틴이 필요하다면 그워스의 발전을 방해하는 걸로 충분하다며 제안한 방법이 차라리 더 사회공학에 가까웠다.

한순간의 깨달음처럼, 니케는 보수당의 전망을 완전히 이해했다. 그 자신이 실험당에 힘을 실어 주기 위해 영구 비상 정책을 발동시켰듯이, 최후자는 은하 사이의 텅 빈 공간에서 영구적인 평형을 찾으려는 것이다. 이미 허스는 한 항성에 박혀 있던 닻을 거둬들였고, 이제 최후자는 실험당의 정책을 실현시킨다는 명목으로 은하에 박혀 있던 닻마저 거둬들이려 하고 있었다.

더 이상 말썽을 부릴 별은 없을 것이다. 더 이상 초신성 연쇄 폭발을 일으킬 성단도 없을 것이고. 더 이상 다루기 어려운 외계 종족 따위도 없으리라.

"최후자님, 과거의 정책 이야기는 그만두지요. 각자 이유가 어쨌든 양쪽 당은 우리가 도망가야 한다는 데 동의했습니다. 하지만 은하와 은하 사이에 존재하는 미지의 위험을 감수하자는 건…… 그건 위험이 아니라는 말입니까?"

신은 파멸시키고자 하는 자를…….

"우리는 머무를 수도 갈 수도 없습니다. 어쩌면 내가 뭘 놓쳤을지도 모르겠군요."

최후자가 말했다.

그건 사실이었다. 하지만 니케가 언젠가 채택할 일련의 행동은 아직 그 자신의 마음속에서도 뚜렷한 형태를 갖추지 못했다. 최후자에게 다른 약속이 있었기 때문에 더는 의견을 나눌 시간도 없었다.

니케는 정중하게 말했다.

"물론 최후자님께서 놓치신 게 있을 리 없습니다."

최후자가 눈앞에 펼쳐진 드넓은 사유지를 가리켰다.

"우리가 나눈 이야기를 곰곰이 생각해 보십시오."

충고는 유혹이자 경고였고, 동시에 거부이기도 했다.

신은 파멸시키고자 하는 자를 먼저 미치게 만든다.

집에 돌아온 니케는 홀로 머리를 품고 단단히 몸을 말고 싶은 충동과 싸웠다. 다른 종족의 운명에 간섭하다니 이 얼마나 미친 짓인가!

그러나 간섭이야말로 협약체의 주특기였다. 도대체 그 정책의 결과가 얼마나 잘못됐으면, 그로부터 도망가기 위해 보수당 소속의 최후자조차 앞뒤 가리지 않고 은하 사이 미지의 공간으로 뛰어들려는 걸까. 비밀 임원회의 앞에 놓인 선택은 제한적이었고, 삭막했다.

먼저, 대량 학살에 나서는 것. 아니면 아무것도 하지 않고서 선단의 위치와 NP_4에 억류하고 있는 인간에 대해 들킬 위험과 그 사실을 알아낸 인간 세계가 보일 —당연히 정당한 일이겠지만— 반응을 감수하는 것. 아니면 또다시 사회공학에 착수해 간섭하는 것.

신은 파멸시키고자 하는 자를 먼저 미치게 만든다.

니케는 파견하는 것밖에는 선택의 여지가 없었던 네서스라는 정찰대원에 대해 익숙하지 않은 공감을 느끼면서, 짧은 메시지를 기록했다.

네서스, 제안한 대로 ARM의 활동에 대항하는 계획을 즉시 시작할 것.

10

키어스틴은 의자에 앉아 몸을 앞으로 기울이고 '탐험가'호의 다음 임무에 대한 마지막 설명을 주의 깊게 들었다. 적어도 자기 태도가 주의를 집중하고 있는 것처럼 보인다고 생각했다. 하지만 오마르는 그 자세를 다르게 본 듯 조심스럽게 그녀의 왼쪽 발을 찔렀다.

손이 아팠다. 아래를 흘끗 내려다본 키어스틴은 자신이 주먹을 꽉 쥐고 있음을 알았다. 네서스라면 하얗게 된 관절의 의미를 이해할 수 있었겠지만, 지금 그는 없었다—어디로 가는지, 무슨 목적으로 가는지도 알려 주지 않았다. 그래서 부장관인 니케가 정찰 임무를 감독해야 했고, 그는 네서스처럼 개척민과 대면하면서 쌓은 경험이 없었다. 그래도 신중한 게 나았다. 키어스틴은 손에서 힘을 뺐다.

"……여러분에게는 막중한 책임이 있습니다."

니케가 설명을 마무리했다.

"마지막으로 질문이 있습니까?"

"저희로서는 영광입니다, 니케. 신뢰에 보답하기 위해 노력하겠습니다."

오마르가 말했다. 에릭도 고개를 끄덕였다.

"저희에게 자신감을 심어 준 데 대해 당신과 네서스에게 감사하고 싶습니다."

키어스틴은 왼발에 또다시 압력이 들어오는 걸 느꼈다. 오마르의 평정심을 부러워하며 그녀는 겨우 말했다.

"질문은 없습니다, 니케."

니케의 사무실에서 나와 외무부를 빠져나올 때까지 키어스틴은 내내 긴장하고 있었다. 도약 원반이 그녀 일행을 우주선이 기다리고 있는 우주 공항으로 보내 주었다. 이제 고향 NP$_4$는 가느다란 초승달 모양으로만 보였다. 새로운 주기가 시작된다는 게 과연 상서로운 일인지는 알 수 없었다.

어쨌든, 때가 되었다.

곡선으로 구부러진 '탐험가'호의 선체가 드리운 그늘 속에서 오마르가 키어스틴의 손을 잡았다.

"이 일에 대해 확신해?"

"네, 확신해요. 다시 기회가 있을지 없을지 모르잖아요. 네서스가 없으니까 니케는 자기가 직접 지시해야 한다고 느낀 게 분명해요. 일단 니케가 우리와 이야기하는 데 익숙해지거나, 네서스가 돌아오거나, 아니면 니케가 우리를 감독할 다른 시민을 보낸다면 두 번 다시 허스에 초대받지 못할 거예요."

그건 우리 과거에 대한 진실을 밝힐 기회가 더는 없다는 뜻이죠. 키어스틴은 용기가 있을 때 해 보고 싶었다.

"그럼 나도 갈게."

에릭이 불쑥 말했다.

"두 명이 가면 걸릴 위험만 더 커져."

키어스틴은 오마르를 보며 동조를 구했다.

"미안해, 키어스틴. 난 에릭에게 동의해. 뭘 찾게 될지는 너도 모르잖아."

오마르가 말했다.

논쟁할 시간이 없었다. 키어스틴은 에릭을 돌아보았다.

"알았어, 에릭. 대신 조건이 있어. 내 지시를 따른다는 데 동의해야 해."

에릭이 고개를 끄덕였다.

"오마르…… 누구든 의심하면, 우리가 어디로 갔는지 당신은 모른다고 하세요. 그냥, 우주선이 준비를 마치는 동안 관광을 좀 하고 싶다 그랬다고요."

오마르가 대꾸하기도 전에 키어스틴은 가까운 공용 원반을 타고 사라졌다.

키어스틴은 엘리시움에서 보았던 대피소와 별다를 게 없는 공간에 나타났다. 그게 얼마나 오래전 일처럼 느껴지는지! 그녀는 비행복의 나노 섬유를 빨강, 보라, 노랑 반점이 뒤섞여 얼룩진 색으로 조정했다. 이론상으로 허스의 식물군과 잘 어우러지는 색이었다.

에릭이 뒤이어 실체화되었다. 그는 키어스틴의 옷이 예상치 못한 색으로 바뀐 것을 보고 눈이 휘둥그레졌다. 하지만 이내 알겠다는 듯 고개를 끄덕이더니 자기 셔츠와 바지도 비슷하게 조정했다.

"아직까지는 좋아. 여긴 우리밖에 없어."

키어스틴의 말에 에릭은 어깨를 으쓱했다.

"때마침 잘됐군."

외부 카메라를 통해서는 텅 빈 숲밖에 안 보였다. 근처에 있는 수 킬로미터 높이의 생태건물 벽에 반사된 일광이 숲을 비췄다. 키어스틴은 문고리를 열었다.

"여기는 시민용 공원이라 위험할 게 없어. 넌 안 와도 됐다고."

에릭은 키어스틴을 스치고 지나쳐 문밖의 작은 공터로 나갔다. 덤불과 나무, 아니 그에 해당하는 허스의 어떤 식물들이 미풍을 받아 소리 내고 있었다.

"삼분의 일 정도는 지난번 엘리시움에서 본 식물 같아. 아무래도 상관없지만."

"아마 아닐 거야."

키어스틴은 하늘을 유심히 바라보았다. 어쨌든 이론상으로는 추적이 불가능하게 공용 도약 원반을 연속적으로 타고 온 그들은 행성을 반 바퀴 돈 곳에 있었다. 머리 위의 둥근 NP_1을 보고 키어스틴은 곧바로 방향을 잡았다.

"이쪽이야."

숲 속으로 몇 걸음 걷자 바로 어두운 그림자 속이었다. 보이지 않던 뿌리에 발이 걸려 세차게 넘어지는 키어스틴을 에릭이 재빨리 붙잡았다. 그는 주머니에서 작은 손전등을 꺼내며 말했다.

"아무리 협약체라도 숲 속 땅을 평평하게 만들지는 못하지. 언덕 아래나 도랑으로 굴러떨어지면 끝장이라고."

에릭이 옳았다. 키어스틴은 진심을 담아 말했다.

"고마워."

앞으로 몇 킬로미터를 더 가야 했다. 그것도 빠른 속도로.

도착하면 무엇을 보게 될까?

네서스에게서 훔친 파일 속에 언급된 인간 연구소가 있을지도 몰랐다. 아니면 부유한 시민의 집이 있거나. 혹은 아무것도 없을 수도 있었다. 파일 속에서 연구소의 위치는 오직 열다섯 자리 도약 원반 주소로만 나와 있었다. 게다가 접근이 통제된 장소를 나타내는 의미로 강조돼 있었다. 네서스의 인증 코드를 안다고 해도 연구소 입구는 끊임없이 감시받고 있을 게 분명했다. 니케의 사무실로 들어가는 도약 원반 역시 불청객을 막기 위해 보안이 철저하지 않았던가.

하지만 어떤 시민도 누군가 그곳까지 걸어서 가리라고는 생각하지 못할 가능성이 있었다.

물론 걸어서 가려면 연구소의 물리적인 위치를 정확히 알아야 했다. 그런 필수적인 정보는 네서스의 파일에 없었다. 키어스틴이 산 기념품 책에도 연구소에 대한 언급은 전혀 없었다. 어쩔 수 없이 기대야 할 건 긍정적인 생각과 네서스의 자료실에 있던 연구소 건물의 홀로그램뿐이었다. 홀로그램에 따르면 연구소 건물은 꼭대기에 둥그런 돔이 있는 육각형 구조물이었다.

어둠이 점점 짙어졌다. 손전등에서 나오는 흐릿한 불빛으로는 땅바닥만 겨우 보이는 정도였다. 걷기 시작할 때부터 머리 위에서 비가 부드럽게 숲을 두드리는 소리가 들리더니 갈수록 커졌다. 빗방울이 나뭇잎 사이로 뚫고 들어오기 시작했다. 발밑의 우거진 덤불 때문에 두 사람의 걸음은 느렸다. 게다가 바닥이 울퉁불퉁해서 바른 방향에서 벗어나기 일쑤였다.

나침반이 있긴 했지만 과연 올바른 방향으로 가고 있는 걸까?

밝고 따뜻하고 편안한 집에서 생각했을 때는 이 모험이 꽤 쉬워 보였다. 홀로그램 속에서는 연구소 위에 네 개의 NP 행성이 다양한 상으로 떠 있었다. 파일에 기록된 날짜 정보가 언제 홀로그램이 만들어졌는지 알려 주었다. 계산 자체는 복잡할지언정 개념상으로는 연구소가 허스의 어느 곳에 있는지 간단하게 알아낼 수 있었다. 연구소의 좌표는 허스에 있는 몇 개 안 되는 대형 공원 중 하나, 그 안 깊숙한 곳에 있는 호숫가를 가리켰다.

두 사람은 집과 취미, 친구와 가족에 대해 이야기하며 걸었다. 에릭이 기침을 했다.

"우리가 얼마나 온 거 같아?"

"삼 킬로미터나 그보다 좀 더?"

"반도 안 되네. 키어스틴, 시간이 너무 오래 걸리는데."

"나도 알아."

하지만 어떻게 할 방법이 없었다. 여기까지 온 이상 계속 가야 했다.

"땅이 이렇게 험할 줄은 몰랐지. 비가 올 경우도 생각 안 했고. 땅이 젖어서 걸음이 느려지는 거잖아."

"너한테 뭐라 그러는 게 아니야."

에릭이 약한 경사에 쌓인 젖은 잎 위를 미끄러져 내려가는 동안 손전등 불빛이 흔들렸다.

"가면 뭘 보게 될까?"

"나도 모르지."

키어스틴은 낮게 튀어나와 있는 나뭇가지를 옆으로 밀어내며 이어 말했다.

"뭘 보게 될지 두렵기도 해."

"인간들이란 게 우리를 말하는 걸까?"

두 사람은 언덕 위에 올라섰다. 그림자 때문에 내려가는 길이 안 보였다.

"아마도. 아니면 시민들이 만난 다른 종족인데, 우리에 대해 알고 있을지도 모르고. 아니면 우리 조상들의 우주선을 공격했던 종족이거나. 난 시민들이 왜 그냥 우리한테 알려 주지 않는지 이해가……."

미끄러질 뻔한 키어스틴을 에릭이 다시 붙잡아 주었다. 흙이 젖어 있나?

"조심해."

그가 숨을 헐떡이며 말했다. 키어스틴은 불안함을 느끼며 주위를 둘러보았다.

"나침반을 떨어뜨렸어."

에릭이 웅크리고 앉아 손전등으로 발밑을 들쑤셨다. 불빛이 부채꼴로 넓게 펼쳐지면서 어슴푸레한 파스텔 조로 바뀌었다.

"안 보이는데."

에릭은 일어서면서 연달아 기침을 했다.

"괜찮아?"

"웃긴 얘기야. 심각할지도 모르지만."

키어스틴은 에릭을 물끄러미 쳐다보며 물었다.

"무슨 소리야?"

"어릴 때 병이 있었어. 천식이지. 아직도 있나 보네."

에릭은 바위에 주저앉아 얕은 숨을 쉬었다. 마치 스펀지를 입에 대고 공기를 들이마시는 것 같았다.

"습기랑 화학적 가스가 촉발시키기도 해. 스트레스를 받으면 더 심해지지."

그러고는 키득거리며 웃는 듯하더니 거친 기침을 내뱉었다.

그들은 어느 곳에서든 몇 킬로미터 이상 떨어져 있었다. 가장 가까운 장소라고 해 봤자 원래 존재를 알아서는 안 되는 곳이었다. 키어스틴은 주머니를 건드려 보고 아직 통신기가 있다는 사실에 안도했다.

"도움을 요청하면 돼."

"폭풍우가 몰아치는 숲 속에서 시민들이 우릴 구해 주기를 기다리자고?"

에릭은 다시 억눌린 기침을 두어 번 뱉어 내고 일어섰다.

"걷는 게 나아. 그러면 최소한 왜 여기 있었냐는 질문은 안 받겠지."

어디로 걸어야 할까? 나침반은 잃어버렸다. 두꺼운 구름 때문에 NP 행성의 빛이 너무 흐려져 방향 잡기—그것도 눈에 보이는 구름들이 간간이 흩어질 때나 가능했다—도 어려웠다. 게다가 구름들은 고작 수십 미터 위, 나무 꼭대기에 걸릴 만큼 낮게 떠 있어서 이제는 멀어진 생태건물의 불빛도 대부분 가로막혀 보이지 않았다.

허스는 진정 외계 행성이구나. 키어스틴은 갑작스럽게 깨달았다. 작은 인공 태양들도, 커다란 불덩이 별도 없었다. 그들을 구할 '햇빛'이란 없었다.

"이러면 어떨까. 연구소는 호숫가에 있다고 했지?"

에릭이 확인하듯 물었다.

"맞아."

"저 시내를 따라가는 거야."

그는 희미하게 물소리가 들리는 곳을 가리키며 말을 이었다.

"하류로 가다 보면 호수가 나오겠지. 그러면 호숫가를 따라가는 거야."

"시내가 얼마나 긴지 모르잖아. 호숫가도 마찬가지고. 훨씬 더 많이 걸어야 할 텐데."

"넌 수학으로 목적지를 알아냈지. 이제 다른 방법을 써 보는 것도 괜찮을 거야."

말하는 중에 에릭은 힘없이 기침을 했다.

"그러면 앞장서."

언덕을 내려왔을 즈음, 키어스틴이 한마디 더했다.

"네가 같이 와서 다행이야."

"난 아니야."

에릭은 기침을 하다가 말했다.

"뭐, 다행이 아니라는 건 아니지만. 어쨌든 난 우리 첫 데이트가 이렇진 않을 거라고 생각했거든."

또 기침.

"농담이야."

"왜 천식이 있다고 얘기 안 했어?"

키어스틴은 그렇게 물어 놓고 갑자기 얼굴이 빨개졌다. 깜깜해서 얼굴이 안 보인다는 게 다행스러웠다. 그녀는 동료로서 물었지만, 에릭은 그런 식으로 받아들이지 않을 게 뻔했다. 의사나

가족, 장래의 배우자가 아니고서는 유전적 질병에 대해 절대 이야기하지 않는 법이다.

"비밀 지킬 수 있어?"

에릭이 물었다.

"안 그러면 매우 곤란해지겠지."

얕은 숨을 몰아쉬던 에릭의 웃는 소리는 끔찍하게 들렸다.

"내가 자란 곳에서 호흡기 문제는 흔해."

"우린 같은 곳 출신이잖아."

하지만 키어스틴은 천식에 대해 들은 적이 없었다.

기침과 씩씩거림이 계속되었다.

"비밀은 이거야, 키어스틴. 난 NP$_3$에서 자랐어. 너랑은 고향이 다르지. 거기에도 작은 개척민 거주지가 있어. 냉동 수정란을 개척민으로 자라게 하는 건 협약체가 사람들에게 공언한 것보다 더 어려웠던 게 분명해. 몇 세대가 지나서야 문제가 생길 수도 있거든. 어떤 경우에는 병원 신세를 아주 많이 져야 해."

에릭은 힘겹게 말을 이었다.

"난 성공 사례야. 시민에게 빚진 거지."

"난 전혀 몰랐어."

협약체에 대한 그의 충성심, 네서스에 대한 경의, 가끔은 의심스러웠던 사교 기술이 이해가 되기 시작했다.

"알 리가 없잖아."

에릭은 기침을 계속하면서도 허리를 숙여 나뭇가지 사이로 바닥을 살폈다.

그가 시민에게 빚을 지고 있다고 느끼는 것도 당연했다. 키어스틴은 왜 오마르와 자신에게 알려 주지 않았는지 묻고 싶었지만 차마 그러지 못했다. 여기에는 왜 왔을까?

키어스틴의 얼굴에 그런 의혹이 떠오른 모양이었다. 에릭이 말했다.

"왜냐하면 너한테 중요하니까."

그녀가 어떻게 반응할지 몰라 두려운 듯, 그는 곧바로 말을 이었다.

"호수가 보이는 것 같아."

키어스틴도 호수를 보았다. 몇 걸음 더 가자 숲을 벗어나 바위 투성이의 좁은 호숫가에 이르렀다. 둥근 호숫가를 따라 빗속에 솟아 있는 돔 형태의 구조물을 간신히 볼 수 있었다.

인간 연구소였다.

호수 주변의 '나무'들은 가시 대신 두꺼운 잎이 나 있는 붉은 선인장과 얼추 비슷했다. 비는 점점 더 심해졌지만 구름에 산란된 NP 행성의 빛이 수면에 반사되어, 키어스틴과 에릭은 호숫가의 숲 사이로 빨리 걸을 수 있었다. 연구소에서는 아무런 불빛도 나오지 않았다.

외따로 있는 건물에 거의 다다랐을 때 키어스틴의 통신기가 나직하게 울렸다. 오마르였다.

"돌아와야겠어. 우주 공항 쪽에서 계속 재촉하는군. 사소한 기술적 결함이 있어서 늦어진다고 했는데, 내가 곧 문제를 해결하지 못하면 도와줄 기술 팀을 파견하겠대."

목적지가 이제 코앞이었다.

"저 때문에 늦어진다고 하세요. 쇼핑하러 갔다고요. 어떻게든 시간을 끌어야 해요. 연구소에 거의 다 왔다고요."

"그게 안 통한다고 해도, 너희에게 책임이 돌아가게 하지는 않을 거야. 어떻게든 해 보지. 그래도 서둘러 줘, 키어스틴."

목적지인 건물은 주변의 나무보다도 높지 않았다. 그들이 선 곳에서는 문도 창문도 보이지 않았다. 키어스틴은 건물 주위를 살펴보려고 숲 속으로 더 깊이 비집고 들어가며 말했다.

"가자."

그들은 나무 사이에 서서 건물을 자세히 보려고 애썼다.

"너무 어두워. 문이 있어도 안 보일 거야."

에릭은 기침 소리를 죽이려고 손으로 입을 막고 벽으로 살금살금 다가가며 말했다.

"이쪽으로 와."

육각형 건물의 네 면을 면밀히 조사하고 나자 다시 호숫가와 맞닥뜨렸다. 마지막 면이자 호수에 가장 가까운 면은 다가가서 조사할 필요도 없을 정도로 충분히 빛을 받고 있었다. 하지만 그곳에도 구멍은 없었다.

"믿을 수가 없어. 여기까지 왔는데……."

키어스틴은 무너지듯 나무에 기대앉았다. 여기까지 걸어온 것만이 아니라 지금까지 겪은 모든 일이 생각났다. 얼음 위성에서부터 지금까지는 길고 힘든 여정이었다.

통과할 수 없는 벽을 살펴보며 머리를 기울이고 생각에 잠겨 있던 에릭이 말했다.

"음…… 네서스가 우릴 쇼핑 단지에 데려갔던 일 기억나?"

"응. 왜?"

"드나드는 데 문 대신 역장을 썼잖아."

에릭은 손을 벽에 댄 채 건물을 따라 걸었다.

"그냥 느낌이야."

벽이 꺾이는 곳 근처에서 갑자기 손이 안으로 쑥 들어갔다.

"아하."

에릭은 머리를 살짝 넣었다 빼더니 키어스틴에게 손짓했다.

"뭐가 보여?"

키어스틴이 속삭였다.

"관람석 같은 게 있어. 아래쪽 방에는 시민들하고 단말기가 있고. 관람석은 비었어."

건물 주위로 두 사람이 접근한 흔적을 보여 주듯 진흙 얼룩이 남았다. 다행히 땅이 바위라 발자국이 온전히 찍히지는 않았다. 키어스틴은 진흙투성이 신발을 가리켰다.

"우리가 남긴 흔적은 비가 오면 씻겨 나가겠지만, 실내에서는 안 그럴 거야. 신발을 벗고 들어가야 해."

에릭은 어깨를 으쓱하더니 가짜 벽 안쪽으로 등을 밀듯이 해서 앉았다. 머리와 어깨, 팔, 발은 바깥에 나와 있는 상태였다. 그대로 홀로그램 벽 밖에 신발을 벗어 놓은 그는 뒤로 구르며 안으로 들어갔다. 안쪽에서 그의 목소리가 들려왔다.

"들어와."

키어스틴이 에릭의 동작을 따라 해 안으로 들어가자 어느새 에릭은 바닥에 납작 엎드린 채 난간을 통해 아래에서 벌어지는 일을 관찰하고 있었다. 옷은 이미 복도 벽과 비슷하게 연한 파란색으로 바뀌어 있었다. 키어스틴도 옷 색깔을 재조정한 뒤 합류했다. 아래층에는 단말기 근처에 앉아 있는 시민이 열, 돌아다니는 시민이 셋, 도약 원반이 모여 있는 곳을 지키고 선 시민이 일곱 명 있었다.

연구소 직원들의 머리 위에는 홀로그램이 떠 있었다. 안타깝게도 이 거리에서는 가장 가까운 홀로그램도 또렷하지가 않았다. 개척민—아니, 인간이라고 불러야 맞을까?—이 나오는 영상은 뭘 하고 있는지 알아볼 수 없었고, 문자도 전혀 읽을 수 없었다. 구름이 표면을 가린 NP 행성, GPC의 선체, 모두 감질나게 하는 홀로그램들로 의미를 전혀 알 수 없었다.

키어스틴은 외벽을 부여잡고 발코니 부근을 빙 돌아 기어갔다. 비에 푹 젖었던 탓에 물 자국이 남았다. 그녀는 가끔 비바람이 들이치거나, 아니면 시민이 올라오기 전에 물이 말라 버리기를 바랐다.

관람석을 삼분의 일쯤 돌아가면 난간에 빈 단말기가 있었다. 키어스틴이 노리는 목표였다. 그녀의 생각이 맞다면 아래층에서 어떤 목적을 갖고 하는 일과 무관하게 관리 기능만을 제공할 터였다. 무선 키보드를 손에 넣은 키어스틴은 벽에 등이 닿을 때까지 뒤로 빠졌다. 단말기를 활성화시키고 화면을 평면 상태로 조정한다면 무슨 짓을 해도 아래층에서는 보이지 않을 터였다.

속삭이는 소리와 음악이 귓가로 흘러들고, 단말기에서 나오거나 시민들끼리 나누는 대화도 간간이 들려왔다. 소리가 뒤죽박죽이었고 머리 위 돔에서 반향이 울려 퍼진 데다가 키어스틴의 언어 능력이 부족했기 때문에 대부분 웅얼거림으로만 들렸다. 그러나 전부는 아니었다. 간간이 알아들을 수 있는 단어나 구문이 나왔다. '인간'과 '야생 인간'은 충분히 잘 들렸고, 알려진 우주에 대한 언급도 몇 번 있었다. 그리고 '의심스러운 팔ARM'에 대한 얘기도 있었는데, 그건 그녀가 잘못 알아들은 것 같았다.

환영의 말이 나오는 화면은 그냥 넘길 수 없었다. 관리 기능만 있든 아니든 단말기는 생체 인식을 거쳐야 쓸 수 있었다. 단말기를 켠 키어스틴이 할 수 있었던 건 기껏해야 화면의 밝기를 최대한 낮추는 정도였다. 단말기가 화면을 홀로그램으로 허공에 띄우도록 설정돼 있었던 것이다. 옅은 반투명 상태로 만든 화면에 설문 인식을 요구하는 문구가 희미하게 떠올랐다.

키어스틴은 에릭과 눈을 마주쳤다. 그 역시 방법을 찾지 못한 듯 무력하게 어깨를 으쓱해 보였다. 에릭은 얼굴이 창백한 데다 연한 자주색 반점으로 얼룩덜룩했다. 가슴은 낮고 빠르게 움직였다. 씩씩거리는 숨소리가 들리는 듯했다. 천식이 어떤 병인지는 몰라도 에릭을 오토닥*으로 데려가야 했다.

도약 원반이 있는 대피소에서 여기까지 걸어오는 데 몇 시간

---

* autodoc, 자동 의료 기계.

이나 걸렸다. 에릭이 거기까지 무사히 돌아갈 수 있을까? 그에게는 당장 의료 지원이 필요했다. 도약 원반이 없는 한, 두 사람이 여기 있음을 알리는 수밖에 없었다. 자수하는 것이다.

화면 속에서 연달아 흘러가는 환영의 문구가 키어스틴을 조롱하는 듯했다. 그녀는 기억을 최대한 되살려 화면 밝기를 처음 발견했을 때처럼 조정한 뒤 전원을 껐다. 다 헛된 일이었다.

키어스틴이 배를 바닥에 대고 미끄러지듯 에릭 쪽으로 돌아가고 있을 때, 통신기가 울렸다. 오마르였다.

"지금은 안 돼요."

그녀가 속삭였다.

"우주 공항 관제소에서 더 이상 못 참겠대. 십오 분 안에 '탐험가'호가 발사 준비를 마치지 않으면 기술 팀을 보낼 거래. 난 너희가 없는 걸 숨기고 있었다고 말해야 할 거야."

아래층에서 시민들의 목소리가 높아졌다가 다시 낮아졌다. 감성적이면서도 동시에 불협화음 같았다. 홀로그램도 알 수 없는 이유로 나타났다가 사라지기를 반복했다. 도약 원반 주위에는 여전히 보초가 서 있었다. 설사 도약 원반을 활성화시킨다고 해도 또 다른 제한구역으로 이어질 뿐이리라.

외부에서 관람석으로 들어오는 유일한 통로는 키어스틴과 에릭이 찾은 벽뿐이었다. 시민들은 어떻게 아래층과 이쪽을 오르내릴까? 그들이 육로로 연구소에 왔을 리는 없었다. 그랬다면 밖에도 보초가 서 있을 터였다.

키어스틴은 빙 돌아 에릭을 향해 기어가기 시작했다. 절반쯤 되는 곳 바닥에 도약 원반이 있었다. 그녀는 손짓으로 에릭의 주의를 끈 다음, 입 모양만으로 말했다.

'우리 신발 가져와. 셔츠에 싸서.'

아무래도 그 원반을 타면 한창 바쁜 아래층 한가운데로 내려갈 가능성이 높았다. 하지만 어쩌면 목적지를 바꿀 수 있을지도……

둘은 조심스럽게 원반을 들어 올렸다. 웃통을 벗은 에릭이 가장자리에 있는 제어장치를 찾아냈다.

"표준 장치 같아. 그런데 사소한 문제가 하나 있네. 보통 있게 마련인 유지 관리용 키패드가 없어. 저 메모리칩 안에 뭐가 있어도 있을 텐데."

에릭은 입술이 파랬고, 숨 쉬는 게 힘들어 보였다.

"프로그래밍 칩을 없애면 초기 상태로 돌아갈지도 몰라."

기침.

"초기 상태가 어디로 연결되는지도 모르긴 마찬가지지만."

"주소를 입력할 수는 없어?"

"통신기로만 할 수 있어. 문제는 인증 코드를 넣어야 하는데, 그게 없잖아."

더 이상 할 수 있는 일은 없었다.

"에릭, 우리 자수해야겠어. 넌 의료 지원을 받아야 해, 그것도 당장."

기침.

"네가 신경 쓸 줄은 몰랐는데."

"넌 날 도와주려고 따라왔잖아. 그러니까 내 책임이야."

문득 키어스틴은 자신이 진심으로 에릭에게 신경을 쓰고 있음 ─그가 원하는 식으로는 아니겠지만─ 을 깨달았다.

"아니면 더 좋은 방법 있어?"

"너는 나가고, 나는 남아 있다가 혼자 왔다고 하는 거."

그 방법은 키어스틴을 더욱 기분 나쁘게 했다.

"우린 같이 왔어."

아래층에서 들리는 웅얼거리는 소리는 여전히 키어스틴을 놀리는 듯했다. 난간 사이로 홀로그램이 나타났다 사라지는 게 보였다. 개척민/인간. 곡물 수송선. NP 행성. 구름 사이로 드러난 대륙의 윤곽을 보니 NP_5 같았다. 여전히 문자는 읽을 수 없었다.

왜 곡물 수송선과 NP_5가 나왔을까? 선단에서 가장 새로운 이 행성은 아직 생태계를 만드는 중이었다. 외부로 보낼 곡물이 없었다.

"에릭, 저거 NP_5 맞지?"

"몰라."

기침.

"구름의 양을 보니까 그런 것 같기도 하네. 지리학은 내 전공이 아니라고."

인간 연구소가 NP_5에 관심을 갖고 있었다. 그건 키어스틴의 흥미를 자극하기에 충분했다. 그녀는 원반을 가리키며 말했다.

"메모리칩을 빼 보자. 기본 입력 주소가 뭔지 알아내려면 한 가지 방법밖에 없잖아. 최악의 경우 거기서 자수하는 거야."

"좋아."

키어스틴이 메모리칩을 뺐다.

"잠깐. 그렇게 하면 안 돼."

에릭은 기침이 나오는 걸 참지 못했다.

"우리가 무사히 떠났을 때를 생각해야지. 다음에 누가 이걸 이용하면 기본 주소로 갈 거 아냐. 그러면 누가 원반을 점검하고, 칩이 없어진 걸 발견하겠지. 누가 원반에 손댄 걸 알아낼 거야."

그는 기침을 하고 숨을 씩씩거리면서도 칩을 가져가 핀 하나를 구부린 뒤 다시 제자리에 끼웠다.

"그냥 핀이 하나 휘어 있었다고 생각하게 하자고. 침입자가 아니라 바닥 진동 때문에, 휘어 있던 핀이 결국 빠져 버린 거라고 생각하게."

그들은 함께 원반을 바닥에 되돌려 놓았다.

에릭이 신발을 싸서 묶은 엉성한 꾸러미를 들고 먼저 원반에 올라섰다. 아래층에는 나타나지 않았다. 키어스틴도 그의 뒤를 따랐다.

에릭과 합류한 곳은 입을 떡 벌린 시민들에게 둘러싸인 한복판이었다. 가장 가까운 건물에는 '공공 안전부'라는 홀로그램이 붙어 있었다. 기본 주소. 당연했다.

"가자."

키어스틴은 에릭의 팔을 잡고 부축하다시피 해서 공용 도약 원반들이 있는 곳으로 갔다.

몇 번 더 공공장소를 거친 뒤 그들은 '탐험가'호 안에 나타났다. 오마르가 눈을 크게 떴다. 키어스틴은 둘의 몰골이 어떤 꼴인지를 상상할 수 있었다.

"이 분만요. 에릭을 오토닥에 넣고 올게요. 어서 출발하세요."

키어스틴이 말했다.

11

조심성에 관한 한 네서스는 누구 못지않았다. 물론 비참하지만 그 스스로도 미치광이라는 사실은 잘 알았다. 그렇지 않다면 허스와 동족으로부터 이렇게 멀리 떨어지지도 않았을 것이요, 아무것도 없는 하이퍼스페이스를 날아가고 있지도 않을 터였다.

홀로 조증을 벗 삼아 접시에 담긴 갓 합성한 혼합 곡물을 먹으면서 네서스는 다른 미치광이에 대해 생각했다. 마침내 자신에게 필적할 만한 상대를 만난 것인지 궁금했다.

지그문트 아우스폴러는 편집증이 있었다. 피해망상을 지닌 그는 네서스의 만만치 않은 적수였다. 네서스는 편집증이 무엇인지 알았다. 개척민들 사이에서는 치료가 필요한 병이었지만 야생 인간들, 특히 ARM은 일부러 편집증을 키우거나 심지어는 일으키기도 했다.

편집증에 걸리면 자기 자신의 중요성을 부풀려 생각한다. 자신이 남들로부터 박해를 받을 만한 가치가 있는 인간이라고 여기는 것이다. 그래서 정상인이라면 신경도 쓰지 않을 걱정거리를 찾아낸다.

하지만 때로는 그런 걱정이 불합리한 것만은 아니었다는 사실이 드러나기도 했다. 퍼페티어 입장에서는 아우스폴러의 의심이 자기 충족적 예언*이 된 셈이었다.

식사가 너무 건조해서 마음에 들지 않았다. 네서스는 당근 주스를 한 잔 합성해서 함께 먹었다. 당근 주스는 그에게 전혀 영양가가 없었지만, 그래도 마음에 들었다. '아이기스'호에서 즐길 수 있는 몇 안 되는 즐거움 중 하나였다.

또 다른 즐거움은 함교에 설치해 놓은 실물보다 약간 큰 홀로그램이었다. 과거 실험당 집회에 참석했다가 얻은 이미지로, 아마도 니케는 전체 군중을 향해서 그 아름다운 표정을 지었겠지만 네서스는 다른 식으로 상상했다.

그러나 먼저 끝내야 할 임무가 있었다.

편집증에 걸린 아우스폴러는 퍼페티어가 모두 떠난 뒤로도 수년째 그들을 쫓고 있었다. 니케는 고위직에 있는 첩자를 통해 그 사실을 알아냈다. 그렇다면 ARM은 과연 어디를 찾고 있을까? 그리고 왜?

아우스폴러처럼 의심하며 생각하자. 네서스는 스스로에게 되뇌었다. 네가 그 인간이라고 생각해 봐.

GPC는 자사의 기술을 인간과 이웃 종족의 경제에 필수 불가결한 요소로 만들었다. 그러고는 갑자기 사라져 버렸다. 경제를

---

* self-fulfilling prophecy. 실험자의 기대가 실험 결과에 영향을 미친다는, 실험자 편향성을 의미하는 심리학적 개념. '피그말리온 효과'라고도 한다.

혼돈 상태로 몰아넣은 채.

어쩌면 '퍼페티어*'라는 단어를 잘못 고른 걸지도 몰랐다. 인간이 보기에 시민의 머리가 한 쌍의 양말 인형처럼 생겨서 붙인 이름이라지만, 편집증에 걸린 사람이라면 그런 이름이 붙은 외계인을 어떻게 생각하겠는가.

내가 아우스폴러라고 생각해 보자.

하나의 세계는 숨기기에 너무 크다. 따라서 오래전에 발견됐어야 마땅하다. 세계를 옮길 수 있다는 사실은 아직 야생 인간이 상상할 수 없는 일임이 분명했다. 그래서 퍼페티어를 찾는 데 실패했다는 것은 오로지 아우스폴러가 지닌 음모론을 강화할 뿐이었다.

삼단논법. 국제연합의 자원을 전부 이용했다면 퍼페티어의 고향 행성을 찾았을 것이다. 퍼페티어의 고향 행성은 발견되지 않았다. 그러므로 자원이 어디론가 새어 나갔거나, 찾아낸 사실을 숨기고 있는 것이다.

아우스폴러는 ARM에 퍼페티어의 비밀 요원이 있다고 추론했다. 증명 끝.

네서스는 몸을 떨었다. ARM이 최근 수색에 대한 소식을 흘린 건 다분히 고의적이었다. 퍼페티어나 그들의 비밀 요원이 정체를 드러내기를 바란 것이다. 국제연합 안에서 네서스의 소식통 역할을 하던 자들은 지금 아우스폴러와 함께 일하거나 모르는 사이에

---

* 'Puppeteer'는 '인형술사'라는 뜻이다.

감시당하는 중일 수도 있었다.

네서스는 음식을 내버려 둔 채 신경질적으로 갈기를 쥐어뜯으며 진퇴양난에 놓인 상황을 곱씹었다. 아우스폴러의 전략을 알아내려면 새로운 방법으로 접근할 필요가 있었다. 익명으로 완전히 새로운 인맥을 구성해야 했다.

빠르게 대응해서 선단을 보호할 수 있을까?

니케가 있는 허스로 돌아간다는 희망이 아득히 멀어지는 것 같았다.

태양계에 사는 인간은 고작 수십억 명이지만, 대부분 두려움을 몰랐다. 인간은 하늘을 행성 간 요트와 정기선, 예인선, 화물선, 고리인의 정찰선, 국제연합의 함선 들로 가득 채웠다. 여기에 또 대형 상선이 있었고, 인간 개척지와 크진인, 크다틀리노의 세계를 바삐 오가는 수많은 우주선이 있었다.

네서스는 떼 지어 있는 우주선들에 들키지 않고 들어갈 생각이었다. 그래서 정면이 아닌 돌아 들어가는 길을 택해 궤도 평면과 큰 각을 이루며 접근했다. 그리고 오르트 구름* 외곽의 한 지점에서 하이퍼스페이스를 빠져나왔다.

습관적으로 심부 레이더 스캔을 시작하기 위해 조종 장치를 건드리려던 네서스는 깜짝 놀라 고개를 뒤로 젖혔다. '아이기스' 호는 특이점에서 상당히 멀리 떨어진 곳에서 하이퍼스페이스를

---

* Oort cloud, 장주기혜성의 기원으로 알려져 있으며 태양계를 껍질처럼 둘러싸고 있다고 생각되는 가상적인 천체 집단.

빠져나왔다. 어쩔 수 없이 생기는 공간의 물결을 들키지 않도록 흩뜨리려는 목적이었다. 그래 놓고 중성미자 파동을 발산하는 심부 레이더 스캔이라니! 여기서 슬레이버[*] 정지장 상자라도 찾으려 했던 거냐?

네서스는 실수할 뻔했다는 게 당혹스럽기도 하고 재미있기도 해서 두 눈을 서로 마주 보았다. 더 안 좋은 걸지도 몰라. 그는 생각했다. 키어스틴이 새로운 항성계에 진입할 때는 심부 레이더 스캔을 시작해야 한다고 훈련받으면서 의아해했던 것처럼 네서스 역시 혼란스러웠던 걸 수도 있었다.

네서스는 최대 추력으로 태양계를 향해 뛰어드는 우주선을 감속하며 노래를 불렀다. '발키리의 행진'^{**}의 완벽한 오케스트라였다. 왠지 그 음악이 어울리는 것 같았다. 네서스의 전 대원들이 그 음악을 아주 좋아한 적이 있었다는 점에서 보면 사실 그 이상으로 어울렸다.

키어스틴은 그녀답게 영어와 독일어의 음성학적 유사점을 지적했다. 네서스는 우연이라고 대답했다. 하나쯤 더 속인다고 달라질 게 뭐가 있을까?

키어스틴은 '탐험가'호의 최근 임무에서 의무에 따라 심부 레

---

* Slaver. 텔레파시 능력을 타고난 고대 종족 스린트Thrint는 정복과 노예화를 통해 알려진 우주를 포함하는 거대한 제국을 이루었으며, 이로 인해 후대에 '노예로 만드는 자'라는 의미의 슬레이버라 불리게 되었다. 슬레이버 정지장, 슬레이버 분해기, 밴더스내치 등은 이들의 기술적, 생물학적 산물이다.

** Ride of the Valkyries. 독일의 작곡가 리하르트 바그너의 오페라 '니벨룽겐의 반지'에 나오는 음악.

이더 스캔을 하면서 과연 그걸로 무엇을 알아낼 수 있을지 궁금해했을까?

키어스틴이 그걸 알았더라면.

아주 오래전에 은하계를 절멸의 위기에 빠뜨렸던 전쟁이 있었다. 그 흔적은 남지 않았지만, 정지장 안에 영구히 보존된 인공 물체가 이곳저곳에 흩어진 채 발견되곤 했다.

정지장 안에 들어 있던 물체는 대부분 이해의 수준을 벗어난 것이었다. 어느 것에든 무서울 정도로 강력한 기술이 담겨 있었다. 그 정체는 무기 저장고라는 게 가장 널리 받아들여지던 의견이었다.

정지장 상자를 찾아 여는 것보다 더 끔찍한 일은 다른 종족이 그걸 발견하도록 내버려 두는 것이었다.

정지장은 중성미자 파동에 불투명해진다. 별의 중심 질량이 붕괴하면서 생긴 축퇴 물질만이 비슷한 성질을 지녔다. 정지장은 놓치고 지나가기 힘들었기 때문에 바보가 아니라면 태양계처럼 교통량이 많은 곳에서 정지장 상자를 찾을 리가 없었다.

음악이 점점 빨라졌다. 네서스는 조증 상태가 지속되는 동안만 즐길 수 있는 환희를 만끽하면서 오마르와 에릭, 키어스틴이 임무를 어떻게 수행하고 있을지 생각했다.

'탐험가'호의 전망 창 밖으로 물로 뒤덮인 행성이 반짝였다. 화산 봉우리 몇 개를 빼면 바다가 행성 전체를 뒤덮지 못하게 가로막고 있는 건 적도 부근의 거대한 대륙 하나뿐이었다. 그 대륙의 해안가는 녹색으로 빛났고, 중앙의 고원지대는 갈색의 황무지였다. 니케는 초기 보고를 받고 행성의 이름을 '오케아노스*'라고 지었다. 그게 유일한 참가 행위였다.

바다와 정글에는 생명이 넘쳐 났다. 할 수만 있다면 키어스틴은 근무를 설 때마다 하염없이 행성을 바라볼 수 있었다. 다른 점은 수도 없이 많았지만, 어쩐 일인지 NP_4가 떠올랐다. 그녀는 고향이 그리웠다.

"별로 멋져 보이지는 않는데. 먹이사슬 최상위에 벌레가 있는 꼴이랄까."

에릭은 휴게실에 앉아서 원격 감시위성을 만들 부품을 늘어놓고 있었다. 인간 연구소 모험을 떠났다가 큰일 날 뻔한 뒤로 정상 피부색은 되찾았지만, 체력은 아직이었다.

"그워스 같은 존재는 없나 봐."

키어스틴이 말했다.

"근처에도 못 갔지."

조그만 부품 하나가 손아귀를 벗어나 날아가자 에릭은 손가락이 너무 굵고 유연하지 않다고 투덜거렸다.

키어스틴은 손을 빌려 주는 대신 질문을 하나 던졌다.

"왜 센서를 더 보내려는 거야? 저 아래에 있는 건 선단에 위협이 되지 않아."

"너 정말 기분이 안 좋구나."

---

* Oceanus, 그리스신화 속 대양의 신.

에릭이 말했다.

오토닥에서 나온 뒤로 에릭은 줄곧 그녀를 세심하게 배려했다. 색에 대한 취향도 부드러워졌다.

"그건 헛수고였어. 내가 바보였지. 거기서 얻은 거라고는 네가 죽지 않았다는 것뿐이잖아. 그것도 완벽하진 않지만. 그리고 붙잡히지 않았다는 거."

키어스틴은 몸을 떨었다. 붙잡혔다면 어떤 형벌을 받았을지 상상도 할 수가 없었다. 알 수 없다는 점 때문에 어쩐지 더 무서웠다.

"키어스틴, 내가 가겠다고 우겼잖아. 내 몸 상태를 비밀로 한 것도 나고. 네 잘못이 아니야."

하지만 터져 나온 기침 탓에 에릭의 항변은 설득력을 잃었다.

"오토닥이 왜 못 고치는지 모르겠어."

에릭이 완벽히 회복되기만 했더라도 키어스틴은 모험이 실패로 돌아간 일만 가지고 우울했을 것이다.

"오토닥은 증상만 치료할 수 있어. 내 몸이 천식 발작을 일으키는 단백질을 생산하지 못하게 만들 수는 없다고. 시간밖에 해결 못하는 문제야."

에릭은 음료 잔에서 뭔가를 마셨다.

"그리고 오토닥이라고 해서 마술을 부리는 특정 유전자를 꺼버릴 수는 없지. 복잡한 요인이 있어. 환경, 아니면 복수의 유전자, 아니면 둘 다거나."

기침.

"그게 나야. 난 특별하다고."

에릭은 다시 조립하던 일로 돌아갔다.

키어스틴도 행성 쪽으로 시선을 돌렸다. 생각할 거리는 많았다. 어느 쪽이든 에릭의 건강이 원치 않는 질문을 불러오지 않고 선단으로 돌아갈 수 있을 정도로 회복될 때까지 시간을 벌어 주었다.

고약함.

네서스는 지하 세계의 인물을 만날 때면 이 단어를 떠올렸다. 달리 생각할 수가 없었다. 더 나쁠 수도 있겠지만 최소한 고약해진다는 건 동족의 공통 이익에 반하는 행동을 하기 위한 전제 조건이 분명했다. 공정하지 않을지는 몰라도, 네서스는 눈앞에 떠 있는 홀로그램 속의 남녀를 고약한 인간이라고 규정했다.

네서스 자신이 불러낸 앞잡이라고 해도 상관없었다.

이 야생 인간들은 일 광초 떨어진 곳에 있었다. 지정된 좌표에서 발견한 게 우주선이 아니라 하이퍼웨이브 신호라서 놀랐을지는 모르겠지만, 그런 내색은 하지 않았다. GPC가 만드는 선체는 난공불락에 가까웠지만, 충분히 큰 충격은 여전히 네서스를 뭉개 버릴 수 있었다. 레이저도 충분히 출력이 크다면 선체 외부 코팅을 증발시키고 내부를 파괴할 수 있었다. 선체 자체는 가시광선을 통과시켰다. 그리고 반물질도……

이런 생각을 더 하다가는 머리를 가랑이에 처박고 벌벌 떨게 될 터였다. 그렇게 먼 거리를 여행해 오면서도 하지 않았던 짓이다. 그런 행동은 선단을 보호하지도, 니케에게 인상을 심어 주지도 못한다. 있을 법하지 않은 사고보다는 당면한 목표에 집중하는 편이 나았다.

"결과는 어떻습니까?"

"출산 위원회 기록은 얻기가 쉽지 않아."

미겔 설리번이 말했다. 둥근 얼굴은 거무스름하고, 두 눈의 거리가 가까웠으며, 두피가 매끄럽고, 콧수염이 더러운 남자였다. 지구인은 우주에 나오기 위해 몸에 그린 그림을 지운 상태였다.

"네가 시킨 일은 단순한 게 아니라고."

이미 전달한 착수금—바라건대 GPC로 연결되지 않을 자금줄에서 나온—은 적은 금액이 아니었다. 성공하면 추가금을 주겠다는 약속도 했다.

"보고하십시오."

네서스가 말을 재촉했다.

"파일로 보내도 돼?"

애슐리 클라인에게서 가장 눈에 띄는 부분은 눈을 찌르는 듯한 형광 파란색으로 염색한 모호크 머리[*]였다. 연푸른색 눈은 상대적으로 흐릿해 보였다. 애슐리는 동료보다 키가 훨씬 컸다. 그녀의 물음은 그냥 하는 말이었다. 네서스가 대답하기도 전에 입력장치에 자료가 들어와 있었다.

"지난 세기에 지구에서는 수십억 명이 태어났어. 대다수는 네

---

[*] Mohawk. 양옆을 밀고 가운데만 띠 모양으로 모발을 남겨 세운 머리.

가 예상했던 대로야. 건강한 게 증명된 부모는 자식을 하나나 둘 허락받았지. 출산 위원회의 규정은 잘 지켜지고 있어."

네서스는 애슐리의 말을 들으면서 파일을 훑어보았다. 수십억 개의 출생 기록이 여러 가지 변수에 따라 그래프로 나타나 있었다. 각각의 그래프는 깔끔한 종 모양의 곡선을 그렸다. 그건 곧 각 그래프마다 이상치*들이 있다는 뜻이었다.

"확실히 어떤 부부는 자식을 셋이나 넷 가졌군요. 일부 지원자는 평균 심사 기간보다 더 짧은 시간 만에 승인받았고요. 그렇게 걸러 냈음에도 임신 합병증을 겪은 자도 있고, 간간이 선천적인 결함도 생겼습니다."

"그건 예상한 대로야. 네가 그렇게 많은 사례를 평가해서 예측한 것보다 변이가 많지는 않아. 솔직히 말하면 그보다 적지."

애슐리가 말했다.

네서스는 범죄자가 스스로 '솔직히 말한다'는 내용에 거의 무게를 두지 않았다. 자기 자신에게도 마찬가지였다. 보는 이라고는 그들뿐이고 가상화한 전송으로 그들을 유도하면서도 네서스는 인간 여자의 모습을 하고 있었다.

"그 예외를 수입과 쌍방으로 비교해 봤습니까?"

"물론이지. 그렇게 해 달라면서."

애슐리는 어깨를 으쓱하고는 파일에 있는 다른 그림을 보여 주었다.

---

* outlier. 변수의 분포에서 비정상적으로 분포를 벗어난 값.

"마찬가지로 경향성이 부족해."

경향성이 있었다면 좋았을 것이다. 몇 개만 같은 방향을 가리켰어도 충분했을 터. 네서스는 예외자 목록을 가족 수입에 따라 정렬했다. 딱히 증명할 수 있는 건 없었지만, 범죄를 묵과했을 법한 사례가 백만 건 정도 나왔다.

네서스는 그 자료를 다시 전송했다.

"여기 있습니다. 이걸 가지고 출산 위원회에서 일하는 자, 혹은 그들의 친척이나 친구와 어떤 관계가 있는지 찾아보십시오."

미켈이 삭막하게 웃어 보였다.

"그리고 그자들을 쥐어짜는 건가?"

고약한 악당이 나오는 이야기 같군. 네서스에게는 생소한 표현이었지만 뜻은 명백했다.

"아닙니다. 일단은 그 자료가 흘러 나가게 하는 겁니다. 기자, 소문, 통신망의 이야깃거리 등. 창의적으로 생각해 보십시오."

애슐리는 턱을 문질렀다.

"그러면 돈이 안 되잖아? 혼란만 일으키는 거지."

"여러분에게는 돈이 될 겁니다."

네서스는 다른 반박이 나올까 싶어 말을 멈추고 기다렸지만, 그들도 입을 다물 정도의 눈치는 있었다.

"좋습니다. 여기 크레디트 인증 코드가 있습니다."

"그럼 우린 태양계로 돌아가지."

미켈이 말했다.

멀리 떨어져서 만난 것에 대해 불만스러운 걸까? 네서스는 신경 쓰지 않았다. 태양에 가까이 갈수록 들킬 가능성이 높았다. 또한 태양에 가까우면 특이점 안에 들어가게 되어 위험할 때 하이퍼드라이브로 도망칠 수가 없었다.

이르긴 하지만 돌아갈 생각을 하자 다른 일이 떠올랐다.

"내게 가져다줄 게 더 있습니다. 사실 수집품이지요."

네서스가 세부 사항을 전송하자, 인간 둘은 놀라서 몸을 움찔했다.

"진심이야?"

미겔이 물었다.

"돈이 무지하게 들 텐데. 수백만 정도, 한 오백만은 들겠군. 가능한지 알아보는 데만 말이야. 실제로 하는 데는 훨씬 더 들어."

"승인합니다."

오천만 정도는 태양계에 있는 GPC의 계좌에서 티도 나지 않았다. 네서스로서는 이곳까지 와서 니케에게 기념품을 가져다주지 않을 수 없었다.

오마르는 트레드밀 위를 달리고 있었다. 땀 때문에 앞머리가 이마에 달라붙었다. 젖은 머리를 빼면 오랫동안 운동을 했다는 흔적은 없었다. 몸에서 난 땀은 비행복의 나노 섬유를 통해 곧바로 증발되어 몸을 식혀 주었다.

"아무리 네서스라고 해도 저 아래서 위험한 걸 찾을 수 있으면 찾아보라고 해 주겠어."

저 아래란 지금 스물두 번째 공전하고 있는 바다 행성이었다.

원격조종 센서로 면밀히 오케아노스를 조사한 결과 군집 생물 다섯 종이 드러났다. 퇴화한 꿀벌 같은 생물, 해저에 붙어 숲을 이루고 살면서 해류 속의 조류를 걸러 먹는 생물 따위였다. 유일하게 해저지형에 인공적인 흔적이 있는 듯했지만, 사실이 아닌 것으로 밝혀졌다.

세 사람은 그런 지형이 자연스럽게 형성된 암초임을 의심하지 않았지만, 허스에 보낸 진행 상황 보고서 내용은 달랐다. 그워스라는 전례가 있으니 해저지형을 체계적으로 조사하겠다는 계획의 정당성을 피력할 수 있었다. 에릭이 나을 때까지 시간을 벌기 위해서였다.

에릭이 회복되고 있다는 사실은 키어스틴에게 큰 안도가 되었다. 윗몸일으키기를 하는 에릭의 발을 잡아 주며 그녀가 물었다.

"네서스가 어디로 갔는지 우리가 알 수 있을까?"

"안 될걸."

에릭이 끙끙거리며 대답했다.

"……마흔아홉, 쉰."

그러고는 매트 위에 털썩 누워 숨을 몰아쉬었다. 하지만 무섭게 씩씩거리는 건 아니었다.

"이제 돌아가도 될 것 같아."

"아르카디아로?"

오마르가 트레드밀에서 내려오며 물었다. 무게가 사라지자 기계는 자동으로 멈췄다.

"연구소로요."

"뭐라고? 왜?"

키어스틴이 되물었다. 그녀는 첫 번째 모험을 열렬히 주장했다. 오랫동안 감춰진 비밀을 파헤칠 수 있다고, 으레 그래 왔듯이 컴퓨터에 접속할 방법을 찾을 수 있다고 확신했다.

"일어날게."

에릭이 발을 흔들며 말했다. 키어스틴이 발을 놓자 그는 몸을 일으켰다.

"거기 뭔가 있는 게 분명해. 계속 찾아보고 있거든."

"계속 찾아보고 있다고? 지금 그러고 있다는 소리네. 정확히 어떻게 말이야?"

오마르가 물었다.

"어디다 뒀더라?"

에릭은 운동을 시작할 때 구석에 던져뒀던 통신기를 찾아 터치스크린을 건드렸다.

"이걸 보세요."

그의 손 위에 홀로그램이 떴다.

"확대."

키어스틴은 전체 모습을 보려고 뒤로 물러섰다.

"이건…… 연구소 본층이잖아."

가상의 난간 사이로 머릿속에 남아 있는 공간의 모습이 보였다. 조그마한 크기의 시민들이 걸어 다니고, 들리지 않는 대화를 나누고, 도약 원반을 보호하는 등 각자의 자리에서 일하고 있었다. 희미한 영상이 허공에 떠 있었고, 홀로그램이 스쳐 지나갔다. 그 장면은 일 분이 채 안 되는 시간 동안 이어지더니 다시 처음으로 돌아갔다.

"네가 단말기까지 기어가는 동안 찍었어."

"여태까지 아무 말 안 했잖아."

키어스틴이 추궁하자 에릭은 어깨를 으쓱했다.

"딱히 보이는 게 없었으니까. 문제는 내가 더 많이 찍었다면 뭔가 보였을 거라는 생각이 자꾸 든다는 거야."

"화질을 개선할 수 있어?"

오마르가 물었다.

"나도 할 수 있으면 좋겠어요. 하지만 안전하게 이걸 돌릴 수 있는 대용량 컴퓨터가 있으면 모를까, 집에 돌아갈 때까지는 안 되죠."

에릭이 대답했다.

"대용량 컴퓨터? 필요한 건 다 있어."

키어스틴은 홀로그램 쪽으로 몸을 숙이고 눈을 가늘게 떴다. 또렷하지 않은 영상이 감질나게 했다.

"내가 네서스 걸 복사해 둔 고급 사용자 권한을 이용하면 흔적을 나중에 다 지울 수 있어."

오마르가 한참 침묵하다가 말했다.

"해 보지."

천 장이 넘는 봉투가 지정된 시간에 그에 맞먹는 수의 미등록 이동 부스에 실체화되어 나타났다. 수신 부스의 발송 좌표 칸은 비어 있었고, 추적이 불가능했다. 의무적인 인증 절차 역시 우회된 것이었다. 의무적으로 해야 했을 실시간 결제에서도 본인 확인 칸은 비어 있었다. 수신인 중 누군가는 네트워크 사업자에게 물어봤지만 소용없었다. 수신인이 아무런 실마리도 없이 열어 보게 될까 봐 각각의 봉투에는 하데스의 지치지 않는 감시자, 머리 셋 달린 케르베로스가 으르렁거리는 애니메이션 인장이 찍혀 있었다.[*]

그 정도면 안에 뭐가 들었는지 보기도 전에 두려움을 심어 주기에 충분하겠지. 네서스는 생각했다.

인간의 원시적인 순간 이동 시스템을 조작하는 건 쉬웠다. 애초에 바탕에 깔린 기술이 GPC의 것이었으니. 이 일을 위해 네서스가 앞잡이들에게 제공한 장치는 사용 뒤에 스스로 파괴될 터였다. 언젠가는 네서스 자신이 이동 부스 시스템의 무결성—현재의 취약점이 의심을 불러일으키지 않는다는 사실을 알고 있다는 의미에서—을 신뢰하고 싶을 때가 올 수도 있기 때문이었다.

봉투의 내용물도 수신인만큼이나 주의 깊게 선택했다.

터무니없이 많은 잔고가 있는 다른 세계 은행의 계좌라든가 비밀 만남의 시간과 장소, 날조한 장부나 주가조작, 탈세, 부정 입찰, 제품 결함의 은폐, 부정 공모, 범죄 수사가 방해받거나 알 수 없는 이유로 흐지부지된 일, 사면이나 감형을 받은 일. 도박

---

[*] 그리스신화에서 하데스Hades는 저승의 왕, 케르베로스Cerberus는 왕의 명을 받아 저승의 입구를 지키는 개 형상의 짐승이다.

빚, 약물중독, 배우자 학대, 착복, 젊은 시절의 무분별한 행위 등 등…….

이렇게 넌지시 알려 주는 식의 폭로가 왜 대부분 골칫거리가 되는지 이해할 만큼 인간 사회에 대한 네서스의 이해는 깊지 않았다. 하지만 그건 별로 문제가 아니었다. 어차피 앞잡이들이 잘 알고 있었다. 네서스는 미켈과 애슐리에게 보이지 않는 영향력을 행사할 수 있게 해 달라고 요구하기만 하면 되었다.

작업이 시작되자 네서스는 거기서 안정을 찾았다. 부패한 출산 위원회에 대한 반란이 시작되었다. 네서스에게 영향력을 제공할 이들은 통보를 받은 상태였다. 조만간 케르베로스가 찍힌 봉투를 받은 이들은 비밀을 지키는 가격에 대해 듣게 될 터였다. 대부분은 출산 위원회의 '개혁'에 찬성하는 것으로 대가를 치르겠지만, 일부는 그보다 훨씬 더 큰 대가를 치러야 한다. 네서스가 마침내 ARM의 내부를 들여다보게 되는 것이다.

예비 작업이 성공했음에도 네서스는 몸을 떨었다. 자극적인 합성 페로몬도 네서스가 수십 광년 안에 있는 유일한 퍼페티어라는 사실을 잊게 해 주지는 못했다. 야생 인간을 조종하는 데 걸리는 시간을 줄여 줄 수도 없었다. 실패할지도 모른다는 두려움을 없애 주지도 않았다. 비정상적인 정신을 치료할 수도, 사랑하는 이에게 더 매력적으로 보이게 해 주지도 못했다.

어쨌든 직접적으로는 불가능했다.

의도적으로 계획을 드러내는 데는 한 가지 이점이 있었다. 네서스가 니케에게 주려고 하는 선물을 얻을 수 있었다.

물론 거기에도 시간은 걸렸다.

영상은 저해상도에 흐릿했고, 비뚜름한 각도로 찍혀 있었다. 각도는 어쩔 수 없었지만 나머지는 컴퓨터로 보정이 가능했다. 키어스틴은 가장자리를 또렷하게 하고 새로운 주사선을 삽입해 전체적인 화질을 선명하게 만들었으며, 반사광을 제거하고 에릭의 심한 손 떨림을 보정했다.

그러자 보기가 좀 나아졌다.

여기저기 있는 문자들은 여전히 모호했고, 문자인식 소프트웨어로도 확인이 불가능했다. 왜 문자가 흐릿해졌는지는 모르겠지만, 같은 이유로 영상의 나머지 부분도 왜곡돼 있었다. 키어스틴은 문자인식 알고리듬에 파고들어, 패턴 분석과 패턴 대응 기능을 따로 떼어 냈다. 그리고 한 번에 하나씩 다시 시험했다.

키어스틴이 의심한 것과 달리 에릭은 참을성 있게 기다렸다. 그녀는 좌절에 빠졌던 게 부끄러웠다. 선단이 그워스를 비켜 가기로 했다는 사실에도 기분이 나아지지 않았다.

다시는 그러지 않을 거야.

조금씩 조금씩 영상이 선명해졌다.

"돌아와서 반갑네."

오마르가 천천히 함교로 들어오며 말했다. 키어스틴은 잠도 안 자고 일하고 있었음을 깨달았다. 손이 키보드에서 떠난 적이 없었다.

"무슨 뜻이에요?"

"너, 휘파람 불고 있었잖아."

그제야 그녀는 손을 멈추었다. 잠시였지만.

"그랬나 보네요. 망할 에릭이 아직 살아 있으면 내가 가서 죽여 버려야겠어요. 이렇게 좋은 자료를 갖고만 있었다니."

"네 손에 들어가야 좋은 자료지. 네가 먼저 준비가 됐어야 했다고."

물론 오마르가 옳았다.

키어스틴은 어느새 다시 손가락을 바삐 움직이고 있었다. 하나를 시도했다 안 되면 또 다른 방법이 계속 떠올랐다.

"행운을 빌어 주세요."

그녀의 눈앞에 떠 있는 정지 영상이 가물거리더니 초점이 맞아 선명해졌다. NP$_5$의 모습이었다. 가장 최근 선단에 합류한 이 행성은 항상 구름에 휘감겨 있었다. 허스의 생명체가 살 수 있는 안식처로 바뀌는 초기 단계에 불과했다. 구름 덮인 행성 옆에는 아이콘 하나와 일련의 숫자가 보였다.

"행운이 왔네."

오마르는 키어스틴 옆의 완충 좌석 팔걸이에 걸터앉았다.

"더 선명해졌군. 뭐 쓸 만한 게 보여?"

마침내 키어스틴이 키보드에서 손을 떼고 고개를 돌려 오마르의 눈을 똑바로 바라보았다.

"내가 보기엔 쓸 만한 정도가 아닌데요. GPC의 4호 선체 하나가 NP$_5$ 주위를 돌고 있어요. 아직 이유는 알 수 없지만, 저 우주선이 인간 연구소에 중요한 것 같아요. 그리고 이거."

그녀는 선명해진 홀로그램 속의 숫자를 가리키며 말했다.

"이건 저 우주선의 도약 원반으로 가는 열쇠예요."

12

완벽한 곡선을 그리며 늘어선 천 명의 무용수가 유연한 몸을 빙글 돌리며 공중으로 솟아올랐다. 발굽이 무대 바닥을 찼다. 무용수들은 나무랄 데 없이 곧게 높이 뛰어올랐다가, 불가능한 수준의 정확도로 내려앉았다. 바위처럼 단단한 바닥에 부딪치는 각각의 발굽 소리가 불가사의할 정도로 조화를 이뤘다. 노랫가락도 울려 퍼졌다. 박자나 대위법, 멜로디, 음계가 모두 날카로웠다. 선이 나타났다가 갈라졌고, 또다시 생겼다. 여러 대형이 섞여 들었다가 다시 나타났다.

완벽함의 천 가지 사례가 하나가 됐다. 인간과 정치적인 문제 때문에 고민이던 니케에게는 이렇게 마음을 돌릴 곳이 필요했다. 공연을 보는 동안 그토록 필요했던 평정심이 찾아왔다. 머리는 무용극 음악의 리듬에 이끌려 감각적으로 흔들리고 있었다.

"부장관님."

누군가 속삭였다. 니케는 머리를 돌렸다. 감히 누가 이럴 때에? 극단에서도 니케의 명예를 기려 헌정한다고 한 공연이었다.

"부장관님을 찾는 긴급 통신이 들어와 있습니다."

수행원이 다시 말했다. 유감스럽고 당혹스러운지 고개를 숙인 채였다.

니케는 자신이 공연에 초대한 친구와 동료 들에게 사과한 뒤 개인 관람석을 가득 채우고 있는 군중을 뚫고, 비어 있지만 보안상 따로 떨어져 있는 복도로 나왔다. 문을 닫자 노랫소리가 수그러들었다. 하지만 삼천 개의 발굽이 바닥을 때리는 소리는 여전했다. 니케는 관람석을 빠져나왔지만 공연이 끝나지 않는 한 건물을 울리는 진동에는 변함이 없었다.

"잘했습니다. 내게 알리는 건 당신의 의무지요."

니케는 수행원이 굽실거리며 내미는 통신기를 받아 들었다.

"부장관님?"

통신기에서 시끄러운 목소리가 흘러나왔다.

"누구지요?"

일단 전혀 모르는 이름이었다. 건방진 태도가 드러난 다음에야 니케는 기억할 수 있었다. 네서스가 베데커라고 이름을 붙였던 GPC 직원이었다.

"부장관님, 아래 직원이 제 통신을 막으려고 했지만 제가 계속 밀어붙였습니다."

흥분해서인지 쉰 목소리였다.

"현재 있을 수 없는 상황이 발생했습니다."

이자가 왜 나에게 연락을 하려 했을까?

"처음부터 이야기해 보십시오."

"그 개척민 세 명 말입니다. '탐험가'호의 승무원들. 그자들 이야기를 들을 수가 없습니다."

우주선이 실종됐나? 삼천 개의 발굽이 내는 스타카토 리듬이 오르락내리락하며 가뜩이나 쉰 목소리를 더 알아듣기 어렵게 만들었다.

"이해가 안 가는군요. 우주선이 어떻게 사라질 수 있습니까? 당신네 제품이잖습니까!"

"아닙니다, 부장관님. 우주선은 괜찮습니다. 승무원의 대화를 들을 수 없다는 겁니다. 엿들을 수가 없다는 말이지요."

고작 이런 이야기를 들으려고 웅장한 무용극 도중에 나와야 했단 말인가?

"계속하십시오."

"저희는 감독관이 없는 개척민을 감시하기 위해 '탐험가'호에 도청기를 설치했습니다. 개척민의 대화는 외부로 흘러나오는 통신에 다중으로 섞여 전송됩니다."

감독관이 없는 개척민. 니케는 자신이 승인한 임무를 부정하는 듯한 발언을 일단 무시하기로 했다.

"뭐가 통신을 방해할 수 있지요?"

"통신은 방해받지 않았습니다. 데이터전송은 변함없습니다. 하지만 개척민의 대화 내용은 가짜입니다, 가짜!"

베데커는 불만스러운 듯 코웃음을 치더니 말을 이었다.

"통신 보조 장치에 들어가는 센서 데이터를 조작한 게 분명합니다."

베데커가 표본을 수집하고 자동으로 조합해 주는 기술에 대해 쏟아 내는 동안 니케는 기다렸다.

세부적인 기술은 중요하지 않았다. '탐험가'호의 승무원은 대화와 주위의 잡음을 녹음해 두었다가 무작위로 재생했으며, 베데커는 이제야 알아낸 것이다. GPC의 공장에서 있었던 논쟁에 이어 이번 사건까지. 개척민은 두 번이나 베데커를 능가했다. 니케는 속으로 재미있게 여겼다. 사생활을 보호하려는 개척민에게 점수를 줬다.

시민이 사생활을 원하는 경우는 거의 없었지만, 개척민들은 종종 그랬다. 니케는 '탐험가'호의 승무원을 직접 보고 옷과 보석의 상태를 살피고 싶었다. 그러면 시민의 갈기를 보고 추측할 수 있는 것처럼 개척민의 정신 상태를 파악할 수 있을 터였다. 물론 개척민은 노동자였다. 노동자는 보통 갈기를 제대로 다듬을 시간이 없었다. 다만 프로그램으로 조정이 가능한 옷과 나노 섬유로 만든 장신구는 시간이 훨씬 덜 들었다.

관객이 가득한 극장 안에서 들려오는 우레와 같은 외침이 공연의 두 번째 막이 끝났음을 알려 주었다.

"'탐험가'호에서 오는 보고는 어떻습니까?"

니케가 물었다.

"그건 믿을 만합니다."

베데커의 대답은 다소 불만족스러웠다.

"그 자료에 모순된 점은 없습니까? 이상한 결과라거나 그들이 발견한 내용에 의심을 품을 만한 점은?"

"없습니다. 만약 있다면, 그건 개척민들이 아주 열심히 연구하고 있다는 뜻이지요."

"그러면 그들이 사생활을 원하니 들어줍시다. 일에는 소홀하지 않게 하고."

니케는 인간과 개척민에 대한 생각을 한쪽으로 치워 놓고 다시 무용의 아름다움 속으로 돌아갔다.

오마르와 에릭은 새로 녹음할 대화를 연습하고 있었다. 함교에서 벌어지는 가짜 대화였다. 재미있게 하려고 즉흥적인 대사도 끼워 넣으며 텅 빈 하이퍼스페이스에 웃음으로 대항했다.

키어스틴은 아무도 안 보는 휴게실 문밖에 혼자 서서 대화를 들으며 마지막으로 자문했다.

내가 정말 이걸 하고 싶은 걸까?

그리고 진심으로 원한다는 사실을 깨달았다.

키어스틴 자신이 얼마나 많이 에릭의 구애에 퇴짜를 놓았는지를 떠올리면 겁이 났다.

이번에는 에릭이 퇴짜를 놓을까?

에릭은 자심감이 넘치고 든든한 데다, 그녀가 바라 마지않던 대로 스스로를 낮출 줄도 아는 남자로 성장했다. 그런 성장은 어쩌면 이제 더 이상 그녀에게 관심이 없다는 뜻일지도 몰랐다. 그래도 시도를 해 봐야 했다. 그녀가 에릭을 거절했던 것처럼 공개적으로 거절당할 위험을 감수해야 했다.

키어스틴은 휴게실로 들어갔다.

"에릭, 잠깐 얘기 좀 할 수 있어?"

남자 둘이 몸을 돌려 키어스틴을 바라보았다.

에릭은 말없이 키어스틴을 따라 선실로 들어왔다. 둘만 있어도 방은 비좁았다. 충격 완화용 그물이 달린 수면장 생성판이 거의 전부였다. 에릭은 간신히 키어스틴과 몸을 스치지 않고 문을 닫을 수 있었다 . 한동안 그는 말이 없었다.

"네 옷 말인데……."

에릭이 마침내 입을 열었다. 키어스틴의 비행복은 불타는 듯한 빨강 바탕에 온화한 노란색 장식이 들어 있었다. 에릭이 이제껏 입었던 어떤 옷보다도 색이 강렬했다.

"네 마음에 들었으면 좋겠어."

키어스틴의 말에, 에릭은 왜냐고 묻고 싶은 표정이 되었다. 하지만 질문 대신 말했다.

"내 병 알잖아. 유전이라고."

키어스틴은 에릭의 손을 잡았다.

"난 사랑니가 있어."

에릭이 알아듣지 못한 듯하자 그녀는 설명했다.

"여분의 이라고. 내 턱에 들어가기에는 너무 나와 있어서 수술로 빼내지 않았으면 옆으로 자라거나 다른 이를 밀어냈을 거야. 많은 사람들이 사랑니 때문에 턱이 아프거나 두통을 겪어."

그건 쉽게 고칠 수 있는 문제였다. 사실 여분의 이는 나중에 이식용으로 보관할 수도 있었다. 하지만 키어스틴이 하고 싶은 말은 이거였다. 완벽한 사람은 없다.

상황을 파악하려는 듯이 에릭이 눈을 가늘게 떴다. 키어스틴은 사회적으로 으레 그렇게 하듯이 가상의 자녀에게 올 수 있는 위험을 평가하고 있다고 상상했다.

하지만 에릭은 이렇게 말했을 뿐이다.

"나쁘지 않네."

"어차피 이렇게 됐으니까 말하자면 우리 할아버지는 혼자 걸으시다가 뇌동맥이 파열됐어. 제때 도움을 받지 못하셨지. 고작 일흔한 살이셨는데. 이것도 알아야 할 것 같아서."

에릭은 키어스틴의 손을 꼭 붙잡았다.

"넌 예쁘고 재미있고 똑똑해. 그까짓 이빨이 뭐 어때. 키어스틴, 날 너의 배우자로 고려해 주겠어?"

"응, 응. 넌 날 믿었잖아. 내가 포기했을 때 다시 일으켜 줬어."

키어스틴은 손을 놓고 에릭의 목을 끌어안았다. 그는 땀에 젖어 있었다. 에릭이 키어스틴의 허리를 감았다. 원래 이랬어야 할 것 같은 느낌이었다.

시민들과 마찬가지로 개척민들 역시 짝짓기 행위에 대해 거의 이야기하지 않았다. 하지만 꽤 자주 몸을 접촉했다. 키어스틴은 궁금하지 않을 수 없었다. 이런 행동이 얼마나 인간다운 걸까? 더욱 노동에 적합하게 만들기 위해서 우리에게 얼마나 많은 것을 새겨 넣었을까?

키어스틴은 갑자기 떠오른 냉소적인 생각을 털어 버렸다. 지금은 그럴 때가 아니었다.

"내가 완전히 바보는 아니었군."

에릭이 말을 이었다.

"우리가 함께 살면 좋겠어. 그래도 될까?"

"난 너와 함께할 거야. 유전자 상담을 받아야겠지."

공식적인 짝으로 인정받기 위해서는 의무적으로 받아야 했다.

"하지만……."

키어스틴은 할 말을 잃고 말꼬리를 흐렸다.

"나도 너와 함께할게."

에릭이 바보같이 웃으며 말했다. 키어스틴은 자기 표정도 똑같을 것이라는 사실을 알고 있었다.

"옷 색깔을 바꿔야겠네."

아마 결혼한 남자임을 나타내는 파스텔 조의 색을 말하는 것이리라.

"아니."

키어스틴이 말했다.

"그냥 벗어 버려."

13

"후회하지 않겠지?"

오마르가 함교에서 물었다.

"네!"

에릭과 키어스틴은 한목소리로 대답했다.

"마지막으로 물을게."

키어스틴이 등에 멜 가방 속 내용물을 점검하며 말했다.

"준비됐어?"

"지금 위치를 유지하고 있어. 추진기가 고생하고 있다고."

키어스틴은 휴게실 전망 창 밖을 내다보았다. 최대로 확대해도 연구소에서 본 수수께끼의 GP 4호 선체는 없었다. 그건 선단을 이루는 여섯 개의 세계 중 지금 가장 크게 빛나는 NP_5 주위를 공전했다.

'탐험가'호는 저출력으로 그 궤도와 같은 중심을 갖는 긴 호 모양의 먼 궤도를 따라 움직였다. 우연히 눈에 띄지 않는 이상 발각될 염려는 없었다. 우주 교통 통제실과 연결된 송수신기는 죽여 놓았고, 스텔스 상태를 활성화시켰다.

이론적으로 보면 선단의 누구라도 '탐험가'호는 멀리 떨어진 곳에서 오케아노스를 조사하고 있다고 생각할 것이다. 하지만 사실 오마르는 보고서와 가짜 대화를 그곳에 남겨 놓은 하이퍼웨이브 부이를 통해 전송했다. 실시간 통신을 할 때는 거리가 두 배가된다고 해도 차이가 없었다. 허스는 예상 위치에서 날아오는 신호를 받을 터였다.

우린 정말 영리한 걸까, 아니면 망상을 품고 있는 걸까? 키어스틴은 궁금해졌다.

"준비가 더 잘됐네."

에릭이 말했다.

키어스틴의 마음을 읽은 걸까? 그녀가 계획했던 인간 연구소 조사와 비교해서 그렇다는 말이 생략된 것이리라. 좀 더 정확히 말하자면 그녀에게는 계획이란 게 거의 있지도 않았다.

"도약 원반 네트워크가 예상대로 설정돼 있을 때 얘기지."

키어스틴이 대꾸했다.

"아무리 시민들이 날 때부터 체계적인 건 아니라고 해도 뭐하러 우주선에 표준 주소 체계를 안 쓰겠어? 매번 새로운 걸 만드느라 힘을 쏟을 이유가 없잖아?"

만약 에릭이 옳다면 저 GP 4호 우주선의 주소 체계는 '탐험가'호의 도약 원반 네트워크에 대응이 되어야 했다. 그래서 둘은 저 수수께끼의 우주선 안의 아무도 없는 창고에 나타나야 했다.

만약 에릭이 틀렸다면? 그들은 어디에 나타나게 될지 몰랐다. 식당이나 함교, 아니면 시민들이 쓰는 화장실이거나…….

"이봐들."

오마르가 재촉했다.

"준비됐어요."

에릭은 그렇게 대답한 다음, 손에 통신기를 들고 창고로 추정되는 하위 주소 중에서 첫 번째 것을 시도했다.

"아직 여기 있어요. 그쪽에 중력이 있을 것 같아요?"

두 번째를 시도했다.

세 번째 시도에 에릭이 사라졌다.

그가 다시 나타날지도 몰라 키어스틴은 십 초 동안 기다렸다. 불운하게 이상한 장소에 도착했거나, 아니면 목격자가 있거나, 아니면 어떤 이유든 목적지의 원반을 비워야 할 일이 생겼을 수도 있었다.

"오마르, 행운을 빌어 주세요."

키어스틴은 가방을 들고 걸어 들어갔다.

키어스틴은 휑뎅그렇한 창고 안에 나타나 벽을 향해 허우적거리며 날아갔다. 다행히도 에릭이 그녀가 부딪치지 않게 잡아 주었다.

"나도 그랬어. 속도를 완벽히 맞추지 못한 모양이야."

몇이었더라?

키어스틴이 기억하기로는 초당 육십 미터였다. 간신히 성공한 모양이었다. 속도 차이가 조금만 더 컸으면 도약 원반이 작동하지 않았을 것이다. 속도 차이가 조금만 더 작고 운동량이 보존됐더라면 완벽했을 터였다.

육식동물도 없는 숲 몇 킬로미터를 가로질러 오는 침입자를 예상하지 못한 시민이라면 방향과 속도를 똑같이 맞춘 두 우주선 사이의 수십만 킬로미터를 도약할 수 있다고는 상상도 하지 못할 게 분명했다.

"이런 상황에서 그 정도면 정확한 편이지, 뭐."

그들은 재빨리 복도를 지나 단말기를 찾았다. 에릭이 무릎을 꿇고 앉아 등에 멘 가방을 벗었다. 그는 파스텔 조의 옷과 황옥 반지를 키어스틴과 맞춤으로 하고 있었다.

"내가 일하는 동안 망을 봐. 소리도 잘 듣고. 만약 잡히면, 우린 얼빠진 연놈처럼 여기서 연애를 하고 있었던 거야."

그런다고 해서 우주선을 훔치고 협약체가 극비로 감춰 둔 우주선에 몰래 숨어든 짓에 대한 변명이 될 리는 없었지만, 키어스틴은 아무 말 없이 웃었다.

계획은 간단했다. 승무원용 통신기는 휴대용이었다. 따라서 우주선에는 무선통신망이 있어야 했다. 즉, 창고 깊숙한 곳에 통신 감청기를 숨겨 놓으면 날아가는 무선 신호를 붙잡을 수 있다. 그리고 단말기가 잘 보이는 곳에 비디오카메라와 도청기를 설치한다.

나중에 다시 와서 저장된 데이터를 가져가면 된다. 물품을 가져갈 때 비밀 장비가 가로챈 키보드 입력 명령 혹은 음성 명령은 암호화되지 않은 데이터를 제공함으로써 우주선 통신망의 암호를 깰 수 있게 해 준다.

만약 승무원이 로그인하는 과정을 획득한다면 그건 보너스였다. 어차피 설문 인식일 가능성이 높지만.

키어스틴은 에릭이 작업하는 동안 저장 용기로 가득한 복도를 하나씩 조사했다. 마침내 천연자원 저장고를 지나자 양쪽에 복잡한 광학 장치 부속과 커다란 구조물 부품이 높게 쌓인 선반 사이를 지나게 됐다. 너무 복잡하거나 너무 커서 금세 합성하기 어려운 물건 같았다.

"에릭."

키어스틴이 속삭였다. 통신기를 써도 들키지 않을 것은 거의 확실했지만, 가능성이 아무리 낮아도 굳이 위험을 감수할 필요는 없었다. 그녀는 네서스가 칭찬하듯 고개를 위로/아래로, 아래로/위로 까딱이던 모습을 마음속으로 상상했다.

"에릭, 어떻게 돼 가?"

274

"감청기는 숨겼어."

에릭이 속삭이듯 대꾸했다.

"이제 전원을 연결하고 있어. 돌아가기도 전에 배터리가 다 닳아 버리면 망신도 그런 망신이 없지. 시간은 어때?"

손목에 이식한 시계는 초시계 상태였다.

"팔 분 남았어."

팔 분 후면 오마르는 그들이 돌아올 수 있도록 정확히 속도를 일치시키려 할 것이다. 그 뒤로는 오 분마다 숨은 채로 우주선을 조종해 궤도를 맞추기로 했다.

키어스틴은 계속 돌아다녔다. 저장고와 부품, 보급품, 여분의 합성기. 합성기가 전부 동시에 고장 났을 때를 대비한 비상식량—풀과 곡물 따위였다. 별로 정보가 될 만한 건 없었다. 다시 시계를 보니 육 분이 남아 있었다.

"에릭?"

"감청기와 비디오카메라에 쓸 수 있는 전원 선을 찾았어. 유도 접점을 쓸 수 있겠다. 이제 우리 전선을 뒤쪽에 숨기고 있어."

영리하네. 그녀라면 거기까지 생각 못 했을 것이다. 전원 선 위에 고정시켜 전류의 흐름을 방해하지 않고 에너지를 끌어 쓸 수 있는 유도장치라니. 아주 비밀스러웠다.

키어스틴은 막다른 벽을 만났다.

"사 분 남았어. 나도 돌아갈게."

이렇다 할 위기도 없이 일이 너무 매끄럽게 이뤄지자 비명을 지르고 싶었다. 여기 와 봤다는 것 말고는 알아낸 게 아무것도 없잖아. 키어스틴은 생각했다. 이제 몇 분 뒤면 '탐험가'호로 돌아가야 했다.

"다 됐다."

에릭이 불렀다.

"빨리 와."

여기에 뭔가가 있어야 했다. 지금까지 쫓아온 길에서 한발 더 나아가게 해 줄 실마리가. 뭔가 해독할 수 있는 자료라도 찾기를 바라며 돌아갈 때까지 기다리는 건 참을 수 없었다.

삼 분이 남았다. 키어스틴은 비상식량, 화학약품, 부품 등을 지나쳐 왔던 길을 되돌아갔다. 에릭도 그대로 지나쳐 아직 가 보지 않은 복도로 뛰어갔다. 그녀는 고급 기술과 거리가 먼 무언가를 찾고 있었다.

창고에는 비상식량과 커다란 구조물 부품이 있었다. 생존에 필요한 장치에 접근하는 길이 도약 원반 하나뿐일 리는 없었다. 조금 전에 본, 창고 한가운데 있던 유일한 도약 원반은 커다란 물건이 통과할 수 없었다. 논리적으로 보면 창고 어딘가에는 물리적인 문이 있어야 했다. 키어스틴은 확신할 수 없었지만…….

결국 창문이 달린 커다란 사각형 문이 눈앞에 나타났다.

"에릭, 이리 와 봐."

키어스틴이 불렀다.

"시간이 거의 다 됐어."

복도 저편에서 에릭의 대답이 들려왔다.

"빨리, 에릭."

키어스틴은 창문 밖을 내다보았다.

넓은 복도 저편에 투명한 벽이 있고, 그 너머에 광대한 공간이 있었다. 키어스틴의 눈앞에 펼쳐진 건 GP 4호 선체의 중심부였다. 그 한가운데 부정할 수 없는 외계 종족의 우주선이 떠 있었다. 램스쿠프 우주선이었다.

상처투성이인 오래된 선체에는 희미하게 영어로 된 글자가 찍혀 있었다.

'긴 통로'호였다.

| 재탄생: 지구력 2650년 |

1

    키어스틴과 에릭은 나란히 서서 '긴 통로'호를 쳐다보았다. 손목에 이식한 시계가 거의 동시에 삑삑 울렸다. 에릭이 통신기로 램스쿠프 우주선의 모습을 재빨리 훑으며 말했다.

    "오마르가 곧 경로를 일치시킬 거야."

    문밖, 키어스틴의 왼편에서 불빛이 대중없이 깜빡였다.

    "먼저 가. 바로 따라갈게."

    키어스틴의 말에 에릭은 미로 같은 선반 사이로 사라졌다. 발소리가 안 들리는 게 무사히 도약해 간 것 같았다.

    "몇 분이면 된다고."

    키어스틴은 이제 에릭이 따지고 들지 못한다는 점을 확인하고 중얼거렸다. 누군가 —키어스틴이— 위험을 더 감수하기 전에 둘 중 하나는 발견한 내용을 전달하러 돌아가야 했다.

조금 전 키어스틴은 쌓여 있는 부품의 일련번호에 옛날 날짜가 찍혀 있는 것을 눈여겨봐 두었다. 선반과 물품에 먼지도 쌓여 있었다. 창고 바깥에서 깜빡거리는 전등을 보면 의심의 여지가 없었다. 이곳에 아무도 오지 않은 지 아주 오래되었다. 비상용 보급품이 있는 곳으로 안내하는 전등이 고장 난 것을 시민들이 그대로 뒀을 리가 없었다.

키어스틴이 손을 대자 희미하게 삐걱이는 소리와 함께 문이 열렸다. 복도를 내다보았지만 아무도 없었다.

키어스틴은 아주 큰 어항에 들어 있는 아주 작은 물고기가 된 기분을 느끼며, 통신기를 움켜쥐고 구부러진 복도를 따라 '긴 통로'호로 이어지는 그물망 같은 좁은 통로를 향해 달렸다. 운이 좋아서 이리저리 떨리고 움직이는 동작을 소프트웨어가 보정해 준다면 괜찮은 영상을 얻을 수 있을 것이다.

키어스틴은 통로 위로 기어 올라갔다. 그곳에도 중력이 작용했다. 덕분에 무사히 달릴 수 있었다.

심장이 두방망이질 쳤다. 키어스틴은 난파선의 에어록을 향해 달렸다. 양쪽 해치가 모두 열렸다. 손목시계를 보니 '탐험가'호로 돌아갈 수 있는 다음 기회는 사 분 뒤였다. 우주선이라면 당연히 함교에 해당하는 곳이 있을 것이며, 보통 그건 선수船首에 있다고 생각한 키어스틴은 앞으로 향했다.

시민들이 선호하는 방식대로 녹여 붙여 만든 흔적이 없었다. 모서리도 뾰족했다. 열린 문 사이로 보이는 침대와 의자는 평범한 개척민용이었다. 아까 해치에 달려 있던 손잡이도 모두 평범했고, 개척민의 키에 딱 알맞았다. 한 선실에 머리를 집어넣고 살폈을 때 키어스틴은 천장에서 나오는 불빛이 편안하다고 느꼈다. 작은 접이식 선반 위의 홀로그램 상자는 남자와 여자, 어린아이의 모습을 보여 주었다.

온갖 세세한 면을 봐도 이 우주선은 틀림없이 개척민의 것이었다. 아니, 인간이라고 해야 정확할까?

함교를 찾아 우주선 안을 돌아다니는 동안 키어스틴은 영상을 계속 찍고 있었다. 이제 다음 귀환 기회까지 일 분도 채 남지 않았다. 창고로 돌아가서 도약 원반을 타야 했다.

그러나 키어스틴은 계속 앞으로 향했다.

다음 선실은 NP$_4$에서도 볼 수 있는 익숙한 모양이었다. 용도를 알 수 없는 커다란 방, 벽에는 일상적인 '할 일'이 적힌 종이가 붙어 있었다. 부스러질 것 같은 말린 종이에 적혀 있는 글자는 손으로 쓴 영어였다. 사방에 홀로그램이 있었다. 분명히 화물칸이었다. 갑판은 반쯤 비어 있고 선반도 거의 깨끗이 비어 있었다. 선반 위에 고정용 끈과 버팀대가 보였다. 중력이 있을 때나 자유낙하 상태일 때나 모두 대처할 수 있을 터였다.

삑.

"오 분만 더 있다가 가야지."

누구에게 하는 약속인지 키어스틴 스스로도 알 수 없었다.

마침내 함교가 나왔다. 완충 좌석. 키어스틴과 같은 손에 알맞은 조종 장치. 더 많은 홀로그램.

키어스틴은 그 자리에 얼어붙었다. 텅 빈 화물칸! 화물은 연구를 위해 허스로 가져간 게 분명했다. 아마 인간 연구소 깊숙한 곳에 있을 것이다.

어쩌면 이 GP 4호가 허스에 착륙했고, 거기서 화물을 꺼냈을지도 몰랐다. 아니면 도킹용 갑판으로 옮긴 뒤 작은 우주선에 싣고서 허스로 가져갔을 수도 있었다. 그건 아무래도 상관없었다. 중요한 건 아까 그 좁은 통로를 통해 화물을 내갈 수는 없다는 사실이었다.

키어스틴은 다시 빈 화물칸으로 달려갔다. 그리고 거의 비어 있는 선반 두 개 사이의 갑판에 있는 도약 원반을 발견했다. 분명히 있으리라고는 생각했지만 장소가 좀 애매했다. 덧붙여서 만든 모양이었다.

손목시계에 따르면 오마르가 경로와 속도를 일치시키기까지 이 분 정도 남아 있었다. 그 정도면 기념품을 찾기에 충분하고도 남았다.

한 선실에 있는 장식품이 눈에 띄었다. 수공예 자수인 듯 낯선 형태였다. 해치가 있는 격벽 위에 걸려 있어서 선실에 들어서지 않고는 그게 있는지 없는지 알 수 없었다.

그 장식품은 수천 개의 작은 매듭과 바늘땀으로 만든 조악한 꽃과 조개껍데기 그림이었다. 배경은 실을 단단히 엮어서 만든 물질이었다. 홀로그램으로 질감을 표현했을까 싶어 키어스틴은 손끝으로 매듭과 배경을 가만히 만져 보았다. 손에 닿는 느낌이 천연섬유 같았다. 색은 부드러웠고 —바랜 것일까?— 나무 액자는 찌그러져 있었다.

키어스틴은 장식품과 액자를 챙겼다. 왜 그게 중요해 보이는지는 설명할 수 없었다. 나무 액자 한쪽 모서리에는 앞뒤로 작은 구멍이 나 있었다. 작은 동물의 이빨 자국 같았다.

이 분도 채 남지 않았다.

키어스틴은 '긴 통로'호의 화물칸으로 달려갔다. 손목에서 부드러운 소리가 울렸다. 그녀는 마지막 영상을 찍었다. 그리고 순간 이동 제어기를 활성화시키자…….

'탐험가'호의 휴게실이었다.

"키어스틴이 왔어요!"

에릭이 말했다. 아마 오마르에게 하는 말인 듯했다.

"어떻게 된 거야?"

"잠깐 둘러봤어."

키어스틴은 액자에 담긴 조악한 그림을 내밀었다.

"충동구매했네."

오마르가 문가에 나타났다.

"키어스틴, 도대체 무슨 생각이었어?"

키어스틴은 통신기로 방금 찍은 영상을 틀었다. 홀로그램 속에는 화물칸의 도약 원반 부근이 담겨 있었다. 근처에 열다섯 자리 숫자 표식이 보였다.

"'탐험가'호의 경로만 일치시킬 수 있으면 이 주소를 가지고 우리 조상들의 우주선에 마음대로 드나들 수 있을 것 같았죠."

2

수천 명의 사람들이 대로를 개미 떼처럼 점령하고 플래카드를 흔들며 구호를 외쳤다. 바리케이드 뒤에서는 수십만 명이 더 소리를 질렀다. 그들 위에는 포도알만 한 황금빛 구체가 떠 있었다. 캅스아이즈copseyes, 즉 경찰의 눈이었다. 거기엔 음파 마비총이 달려 있었다. 음파는 보이지 않았지만 효과는 뚜렷했다.

갈수록 더 많은 사람들이 쓰러지자 군중은 광란했다. 검은 갑옷을 입은 ARM들이 어깨를 나란히 하고 한 줄씩 홀로그램 안으로 밀고 들어왔다. 군중은 우왕좌왕하며 불운하게 넘어진 사람들을 짓밟고 넘어갔다. 곧 거리는 쓰러져 있는 시체와 나뒹구는 플래카드를 빼고 텅 비었다. 손으로 쓴 깃발이 펄럭거리며 날아갔다. 이리저리 접히고 뒤엉켜서 내용은 거의 읽을 수 없었다. 출산…… 정의…… 사…….

사이렌이 울렸다. 시위자를 추적하러 달려가는 경찰차와 다가오는 앰뷸런스 소리가 도플러효과*로 갈라졌다.

"이게 어디입니까?"

마침내 네서스가 물었다.

"미주리 주 캔자스."

네서스의 홀로그램 아바타가 알아듣지 못하겠다는 표정도 전달했는지 애슐리가 덧붙였다.

---

* 상대속도를 가진 관측자에게 파동의 진동수와 파원에서 나온 수치가 다르게 관측되는 현상. 파동을 일으키는 물체와 관측자가 가까워질수록 커지고, 멀어질수록 작아진다.

"북아메리카 가운데 있는 도시야."

그녀는 혼자 왔다. 네서스가 하이퍼웨이브 중계를 통해서만 만난다는 사실을 알고 별로 걱정하지 않은 듯했다.

"몇 명이나 죽었습니까?"

네서스는 스스로에게 저들은 더 많은 생명을 구하기 위해 희생된 거라고 말했다. 몇 달 동안 개척민하고만 지내는 경험을 하기 전에는 이런 합리화가 죄책감을 억눌러 주었을 터였다.

"여기서는 열두 명."

애슐리는 그렇게 대답하면서 네서스를, 정확히는 그의 아바타를 곁눈질했다.

"출산권 정책이 너에게 정확히 왜 중요한 거지?"

그녀의 질문에 대답하는 대신 네서스는 되물었다.

"세계적으로는요?"

"수백 명."

애슐리는 머리를 까딱거렸다. 모호크 머리가 흔들렸다. 오늘은 밝은 주황색이었다.

"네서스, 이 일을 왜 하는 거야?"

"당신 같은 직업 계통에서는 양심이 있으면 불편하겠군요."

네서스 역시 다를 바는 없었다. 그는 시위 영상을 껐다.

"신경 쓸 것 없습니다. 중요한 건 ARM의 주의가 이쪽으로 돌아갔냐는 겁니다."

"어느 정도는. 이봐, 네서스. 미겔하고 나는 네가 이 정도로 크게 일을 벌일 생각인 줄 몰랐어."

뇌물과 협박, 소문을 퍼뜨리는 일에는 아무 반대도 없었다. 앞잡이들이 일말의 양심을 보이자 네서스는 왠지 다소 편안해졌다.

"자녀를 가질 수 있는 권리가 정치적인 연줄에 좌우되어서는 안 됩니다."

네서스는 니케의 홀로그램을 흘긋 보며 자기가 어느 세계 이야기를 하고 있는 건지 궁금했다.

"우리 일 이야기에나 집중하지."

결국 애슐리가 말을 돌렸다. 까칠한 말투로 짐작건대 납득하지 못한 모양이었다. 네서스로서는 아무래도 상관없었다.

그보다, 미겔이 최근 보고한 내용에 의심스러운 점이 좀 있었다. 강제로 빼낸 정보는 얼마나 믿을 만한 걸까? 새로운 먹잇감들이 누명을 씌우려고 그자들 이름으로 만든 계좌의 존재를 알게 된 걸까? 네서스가 요청한 대로 첩보 장치가 설치됐을까?

전부 계획대로 흘러가는 것 같기는 했다. 네서스는 당근 주스를 마시며 물었다.

"내가 구매하고 싶어 하는 물건에 대해서는 새로운 소식이 없습니까?"

"일을 확실히 하느라 네가 준 오백만을 거의 다 썼어. 손에 넣을 수는 있을 것 같아."

애슐리는 의자에 앉은 채로 몸을 폈다.

"하지만 사천만이 더 필요해. 먼저 절반, 그리고 물건 받을 때 절반."

"언제쯤 되겠습니까?"

"한 달만 줘."

"좋습니다."

네서스는 은행 코드를 전송했다.

"당신 둘은 아주 잘하고 있습니다."

"이제 다 된 것 같군. 다음 달에도 똑같은 시간에?"

"네."

30G로 가속할 수 있는 밀수꾼 우주선이라도 태양계 외곽까지 나오려면 시간이 거렸다. 앞잡이들이 그보다 더 자주 오기를 바라는 건 무리였다. 애슐리가 하이퍼웨이브 통신을 끊으려는 듯이 손을 앞으로 뻗을 때 네서스에게 새로운 생각이 떠올랐다.

"잠깐만요."

손이 허공에서 멈췄다.

"뭔데?"

냄비를 휘젓는 방법은 여러 가지였다.

"우리가 주목한 문제는 일부 정치적 끈이 있는 자들이 출산권을 샀다는 것이었습니다. 어쩌면 정치적인 면과 경제적인 면을 나눠서 생각해야 할지 모릅니다. 돈을 버는 능력 또한 이미 입증된 생존 특징이니까요. 출산권을 합법적으로 팔지 말라는 법은 없지 않습니까?"

"미쳤어? 그런 생각이 새어 나가면 계급 분쟁도 일어날 수 있다고."

"당신이 내 돈에 관심이 없다면야……."

애슐리는 침을 삼켰지만, 더는 말하지 않았다.

"해 보십시오."

네서스에게는 또 다른 생각도 있었다. 격투기였다. 승리자는 출산권을 얻는다. 패자는 목숨을 잃는다. 균형이 맞았다.

속이 또 울렁거렸다. 그 이야기는 다음에 하는 게 나을 것 같았다.

"한 달 뒤에 보지요."

피어싱과 짙은 갈색 눈을 빼면 홀로그램 속의 인물은 위압적이지 않았다. 중년의 남자는 키가 작고 몸통이 굵고 얼굴은 둥글었다. 검은 머리는 두껍고 구불거렸으며 듬성듬성한 콧수염은 막 자라는 중이었다. 남자는 작고 난잡한 사무실 안을 서성이고 있었다. 남자가 입은 짙은 검정색 정장은 지구 토박이인 평지인이 입은 것치고는 아주 빳빳했다.

남자의 이름은 지그문트 아우스폴러, 네서스의 적이었다.

네서스가 아무리 자주 검토해도 미젤의 보고서는 더 나아지지 않았다.

국제연합 관료라고 해서 딱히 덜 부패한 건 아니었다. 네서스는 굳이 따지고 들면 그들이야말로 더 부패하기 쉬울지도 모른다고 생각했다. 이 홀로그램 영상이 네서스의 손에 들어왔다는 점은 부정의 손길이 국제정부 깊숙이까지 침투해 있다는 사실을 증명했다.

물론 강박증이 지닌 문제는 어떤 유혹도 일단 함정으로 간주한다는 점이었다. 아우스폴러는 자신을 타락시키려는 시도를 전부 멀리했다. 적어도 가끔은 부패시킬 수 없는 ARM이 양심 없는 관료들의 눈에도 들어오는 모양이군. 네서스는 그렇게 생각하며 비밀리에 얻은 영상에 다시 주의를 기울였다.

홀로그램을 찍은 자는 아우스폴러의 사무실 문가에 서 있었던 듯했다. 열려 있는 문 위로 빛나는 '외계 사무국'이라는 명패가 비스듬하게 보였다.

"지그문트는 지금 아주 은밀하게 일하고 있습니다. 평소 그 사람 기준에 비춰 봐도 그렇습니다."

설명은 녹화를 마친 뒤에 덧붙여 녹음한 것 같았다.

"컴퓨터 화면을 보면 뭔가 알 수 있을지도 모릅니다."

네서스는 아우스폴러의 책상 위에 떠 있는 삼차원 도면을 확대했다. 인간식으로 은하 북쪽이 위에 오도록 방향을 조절하자 인간의 우주와 이웃 지역을 담은 항성 지도 같은 홀로그램이 되었다. 중앙에는 태양계가 있었다. 아우스폴러가 다가오는 발소리를 듣고 띄운 개인 영상으로 아무 정보도 안 담고 있는 게 거의 확실했다.

네서스는 초조하게 갈기를 만지작거렸다. '거의'는 확실한 게 아니었다.

"저 영상을 우리가 갖고 있는 항법 자료와 비교해 봐."

네서스가 지시했다.

— 모든 항성의 위치가 일치합니다.

함교의 컴퓨터가 대답했다. 그렇다면 쓸모없는 보고일까?

"위치가 같다면, 저기 나온 항성의 속성 중에서 우리 기록과 어떤 면에서든 다른 게 있나?"

— 일부 항성은 색 정보가 다릅니다.

컴퓨터가 대답했다.

"색 차이를 강조할 것."

네서스는 목을 길게 뻗어 사방에서 홀로그램을 면밀히 바라보았다. 영상을 조정하자 대부분의 항성이 일반적인 밝기로 어두워졌고, 여기저기 흩어진 몇 개만 밝게 빛났다. 그래도 네서스는 아무것도 알아낼 수 없었다.

"어떤 게 가장 인구가 많은 항성계지?"

항성 몇 개에 희미한 헤일로*가 생겨났다. 어둡게 보이는 대다수의 항성과 아우스폴러가 관심을 갖고 있는 듯한 밝은 항성에 모두 나타났다.

네서스는 여전히 이해할 수 없었다. 어쩌면 아우스폴러가 현재 편집증을 느끼는 대상은 협약체가 아닐지도 몰랐다. 밝은 점은 중심 근처와 지도상의 꼭대기 부근에 몰려 있었다.

별이 아니라면 우주선일지도 몰랐다. 네서스가 받은 보고서에 따르면 아우스폴러는 실종된 우주선을 조사하고 있다고 했다.

"컴퓨터, 이 지도와 항성 간 여행에 대한 공개 기록을 연결시켜 봐."

그 정도 자료는 앞잡이들이 제공한 정보의 아주 일부에 불과했다. 그럼에도 불구하고 방대한 작업이었다. 네서스는 기다리

---

* halo. 은하의 중심부나 원반부 밖에 있는 넓은 공 모양의 영역.

는 동안 정지해 있는 아우스폴러의 영상을 응시했다.

"뭘 찾고 있는 겁니까?"

네서스가 부드럽게 말했다. 홀로그램은 그 남자만큼이나 매정해 보였다.

"컴퓨터, 색깔 불일치는 똑같은가?"

— 그렇습니다.

아무래도 가닥이 잡히지 않았다. 이 항성 지도는 편집증에 걸린 인간이 지나가는 자들에게 미끼로 던진 걸지도 몰랐다. 새로운 이유를 떠올리지 못하다니 난 아직 충분히 미치지 않은 건가? 네서스는 생각했다.

— 일치하는 요소가 있습니다.

컴퓨터가 네서스의 생각을 방해했다.

— 실제와 색이 다른 항성은 인간의 하이퍼드라이브 우주선이 실종된 사건 중에서 선별한 보고와 관련이 있습니다. 선별 기준은 전쟁과 무관한 실종으로 보입니다.

네서스는 꿈틀했다. 이 영상을 잊어버리고 싶다는 바람도 거기까지였다.

"실종 우주선은 몇 척이지?"

— 열두 척입니다.

인간은 사백 년 동안 하이퍼드라이브를 썼다. 크진인이 일으킨 사건을 제외하고 그 정도 시간에 열두 척이라면 많은 건 아니었다. 왜 아우스폴러는 이걸 보고 있었을까?

태양계 근처에 밝은 점이 모여 있는 건 이해가 됐다. 교통량이 많은 곳이었다. 장비 고장이든 조종사의 실수든, 논리적으로 그곳에서 사고가 많을 수밖에 없었다.

다른 곳에 모여 있는 건 뭘까?

"영상 꼭대기 근처에 있는 실종 사건 세 건은 언제 일어났지?"

— 이 사건은…….

점 하나가 잠시 더 밝게 빛났다.

— ……지구 기준 이 년 전입니다. 다른 것은 이번 해입니다.

그 순간 네서스는 왜 그 점이 신경 쓰였는지 깨달았다. 최근에 실종된 이 우주선들은 은하 북쪽에서 인간의 우주 바깥을 탐사하고 있었던 것 같았다.

세계 선단이 있는 방향이었다.

니케는 네서스를 완전히 신뢰하지 않았다. 황망한 기분이었지만 네서스는 존중했다. 누가 했는지는 중요하지 않았다. 중요한 건 잘못된 판단이 끼어들었다는 사실이었다.

불과 얼마 전만 해도 네서스는 반사적으로 태양계에서 심부 레이더 스캔을 할 뻔했다. 그런 습관을 갖고 있는 건 네서스만이 아니었다. 어느 종족에 속해 있든 조종사는 대부분 언제든지 새로운 항성계에 진입할 때는 그렇게 했다.

알려진 우주에 있는 지성 종족은 비슷한 항성 주위를 도는 비슷한 행성을 귀하게 여겼다. 생물학적으로 필요한 조건은 비슷하고 개척할 수 있는 행성은 드물어 전쟁이 일어나기도 했다. 가장 최근의 전쟁은 인간과 크진인 사이에서 일어났다. 어떤 항성계가 탐험가들의 눈길을 가장 빨리 끌지 알고 있는 니케는 무인 정찰대를 보내 선단의 항로 뒤에 함정을 설치해 두었다.

세련될 정도로 단순한 미끼였다. 가장 적합해 보이는 항성계에서도 가장 매력적인 행성 주위를 돌고 있는 커다란 뉴트로늄 덩어리. 자연에서 뉴트로늄은 초신성의 잔해인 중성자성의 핵에서만 생겼다. 뉴트로늄은 엄청나게 밀도가 높았다. 일 세제곱센티미터의 물질이 천억 톤이 나갔다. 뉴트로늄 구는 지름이 몇 미터에 불과해도 질량이 엄청나게 컸다.

새로운 항성계에 도착해 습관적으로 심부 레이더를 작동시킨 조종사는 은하계를 절멸의 위기에 빠뜨린 고대 전쟁의 유물인 정지장 상자로 보이는 것을 발견하게 된다. 레이더에 보이는 작고 불투명한 물질이 뉴트로늄일지도 모른다는 생각은 거의 하기 어려웠다. 거부할 수 없는 유혹이었다.

아무런 의심도 없이 우주선이 그 작은 위성에 가까이 다가가면 중력에 붙잡혀 빠져나갈 수 없었다. 우주선은 사라지고, 어디에도 보고하지 못했다. 더 이상 미지의 우주를 탐험할 수도 없고, 따라서 선단을 발견할 가능성도 사라졌다.

그러나 그렇게 사라진 우주선이 아우스폴러 같은 편집증 환자에게 어떻게 보일지는 미처 고려하지 못했다.

네서스는 안절부절못하고 발굽으로 갑판을 두드렸다. 하지만 어디로 달릴 수 있을까? 아우스폴러는 매수할 수 없었다. 찍어 누를 수도 없었다. 수 세기 만에 지구에 찾아온 최악의 소요 사태도 그를 혼란스럽게 만들지 못했다.

어쩌면 아우스폴러를 제거해야 할 때가 온 걸지도 몰랐다. 돈만 충분히 더 준다면 네서스의 앞잡이들이 처리할 수 있을 터였다. 성공하든 실패하든, 그 일이 어떤 의혹을 불러일으킬까? 아우스폴러처럼 편집증이 심한 사람이라면 '만일 내가 죽었을 때를 대비해' 어떤 메시지를 남겨 두었을까?

네서스는 다시 발굽으로 갑판을 세게 굴렀다. 어디로 달려야 할지는 정확히 알고 있었다. 위험을 향해서였다.

전혀 되돌릴 수 없는 상황은 아니었다. 네서스는 한 가지 방법이 있다고 생각했다. 그러기 위해서는 도움이, 돈을 아무리 준다고 해도 미겔과 애슐리로서는 제공할 수 없는 아주 특별한 도움이 필요했다.

태양계로 깊이 들어가 딱 알맞은 물리학자를 고용해야 했다.

3

키어스틴은 남은 에너지를 아낌없이 쓰며 '탐험가'호를 NP_4의 대기권에 여유 있게 진입시켰다. 팽팽하게 힘을 받은 추진기가 반항하듯 애처로운 소리를 냈다.

'탐험가'호는 광택이 없는 검은색으로 레이더에 잡히지 않았다. 비밀리에 정찰하기 위해서였다. 지난번에 허가 없이 선단으로 돌아왔을 때 꺼 놓은 교통 통제 송수신기는 아직도 그대로였다. 일부러 에너지를 낭비해 가며 진입했기 때문에 평상시 재진입 때 보이는 불꽃과 이온 꼬리가 사라졌다. 눈으로 직접 보지 않고서는 그들이 돌아온 것을 알아낼 방법이 없었다. 키어스틴이 고른 드넓은 바다 한가운데에서, 그것도 밤에 발각될 가능성은 없다시피 했다.

우주선이 물보라를 일으키며 내려앉았다. 충돌로 인해 보호용 역장이 활성화되어 순간적으로 키어스틴을 감쌌다.

"다들 괜찮아요?"

키어스틴이 물었다.

"살짝 멍이 든 정도야."

함교의 다른 완충 좌석에 앉아 있던 오마르가 대답했다.

"에릭, 너는?"

"난 괜찮아."

기관실에 있는 에릭의 대답은 통신기를 통해 들려왔다.

'탐험가'호는 요동치는 바다 위에서 흔들리고 있었다. NP 행성의 빛이 바다에 부딪쳐 부서졌다. 전망 창으로 보이는 구름은 위아래로 오르락내리락했다.

키어스틴은 욕지기를 참고 현재 상태를 나타내는 계기를 읽는 데 집중했다.

"주 추진기는 조금 따뜻하지만, 내가 보기에는 별로 나쁜 상태가 아닌 것 같아요. 다들 잠수할 준비 됐어요?"

"이 파도에서 벗어나는 거? 당연히 준비됐지."

얼굴빛이 창백해진 오마르가 대답했다.

"재보급 장치만 내보내면 나도 준비 완료야."

에릭이 말했다.

재보급 장치는 비상용으로, 사실상 자체 추진이 가능한 도약 원반에 필터가 달린 것이었다. 바닷물에서 중수소와 삼중수소를 걸러내 곧바로 '탐험가'호의 연료 통으로 보내는 용도였다.

키어스틴은 재보급 장치를 방출했다. 물소리가 들리는 것만 같았다. 재보급 장치의 수중 추진기가 작동하기 시작했다.

"녀석들이 멀리 떨어졌고 보고도 정상적으로 들어와요."

이 장치에 명령을 내리고 감시하기 위해서는 저출력 전파 말고는 대안이 없었다.

"우리도 잠수할게요."

키어스틴은 추진기를 이용해 선수가 물속으로 가라앉게 했다. 뒤이어 더 많은 추진기를 작동시키자 '탐험가'호가 천천히 물속으로 내려가기 시작했다. 공기로 가득 찬 우주선은 물에 뜨기 때문에 완전히 물속으로 들어갈 때까지 불안하게 이리저리 회전했다. 키어스틴은 추진력을 늘려 목표인 구십 미터 깊이까지 잠수했다. 그 정도 깊이라면 대낮에도 보이지 않으리라 기대하면서.

나는 파괴가 불가능한 선체 안에 있어. 키어스틴은 계속해서 마음속으로 되뇌었다.

"기분이 정말 이상한데."

에릭의 목소리가 함교 바로 바깥 복도에서 들렸다. 그는 전망창 밖을 더 잘 보기 위해 약간 허리를 굽히고 서 있었다.

키어스틴은 계기판에 박혀 있는 시선을 위로 들었다. 점점 어둑어둑해지는 빛 속에서 바다 생물의 모습을 언뜻 보았다. 선체에 가까이 와서라기보다는 스스로 빛을 내기 때문에 보이는 경우가 더 많았다.

허스의 바다 생물이라.

키어스틴은 갑자기 밀려드는 씁쓸한 기분에 깜짝 놀랐다. 조상들이 살던 세계의 바다에는 어떤 동물이 살았을까? 만약 '긴 통로'호에 표본이 실려 있었다면, 그중 어떤 걸 이곳에 풀어 놓았을까?

바다 생물 무리가 펄럭거리며 지나갔다. 그 움직임은 키어스틴이 아르카디아에서 많이 본 ─인간 세계의 것답다고 해야 할까?─ 민물고기보다는 허스의 새를 더 떠올리게 했다. 키어스틴은 곁눈질로 그것들이 시야 밖으로 사라지기 전까지 그 모습을 눈에 담았다. 선명하게 기억하기보다는 전체적인 인상을 담아야 했다. 물갈퀴가 있는 촉수가 흐느적거리고 피부가 보라색과 금색으로 군데군데 빛을 발했다. 외피는 끈적끈적해 보였다. 거리를 측정할 방법도 없고 크기를 비교할 척도도 없었기에 그 바다 생물의 크기는 알아낼 수 없었다.

"구십 미터에 거의 도착했군. 해저까지는 백이십 미터를 더 가야 해."

오마르가 레이더를 보며 알려 주었다.

"고마워요."

키어스틴은 가라앉는 힘과 부력이 일치하도록 추진기를 조정했다. 그리고 조심스럽게 자동조종장치를 켰다. 수중 운항을 위해 키어스틴이 개조한 소프트웨어를 시험해 보기는 처음이었다.

조종 장치에서 천천히 손을 떼자 '탐험가'호가 이리저리 흔들렸다. 예측할 수 없이 기울어지기도 하고 요동치기도 했지만 정해 놓은 위치를 벗어나지는 않았다. 키어스틴은 우주선의 방향이 안정될 때까지 프로그램을 살짝 조정했다.

아쉽게도 그 작업이 끝나기 한참 전에 오마르가 토사물을 쏟아 내고 말았다.

"내가 치울게요."

에릭이 말했다.

"옷 갈아입고 씻고 와요. 좀 쉬다 와도 되고요."

오마르는 지친 기색으로 미소를 지으며 떠났다.

토사물을 닦아 낸 뒤 빈 완충 좌석에 앉은 에릭은 현재 상황을 나타내는 홀로그램을 띄웠다.

"재보급 장치는 제대로 돌아가고 있어. 연료도 들어오고 있으니까 며칠 뒤면 선단을 한 바퀴 돌아서 움직일 수 있을 정도로 연료를 채울 수 있을 거야."

그의 표정은 다음에 어디로 가야 하는지 묻는 듯했다.

오마르가 돌아온 덕분에 키어스틴은 잠시 생각을 접어 둘 수 있었다. 오마르는 더러워진 제복을 정장으로 갈아입은 채였다.

"빨리 육지에 가고 싶군."

오마르는 우주선이 다시 흔들리자 침을 꿀꺽 삼켰다.

"단단한 땅 말이야."

키어스틴은 다음에 갈 곳에 적합하다고 생각되는 의상으로 자기 옷을 조정했다.

"에릭, 여기 혼자 있어도 괜찮겠어?"

에릭이 고개를 끄덕이자, 그녀는 마지막으로 가방에 챙긴 내용물을 확인했다.

"그럼 오마르와 난 다녀올게. 잘 있어."

키어스틴은 에릭을 강하게 껴안았다.

그녀와 오마르는 휴게실로 갔다. 오마르가 도약 원반 옆에서 잠시 걸음을 멈추고 말했다.

"가능해지면 내 쪽으로 와, 키어스틴. 좌표를 전송해 주지. 물론 암호화해서."

그러고는 사라졌다.

키어스틴의 통신기에는 다른 주소가 입력돼 있었다. 키어스틴은 통신기를 활성화시키고 원반 위에 올라가……

개척민 기록 보관소에서 가장 가까운 공용 광장에 나타났다. 그녀는 이제 '탐험가'호에서 수천 킬로미터 떨어져 있었다. 일렬로 늘어선 인공 태양이 지평선 근처에 걸려 있었다. 비상사태가 아니라면 모든 업무가 끝났을 시간이었다.

지난번에 스벤 허버트드라코빅스를 만났을 때—벌써 오래전 일인 것 같은 기분이 들었다—는 통신 코드를 교환하지 못했다. 일반에 공개된 기록 관리인의 코드는 음성 메일로만 연결됐다. 키어스틴은 메시지를 남기지 않고 관리소 건물로 들어가 로비에 있는 직원 명단을 찾았다.

그녀는 공용 통신기와 관리인 명단에서 아무렇게나 고른 이름을 이용해 스벤의 집에 전화를 걸었다. 어린 남자아이가 관리소 건물의 배수관이 새고 있다는 이야기를 곧이곧대로 믿고 아빠의 장소를 전송해 주었다.

키어스틴은 부산스러운 광장을 벗어나 넓은 풀밭으로 갔다. 소리 지르며 노는 온갖 나이대의 아이들을 그보다 훨씬 적은 수의 부모들이 지켜보고 있었다. 어떤 아이는 연을 날리고, 어떤 아이는 구름다리 철봉에 매달려 있었으며, 상당수는 뚜렷한 이유 없이 뛰어다녔다. 대부분은 편을 짜서 놀고 있었다. 키어스틴은 한 손으로 햇빛을 가리면서 —이곳에서는 태양이 바로 머리 위에 있었다— 공원을 살폈다.

스벤은 축구장 옆에 있었다. 어린 여자아이들이 운동장 이쪽 끝에서 저쪽 끝까지 뛰어다니며 검은색과 하얀색이 섞인 공을 쫓아 움직였다. 기술보다는 열정이 앞섰고, 공보다는 정강이 보호대를 더 많이 찼다.

여자아이들이 뛰어노는 모습을 보자 저절로 미소가 떠올랐다. 키어스틴은 축구에 아주 서툴렀다. 시민들은 축구가 너무 경쟁적이라 비사회적이라는 이유로 억제하려 했다. 아르카디아 전역에 축구가 널리 퍼진 건 독립을 보여 주는 드문 사례였다. 어쩌면 축구장에서 스벤을 만난다는 건 좋은 징조일지도 몰랐다.

"누가 당신 딸이에요?"

키어스틴이 물었다.

잔디 때문에 발소리가 들리지 않았는지 스벤은 깜짝 놀랐다. 하지만 이내 한 아이를 손으로 가리키며 말했다.

"비키예요. 키 크고 검은 곱슬머리."

그리고는 한참 말이 없다가 덧붙였다.

"아이가 있는 줄은 몰랐는데요."

그 아래 깔린 의미는 '왜 여기 있지요?'였다.

"날 기억하는군요. 우리가 나눈 얘기도 기억해요?"

키어스틴이 물었다.

"NP_4의 초기 역사에 대해서였죠. 협약체가 우리 조상들을 구출하고 버려둔 우주선을 찾으면 어떻겠냐는 재미있는 이야기도 했고요."

환호성이 울려 퍼졌다. 골이었다. 스벤은 열정적으로 박수를 쳤다. 그리고 키어스틴을 똑바로 바라보았다.

"우리 우연히 만난 건 아니죠?"

"조용히 이야기할 수 있을까요?"

키어스틴은 대답을 기다리지 않고 근처에 있는 나무 쪽으로 걸어갔다. 스벤도 따라왔다. 두 사람은 작은 나무숲 옆에 섰다. 비키가 아빠를 찾아 두리번거리자 스벤은 큰 동작으로 팔을 흔들어 보였다.

"스벤, 간단히 보여 주고 싶은 게 있어요."

키어스틴은 '긴 통로'호를 돌아다니면서 찍은 영상을 보여 주었다. 경기를 관람하는 다른 부모들에게 들키지 않기 위해 작게 띄운 채였다. 영상은 화물칸에 덧붙인 도약 원반을 가까이 잡은 채로 끝났다.

스벤은 근접해서 찍은 원반을 여러 각도에서 자세히 관찰했다. 키어스틴이 답답해서 막 폭발하려는 참에야 그가 말했다.

"재미있네요."

원반이? 우주선 말고? 키어스틴은 안달이 나 미칠 것 같았다.

"한 번만 더 보여 줘요."

스벤이 딸을 향해 팔을 흔들고는 이어 말했다.

"괜찮으면 느리게 재생해 봐요."

키어스틴은 짧기만 한 탐험 영상을 실제의 사분의 일 속도로 다시 틀었다. GP 4호 우주선 중앙의 넓은 공간. 상처투성이인 '긴 통로'호를 향해 달려가는 장면. 평범하면서도 이국적인 우주선 안의 복도와 선실. 깨끗이 치운 창고. 수리해 놓은 몇몇 격벽은 볼 때마다 의심과 분노를 불러일으켰다. 우주에 버려진 난파선이 됐다고?

새빨간 거짓말!

"재미있어요."

스벤은 그렇게 말하고 고개를 갸웃거리며 키어스틴이 '탐험가'호로 돌아올 때 쓴 도약 원반을 살펴보았다. 그리고 마침내 그녀가 의아하게 여기는 것을 알아챘다.

"영상은 데이터예요. 데이터는 조작할 수 있죠. 그런데 이 원반은…… 확대해 볼래요?"

스벤이 신뢰하게 만들어야 했다.

"이 원반이 왜 특별한데요? 우주선은 어떻고요?"

"확대해 봐요."

스벤이 다시 말했다.

"확대해서 멈춰요. 여기 가장자리에 박힌 제어장치 보여요?

시민들은 조심성이 많죠. 그래서 기술을 아주 천천히 업그레이드해요. 영상에 나오는 도약 원반은 수백 년 전 모델이군요. 저런 건 나도 거의 본 적이 없어요. 덕분에 이 영상에 신뢰가 조금 가네요. 이거 복사해도 될까요?"

"비밀로 한다면요."

"물론이죠."

운동장에서 환성이 들렸다. 스벤은 다시 선수들을 향해 손을 흔들었다.

"이걸 어디서 구했는지는 말 안 해 주겠죠?"

"내가 찍었어요. 직접 갔어요."

스벤이 눈을 크게 떴다. 키어스틴은 가방을 내려 옷으로 대충 싼 꾸러미를 꺼냈다. '긴 통로'호의 한 선실에서 가져온 장식품이었다.

"스벤, 진짜로 오래돼서 먼지 쌓인 자료를 분석해 볼 생각 있어요?"

키어스틴은 나직한 소리가 어수선하게 울려 퍼지는 스벤의 실험실에서 초조하게 오마르의 연락을 기다렸다. 다음 근무일이 돌아와서 직원들이 출근하면 이렇게 조용히 일할 수 없었다. 키어스틴은 그 전에 떠나야 했다. 오마르가 잡아 보기로 약속한 만남에 가거나, 아니면 '탐험가'호로 돌아가야 했다.

스벤은 이 자리 저 자리로 날아다니고 있었다. 컴퓨터는 전부 영상을 분석하는 데 돌렸다. 다른 실험 장치로는 장식품을 조사했다. 대략 한 시간 전부터 스벤은 아무 곡조도 없는 콧노래를 흥얼거리기 시작했다. 키어스틴은 그 노래가 기분이 좋다는 뜻이며, 기분이 좋은 건 그녀의 이야기를 믿기 시작했다는 뜻이라고 생각하기로 했다.

스벤이 딸을 집에 데려다 주는 사이, 키어스틴은 먼저 실험실로 이동했다. 한동안은 할 일 없이 서서 스벤이 가족에게 무슨 변명을 하고 일터로 돌아올지 궁금해했다. 기록 보관소에 비상사태가 일어날 가능성은 거의 없었다. 실험실도 마찬가지였다.

스벤은 키어스틴이 진행 상황을 묻자 조용히 하라고 했다. 그리고 수많은 질문을 던지면서 그녀가 집중력을 잃으면 곧바로 쯧쯧 혀를 차곤 했다.

내가 마지막으로 잠을 잔 지 얼마나 됐지? 아직 오마르에게서는 연락이 없었다. 그녀처럼 회의적인 시선과 마주하고 있을 게 뻔했다.

키어스틴은 실험실 장비를 구경하며 슬슬 걸었다. 아는 장비도 가끔 있었다. 광학현미경과 전자현미경, 분광기, 크로마토그래프, 결정 이미지 장치. 어떤 건 전혀 알 수 없었다.

나직한 소리가 실험실 구경을 방해했다. 마침내 통신기가 키어스틴을 찾고 있었다. 오마르였다. 녹초가 된 표정이었는데, 홀로그램 속 배경으로는 아무것도 알 수 없었다.

"키어스틴, 어떻게 되어 가?"

키어스틴은 높은 작업대 같은 알 수 없는 장비 뒤에 최소한도로 몸을 숨긴 채 오마르에게 지금까지 있었던 일을 이야기해 주었다.

"스벤은 설득됐어?"

"거의 된 것 같아요. 적어도 내가 가져온 장식품을 보고 들뜬 건 분명해요. 이유는 아직 말 안 해 줬지만. 거긴 어때요?"

"자치 정부 의회에 아는 사람이 몇 명 있어서 연락했거든. 그 사람들하고만 회의가 잡혔지. 몇 시간 동안이나 계속 질문에 대답을 해야 했어."

"지금은요?"

"이제 네 차례야."

오마르가 도약 원반 주소를 전송하며 말했다.

"거기 일 끝나면 이쪽으로 와."

키어스틴은 스벤과 함께 가도 되냐고 물어보려다가 참았다. 대답이 마음에 들지 않을까 봐서였다.

"스벤."

암호 코드가 천천히 흘러가는 홀로그램을 보고 있던 스벤이 고개를 들었다. 유전체 정보일까?

"난 가 봐야겠어요."

키어스틴은 정부와 회의하기로 한 일에 대해 아는 대로만 이야기하고 덧붙였다.

"당신이 나랑 같이 가면 좋겠어요."

하지만 스벤은 고개를 저었다.

"좀 더 알아내기 전까진 안 돼요."

억지로 끌고 갈 수는 없었다. 어떤 게 우선인지에 대해서는 스벤이 옳을 수도 있었다.

"여기 주소가 있어요. 생각이 바뀌면 와요."

도약한 키어스틴은 불빛이 희미한 오두막에 도착했다. 주위에는 오랫동안 사용한 듯한 농기구가 널려 있었다. 어린 시절 부모가 일하던 공장에 놀러 갔을 때 봐서 어렴풋이 알고 있는 것들이었다. 키어스틴은 무엇이 나타날지 몰랐지만, 이런 풍경을 예상한 건 아니었다.

머리 위에서 문이 덜컥 열렸다.

갑자기 밝은 불빛이 비치자 키어스틴은 눈을 깜빡거렸다. 오마르가 조용히 하라고 손짓했다. 그녀는 오마르를 따라 사방으로 지평선까지 뻗어 있는 밭 사이를 걸어갔다. 작물은 분명히 허스산이었으나 다른 것들은 알 수 없었다. 섬유질이 풍부한 씨앗 덩어리가 매달려 있었다. 빨간색과 노란색 반점이 있는 덩굴은 이파리 역할을 했다. 저 멀리 공중에 떠 있는 수확기가 마찬가지로 공중에 떠 있는 운반 용기에 마치 주황색 강물처럼 보이는 곡물을 쏟아 넣고 있었다. 아마 거기서 곧바로 기후가 차폐된 창고로 순간 이동을 하는 게 틀림없었다. 잘려 쓰러진 줄기와 잎이 이루는 열을 보면 수확이 얼마나 이뤄졌는지 알 수 있었다.

두 사람은 낮은 언덕 꼭대기에 올랐다. 키어스틴이 다시 눈을 깜빡였다. 이번에는 아래쪽에서 기다리는 사람들을 보고 놀라서였다.

광택이 흐르는 검은 머리에 강렬한 보라색 눈을 한 날씬한 여자가 앞으로 걸어 나왔다. 개척민이라면 누구나 종국에 누리게 마련인 현대 의학 덕분에 나이가 불분명했다. 하지만 우아하고 움직임의 낭비 없이 걷는 모습을 보면 지난 세월의 정도를 어렴풋이 알 수 있었다. 분홍색과 빨간색이 어우러진 블라우스는 대담한 체크무늬에 무광택으로 마무리한 제품이었다. 스웨이드로 만든 느슨한 겉옷은 호화로워 보였다. 질감이나 문양이 하나같이 그 사람의 높은 지위를 나타냈다.

키어스틴에게 내민 손에는 커다란 자손 반지가 끼워져 있었다. 작은 루비 네 개와 적어도 열 개 이상의 에메랄드가 보였다. 각각 자녀와 손자를 상징하는 것들이었다.

"사브리나 고메즈반더호프예요."

굳이 소개를 할 것도 없었다. 고메즈는 아르카디아 자치 정부 의회의 의장이었다. 개척민 사회에서 가장 높은 선출직 관료인 것이다.

"내 동료는 에런 트레몬티루이스라고 하죠."

그는 공공 안전부 장관이었다.

공공 안전이란 불을 끄거나 폭풍 같은 자연재해가 지나갔을 때 도움의 손길을 분배하는 일을 포함하는 분야였다. 평소 그런 기능을 하다가 후원자인 줄 알았던 존재로부터 개척민 사회를 보호하는 일까지 하게 될 줄은 미처 생각도 못 했다. 키어스틴은 어디서부터 이야기를 시작해야 할지 머뭇거렸다.

"키어스틴이라고 불러도 될까요?"

의장은 대답을 기다리지 않았다.

"키어스틴, 부드럽게 대접해 주지 못해 미안하지만 장소가 장소니만큼…….”

사브리나는 사방에 펼쳐진 밭을 향해 팔을 돌렸다.

“아무도 엿듣지 못하게 하려고 그랬어요. 어쨌든 우리 둘이 한동안 사라져 있으면 쓸데없는 질문만 들어오니까요.”

시민들은 질문을 잘 했다.

“그럼 바로 요점부터 말씀드리죠. 이건…….”

사브리나가 키어스틴의 말을 끊었다.

“오마르가 설명했어요. 흥미로운 이야기지만, 당장은 몇 가지 핵심적인 내용을 되짚어 보는 쪽으로 해야 할 것 같군요.”

질문은 빠르고 맹렬하게 날아왔다. 키어스틴이 대답하는 중에도 곧바로 이어지는 질문을 던지거나 교묘하게 말을 바꾸며 끼어들기도 했다. 키어스틴은 시험을 받고 있었다. 겹치는 질문이나 논평이 수도 없이 그녀를 바쁘게 만들었기 때문에 이 정치가들이 믿는지 안 믿는지 가늠해 볼 수도 없었다. 키어스틴은 사실에 입각해 오마르와 똑같은 이야기를 똑같은 방식으로 이야기하고 있는가? 그녀를 믿을 수 있을까? 이 심층 면접은 키어스틴의 정신을 뒤흔들어 이야기의 약점이나 모순을 들춰내는 데 목적이 있었다.

의장은 의장 나름대로 업무상 니케와 면식이 있었다. 특히 지난번에 정부가 바뀐 뒤로는 니케와 만날 일이 더욱 많았다. 보수당 소속의 최후자가 개척민과 직접 대면하기를 거부했던 것이다. 사브리나는 이미 내용을 알고 있었기에 질문이 더욱 날카로웠다.

오마르가 진이 빠진 표정인 것도 당연했다.

끼어들며 정신을 혼란하게 만드는 데 굴하지 않고 키어스틴은 집요하게 핵심적인 사실을 전달했다. 그워스에 대한 걱정이 다른 종족—개척민 역시 포함하여—에 대한 협약체의 정책에 관한 회의로 발전했다는 점. '탐험가'호의 컴퓨터에서 그리고 엘리시움 대륙과 나중에는 허스에서까지 자료를 찾아봤던 일. 인간 연구소를 찾아 떠났던 일. 뻔히 보이는 NP_5 궤도에 숨겨 두고 있었던 '긴 통로'호에 짧게 다녀온 일.

"참아 줘서 고맙군요."

마침내 사브리나가 말했다.

"잠깐 실례 좀."

그 뜻은 명백했다. 키어스틴과 오마르는 적어도 삼십 미터는 떨어진 냇가에 서서 알아듣기 어려운 속삭임과 가려진 표정의 의미를 읽으려고 노력했다. 꽃가루를 나르는 허스산 보라색 꿀벌이 근처에서 울고 있었다.

"어떻게 되고 있는 것 같아요?"

키어스틴이 참지 못하고 물었다.

"솔직히 나도 모르겠어."

오마르는 눈을 감고 관자놀이를 주물렀다.

"고기 가는 기계에 들어갔다 나온 것 같아."

사브리나는 끈질기게 고개를 젓고 있었다. 에런은 얼굴이 붉었다. 뭔가 의견이 안 맞는 모양이었다. 뭘까? 키어스틴은 가까이 가고 싶은 충동을 억눌렀다. 결론은 조만간 알게 될 터였다.

"오마르, 우리를 믿기나 할까요?"

오마르가 시선을 돌렸다. 표정이 부정적이었다.

갑자기 논의가 끝났다. 사브리나가 돌아오라고 손짓했다.

"일단 우리는 여러분의 보고서를 확신하지 못하겠어요. 사실보다는 추측이 더 많아요. 여러분의 보고서 내용이 전부 정확하다고 가정해도, 그 정보를 어떻게 이용해야 가장 좋은지는 아직 불명확하고요."

"가정한다고요? 죄송하지만, 의장님, 그건 다 사실이에요."

오마르가 팔꿈치를 붙잡자 키어스틴은 어깨를 흔들어 떨쳐 버렸다. 아첨을 하든 자제를 하든 그래 봤자 얻을 게 없었다.

"협약체는 우리의 과거에 대해 거짓말을 했어요. 해답을 찾을 수 있을지도 모르는 우주선을 우리에게서 숨겼고요. 우리가 아는 한 그들은 우리 조상들 고향의 흔적을 지워 버렸어요. 알고 싶지 않으세요?"

사브리나가 곧바로 받아쳤다.

"아가씨, 됐어요. 우리 역사에 모순이 있다고 걱정스러워한 게 당신이 처음이라고 생각해요? 예외적인 일을 접한 것도? 혼자만 대단하다고 생각하지 마요. 당신 선장이 우리 대신 귀 노릇을 한 데는 이유가 있어요. 추측이나 의심은 쉽게 오죠. 누구든 협약체가 거짓말을 한다고 고발하려면, 아무리 흉악한 음모라고 해도 증거가 있어야 해요. 당신은 전례가 없는 기회인 개척민 정찰대 계획을 위험에 빠뜨릴 준비가 됐을지 모르지만, 난 아니에요. 당신이 찾은 게 복제품이거나 오락거리로 만든 거라면 어떻게 할 건가요? 당신의 충성심, 더 나아가서 개척민의 충성심을 시험하고 있는 거라면? 그렇다면 당신이 그걸 찾은…….”

“키어스틴?”

키어스틴을 찾는 목소리가 언덕 위로 울려 퍼졌다. 걱정스러운 기색도 담겨 있었다. 키어스틴은 순간적으로 스벤에게 이쪽 주소를 알려 준 사실을 떠올리지 못했다.

“키어스틴?”

증거! 어쩌면 스벤에게 증거가 있을지도 몰랐다.

“여기예요!”

스벤이 언덕을 올라왔다. 그는 ‘긴 통로’호에서 가져온 괴상한 장식품을 들고 있었다. 고위 관료들을 알아본 스벤이 멈칫했다.

“내가 방해했어요?”

“당신을 알아요. 기록 관리인이죠. 여긴 어쩐 일인가요?”

사브리나가 스벤에게 물었다.

“제가 오라고 했어요. 그는 의장님이 찾는 증거를 가지고 있을 지도 몰라요.”

키어스틴이 대답했다.

어색하게 몸을 비비 꼬고 있던 스벤이 입을 열었다.

“키어스틴이 그 자료를 분석해 달라고 했죠. 그리고 이것도.”

그는 장식품을 흔들어 보였다.

“사실 아주 흥미로운 물건이더군요.”

에런이 기침을 했다.

“일단 자료부터 보죠. 이상한 점은 없나요?”

“적어도 몇 시간 동안 조사한 바로는 없어요.”

스벤은 장식품 액자를 키어스틴에게 넘기고 주머니에서 통신기를 꺼냈다.

"중요한 시험 내용과 상호 관계를 다운로드해 왔죠. 원한다면 원본 데이터에 접속할 수도 있어요. 그런데 의장님…… 이 장식품은 강력한 증거예요."

"강력한?"

사브리나는 수를 놓아 만든 꽃과 조개껍데기를 보고 얼굴을 찡그렸다.

스벤이 똑바로 섰다.

"설명해 드리죠. 중요한 건 물질이에요. 배경이 되는 천, 디자인에 쓴 섬유 그리고 나무 액자 말이죠. 유기물이라 탄소연대측정법을 썼는데, 이 물질은 수천 년이 된 거예요."

"수천 년? 어떻게 그럴 수가 있죠?"

오마르가 물었다.

"바로 그거예요. 수천 년 전이면 공식적으로 우리가 구출된 것보다 더 전이죠. 우리가 가진 그 어떤 기록보다 이 장식품이 오래되었다는 뜻이에요."

스벤은 밝게 웃었다.

"그걸 어떻게 설명할 수 있죠?"

사브리나가 물었다. 스벤은 흥분을 억제하지 못하고 발을 들썩였다.

"이 기법을 가능하게 하는 가정을 이용하면 되죠. 탄소연대측정법은 행성에 따라 달라요. 다른 행성에서는 탄소 14의 양이 더 많거나 적을 수 있어요. 만약 이 장식품이 NP$_4$에서 만든 게 아니라면 나이는 얼마든지 달라질 수 있는 거죠."

사브리나는 생각에 잠겼다.

"얼마든지라. 어쩌면 정찰 임무에서 발견한 물질로 최근에 만들었을 수도 있겠군요."

키어스틴은 움찔했다. 저 기념품 때문에 신뢰성이 떨어지는 건 아닐까?

"그러면 오히려 수수께끼가 커지겠죠. 다른 시험도 해 봤는데, 이 물질은 우리가 사용하는 물질과 관련이 명백하니까요."

스벤이 말했다.

"관련이 명백하다고요?"

키어스틴을 포함해 다들 이해하지 못했다.

"무슨 뜻이에요?"

스벤은 나무 액자를 두드렸다.

"이건 오크 나무가 분명해요. 한데 그건 보관소에 기록돼 있지 않은 종種이거든요. 만약 이게 아르카디아에서 자란 게 아니라면 어디서 왔을까요?"

키어스틴은 에릭이 NP$_3$에도 인간이 산다는 사실을 숨겼던 일을 기억했다. 의회도 알고 있을까?

"그게 선단의 다른 세계에서 왔을 수도 있지 않나요?"

스벤은 부정적인 표정을 지었다.

"공개돼 있는 다른 세계의 기후 자료를 이용해서 계산해 보니까 서로 다른 결과가 나왔어요. 전부 믿기 어려운 결과더군요.

만약 그게 NP_1이나 NP_5나 허스에서 나왔다면 나이가 더 많았어야 해요. NP_2나 NP_3에서 왔다고 하기에는 탄소 14가 너무 많이 들어 있고요. 이제 천에 대한 얘긴데, 이건 리넨이 분명해요. 즉 아마亞麻 섬유로 만든 실로 짰다는 뜻이죠. 단순히 겉으로 보이는 것만 그렇다는 게 아니라 현미경으로 관측한 결과와도 일치했어요. 다만……."

"다만 뭐죠?"

사브리나가 재촉했다. 스벤은 학자연하는 자세를 취했다.

"유전자들 중에서 아주 일부에 해당하는 특정 유전자만 제 역할을 한다는 건 아시죠? 대부분의 DNA는 비활성 조각으로 이뤄져 있어요. 부분적으로 반복되거나, 뭐 그런 것으로."

에런이 고개를 끄덕였다.

"쓰레기 유전자 말이로군요."

스벤은 린넨을 쓰다듬으며 말했다.

"맞아요. 대부분의 유전자는 쓰레기 유전자죠. 따라서 상당수의 돌연변이는 아무 효과가 없어요. 생물학적으로 효과가 없다는 이야기예요. 대부분은 사용하지 않는 조각에서 일어나거든요. 이런 유전적 변이는 분자 시계*를 만드는 데 쓸 수 있어요."

"정확히 무슨 시간을 잰다는 말이죠?"

사브리나가 물었다.

"이 리넨의 아마 섬유를 수확한 뒤로 흐른 시간이죠."

---

* molecular clock. 진화의 과정에서 DNA나 단백질 등의 분자 속에 시계처럼 시간을 새겨 가면서 변화하는 부분이 있다고 보고, 그 변화를 나타내는 것.

스벤은 극적으로 보이려는 듯 잠시 말을 멈췄다.

"대략 오백 년이에요. 다른 면 조각 몇 개도 검사했는데 전부 같은 나이를 가리켰죠."

키어스틴의 머리가 재빨리 돌아갔다. 오백 년은 개척지 아르카디아의 추정 역사보다 아주 약간 더 오래된 정도였다. 물론 그건 선단 표준에 따른 것이다. NP 행성의 자전은 허스의 생물 종에 맞게 정해져 있었다.

아르카디아산이 분명한 큰 새 한 마리가 이질적인 작물이 자라는 밭에 얽매이지 않은 채 머리 위를 유유자적하게 날아갔다. 독수리인가. 키어스틴은 생각했다. 장엄한 모습이었다. 그녀는 그게 좋은 징조이기를 바랐다.

나무 액자는 이 행성에서 나오지 않았거나 나이가 수천 년이거나 둘 중 하나여야 했다. 아마 섬유와 면은 개척지만큼이나 오래되었다. 이제 정치가들도 사실을…….

"멋지군요. 여기엔 뭔가 더 있을지도 모르겠네요."

감탄한 사브리나가 스벤을 똑바로 쳐다보았다.

"당신은 정찰대원들에게 합류해서 진상을 확실히 알아보도록 해요."

4

호출은 예상한 일이었다. 다만 장소가 의외였다.

니케는 넓은 반원형 방 안에 실체화돼 나타났다. 거대한 호 부분은 투명한 벽으로 되어 있어서 그 너머로 나무가 우거진 공원이 내려다보였다. 그의 발굽 아래에서 숲을 뒤덮은 다양한 색의 나뭇잎이 미동도 않은 채 생태건물 벽의 광 패널에서 반사된 빛을 받아 빛났다.

니케는 멋진 광경에서 눈을 돌려 방 안을 살폈다. 바닥에는 풀이 무성하게 깔려 있고 속을 과도하게 채운 베개와 인상적인 홀로그램 조각이 사방에 우아하게 배치되어 있었다. 천장은 생태건물치고는 쓸데없이 머리 위로 너무 높았다.

투명한 호의 반대쪽 면은 돌을 쌓아 구불구불한 칸막이로 되어 있었다. 거칠게 깎은 돌 사이로 물이 거품을 내며 흘러내려 돌로 가장자리를 쌓은 연못에 떨어졌다. 벽 한가운데에는 양쪽에 문이 늘어선 긴 복도로 이어지는 입구가 있었는데, 보이지 않는 역장이 그 위로 물이 흘러내리지 않게 막아 주었다.

"잘 왔습니다."

에오스, 실험당의 오랜 지도자가 천장이 둥근 통로를 뛰어왔다. 그는 시민치고 키가 컸다. 눈 주위의 하얀 반점이 두드러져 보였다. 오늘 에오스는 갈기를 편안하게 하고 있었다. 우아하게 고불거리는 갈기에 주황색 리본만 몇 개 달았을 뿐이다. 에오스는 니케와 머리를 부드럽게 문질렀다.

"내 새집에 온 걸 환영합니다."

새집? 에오스가 언제부터 이렇게 부자가 됐지? 속으로는 그렇게 생각했지만 니케는 아무 반응도 보이지 않았다.

"곧 있을 합의 때문에 초대하셨지요."

"안에서 얘기합시다."

이 방에는 의자와 쿠션도 많았고, 엿듣는 이도 없었다. 굳이 다른 곳으로 가자는 건 청하지도 않은 집 구경을 시켜 주겠다는 의도였다.

이윽고 그들은 외무부에 있는 니케의 사무실보다 두 배쯤 큰 밀실에 도착했다. 벽에 장식용 홀로그램이 거의 없다 보니 오히려 광택 나는 나무 패널이 더욱 강조돼 보였다.

에오스가 높이 쌓여 있는 쿠션을 가리키며 말했다.

"앉으십시오. 이제 민중의 목소리를 불러일으키는 일에 대해 얘기해 보지요. 그건 아주 중요한 문제입니다, 니케. 나도 생각을 아주 많이 했지요. 결론은 지금이 정치적인 불확실성을 감수하기에는 불길한 시기라는 겁니다."

"이해가 안 됩니다."

니케가 말했다. ARM이 다시 주목하고 있다는 소식이 처음으로 전해진 이래 당 지도부는 협약체 내부에서 적절한 우려를 불러일으키는 일에 초점을 맞췄다.

"선단이 미지의 우주로 도망가고 있는 와중에 야생 인간이 뒤를 쫓고 있습니다. 실험당의 대의에 이보다 더 맞아떨어지는 상황은 없습니다."

스스로 안심하고 있는 상황으로부터 종족을 안전하게 지키는 임무…….

"미지의 우주로 떠나는 여행은 아주 오래 걸릴 겁니다. 지금

이 순간이 딱히 특별할 게 있습니까?"

에오스는 반박해 보라는 듯이 머리 두 개로 니케를 응시하며 말을 이었다.

"어떤 이들은 선단이 위험 때문에 일시적으로 여행을 하고 있다고 생각합니다. 난 다른 관점도 포용해야 하지요. 선단은 이미 새로운 삶의 방식으로 바뀌어 가고 있습니다."

직접적으로 말은 안 했지만 저의가 깔려 있었다. '삶의 방식이 완전히 바뀌고 나면 보수당이 정권을 잡는 게 적합하다.'라는.

퇴폐적일 정도로 풍족한 새집. 당의 지론을 돌연히 포기한 일. 에오스의 시대는 더 이상……

"상의할 문제가 하나 더 있습니다."

에오스는 말을 하면서 머리 둘을 아래위로 길쭉한 타원 모양으로 돌렸다. 확신과 신뢰를 나타내는 동작이었다.

"지금 우리는 도전적이고 복잡한 시대에 살고 있습니다, 니케. 민중이 우리를 부르고 있습니다. 단결을 위해 지도자를 찾고 있지요. 내게는 그들의 목소리가 들립니다. 그래서 현 정부에 합류하기로 했습니다."

니케는 이 역설적인 상황을 참을 수 없었다. 자제력을 모조리 써서야 간신히 두 눈을 마주 보는 행동을 억제할 수 있었다. 니케는 GPC를 통해 회전시키고 있는 돈, 퍼페티어의 자금을 이용해서 야생 인간을 타락시키기 위해 네서스를 파견했다. 그런데 최후자는 단순히 정부 소유의 고급 주택 하나로 에오스를 타락시키고 빼앗아 갔다.

참으로 역설적이었다. 상황은 명백했다. 곧 다가올 미래에는 공동의 지혜에 호소하거나 재평가하는 일이 없을 터였다. 양쪽 당 지도자의 이런 부자연스러운 연합은 어떤 새로운 전망이든 만들어 낼 수 있었다.

니케는 에오스를 더는 바라볼 수가 없었다. 방 안을 둘러보며 이런 역겨운 겉치장에 관심이 있는 듯이 가장하는 게 차라리 안전했다. 이 사치스러운 집은 니케의 것이 될 수도 있었다. 최후자의 제안은 누가 봐도 분명했다. 에오스마저도 매수되고 말자, 다시 한 번 유혹이 찾아왔다.

양쪽의 지도자는 모두 정치적이고 사적인 이익에 제정신을 잃었다. 위험이 선단을 사방에서 둘러싸고 있는 판국에. 신은 파멸시키고자 하는 자를……

"환대에 감사합니다."

니케는 꼬았던 다리를 풀고 앉아 있던 베개에서 일어났다.

"죄송하지만 비밀 임원회에 급한 일이 있어서 가 보겠습니다."

니케는 화를 참을 수가 없어 대꾸도 기다리지 않고 가장 가까운 도약 원반을 찾아 떠났다. 사무실에서 처리해야 할 일이 급했다. 최후자와 에오스의 유혹을 거절한 이상 얼마나 더 비밀 임원회의 일을 맡을 수 있을지 궁금했다.

니케는 도약 원반을 갈아타며 질주했다. 광대한 평원을 가로지르고, 바닷가를 따라 대륙을 빙 돌며, 외딴 섬에서 붐비는 대도시 광장을 거쳐 우뚝 솟아 있는 산꼭대기로, 언제나 붐비는 도로

가 허락하는 한 가장 빠른 속도로 움직였다. 도약 원반을 거칠 때마다 주변이 정지 영상처럼 스쳐 지나갔다. 니케는 그 광경을 모두 머리에 담았다. 군중의 소리와 냄새, 셀 수 없이 많은 이방인과 스쳐 지나갈 때 느껴지는 일상적인 친밀감, 무작위로 고른 경유지.

곤란한 일이 생길 때마다 이렇게 미친 듯이 허스를 가로지르면 언제나 기분이 나아지곤 했다.

지금까지는.

엘리트들의 부패에 막막할 지경이었다. 니케는 어느 조용한 구석에 찾아 들어가 몸을 둥글게 말고 세상으로부터 멀어지고 싶은 충동을 느꼈다.

그러나 그건 궁극적으로 쓸모없는 짓이었다. 행성 주위를 미친 듯이 질주한다고 해서 다른 데 정신을 쏟을 수 없는 것과 마찬가지로 어딘가에 처박힌다고 해서 위로를 받을 수는 없었다. 자기 자신보다, 아니 이 세상보다 큰 문제였다. 뭔가가 니케로 하여금 좀 더 넓게 보라고 요구하고 있었다. 그게 성숙인지 조증인지는 알 수 없었다. 자기 배 아래에 머리를 처박고 숨든지 어떤 행성을 골라서 숨든지 정도의 문제일 뿐, 숨는다는 데는 차이가 없었다.

니케는 힘이 들어 숨을 헐떡이며 집으로 돌아왔다. 최후자와 에오스의 사악한 연합은 허스를 지키는 일을 온전히 니케의 부담으로 만들어 버렸다. 만약 니케가 비밀 임원회에서 축출당한다면, 이 세계가 당면한 진짜 위험을 알려 줄 것인가?

니케는 자신의 지위를 유지해야만 했다. 무슨 일을 해서든, 자존심에 어떤 상처를 입든 그렇게 해야 했다.

음파 샤워로 땀을 떨어냈지만 니케의 마음은 그 어느 때보다도 어두웠다. 지난번 무용극에는 수많은 이들이 왔다. 니케가 친구와 동료로 여기는 이들이었지만, 누구도 이런 의혹과 걱정을 함께 나눌 만하지는 못했다.

니케는 문득 이렇게 심각한 걱정을 의미 있게 받아들일 유일한 존재를 떠올리고 깜짝 놀랐다. 그건 네서스였다.

미친 듯한 질주 뒤에 얼마 남아 있지 않던 갈기 장식이 샤워를 하면서 마저 떨어져 나갔다. 니케는 거울 앞에 앉아서 한쪽 입에 빗을, 다른 입에 솔을 들고…….

삑.

경보음이었다. 거친 저음이 끈질기게 울렸다. 니케의 음성 메일을 통과할 수 있는 건 가장 지위가 높은 직원뿐이었다. 계속 소리가 나는 통신기 위에 아이콘이 떠올랐다. 정지 상태의 홀로그램은 베스타였다. 니케가 가장 신뢰하는 측근.

"니케입니다."

니케는 잠시 기다렸다.

"방해해서 죄송합니다."

베스타가 떨리는 목소리로 말했다. 걱정스러운지 목이 축 처져 있었다. 갈기가 뒤엉키고 군데군데 털이 빠진 것을 보니 바로 전까지 쥐어뜯고 있었던 모양이었다.

"긴급한 문제가 생겼습니다."

"미안할 것 없습니다."

니케가 대답했다. 방금 자기 자신은 대체할 수 없는 존재라고 위안한 참이었다. 마침 곧바로 위기가 닥치다니 절묘하게 어울리는 상황이었다.

"무슨 일이지요?"

"NP$_4$에서 보고가 하나 들어왔습니다. 더 빨리 받았어야 하는 보고인데……."

베스타는 송구스럽다는 듯 고개를 숙이며 말을 이었다.

"정보원이 자발적으로 알려 온 이야기입니다."

"뭐지요?"

니케가 재촉하자 홀로그램 창이 하나 떠올랐다. 고지식해 보이는 개척민으로 니케가 모르는 얼굴이었다.

"앨리스 존스랜달이라는 여자입니다. 아르카디아의 자치 정부 의회가 쓰는 사무실 건물에서 일하고 있습니다."

함께 일하는 동료들에 대한 정보도 위에 보고해 왔을 게 분명했다. 베스타가 머뭇거리는 모습은 니케를 불안하게 했다.

"무슨 일이랍니까?"

"그녀는 어제 키어스틴 퀸코박스를 봤다고 주장했습니다."

키어스틴은 '탐험가'호에 타고 몇 광년 떨어져 있었다. 하지만 베스타도 그건 알았다.

"가능한 한 빨리 여기로 오십시오."

잠시 후 베스타가 도착했다.

"감사합니다, 부장관님. 괜찮으시면 보안 카메라에 찍힌 이 영상을 봐 주십시오."

새로운 홀로그램 창이 나타났다. 도시 풍경이 보였다. 구석에는 일시가 적혀 있었다. 사무실, 아르카디아의 식물, 개척민이 가득했다.

베스타는 영상을 향해 목 하나를 길게 늘였다.

"여깁니다."

한 상점가에 있는 막다른 길이었다. 길 위는 도약 원반으로 덮여 있었다. 니케는 수많은 개척민들이 돌아다니며, 나타났다가 사라지는 모습을 지켜보았다. 개척민 하나가 실체화되는 순간 베스타가 영상을 멈췄다.

"그럴지도 모르겠군요."

'탐험가'호의 승무원이 사무실에 방문했을 때 찍은 사진을 나란히 놓고 비교해도 확실하지는 않았다.

"아닐지도 모르고요. 옷 색깔이 파스텔 조인데, 키어스틴은 결혼을 하지 않았습니다."

"안면 인식 소프트웨어에 따르면 키어스틴이 맞습니다. 정찰대 계획에 있는 인사 기록 중 가장 최근의 홀로그램을 이용했습니다."

"내 사무실에 있는 영상으로 다시 해 보십시오."

베스타는 다시 실행해 보였다. 역시 일치했다.

베스타는 하나씩 증거를 늘어놓았다. 키어스틴으로 추정되는 여성은 상점가를 통과해 정부 건물로 들어갔다. 두 번째 영상에는 그 여성이 로비로 들어가 직원 명단을 살펴보는 모습이 담겨 있었다. 키어스틴의 기록에 있는 DNA와 로비에서 수거한 먼지 속 DNA가 일치했다. 인간은 정기적으로 머리카락과 죽은 피부 세포를 떨어뜨렸다.

"그 검사는 얼마나 정밀합니까?"

니케가 묻자, 베스타는 자료를 확인했다.

"그 정도로 북적이는 공간에서 매일 청소를 한다면 사흘에서 닷새 만에 검출 가능한 흔적이 모두 사라집니다."

논란의 여지가 없는 증거였다. 니케는 마지못해 그 사실을 받아들였다.

"키어스틴이 왜 거기 있지요? 누구를 만났습니까?"

"모르겠습니다."

베스타는 덜덜 떨면서 갈기를 쥐어뜯다가 방금 보던 영상을 재생했다.

키어스틴은 누구에게도 이야기를 하지 않고 로비를 나갔다. 상점가로 돌아온 뒤에는 다시 도약 원반을 타고 사라졌다.

"감시 영상을 집중적으로 조사해 봤지만 이게 유일한 목격 영상입니다. 보안 카메라를 피한다면 다시 찾을 수 없을지도 모릅니다."

공공장소 사이의 이동에 대해서는 도약 원반 시스템에도 기록이 전혀 남지 않았다. 키어스틴이 예상치 못하게 선단으로 돌아온다면 그걸 알아낼 방법은 오로지 행운밖에 없었다.

누군가 키어스틴을 다시 목격하거나 다른 동료들을 찾으려면 얼마나 걸릴까?

아니면, 아예 결정적으로 우주선을 찾거나.

베데커는 놀라서 부들부들 떨면서 불시에 걸려 온 니케의 통신을 받았다.

"부장관님."

"문제가 생겼습니다."

니케는 키어스틴이 NP_4에 반짝 모습을 드러냈다는 증거를 요약해 준 다음 물었다.

"이게 어떻게 가능합니까?"

베데커는 곰곰이 생각에 잠겨 고개를 숙였다가 대답했다.

"임무를 떠나기 전에 '탐험가'호에서 순간 이동으로 내린 것 같습니다. 그래서 개척민이 선내의 음성 녹음을 조작한 거고요. 키어스틴이 없는 걸 우리가 알아채지 못하게 하려고 말입니다."

"그렇겠지요."

곁에 있던 베스타가 다소 회의적인 어조로 말했다.

"물론입니다. 교통 통제실은 '탐험가'호가 떠나는 걸 탐지했습니다. 보고도 아직……."

베데커는 무슨 생각이 떠오른 듯 말꼬리를 흐렸다.

"어쩌면 '탐험가'호가 몰래 돌아왔을지도 모르겠습니다."

"어쩌면이라고요? 우주선의 위치도 모르고 있었다는 얘기입니까?"

니케는 귀에 거슬리는 불협화음으로 불쾌한 감정을 나타냈다. 개척민이 또 이 거만한 기술자를 속여 넘긴 걸까?

"위치는 추정하고 있습니다, 부장관님. 계속 오케아노스에 대한 보고를 받고 있고, 우리가 가끔 질문을 하면 답변이 옵니다. 하이퍼웨이브 신호로 항상 정확한 방향에서 날아오지요. 방금 떠오른 생각은……."

베데커는 송구스럽다는 듯 고개를 숙였다.

"하이퍼웨이브 신호를 중계하고 있을지도 모른다는 겁니다. 하이퍼웨이브는 시간 지연이 없어서……."

"우주선이 어디에 있을지 모른다는 소리군요."

니케는 생각을 정리한 다음 말했다.

"스텔스 기능을 갖춘 파괴 불가능한 우주선이 사기꾼 승무원들의 조종을 받고 있다니."

누구도 말을 하지 않은 채 아주 오랜 시간이 흐른 것 같았다. 아무도 말을 할 필요가 없었다. 이건 악몽 같은 일이었다. 그리고 바로 그들이 한 일이었다. 충분히 가속한 뒤 허스를 조준한다면 '탐험가'호는 재앙을 불러오는 무기가 될 수도 있었다.

니케를 괴롭히던 에오스와 최후자의 부정한 연합은 이미 사소한 문제가 되어 마음 저편으로 멀어졌다.

"'탐험가'호가 떠나기 전에 GPC에서 우주선에 안전장치를 단 것으로 알고 있습니다만."

높게/낮게, 낮게/높게, 높게/낮게. 베데커는 강력하게 동의한다는 뜻으로 고개를 까딱거렸다. 실패를 만회할 기회를 주는 것으로 생각하는 걸까?

"물론입니다, 부장관님. 보통과 다른 도료를……."

"자세한 내용까지 내가 알 필요는 없습니다."

승무원들을 만난 건 실수였다. 니케는 자세한 내용을 알고 싶지 않았다. 키어스틴과 오마르, 에릭을 다른 이들처럼 만났던 기억은 해야만 하는 일을 훨씬 더 어렵게 만들었다. 아마도 지금은 아무도 그 파괴될 운명을 지닌 우주선에 타고 있지 않을지도 몰랐다. 니케는 그러기를 바랐다.

"실행하십시오."

5

"지구에 오신 걸 환영합니다."

교통 통제실에서 말했다.

"돌아오니까 좋군요."

네서스는 거짓말을 했다. 아바타가 제대로 된 표정을 지었으면 좋겠다고 생각했다. 태양계의 인간들이 아는 한 이건 인간의 우주선이었다.

모하비 우주 공항은 사방으로 뻗어 있었다. 울퉁불퉁한 산맥이 멀리 보였다. 지난번에 네서스가 다녀간 뒤로 유지 보수가 영 안 된 모양이었다. 활주로의 갈라진 틈 사이로 풀이 나 있고, 일부는 우주선 컴퓨터가 유카 나무와 조슈아 나무라고 인식할 정도로 높게 자라 있었다.

'아이기스'호는 주변의 다른 우주선과 크게 달라 보이지 않았다. GPC가 갑자기 사라지면서 경기가 크게 침체됐음에도 ——아니, 어쩌면 오히려 그것 때문에—— 파괴 불가능한 선체는 이곳에서 귀한 물건으로 남아 있었다. 중고 GP 선체 가격이 과거의 새 것보다도 높았다.

네서스는 의자에 앉은 채 흥분해서 몸을 떨었다. 조증의 주기가 찾아왔다. 바보가 아니라면 지금 행동하지 않을 리 없었다.

"컴퓨터, 계획대로 진행할 것."

그 계획은 어떤 인간 희생자가 자기도 모르는 사이에 협조하지 않으면 성공할 수 없었다. 네서스는 휴게실로 가서 기다렸다.

잠시 그는 인간 세계의 미디어 보도 내용을 수집했다. 출산 위원회의 부패에 대한 풍자, 격렬한 시위, 출산권 추첨에 찬성하는 낙천적인 정치인, '돈 주고 산 아이'에 대한 자경단의 공격 등.

필요해서 했다는 건 그저 편한 변명 같았다. 자신이 일으킨 일을 보자 불쾌해진 네서스는 시청을 그만두었다. 다음에 견딜 수 있을 때 다시 볼 수 있게 보도 내용은 자료실에 저장했다.

네서스는 니케가 아주 좋아하는 인간의 역사서, '플루타르크*라는 평지인이 쓴 책을 읽기 시작했다. 그러기를 한참 후, 알림 소리가 울리고 읽던 책 위로 글자가 나타났다.

산지타 쿠드린, 국제연합 행정부의 부차관이었다.

네서스는 고개를 들었다. 한쪽에서만 볼 수 있는 거울 뒤에 여자 한 명이 실체화돼 나타났다. 선체와 똑같은 재질로 만든 부스

---

* Plutarch. 플라톤 학파에 속하는 그리스의 철학자이자 전기 작가. 「영웅전」, 「윤리론집」 등의 저서가 있다.

안이었다. 산지타는 아몬드처럼 생긴 눈에 피어싱을 잔뜩 한 얼굴의 아담한 여성으로 갈색과 주황색으로 된 수수한 옷을 입고 있었다. 얼마 보이지 않는 피부에는 다양한 계조의 파란색 나선을 염색해 놓았다. 그녀는 두려움에 질린 듯했다.

네서스는 독서기를 내려놓았다. 산지타가 부스 벽을 두드리기 시작했다.

"다치지 않을 겁니다."

네서스의 말에, 산지타가 물었다.

"여기가 어디죠? 당신 누구예요?"

'내가 어떻게 여기에 왔죠?'가 아니라니, 인상적이었다. 그녀는 누군가 이동 부스 시스템을 조작해서 자신을 납치했다는 사실을 이미 알아챈 것이다.

"네서스라고 부르면 됩니다."

"여기가 어디죠, 네서스?"

"그건 중요하지 않습니다."

네서스는 그녀가 잠시 생각할 수 있도록 내버려 두었다.

"명령에 따라 보고하지 않았더군요."

네서스의 앞잡이들이 회수할 수 있도록 정해진 시간에 정해진 부스에 정보를 두는 일을 그만두었다.

산지타는 침을 삼켰다.

"그 전에 정보를 많이 제공했잖아요."

"그건 그거지요."

체온은 폐쇄된 공간을 빨리 데운다. 천장에 필터가 달린 원반이 있어서 산소와 이산화탄소를 교환해 주겠지만, 산지타는 그 사실을 몰랐다. 네서스는 기다렸다.

"뭘 원해요?"

산지타가 마침내 물었다.

"지그문트 아우스폴러에 대한 정보입니다."

네서스의 대답에 그녀가 움찔했다.

"그건 불가능해요."

네서스는 더 말이 나오기를 기다렸다.

"아우스폴러에 대한 어떤 정보를 말하는 거죠?"

"그자가 하는 일에 대한 정기적인 정보가 필요합니다."

"아우스폴러를 감시하라고요? 그 사람은 장난 아닌 편집증 환자예요. 그게 무슨 뜻인지 모르는 모양인데, 그 사람은 누구든지 의심한단 말이죠."

네서스는 그녀의 이마에 땀방울이 맺혀 흘러내릴 때까지 말없이 기다렸다. 산지타가 있지도 않은 출구를 찾아 눈을 이리저리 굴렸다. 네서스가 말했다.

"ARM은 국제연합의 일부입니다. 보고서가 없을 리 없지요."

"한 가지는 말할 수 있어요."

은밀한 시선.

"아우스폴러가 알아요."

네서스는 더 밀어붙였다.

"뭘 안다는 말입니까?"

"협박에 대해서요! 난 여기 갇혀 있지만, 그 사람은 당신을 가

두고 있다고요!"

"설명해 보십시오."

"아마 당신은 아주 영리한 데이터 마이닝* 기법으로 희생자를, 적어도 그 일부를 골랐겠죠. 그렇지 않고서는 날 찾았을 리가 없지. 내가…… 국제연합 기금을 유용한 건 아주 독창적인 방법이었으니까요."

산지타는 축 늘어져 벽에 기댔다.

"아우스폴러는 그런 식으로 국제연합에 공격이 들어올까 봐 걱정한 것 같아요. 인사 자료에 가짜 인물을 하나 만들어 넣은 뒤에 수상해 보이는 사람이 지나갈 때 슬쩍 보여 줬죠. 바로 당신이 하고 있는 일을 하는 사람을 함정에 빠뜨리려고요."

네서스는 몸을 떨었다. 광기를 다 소모해 버린 느낌이었다.

"그걸 당신이 어떻게 알지요?"

"당신이 날 여기로 데려온 이유 때문에요. 그 사람의 보고서에 대해서 내겐 제한적인 권한밖에 없어요. 권한이 있기는 했죠. 그런데 당신이 미끼를 물은 뒤로 그 사람은 모든 걸 아주 심하게 제한해 버렸어요."

산지타는 씁쓸하게 웃었다.

"그 사람처럼 했다면 나도 지금 이렇게 여기에 와 있지 않겠죠. 미끼에게 케르베로스 인장이 찍힌 봉투가 도착하자마자 그 사람은 이동 부스도 쓰지 않았으니까요."

---

* data mining. 많은 데이터 가운데 숨겨져 있는 유용한 상관관계를 발견하여, 미래에 실행 가능한 정보를 추출해 내고 의사 결정에 이용하는 과정.

만약 미겔과 애슐리가 모르는 사이에 ARM을 협박하려고 했다면? 아우스폴러에게서 가짜 정보를 받았을 게 분명했다. 그리고 다른 협박 대상, 즉 편지에 위협을 받았을 실제 국제연합 인사를 찾으려고 생각했을 것이다. 만약 네서스와 앞잡이들이 그들을 위협할 수 있다면, 아우스폴러도 똑같이 할 수 있었다.

이미 얼마나 많은 거짓 정보를 받은 걸까?

네서스는 몸을 떨었다. 이 상황이 암시하는 바가 확실해질 때까지 발로 책상을 차고 싶은 충동을 억눌러야 했다. 이동 부스 시스템이 침입당했다는 사실을 아우스폴러가 알고 있다면 퍼페티어야말로 가장 유력한 용의자였다. 그리고 ARM은 이미 선단이 있는 방향으로 수색을⋯⋯.

"네서스! 아직 거기 있어요?"

산지타가 거울을 바라보며 숨을 헐떡거렸다. 목소리에 다급함이 묻어났다.

네서스는 두려움을 억누르고 말했다.

"난 국제연합에 정보원이 많습니다. 아우스폴러가 그 전부를 알 수는 없지요. 우리 관계나 이 대화에 대해서는 언급하지 않기를 바랍니다. 그자에게 이야기한다면 내가 바로 알아낼 겁니다."

산지타가 몸을 떨었다. 곧 풀려날 수 있다는 안도감 때문일까? 아우스폴러가 자신의 부정을 알아낼까 봐 두려워서일까? 어쩌면 둘 다일 수도 있었다.

"아무 말도 안 할게요."

양심은 일단 제쳐 두고, 네서스는 산지타를 풀어 주지 않을 수 없었다. 고위 관료가 사라진다면 아우스폴러의 의심을 살 뿐이었다. 산지타가 아우스폴러에게 이야기한다고 해도 말할 수 있는 건 납치와 심문 사실뿐이었다. 네서스가 위험할 이유는 없었다.

아우스폴러를 어떻게 해야 할까?

일단은 건드릴 수 없었다. 네서스로서는 그 편집증 환자가 자신이 사라지거나 일을 할 수 없게 됐을 때를 대비해서 여러 가지 수단을 강구해 놓았다고 생각할 수밖에 없었다.

네서스는 혀로 장치를 조작해 가둬 두었던 산지타를 자기 집의 작은 방에 있는 이동 부스로 이동시켰다. 네서스와 한 약속을 지키려면 잠시 혼자서 평정심을 되찾을 필요가 있었다.

네서스 역시 평정심을 회복해야 했다. 그러지 않고서는 일급 천체물리학자를 영입하지 못할 것 같았다.

6

키어스틴이 '탐험가'호로 돌아오자 어둠과 기괴한 침묵이 맞이했다.

공기에는 낯선 자극성 연기가 가득했다. 키어스틴은 더듬거리며 휴게실을 가로질러 가 조명을 켜는 터치 패드를 건드렸다. 어두침침한 전등만 켜져 있다면 몰라도, 어떻게 아예 다 꺼질 수가 있는 걸까? 그녀는 제어장치를 찾아 다가가다가 뭔가 큰 물건에 왼쪽 정강이를 부딪쳤다.

환한 불빛이 들어오자 이유를 알 수 없게 난잡해진 풍경이 눈에 들어왔다. 수납함은 문이 열린 채 내용물이 바닥에 죄다 떨어져 있었다. 트레드밀은 옆으로 넘어진 상태였다. 나무 벽체가 휘어져 칠을 해 놓은 선체 안쪽을 가리고 있었다.

"에릭?"

키어스틴의 부름에도 대답은 없었다.

갑자기 뻑뻑해진 해치를 억지로 열고 있을 때 시야 가장자리에 깜빡거리는 움직임이 보였다. 스벤이었다.

"오마르가 오게 원반을 비워 줘요. 다른 데 가지는 말고요."

키어스틴이 말했다.

복도도 어두웠다. 조명을 밝히자 혼란스러운 상황이 드러났다. 찢어지고 부서진 물건이 사방에 널려 있었다. 어디서 나온 파편인지 알아볼 수도 없었다. 안으로 휘어 들어온 복도 벽은 온통 그을려 있었다.

무슨 일이 일어난 걸까?

"에릭."

키어스틴이 외쳤다. 조용했다.

"에릭!"

좀 더 크게 다시 외쳤다. 키어스틴은 어지러운 바닥을 뚫고 조심스럽게 함교로 걸어갔다. 홀로그램에서 나오는 빛 덕분에 더욱 난장판이 된 모습이 얼핏 보였다.

키어스틴이 상황을 나타내는 영상을 보고 있을 때 오마르가 다가왔다. 사방이 혼란에 빠졌음에도, 조종 장치가 벽에서 떨어져 나와 케이블에 간신히 매달려 있는 상황임에도, 모두 이상이 없는 것으로 나왔다.

"무슨 일이야? 에릭은 어디 있지?"

"모르겠어요."

두 질문 모두에 대한 답이었다. 키어스틴은 자신의 완충 좌석을 덮고 있는 옷 무더기를 치워 버린 뒤 앉아서 계기를 살폈다.

"위치는 그대로예요. 심해 깊은 곳. 재보급 장치도 작동하고 있고요. 온도, 산소, 우리가 상시 감시하는 수치는 모두 정상이에요."

오마르가 통신기를 켰다.

"에릭."

침묵.

"나하고 키어스틴은 함교에 있어. 보고해."

스벤이 걱정스러운 표정으로 문가에 나타났다.

"괜찮은 건가요?"

키어스틴은 손바닥을 하늘로 들어 보였다.

"솔직히, 모르겠어요. 계기는 정상인데, 무슨 일이 있었던 게 분명해요. 그리고 에릭도……."

"내가 선수 쪽을 찾아보지. 넌 선미를 맡아. 스벤, 여기 있어요. 통신기로 연락하죠."

오마르가 말했다.

키어스틴은 난장판이 된 복도를 헤치고 나아갔다. 하루 전만 해도 깨끗이 비어 있었고, 벽도 평평하고 말끔한 곳이었다. 키어스틴은 걸어가면서 조명을 켰다. 선실, 화물칸, 수납함을 하나씩 뒤졌지만 어질러진 물건뿐이었다.

마침내 찾아낸 에릭은 엔진실 바닥에 앉아 있었다. 늘어놓은 도구와 부품 사이에서 두 팔로 무릎을 감싸 안은 채 몸을 흔들고 있었다. 주요 추진기와 하이퍼드라이브 장치가 갑판 뒤 받침대에서 떨어져 나와 옆에 아무렇게나 내팽개쳐져 있었다. 에릭이 언뜻 키어스틴을 알아본 듯한 표정을 지었지만, 말은 없었다.

"에릭이 엔진실에 있어요."

키어스틴은 통신기에 대고 말한 뒤 그 옆에 앉았다.

"에릭! 에릭!"

반응이 없었다. 키어스틴은 에릭의 팔을 흔들었다.

"에릭, 어떻게 된 거야?"

"난 바보였어."

에릭이 나직하게 말했다.

"바보였다고."

오마르가 달려오는 사이 다시 같은 말을 반복했다.

"괜찮아? 왜 다 부서진 거지?"

오마르가 물었다. 에릭은 뒤집어진 수납함에 등을 대고 간신히 일어섰다. 그리고 작업대 위에 쌓여 있던 작은 구리 관을 하나씩 건넸다. 그 한쪽 끝에 전선이 튀어나와 있었다.

"다들 나가 있는 사이에 숨겨진 센서가 더 있는지 찾아보려고 했어요."

오마르가 곧바로 받아쳤다.

"그래서 우주선을 다 헤집어 놨다고? 통신을 우회해 놓은 이상 센서는 위험하지 않아. 지금까지 숨겨진 센서에 대해서 우리가 안다는 걸 감추고 있었는데, 우주선이 다음번 정밀 검사를 받을 때 뭐라고 변명할 생각이야?"

에릭이 간청하듯 키어스틴을 바라보았다. 슬퍼 보이는 표정이었다. 센서 외에 다른 뭔가가 있었다.

"에릭, 이건 도청기가 아니잖아. 안 그래?"

"그건 전자 뇌관이야."

오마르와 키어스틴이 충격받는 모습을 보고 에릭이 건조하게 웃었다.

"하나를 찾고 나니까 미치겠더라고. 우주선 전체를 뒤져서 찾은 거야."

"뇌관이라니? 뭘 폭파하는 건데?"

키어스틴이 물었다.

"그 질문 잘했어."

에릭은 뒤집어진 수납함 뒤로 손을 넣어 선체 안쪽에 선을 그리는 데 쓴 도료 겸 절연 물질을 살짝 긁어냈다. 그리고 자유롭게 날려 보내는 탐사체로 쓰기 위해 싣고 다니는 작은 GP 1호 선체 안에 도료 조각과 뇌관, 커다란 망치 머리를 넣고 밀봉했다. 에릭은 그걸 작업대 위에 놓고 단단히 묶었다.

"이제 봐."

커다란 폭음이 들리자마자 엔진실의 소음 상쇄기가 작동했다. GP 1호 선체는 미친 듯이 진동했지만, 멀쩡해 보였다. 다만 투명했던 외피가 순식간에 검게 변했다. 에릭이 선체의 해치를 열자 열기와 함께 금속성 악취가 뿜어 나왔다. 키어스틴은 선체 안쪽 면을 덮은 게 무엇인지 깨달았다. 증발해 버린 망치 머리였다.

"시민들은 애초에 우리를 믿지 않았어. 언제든지 처분할 생각 이었지."

에릭의 목소리가 슬픔으로 떨렸다.

"우리를 날려 버릴 준비를 해 놓았던 거야."

"그럴 리가……. 무슨 다른 비상사태 때문에 그랬겠지. 이게 어떻게……."

키어스틴도 도무지 설명할 수가 없었다.

"그래? 이리 와 봐."

에릭은 그들을 선수 쪽으로 이끌었다.

"아예 웃길 지경이야. 평생 시민들에게 복종한 덕분에 죽을 뻔 했다니."

네서스가 전에 쓰던 선실 문은 밖으로 터져 나와 있었다. 키어 스틴은 입을 딱 벌렸다. 그 안이 폭발로 전부 파괴돼 있었다.

우주선을 정리하느라 몇 시간 동안 등골이 빠지게 일한 뒤에 서서히 잠에 빠져들면서 키어스틴은 에릭이 달라 보였던 이유를 깨달았다.

눈에 담겨 있던 고통은 일부에 불과했다. 정교하게 땋은 머리 나 다채로운 염색 등 에릭이 그토록 오랫동안 시민을 따라 하기 위해 흉내 냈던 장식이 모두 없어졌다.

맹목적인 찬사에서 의심으로, 다시 분노와 충격으로.

키어스틴은 에릭이 얼마나 마음을 다쳤을지 짐작할 수도 없었다. 언젠가 시민들이 후회하는 날이 오리라는 생각이 머릿속을 떠나지 않았다.

7

줄리언 포워드는 땅딸막하고 건장한 인간이었다. 팔뚝 굵기가 웬만한 남자 다리 수준이었다. 다리는 마치 기둥 같았다. 줄리언은 징크스 출신이었다. 징크스 출신은 힘 하면 알아줬다. 중력이 지구의 거의 두 배인 세계에서는 당연한 일이었다.

네서스는 몇천 킬로미터 떨어져 있다는 사실이 반가웠다.

줄리언은 아무것도 모른다는 듯이 호기심 넘치는 표정으로 숨겨진 카메라를 들여다보았다. 두 눈은 마치 스스로 생각이라도 하듯이 툭하면 시선을 벗어났다.

"재미있네."

마침내 그가 말한 뒤 잠시 사라졌다. 빗자루를 가지고 다시 나타난 줄리언은 이동 부스 안으로 빗자루를 찔러 넣었다. 그러더니 일그러진 미소를 지으며 빗자루를 떨군 뒤 이동 부스 안으로 들어가 네서스가 보낸 물건을 집어 들었다.

이 인간은 영리하군. 키어스틴만큼이나 빨라. 네서스는 생각했다. 줄리언의 사고는 그 물건에 담긴 여분의 차원에서부터 이동 부스에 대한 불신을 거쳐, 만약 순간 이동으로 납치할 생각이었다면 아무 경고도 없이 벌어졌으리라는 깨달음으로 순식간에 바뀌었다.

인간의 능력을 훨씬 상회하는 광학 기술은 그 물건 안쪽으로 들어가는 왜곡된 경로로 인해 산산이 흩어진 광선을 바탕으로 그 모습을 재구성했다. 네서스는 줄리언이 그 물건을 다른 방으로 가져가는 모습을 지켜보았다.

가장 가까운 창문 밖으로 콜로세움이 있는 멋진 풍경이 보였다. 다른 창문 역시 그랜드캐니언, 만리장성, 기자의 피라미드와 같은 멋진 풍경을 보여 주었다. 일부는 열린 채 사방에 쌓여 있는 상자가 창문 밖 가상의 풍경을 망쳐 놓았다.

줄리언 포워드의 인생이 항상 순조로운 건 아니었다.

"준비되면 말해. 듣고 있으니까."

줄리언은 소파에 다리를 벌리고 앉아 네서스가 준 꾸러미를 앞에 놓았다. 시선은 계속 옆으로 벗어났다.

"아주 상황 파악이 뛰어나군요, 포워드 박사."

네서스의 말에 줄리언은 미소를 지었다.

"목소리가 아주 예쁜걸. 나 좀 데려가 보시지. 어떻게 생겼는지 보게."

"지금 처한 상황치고는 아주 침착합니다."

줄리언은 두 손을 마주하고 손가락을 삼각형 모양으로 세운 다음 말했다.

"테서랙트tesseract는 내 관심을 끌 수 있는 유일한 선물이지."

342

"내 관심을 끈 건 천체물리학계에서 당신의 명성입니다. 그런데 테서랙트? 그런 단어는 처음 듣는군요."

네서스는 짐짓 모르는 척했다. 간단히 시험이었다.

"사차원 입방체야. 현대 우주론에 따르면 우리가 경험하는 것 외에 여분의 차원이 있다고 하지."

줄리언은 테서랙트를 가볍게 두드렸다. 손가락이 조작해 만든 공간 안에 들어가자 기괴한 모습으로 휘었다.

"큰 규모에서 그런 여분의 차원이 나타나게 만드는 건 대단한 일이야. 물론 이동 부스도 순간 이동을 하려면 어떻게 해서인지 그런 숨어 있는 차원에 접근하지."

어느 면에서 봐도 옳은 이야기였다. '어떻게 해서인지' 부분도 인간의 입장에서 보자면 이해가 됐다. GPC는 이동 부스 기술을 제휴하면서도 그 아래 깔린 기본적인 과학을 공유하지 않았다.

"지구가 마음에 듭니까, 박사?"

"줄리언이라고 불러. 그러는 당신은?"

"아주 조심스럽군요."

줄리언의 활기찬 웃음소리를 들으며 네서스는 덧붙였다.

"혹시 새로운 직업에 도전할 기회가 온다면 생각이 있는지 궁금합니다."

"지구에서라면 아니야. 별로 좋지가 않아. 너무 사람이 많아서 내 취향이 아니지."

"그런데도 아직 지구에 있군요, 줄리언. 당신은 지구에서 몇 년을 보냈습니다. 내가 맞다면, 퉁구스카Tunguska 사건에 대한 이론을 증명하려고 애쓰면서 말이지요."

"누군지 몰라도 나에 대해 조사해 왔군. 맞아. 1908년 시베리아에서 재미있는 일이 일어났지. 아직도 설명이 안 됐고. 그렇게 전부 박살 냈으면서 충돌구를 안 남겼다니. 게다가 폭발의 중심부 근처에 있는 나무는 그대로 서 있다지. 흔히 운석 충돌이라고 하지만 사실과 맞지가 않아."

줄리언은 눈살을 찌푸렸다.

"그냥 내 연구에 대해 이야기할 거였으면 굳이 그렇게 극단까지 갈 필요는 없겠지."

네서스는 줄리언의 연구에 대해 전부 알고 있었다. 끈질기게 조사한 끝에 태양계에서 활동하는 주요 우주론자에 대해서는 대부분 알고 있었다. 안타깝게도 흥분과 열정은 천재성을 몰아냈다. 강요한다고 되는 문제가 아니었다.

정상에 있는 물리학자 중에는 접근할 만한 인간이 거의 없었다. 만약 이 징크스인이 네서스와 일하지 않겠다면 끝이었다.

그리고 아우스폴러는 계속해서 선단을 추적할 것이다.

"당신은 그날 시베리아에 충돌한 게 운석이 아니라 양자 블랙홀이라고 주장하는 최근의 유일한 인물이지요. 당신이 모르는 건 이 가설 속의 블랙홀이 언제 어디서 지구를 통과해 빠져나갔냐는 겁니다. 줄리언. 만약 그걸 알 수 있으면 궤도를 이끌어 낼 수 있겠지요. 그리고 있다면 지구 전역에 있는 역사적인 기록도."

줄리언은 얼굴을 굳혔다.

"지겨워지고 있어. 요점만 말해."

"지식 연구소에서 연구비를 받고 있지요?"

"그랬지."

그가 얼굴을 찡그렸다.

"한데 내 진행 상황이 마음에 안 들었나 봐."

핵심에 도달하고 있었다. 물론 네서스가 유리했다. 네서스는 연구소가 줄리언의 연구비 지원을 취소한 진짜 이유를 알고 있었다. 그가 뇌물을 먹었던 것이다. 그래서 줄리언은 짐을 싸던 중이었다.

"그러면 다른 데 고용되는 것도 생각해 볼 만하겠군요."

"그렇게 빙빙 돌려서 말하면 신뢰가 안 가잖아."

그래도 호기심은 불러일으킨 듯했다.

"지금으로써는 비밀을 지켜 달라는 것과 생각해 보라는 것만 부탁하겠습니다. 오늘 상담에 대해서는 괜찮은 사례금을 받게 될 겁니다."

네서스는 혀를 움직여 연결을 끊었다.

"안녕하십니까, 줄리언."

네서스가 말했다.

줄리언은 거실에서 통신을 받았다. 상자는 전보다 더 높이 쌓여 있었다. 오늘은 열려 있는 상자가 하나뿐이었다. 밀봉된 상자 안에 들어 있어서 테서랙트에 설치한 카메라가 무용지물이 된 모양이었다. 줄리언은 소파에서 큰 상자 하나를 치우고 앉았다.

"잊을 수 없는 목소리야. 이제 거기다 잊을 수 없는 얼굴까지.

이름은 언제 알 수 있지?"

줄리언은 별 힘도 들이지 않고 상자를 옮겼다. 그가 스치고 지나간 상자 무더기가 흔들렸다. 빈 상자였다. 상자는 소품에 불과했다. 상당한 액수의 사례금에 마음이 동한 게 분명했다.

'아이기스'호에서 네서스가 윙크를 했다. 통신 영상 속의 아바타가 미소를 지었다. 아바타는 키어스틴의 얼굴을 하고 있었다.

"네서스라고 부르면 됩니다."

"특이한 상황에 특이한 이름이로군. 내가 뭘 하면 되는 거지, 네서스?"

"지난번에 말했듯이, 나를 도와 복잡한 일을 하나 처리하면 됩니다."

줄리언이 몸을 앞으로 기울였다.

"블랙홀과 관련이 있나?"

"그보다는 질량이 작지만요."

네서스는 아바타가 다시 웃게 만들었다.

"아주 조금만 작을 뿐입니다."

"작업은 지구에서 하는 건가?"

"그래서 복잡하다는 겁니다. 멀리 떨어져서 하는 게 바람직합니다. 우리는 뉴트로늄을 만들 테니까요."

"멀리 떨어져서라."

줄리언은 미간을 좁혔다.

"그렇지. 뉴트로늄을 만들려면 초신성이 필요하니까 멀리 떨어지는 게 낫지."

"초신성이 꼭 필요합니까, 줄리언?"

"아닐 수도 있고."

줄리언이 자리에서 일어났다.

"너희 종족이라면 필요 없을지도."

네서스는 간신히 갈기를 쥐어뜯고 싶은 충동을 이겨 냈다. 아바타가 이 습관을 어떻게 반영할지는 알 수 없었다.

"우리 종족이라고요?"

"퍼페티어 말이야."

불편한 침묵이 이어졌다.

"이제야 내가 너의 주의를 끌었나 보군."

"내가 퍼페티어처럼 보입니까?"

"넌 천사처럼 보이지만, 이건 영상통화일 뿐이라 확실하게 알 수는 없지. 네 목소리는 퍼페티어처럼 들려. GPC가 빠져나간 건 기껏해야 오 년 전이지. 퍼페티어의 목소리가 얼마나 매력적인지 잊을 정도는 아니라고. 게다가 네가 준 테서랙트에 신경이 쓰이더군. 거기에는 인간이 모르는 과학이 들어 있거든. 뉴트로늄을 만드는 것도 마찬가지고. 생각 좀 해 봐. 그동안 내 생각을 더 말해 주지. 예전에 인간과 거래할 때, GPC는 공갈 협박을 아주 당연한 사업 방식으로 여겼어. 난 테서랙트와 거기에 관련된 내용, 그리고 너에 대해 내가 알고 있거나 추측할 수 있는 걸 전부 어떤 친구에게 맡겨 놓았다고."

네서스는 안도했다. 공갈 협박이란 인간이 쓰는 단어였다. 시민들에게 있어 그건 단순한 협상 단계일 뿐이었다.

네서스는 현지 전문가를 손에 넣었다.

쿵!

줄리언이 짜증을 낼 때마다 가구가 피해를 입었다. 최근에 들여온 탁자가 비틀거렸다. 지난번에 세게 때리는 바람에 윗부분은 움푹 들어갔고 다리는 조각이 나 있었다. 다행히 탁자는 간단히 합성할 수 있었다.

"이번엔 뭡니까, 줄리언?"

'아이기스'호에 있으면 그나마 안전하다는 생각 덕분에 네서스는 초연함을 유지할 수 있었다. 줄리언은 '아이기스'호가 정박해 있는 연구소 안에서 분노를 터뜨렸다. 채굴이 끝난 뒤 용도를 변경한 오르트 구름 천체로, 별생각 없이 포워드 기지라는 이름을 붙였다. 명목상으로는 지식 연구소가 소유한 기지였는데, 네서스가 익명으로 임대했다.

"이 유도식은 말이 안 돼. 이 세 번째 가정에서 시작하면……."

줄리언은 딱히 대답을 기대하지 않은 채 요란스럽게 떠들었다. 이미 흔한 일상이 되어 버린 일이었다. 선단의 전문가들은 너무 많은 정보를 드러내지 않기 위해서 단편적인 이론을 아무 맥락도 없이 전달했다. 어쩔 수 없이 줄리언이 질문을 던지면, 그에 대한 답변 역시 애초에 질문을 할 수밖에 없게 만든 정보만큼이나 불완전했다. 선단의 전문가들은 종종 인간의 기술적 한계를 이해하지 못하는 모습을 보였다. 별생각 없이 선단에만 있는 장비와 제조 기술이 줄리언에게도 있다고 여겼다. 줄리언만큼 영리한 사람이 아니었다면 아무런 진전이 없었을 것이다.

줄리언은 상당한 양의 사례금을 쌓아 가면서도 미묘하고 함축적인 내용을 완벽하게 이용할 때까지 다음 단계로 나가지 않았다. 선단을 위해 서둘러야 하지 않았다면 네서스도 기다렸을 것이다. 엄청난 양의 에너지를 다루는 만큼 극도로 조심해야 했다.

그렇게 시간이 흘렀다. 너무 긴 시간이었다. 그동안 줄리언은 도구를 만들기 위한 도구를 만들기 위한 도구를 만들었다.

키어스틴이 그워스의 기술 발전을 인상적으로 보았던 일이 생각났다. 그것도 아주 오래전 일인 것 같았다. 정찰대원들은 어떻게 하고 있을까? 네서스는 궁금했다. 니케는 정신을 산만하게 한다는 이유로 그들 일에 대해서 알려 주지 않았다.

차라리 선단으로 돌아가 뉴트로늄 생성기를 가져온다면 얼마나 일이 빨라질까! 아아, 하이퍼드라이브가 있지만 그럴 수는 없었다. 네서스가 신경 써야 할 일이 태양계에 너무 많았다. 앞잡이들에게 지시를 내리고, 출산권 추첨에 대해 시위를 조장하고, 누군가를 시켜서 아우스폴러를 잘 감시해야 했다.

네서스가 끈덕지게 간청했음에도, 아무도 뉴트로늄 생성기를 태양계로 가져다줄 수 없었다. 선단의 운명이 극소수의 네서스 같은 미치광이에게 의존하고 있는 것처럼 느껴질 때가 너무 많았다. 네서스는 그런 부담을 느낄 때마다 몸을 단단히 말고 모든 걸 잊고 싶어졌다.

니케를 위해서야. 네서스는 하루에도 몇 번이나 이렇게 생각하며 마음을 다잡았다.

"잠시 통신이 끊어진다고 했어."

딴생각을 하고 있었던 네서스가 되물었다.

"미안합니다. 뭘 한다고요, 줄리언?"

"정지장 생성기에 대한 내파 효과를 다시 측정해서 올린다고. 베데커가 세부 내용을 다시 보냈어."

줄리언은 근처에 있는 얼음덩어리의 홀로그램을 향해 고갯짓을 했다. 그 표면에는 시험용 장비가 점점이 박혀 있었다.

"내가 그걸 하는 동안 장비 배열을 다시 확인해 보든가."

포워드가 말한 장비는 GP 1호 선체로 만든 소형 위성으로 얼음덩어리를 둘러싼 채 곧 있을 실험을 감시하는 역할을 했다.

"알겠습니다. 이걸로는 얼마나 만들 수 있지요?"

얼음과 바위로 된 실험 대상은 지름이 몇 킬로미터 정도였다. 줄리언은 인상을 썼다.

"대충 일 세제곱센티미터 정도. 이걸로 규모를 좀 더 키울 수 있으면 좋겠는데."

ARM이 선단의 진행 경로에서 발견할 뉴트로늄 함정을 만들려면 지름이 삼백육십 센티미터여야 했다.

앞으로도 힘든 일이 남아 있었다.

8

어디에나 매캐한 냄새가 배어 있었다. 마침내 마지막으로 그

을림을 벗겨 내자 초식동물 페로몬의 흔적 역시 사라졌다.

왠지 더 어울리는 것 같아. 키어스틴은 생각했다.

스벤은 깨끗한 우주선이 상징하는 것에 무관심한 채 멍한 표정이었다. 그는 아무런 경고도 없이 음모와 위험 속으로 뛰어들게 된 데 기가 질려 있었다. 협약체가 에릭과 오마르, 키어스틴을 죽이려고 했다. 그들 곁에 있으면 그도 위험했다. 하지만 스벤이 그들 셋과 연루되었다고 이미 당국이 의심하고 있다면, 집으로 돌아가 봤자 위험하긴 마찬가지였다.

어쩌면, '탐험가'호가 파괴됐다고 협약체가 믿고 있는 한, 여기 있는 게 가장 안전할지도 몰랐다. 키어스틴은 어깨를 으쓱했다. 안전하게 있기만 해서 무슨 일을 할 수 있을까.

키어스틴은 스벤의 선실을 찾아갔다. 에릭과 합치기 전까지는 그녀가 쓰던 방이었다. 발치에 있는 가방은 불룩했지만, 스벤은 나오려는 것 같지 않았다.

"이제 곧 당신 전임자들이 자기 오른팔들에게 알려 줬던 비밀을 알아낼 참이에요."

키어스틴의 말에 스벤은 힘없이 웃었다.

"난 시민하고 비슷한가 봐요. 이건 너무 무모해 보여요."

통신기에서 오마르의 목소리가 흘러나왔다.

"키어스틴, 십 분 뒤면 궤도에 들어가. 에릭이 휴게실에서 기다리는 중이고."

키어스틴은 스벤의 팔을 건드렸다.

"억지로 오지 않아도 돼요. 그런데 이 기회를 놓치면 평생 후회할 거예요."

스벤이 고개를 끄덕이며 가방을 집어 들었다.

"맞아요. 가죠."

키어스틴은 오래된 화물칸 안에 실체화돼 나타났다. 직각으로 된 날카로운 모서리와 텅 빈 선반은 기억하는 대로였다. 스벤은 근처에 서 있었다. 칸막이에 자석으로 붙어 있는 노란색 종이 위에 손으로 쓴 글씨를 보고 흥분한 나머지 무서워했던 것도 잊은 모양이었다. 지난번에 잠깐 겉모습만 보고 돌아갔던 에릭은 경이감에 휩싸여 주위를 둘러보았다.

키어스틴이 다가가자 에릭은 고개를 흔들며 다시 정신을 차렸다. 그리고 가방에 손을 넣어 동작 감지기를 꺼냈다. 이번 모험을 위해 준비해 온 장비였다.

"아무것도 없어."

에릭이 속삭였다.

키어스틴이 아는 한 이 우주선에는 아무도 없었다. 안에 있던 건 전부 조사를 하기 위해 허스로 실어 갔다. 그녀는 안도의 한숨을 내쉬었다.

"그런데 왜 속삭이는 거야? 주변부터 돌아보자."

"일에는 순서가 있지."

재미있게도 에릭은 그 표현을 네서스에게서 배웠다고 말하지 않았다.

"일단 센서부터 설치하자고."

그는 도약 원반을 통해 날아다니는 소형 센서를 거대한 GP 4호 선체로 내보냈다. 누군가 발견할 경우에 대비한 그 로봇은 애벌레 단계를 반쯤 지난 비행 곤충을 닮은 모양이었다. 비밀을 지키고 동력을 아끼기 위해 고도로 압축된 저출력 신호로만 가끔씩 보고하게 되어 있었다.

"됐어. 이제 구경 좀 할까."

키어스틴이 앞장서서 걸었다. 스벤은 투덜거리고 두 손을 문지르면서 밖으로 나가기를 거부했다. 에릭은 동작 감지기를 단단히 쥔 채 에어록으로 가까이 가는 동안 그 어느 때보다도 자주 확인했다.

"아직 아무것도 없어. 물론 '긴 통로'호에 우리가 아까 보낸 것 같은 센서가 가득 차 있을 수도 있지만. 아니면 밖에서 둘러싸고 있거나. 동작 감지기로는 그렇게 작은 장치를 못 찾거든."

키어스틴은 바지 주머니에 손을 찔러 넣었다.

"내가 지난번에 왔을 때 아무도 날 못 본 게 분명해. 봤더라면 화물칸의 도약 원반 주소를 바꿨겠지. 애초에 다시 오지도 못했을 거야. 아니면 수신 전용 원반에 도착해서 감금됐거나, 경비원을 만나거나……."

그녀의 말투에 머뭇거리는 기색이 실렸다. 이 모험이 잘못될 수 있는 가능성은 수도 없이 많았다. 지금이라고 해서 다르지 않은 것이다.

에릭이 열려 있는 에어록과 연결 통로를 향하도록 동작 감지기를 바닥에 놓았다.

"누가 가까이 오면 알 수 있을 거야. 원격 센서가 우주선에 누가 타고 있는 걸 알아내도 알려 줄 테고. 화물칸에 있는 도약 원반을 인증이 필요하게 다시 프로그램하면 갑자기 누구한테 들키는 일은 없을 거야."

그들은 재빨리 다시 걸어서 돌아가며 체계적으로 복도와 계단, 선실을 모두 조사했다. '긴 통로'호는 대부분 기계장치로 차 있었다. 거주 가능한 공간은 많지 않았다. 키어스틴은 움직이면서 전부 영상에 담았다. 음성으로 설명도 덧붙였다. 이 자료를 처리하면 옷장, 수납함, 서랍, 작은 방까지 빠짐없이 담긴 자세한 삼차원 지도를 만들 수 있을 터였다. 그런 보조 수단 없이는 중요한 걸 빠뜨리기 쉬웠다.

그동안 원격 센서는 보고할 만한 것을 발견하지 못했다. '긴 통로'호를 감싸고 있는 거대한 우주선은 텅 비어 있었다. 이제 따로 돌아다녀도 안전하다는 결론을 내렸다. 에릭은 엔진실에서 시작했다. 스벤은 선실과 거의 비어 있는 화물칸들을 더 자세히 조사하기 시작했다. 키어스틴은 앞쪽으로 향했다.

함교에 있는데 맛있는 냄새가 흘러들었다. 키어스틴은 냄새를 무시하려고 애썼다. 아까 그녀가 휴게실이라고 생각했던 곳에서 찾은 오래된 간이 식량을 복원해 보겠다고 스벤이 말했던 게 떠올랐다. 이따가 오마르와 교대할 때 표본을 '탐험가'호로 가져가 분석해 볼 생각이었다. 이곳에 있는 음식은 아무리 냄새가 좋아도 상했을 가능성이 있었다. 하지만 그 음식을 먹을 수 있느냐 없느냐는 이 우주선을 과거에 누가 이용했는지 밝히는 데도 쓰일 수 있었다.

키어스틴은 배에서 꼬르륵거리는 소리를 들으며 각종 장비와 조종 장치를 조사했다.

작동법이 명확한데. 키어스틴은 생각했다. 이유는 알 수 없지만, 키보드 자판도 익숙한 '쿼티' 형식*이었다. 단순히 '전원'이라고 쓰여 있는 스위치를 올리자 떠오른 홀로그램 영상 속에는 의미를 알 수 없는 아이콘이 희미하게 빛나고 있었다.

지금까지 확인한 건 이 정도였다.

우주선 함교에서 아무 버튼이나 무작정 눌러 볼 수는 없었다. 그래서인지 아주 익숙해 보이는 조종 장치 때문에 괴로웠다. 항법 장치, 계기판, 외부 센서—전부 '탐험가'호, 아니 어떤 우주선에나 있을 만한 기능이 아닌가—가 여기 어딘가에 있을 터였다. 그런 기능을 키어스틴이 모를 리 없었다.

조종 장치 아래에 있는 서랍에는 말라 버린 펜과 낙서와 손수 쓴 시가 적혀 있는 바삭바삭한 종이와 —그녀가 짐작하기에— 오래된 과자 부스러기밖에 없었다. 우주선이 전부 이렇다면 어떻게 할까? 쓸모 있는 건 전부 조사를 위해 다른 곳으로 옮겨 갔다면 어떻게 할까?

"에릭."

키어스틴이 불렀다. 적어도 통신기는 합성기와 마찬가지로 조작 방법이 명백하고 직관적이었다.

---

* Q, W, E, R, T, Y가 왼쪽 맨 윗부분에 오는 표준 배열식 자판.

"뭔가 알아냈어?"

"쉽지 않을 거라는 것밖에. 이 우주선을 만든 사람들은 우리하고 몇백 년이나 차이가 나잖아. 엄청난 세대 차이가 있다고, 키어스틴."

"설명서 같은 건 못 찾았어?"

키어스틴이 집요하게 물었다.

"미안. 없었어."

"어쨌든 고마워."

키어스틴은 통신기를 놓으며 중얼거렸다.

"누가 좀 도와줬으면."

순간, 정체를 알 수 없는 아이콘 여러 개 중에서 만화 같은 그림체로 된 머리 모양의 아이콘이 두 번 깜빡였다. 우울한 표정에, 끝이 말린 콧수염이 있는 얼굴이었다. 우스꽝스러울 정도로 상냥한 목소리가 흘러나왔다.

— 지브스라고 불러 주십시오. 어떻게 도와 드릴까요?

스벤과 에릭이 달려왔다. 그들이 서로 이야기를 나누자 지브스는 혼란스러워하거나 대답을 하지 않았다. 그들은 인내를 배웠다. 많이 웃기도 했다. 지브스 프로그램과 함께 놀면서 몇 시간을 보냈다. 시간이 어느 정도 흐르자 에릭은 옆으로 물러나 싸 가지고 온 음식을 조리했다. 번갈아 쪽잠을 잤고, 깨어나면 그동안 있었던 일을 간단히 들었다.

그렇게 오랫동안 찾아온 사실이 마침내 한꺼번에 드러났다.

단 한 가지만 빼고. 바로 지구의 위치였다. 키어스틴은 멍한 상태에서 모든 정보를 받아들이려고 애썼다.

선장의 항해일지. '긴 통로'호는 '얼음 세계'를 발견하고 신호를 보냈다. 얼음으로 덮인 대륙의 모양을 비교해 본 결과 선단으로 향하고 있던 NP$_5$였음이 명백하게 드러났다.

보안 시스템에 저장된 영상. '긴 통로'호를 점령한 로봇은 시민들이 설계한 게 분명했다. 현재 '긴 통로'호를 감싸고 있는 바로 그 우주선을 그런 로봇이 조종하고 있었다. 키어스틴 일행은 과거에 그런 로봇을 본 적이 있었다. 밭이나 숲에서 개척민과 함께 힘든 일을 하던 그것들의 모습을.

여흥을 위한 자료. 음악은 익숙하기도 했고 놀라울 정도로 신선하기도 했다. '발키리의 행진'을 자기가 만들었다고 했을 때 네서스는 속으로 얼마나 웃었을까!

우주선의 적하 목록. 누가 타고 있었고 무엇이 실려 있었는지를 알려 주는 목록이었다. 수정란 보관소와 동면 장치는 노동에 필요한 개척민을 만드는 기반이 되었다.

그렇다면 얼음에 덮여 있던 NP$_5$에 신호를 보낸 불행한 승무원들은 어떻게 됐을까? 지브스도 거기까지는 알지 못했다.

점차 질문을 던지는 속도가 느려졌다. 키어스틴이 시계를 봤을 때는 이미 72표준시가 지나 있었다. 그 정도? 고작 그 정도만 지난 걸까?

키어스틴은 스벤이 손에 쥐여 준 음식을 맛도 보지 않고 씹어삼켰다. 마음 한구석에 부담감이 느껴졌다. 한편으로는 여기까지 왔다는 게 경이롭기도 했다. 샌드위치를 줘서 고맙다고 뒤늦게 고개를 끄덕여 인사를 한 키어스틴은 스벤을 만났을 때 벌어지고 있던 축구 경기를 떠올렸다. 여자아이들이 뛰어다니고 소리를 지르며 시민들이 일반적으로 하지 않기를 권장했던 경기를 즐기던 모습.

항상 시민들이 원하는 대로 된 건 아니었다.

키어스틴은 선미에 있는 엔진실로 갔다. 에릭이 무릎을 꿇고 앉아 열린 배선함을 집중해서 들여다보고 있었다. 시민을 흉내내는 장식을 전부 없애고 뒤로 길게 묶은 말총머리가 아직 생소해서 잠시 머뭇거려졌다. 하지만 그 모습은 마음에 들었다. 키어스틴은 에릭에게 길고 진하게 입맞춤했다.

"싫지는 않은데, 갑자기 왜 그런 거야?"

에릭이 물었다.

키어스틴은 미소를 지었다.

"일이 잘돼서 기분이 좋거든."

휴게실에 있는 합성기가 둥근 플라스틱 잔을 채워 주자 오마르는 기꺼워하며 냄새를 맡았다. 커피였다. 키어스틴은 '긴 통로'호의 음식 합성기를 점검한 뒤로 오마르가 정상적인 음료를 맛봤는지 의심스러웠다.

정상? 스스로 바뀌려고 노력했지만, 아직은 부족했다. 지금 이 우주선에서 나오는 게 정상의 기준이었다. 시커멓고 쓰고 자극적인 음료. 무중력 상태에서 쓰기 위해 둥글게 만들었지만, 중력이 있을 때를 대비해 바닥은 평평한 잔.

"에릭에게도 물어봤는데……."

오마르는 잠시 말을 멈추고 커피를 한 모금 마셨다. 일부러 무심한 척하는 것 같았다.

"언제쯤 사브리나에게 보고하러 가야 한다고 생각해?"

직접적으로 말은 안 했지만, 보고한다는 건 곧 돌아가야 한다는 뜻이었다.

오마르는 스벤을 언급하지 않았다. 그럴 필요가 없었다. 이미 얼마 전부터 스벤은 의복, 낙서, 먼지 쌓인 토끼 인형 등 우주선 안의 모든 물건에 푹 빠져 있었다. 지금은 지브스의 도움을 받아 나중에 살펴볼 수 있도록 수백 테라바이트의 자료를 쌓아 놓고 있었다. 스벤은 익숙한 컴퓨터에서 익숙한 프로그램으로 분석해 볼 생각에 마음이 조급했다.

아무렇지도 않은 태도. 질문에 의도가 섞이지 않도록 아주 세심하게 고른 단어. 오마르는 돌아가기를 원했다. 어쨌든 그로서는 정당한 질문을 한 셈이었다. 키어스틴은 어떻게 생각할까? 준비가 됐을까?

"아직 우리가, 그러니까 인간이 어디서 왔는지 모르잖아요. 이름밖에 모른다고요. 지구. 태양계. 인간의 우주."

"여기서는 절대 알 수 없을지도 모르지. 만약 좌표가 없어지지 않았다면, 복구할 확률이 가장 높은 건 스벤이 기록 보관소 실험실에서 분석하는 거야. 가능한 한 전부 복사했으니까. 조만간 '탐험가'호는 실종으로 처리되겠지. 누군지 몰라도 우리를 죽이려고 했던 자가 그렇게 할 수도 있고, 그저 단순히 통신이 안 되기 때문에 그럴 수도 있고. 어쨌든 누군가 그렇게 할 거야.”

오마르는 슬픈 눈빛으로 덧붙였다.

“내 아내와 아이들은 내가 죽었다고 생각하겠지.”

키어스틴이 위로하듯 어깨에 손을 올리자 그는 어깨를 움직여 떨쳐 냈다.

“나도 알아. 우리가 아르카디아로 돌아간다고 해도 사랑하는 가족들에게 연락할 수는 없겠지. 그래도 더 빨리 보고할수록 더…….”

키어스틴이나 에릭의 가족도 마찬가지였다.

데이터 분석은 아무 데서나 할 수 있다고 대답하기는 쉬웠다. 쉬웠지만, 과연 그게 사실일까? 키어스틴은 속이 뒤틀리는 것 같았다.

“아직 준비가 안 된 것 같아요, 오마르. 하지만 최대한 빨리 작업할게요.”

키어스틴은 커피 한 잔을 들고 지브스와 더 이야기를 나누기 위해 함교로 향했다.

— 그 데이터는 손상됐습니다.

지브스가 말했다.

똑같은 문장을 수십 번은 말했음에도 언제나 사과하는 듯한 말투였다. 시민들의 장비를 썼더라도, 어떤 개척민이라도 짜증이 솟구쳤을 터였다. 키어스틴은 눈을 문질렀다. 진이 빠졌다.

이 문제를 해결할 다른 방법은 없을까?

키어스틴은 수도 없이 문구를 바꿔 가며 지구의 위치에 대해 물었다. 지구의 태양, 인간의 정착지, 인간이 사는 태양계, 지구의 태양 근처의 항성 등등.

"우주선의 경로를 알고 싶어."

— 그 데이터는 손상됐습니다.

"항해 기준으로 쓴 항성을 보여 줘."

— 그 데이터는 손상됐습니다.

함교의 다른 의자는 스벤이 점거하고 있었다. 색이 다양하고 복잡하게 생긴 그림이 조종 장치 위에 떠 있었다.

복구해 낸 데이터 파일에 대한 자료겠지. 키어스틴은 생각했다. 스벤이 자신을 노려보는 것 같았지만, 아무 말 하지 않았다.

"로봇이 우주선을 점령하기 전 오 년 동안의 외부 센서 자료를 보여 줘."

— 그 데이터는 손상됐습니다.

"키어스틴!"

스벤이 끼어들었다.

"위치 데이터는 전부 사라졌어요. 인정할 건 인정하라고요."

"왜 그 데이터만 없어진 거죠? 시민들이 없앤 건가?"

키어스틴이 물었다.

— 그 데이터는 손상됐습니다.

"난 당신처럼 컴퓨터를 잘하진 못해요, 키어스틴. 시간이 충분하면 당신이 뭔가 복구해 낼 수 있을지도 모르죠. 하지만 생각해 봐요. 시민들은 이 우주선을 수백 년이나 갖고 있었어요. 만약 그 데이터가 여기 있었으면, 어떻게든 빼내지 않았을까요?"

스벤의 말투가 부드러워졌다.

"그 데이터가 접근 불가능하기를 바라지 않아요?"

키어스틴은 몸을 떨었다. 원시적인 화학 로켓을 갖고 있다는 이유로 그워스가 위협적인 존재가 되었는데, 우주 비행을 하던 키어스틴의 조상에게는 협약체가 어떻게 반응했을까? 아무 이유 없이 '긴 통로'호를 제압한 것 이상의 반응을 보이지 않았을까? 키어스틴은 선제공격으로 인간 문명을 파괴하는 모습을 자연스럽게 떠올렸다. 상상 속에서 그녀는 인간 세계의 하늘을 날고 있는 수조 명의 사람들을 볼 수 있었다. 그러다 마침내 시민들이 도착하고, 그다음에는?

키어스틴은 전보다 더 지구를 찾고 싶어졌다. 동족의 운명을 알고 싶었다.

"지브스, 항해 중에 관측한 천문 데이터를 보고 싶어."

키어스틴은 다시 시도했다.

— 그 데이터는 손상됐습니다.

스벤이 고개를 저으며 자리에서 일어났다.

"난 커피 가지러 가요. 뭐 좀 갖다 줄까요?"

"커피요."

키어스틴은 기계적으로 말했다. 스벤이 자리를 비운 동안 그녀는 항해 중에 조사하지 않은 천체에 대한 데이터를 요구하려다 간신히 참았다. 도대체 얼마나 피곤한 걸까? 그 데이터가 손상되지 않았다고 해도, 조사하지 않은 천체 목록은 우주의 대부분을 포함할 것이다.

그리고…….

시도해 볼 방법이 있었다. 키어스틴은 확신했다. 잘 아는 방법이었다. 전에 해 본 적이 있었다. 서로 겹치지 않는 두 가지 검색 결과를 비교하는 방법이었다.

스벤이 커피를 가지고 돌아왔을 때 키어스틴은 지브스가 수 테라바이트의 데이터가 접근 가능하지도 불가능하지도 않다고 한 사실을 놓고 생각에 잠겨 있었다.

9

줄리언이 포워드 기지라고 이름 붙인 기괴한 모양의 돌덩어리가 레이더 영상 속에서 서서히 커졌다. 광증폭기를 최대로 맞춘 뒤 전면 전망 창을 통해 바라보자, 누가 살고 있다는 흔적이 나타났다. 에어록 해치, 줄줄이 늘어서 있는 비상등, 안테나, 전에 우주선이 착륙했던 흔적. 네서스는 조심스럽게 '아이기스'호를 하강시켜 아주 오래된 표면 위에 자국을 하나 더 남겼다.

줄리언 포워드가 지하 실험실에서 동시에 접속해 들어왔다.

"돌아와서 반가워, 네서스."

"고맙습니다, 줄리언. 우리밖에 없습니까?"

줄리언이 콧구멍을 벌름거렸다.

"우리 둘밖에 없을 거라고 얘기했잖아. 너에 대해서도 아무 말 안 하겠다고 약속했고."

네서스는 푹신한 의자에서 내려와 목과 다리를 길게 늘여 기지개를 켰다.

"오래 있지 않을 겁니다, 줄리언. 당신에게서 직접 진행 상황을 보고받고 싶어서 온 거니까요."

"들어와. 곧 시작하지."

"내가 여기 머문다면 더 빨리 할 수 있겠지요."

네서스가 개척민과 가까이서 일한 경험이 없었다면, 그 고집스러운 태도를 알아채지 못했을 것이다. 줄리언은 기분 나빠 하고 있었다. 게다가 네서스를 나뭇가지처럼 비틀어 버릴 수 있을 정도로 힘도 셌다. 네서스는 이 징크스 출신 물리학자가 자기 연구비가 취소된 이유를 알아내지 못하기를 바랐다.

개척민. 네서스는 지금 개척민에 대해 생각하고 싶지 않았다.

"줄리언, 상황이 어떻습니까?"

줄리언은 조금만 분위기를 잡아 줘도 자기 연구에 대해 술술 이야기하는 유형이었다. 언제나 그렇듯이 미묘한 어조까지는 이해하지 못했기 때문에 적당하다 싶을 때쯤 네서스는 건성으로 추임새를 넣어 주었다. 그 대신 허스의 전문가들을 위해 대화를 전부 녹음했다.

그래도 전체적인 윤곽을 이해하는 데 지장은 없었다. 그동안 실험을 더 많이 했다. 일부는 성공적이었으나, 그렇게 많지는 않았다. 정지장을 내파시키는 건 어려웠다. 정지장이 붕괴할 때 대칭성을 유지하는 것도 어려웠다. 무슨 일이 발생했는지, 혹은 발생하지 않았는지 확인하는 건 더욱 어려웠다. 정지장이 활성화되는 몇나노 초 동안 내부에서는 시간이 정지됐다. 그러므로 내부에 있는 질량을 제외하고는 어떤 것도 밖에서 측정할 수 없었다.

"적절한 장비만 있으면 진전이 더 빠를 텐데 말이야."

줄리언이 팔짱을 끼고 말했다.

아. 네서스는 마침내 줄리언의 태도를 이해했다. 오르트 구름 깊은 곳에 있는 포워드 기지에는 화물선이 거의 오지 않았다. 최근에 한 척이 다녀갔지만, 줄리언이 주문한 덩치 큰 특별 주문형 중력계는 오지 않았다. 미겔이 보내는 물건이 들어갈 공간을 만들기 위해 네서스가 끼어들어 좀 더 평범한 화물과 교체했던 것이다.

"미안합니다, 줄리언. 하지만 그 물건이 꼭 필요했습니다. 우주선에 실을 준비가 됐습니까?"

기지에 설치된 카메라가 어두침침한 복도를 지나 동굴 같은 창고로 들어가는 줄리언을 뒤따랐다. 줄리언이 쌓여 있는 상자를 가리켰다. 희미하게 빛나는 홀로그램을 보니 원래 밀봉된 상태 그대로였다.

"여기 뭐가 들었어? 돌멩이?"

"당신 계획과는 상관없는 겁니다, 줄리언."

"내가 주문한 중요한 장비가 이것 때문에 미뤄졌……."

"그만 좀 하십시오, 줄리언."

아바타 뒤에 몸을 숨긴 네서스는 갈기를 쥐어뜯으며 누가 위고 누가 아래인지 상기시키고 싶은 충동을 억눌렀다. 괜히 현지 전문가의 의욕을 꺾고 싶지 않았다. 마침 꼭 자리를 비워야 해서 인간들을 감시할 수 없게 된 상황이기도 했다.

"긴급히 처리해야 할 문제가 생겼습니다. 지금 그 상자를 가지고 떠나야 합니다."

줄리언은 상자에 기대며 머리를 굴리는 듯 눈을 가늘게 떴다.

"언제 돌아오는데?"

일단 돌아온다고 가정하면, 왕복 여행에 걸리는 시간만 따져도 몇 달이었다. 하지만 네서스는 선단의 위치에 대한 일말의 실마리도 남기고 싶지 않았다.

"아직 모릅니다. 그동안에는 하이퍼웨이브로 연락할 수 있을 겁니다."

물론 '아이기스'호의 경로를 위장하기 위해 여기저기 뿌려 놓은 중계기를 통해서였다.

네서스는 입 밖에 나오지 않은 질문, '이 계획은 계속되는 건가?'에 대해서도 최대한 답변해 주었다.

"지금까지 제공한 연구비만으로도 한동안 괜찮을 겁니다. 뉴트로늄 생성기를 만드는 건 여전히 당신의 최우선 과제입니다."

"돈이 다 떨어지기 전에 돌아올 생각이겠지?"

"아직 모릅니다."

네서스는 똑같은 대답을 반복했다.

"필요하면 다른 자금을 풀 겁니다. 이야기하는 동안 상자를 실을 수 있습니까?"

"돌아오기는 할 거야?"

줄리언은 말을 하면서 무심한 태도로 첫 번째 상자를 이동 부스 위에 올려놓았다. 네서스는 만약 아무런 감시도 받지 않으면서 연구비와 연구 정보를 받을 수 있다면 그가 더욱 기뻐할 것 같다는 인상을 받았다.

상자는 이곳에서 거의 무게가 나가지 않았다. 하지만 중력이 거의 없다고 해서 관성까지 없는 건 아니었다. 줄리언이 가볍게 옮긴 상자를 도약 원반에서 들어 올리는 건 힘이 들었다. 네서스는 날아오는 질문을 회피하면서 부양기를 이용해 상자를 '아이기스'호의 화물칸으로 옮겼다. 넘치는 상자는 휴게실과 복도에 쌓았다.

다시 돌아올 수 있을까?

솔직히 네서스 자신도 몰랐다. 만약 돌아온다면 제대로 된 뉴트로늄 생성기를 가져올 수 있을 것이다. 줄리언이 필요 없어지는 것이다.

비밀 임원회가 마지막으로 보낸 메시지는 설명보다는 오히려 여러 가지 의혹만 불러일으켰다. '탐험가'호가 실종됐다. 승무원의 소재도 불명이었다. 네서스는 곧바로 귀환하라는 명령을 받았다. 아마도 선단의 전방을 정찰하기 위해서리라.

네서스는 화물을 다 싣자마자 출발했다. 선단에 빨리 도착해야 니케로부터 이 사태의 진상을 들을 수 있었다. 그리고 세 친구들에게 무슨 일이 생겼는지도 알 수 있을 것이다.

임시로 운동기구와 가구를 선실로 치워 두었지만, 불편함을 무릅쓰고서야 간신히 '탐험가'호의 휴게실에 전부 모일 수 있었다. 안락함보다는 더욱 근본적인 문제를 고려해 회의 장소를 정했다. 도청당하고 싶지 않다는 점이었다. 만약 도청을 당한다고 해도 난공불락의 선체 안에 있는 게 안전했다.

환풍기가 최대로 돌아가면서 정원이 초과된 방의 열기를 빼내고 있었지만, 키어스틴의 이마에는 땀방울이 맺혀 흘러내렸다. 우주선 다른 곳에서는 난방기가 돌아갔다. NP$_4$의 차가운 심해가 우주선으로부터 온기를 빼앗아 가고 있었다.

사브리나 고메즈반더호프는 문가에 서 있었다.

"더 기다린다고 편해질 것도 아니니 시작하죠."

그녀가 말했다.

아직 서로 다 아는 사이는 아니었기에 둥글게 둘러앉아 짧게 소개를 했다. 사브리나. 승무원 셋. 스벤. 공공 안전부 장관 에런 트레몬티루이스. 경제부 장관 레이시 청필립스. 레이시는 갈색 머리에 키가 작은 여성으로 과부임을 나타내는 갈색 옷차림을 하고 있었다. 우주선에 탄 게 처음인 듯 목을 앞으로 빼 복도와 휴게실 안을 유심히 둘러보았다.

사브리나가 스벤에게 시작하라는 신호를 보냈다. 스벤이 홀로그램을 투영했다. 휴게실 한가운데에 둥근 모양의 우주선이 빛나기 시작했다. 배경은 폭풍우가 몰아치는 NP$_5$였다.

"에릭, 키어스틴, 오마르와 저는 최근 며칠을 이 우주선 안에서 보냈어요. 이런 우주선은 보통 곡물 수송선으로 쓰이지만, 이 경우에는 아니었죠."

화면이 '긴 통로'호의 전체 모습을 넓게 잡아 보여 주었다.

"이게 그 안에 있었어요."

"우리 조상들이 탔던 우주선이라는 거군."

에런이 말했다. 레이시는 가만히 바라보기만 했다.

"그 얘기를 하려고 모인 거잖아요. 그리고 그게 무슨 의미인지도. 일단 얘기를 더 들어 보죠."

사브리나가 말했다.

스벤은 지금까지 알아낸 사실을 이야기했다. 시간이 갈수록 목소리가 더욱 또렷해졌다.

선체의 수리 상태는 개척지의 공식적인 역사를 시작하게 만들었던 공격과 일치했다. 우주선에 탄 사람들이 쓰던 물건은 개척민이 쓰는 물건과 형태가 비슷했다. 원시적인 합성기에서 나오는 음식은 안전하고 영양도 풍부했다. 수를 놓아 만든 장식품을 이루는 명주실과 아마 섬유는 아르카디아 개척지보다 시대가 앞섰다. 그와 비슷한 정도로 오래된 도약 원반은 나중에야 우주선에 장착됐다.

"당신 말이 맞다고 하면, 협약체는 왜 그 정보를 우리에게 알려 주지 않았죠? 왜 우리 조상들의 우주선을 찾았다고 인정하지 않은 거예요?"

레이시는 못 믿겠다는 투였다.

"여기 이유가 있어요."

키어스틴이 홀로그램 제어장치를 집어 들며 말했다.

레이시는 시민들의 로봇이 '긴 통로'호를 장악하는 장면을 보고 숨을 몰아쉬다가 간신히 물었다.

"이게 사실이라고 증명할 수 있어요?"

스벤은 어깨를 폈다.

"조작 흔적이 없는 원본으로 보이더군요."

"스벤은 전문가예요."

사브리나가 말을 이었다.

"일단 '긴 통로'호가 우리 조상들의 우주선이라고 가정한다면, 이 상황을 어떻게 해야 좋을까요?"

"이 상황이라고요? 이 정보가 비밀로 남아 있는 한 상황이라고 할 게 없어요. 우리가 협약체와 대적하지 않는다면요. 그걸 결정하자는 뜻인지는 모르겠지만."

레이시가 말했다.

"우리가 발견한 걸 숨기자고요? 무시하자고요? 진심은 아니시겠죠?"

키어스틴은 화가 나서 목소리가 떨렸다.

"나도 그러고 싶은 건 아니지만, 그럴 수밖에 없잖아요. 침묵이 가장 현명한 선택이에요. 개척민 수천 명이 당신같이 분노한다고 생각해 봐요. 엄청난 혼란이 생길 거예요."

레이시가 말했다.

"개척민들이 적개심을 보인다는 뜻인가요? 반항한다고?"

키어스틴은 십 대의 일탈 행동을 뜻하는 단어를 가지고 생각을 표현하려고 애썼다. 분노와 이웃 문명 사이의 목적성이 다분한 적개심을 어떻게 표현해야 할까? 분명히 그런 단어가 있어야 했다.

지브스는 영어를 썼다. 분명히 '긴 통로'호의 승무원도 마찬가지였을 것이다. 영어—진짜 영어 말이다—에는 이런 상황에 적합한 어휘가 있지 않을까? 시민들은 조상들의 고향인 지구의 위치를 찾을 수 있는 실마리 외에 또 어떤 정보를 삭제했을까?

아무래도 상관없을지도 몰랐다. 적개심과 반항이라고 해도 충분할 수 있었다. 어쩌면 개척민들이 성장해서 스스로 운명을 결정지을 때가 온 걸지도 몰랐다.

"그래요, 반항이죠. 그게 바로 문제라고요. 우리가 미성숙한 십 대처럼 폭발한다고 생각해 봐요. 작물을 망쳐 놓을 수 있겠죠. 곡물 수송을 방해할 수도 있고요. 아니면 NP_4에 있는 몇몇 시민을 협박하거나 인질로 삼을 수도 있을 거예요. 그러면 협약체가 어떻게 반응할 것 같아요? 대답하기 전에 잘 생각해 봐요. 협약체는 '긴 통로'호를 발견하기 전에도 자연 보존 지역에서 작물을 재배했어요. 솔직히 협약체는 우리가 필요 없다는 얘기죠."

레이시가 말했다.

"질량 병기야. 그워스 항성계에 있던 혜성처럼……."

에릭이 중얼거렸다.

"뭐라고요?"

사브리나가 물었다.

에릭은 간단히 설명할 방법을 생각하는 듯 이마를 찡그렸다.

"자세한 내용은 아무래도 좋아요. 충분히 빠른 속도로 움직이는 물체를 행성에 충돌시키면 모든 걸 날려 버릴 수 있죠."

"그래서 우리가 공격받은 거예요! 그러니까 '탐험가'호가요. 우리가 명령에 따르지 않고 있다는 사실을 누군가 알아냈겠죠. 그리고 우리가 우주선을 허스에 충돌시킬까 봐 걱정한 거예요. 하지만 폭발성 도료를 발라 놓은 건 그 전이에요! 애초에 우리를 배신할 생각이 있었다고요."

확신이 담긴 키어스틴의 말에, 에런은 근심스럽다는 표정으로 턱을 문질렀다.

"우주선이 있으면 우리한테 좀 유리하려나. 우리가 아르카디아 우주 공항을 점령한다면 어떻게 될까요?"

"그만!"

사브리나가 외쳤다. 그녀는 날카로운 눈초리로 키어스틴을 노려보았다.

"벌써 대량 학살 얘기까지 나오나요? 아직 우리는 협약체가 '긴 통로'호 공격을 명령했는지 몰라요. 물론, 지금의 NP_5를 향해 신호를 보낸 뒤에 공격이 들어왔다는 건 사실이에요. 행성의 이동을 조정하기 위해서 시민들의 우주선이 그곳에 있었다고도 생각해요. 아마 지금 그 옛날 우주선을 감싸고 있는 바로 그 우주선이겠죠. 여기 있는 사람들 모두 개인적으로 시민들을 알고 있잖아요. 그 우주선에 타고 있던 사람들이 당황해서 스스로 도망갔을 거라는 생각은 안 드나요? 어쩌면 협약체는 그때 일을 바로잡으려고 최선을 다해 왔을 수도 있어요."

레이시가 고개를 끄덕였다.

"무슨 일이 일어났든 그건 아주 오래전이에요. 오래전에 죽은 시민이 오래전에 죽은 우리 조상을 공격한 거라고요. 반항을 한다고 해도 때늦은 얘기죠."

키어스틴은 주먹을 움켜쥐고 그녀들을 바라보았다.

"믿을 수가 없군요. 적어도 협약체가 우리 과거를 숨기고 있던건 사실이잖아요. 지금까지도 계속 거짓말을 하고 있다고요. 그런데 우리가 어떻게 그들을 섬기죠? 어떻게 같이 살 수 있어요?"

에릭이 어깨에 손을 올렸지만 키어스틴은 뿌리쳤다. 가만히 있고 싶지 않았다.

"사브리나, 당신이 알아야 할 게 있어요. 개척민이라면 당연히 알아야 하는 거예요. 우리는 어디서 왔죠? '긴 통로'호를 저렇게 만들어 놓은 협약체가 그 문명이라고 더 부드럽게 대했을까요? 우리가 고향으로 돌아갈 방법이 있을까요?"

"맞아요, 키어스틴. 진정 우리가 원하는 게 뭔지 결정을 해야죠. 정보나 사과 따위가 필요한 게 아니에요. 이 내용을 확인할 방법이 필요하다고요. 우리가 원하는 게 정보뿐인가요? 그리고 우리가 그들과 함께 협상…… 설득을 해야 하나요?"

사브리나 역시 개념이 많이 사라진 영어 때문에 생각을 표현하는 데 어려움을 겪고 있었다.

"작은 우주선 하나뿐이에요. 아마도 폭발성 도료가 두 번 터지지는 않겠죠. 당신이 조종사니까 조종할 수도 있겠고. 하지만 '탐험가'호를 이것과 비교하면…… 시민들에게는 저런 게 수천 개나 있어요."

그녀는 별 특징 없는 홀로그램 구체를 가리켰다. GP 4호 선체였다.

"우리가 뭘 원하냐고요? 여길 떠나고 싶을 것 같은데요."

에릭이 말했다.

"우리 고향을 떠난다니, 뭣 때문에요? 잃어버린 지구라는 곳을 찾아서?"

레이시였다.

"그럴 수도 있긴 한데, 좀 더 알아봐야겠죠."

에런이 말했다

토론이 달아올랐다. 어떤 선택지도 마음에 들지 않았다. 훔친 우주선을 타고 소수만 떠난다는 망명—어디로 갈 수 있을지는 아무도 몰랐다. 헛된 보복 행위—자멸로 가는 길이었다. 그렇다고 아무것도 하지 않는 건 수치스럽고 불명예스러웠다.

키어스틴은 마침내 귀를 닫아 버렸다. 상징적인 저항이냐, 끔찍한 파멸이냐. 물론 먼 훗날에 기회가 올지도 몰랐다! 속이 뒤틀렸다. 키어스틴은 과거에 대한 진실에 이렇게 근접하게 된 과정을 머릿속으로 복기했다.

그워스가 사는 얼음 위성. 엘리시움의 숲. GPC의 공장. 허스의 생태건물. 인간 연구소…….

GPC가 '탐험가'호를 아주 철저하게 분해해서 수리했다는 데 생각이 미쳤다. 키어스틴은 큰 소리로 말했다.

"네서스가 우주선을 조종할 때는 핵융합 엔진이 있었어요."

다른 이들이 말을 멈추고 키어스틴에게 귀를 기울였다.

"우리에게 조종을 넘기기 전에 GPC가 핵융합 엔진을 무반동 추진기로 바꿨죠. 네서스는 무슨 이유가 있어서 핵융합 엔진을 싣고 있었던 거예요. 마찬가지로 그걸 없앤 것도 분명한 이유가 있어서겠죠. 방금 그걸 알아낸 것 같아요. 핵융합 엔진을 행성 표면으로 향하면 무기가 될 수 있어요. 정확하고, 조정이 가능하고, 무서운 무기죠. 질량 병기보다 더 정확해요. 더 효과적이기도 하고, 어쩌면 더 신뢰성이 높을 수도 있어요."

에릭이 아직 휴게실 가운데 떠 있는 오래된 램스쿠프 우주선을 가리키며 말했다.

"'긴 통로'호에는 핵융합 엔진이 있어요. 쓸 수 있을지는 모르겠지만."

다들 마음속으로 떠올렸을 거라고 키어스틴이 추측하고 있던 바와 같았다. 하지만 에런은 고개를 저었다.

레이시가 재빨리 말했다.

"쓴다고요? 그건……"

"그건 잠긴 상자 안에 있는 거나 마찬가지예요. 뚫을 수 없는 껍데기라고요. 무슨 끔찍한 짓을 벌이려는지 모르겠지만, 그 오래된 우주선은 아무 쓸모도 없어요."

사브리나였다.

"저……"

에릭이 말했다.

"사실 그건 가장 쉬운 문제예요."

11

가장자리가 날카로웠다. 모서리는 믿을 수 없을 정도로 뾰족했다. 니케는 눈앞에 쌓여 있는 상자가 외계 물건으로 가득 차 있는 외무부 보관소 안에서조차 안 어울려 보인다고 생각했다. 곁을 지나가다가는 물어뜯길 것 같았다. 상자 주위를 경고판이 둘러싸고 있고, 그 밖에는 넓은 복도가 있었다. 화물 부양기, 운반 로봇, 튼튼한 일꾼들이 알 수 없는 화물에서 멀찍이 떨어진 채 바삐 돌아다녔다.

일꾼 한 명이 발을 질질 끌며 앞으로 나와 고개를 숙였다.

"죄송합니다, 부장관님. 우주항에서 내린 화물이 계속 들어왔는데, 부장관님께 보낸 것으로 돼 있습니다."

허스의 어느 곳이나 마찬가지로 보관소 역시 니케의 사무실에서 고작 한 걸음이면 올 수 있었다.

"연락 잘했습니다."

니케가 말했다. 상자마다 니케의 이름 외에 '아이기스'라는 표식이 눈에 잘 띄게 붙어 있었다. 네서스의 우주선이었다. 위험할지도 모른다는 생각은 전혀 들지 않았다.

네서스는 결코 날 위협하지 않을 거야. 니케는 생각했다. 자신이 그 꾀죄죄한 정찰대원을 얼마나 그리워하고 있는지도 생각했다. 이제는 전처럼 놀라지도 않았다. 네서스가 홀로 다녀온 지난 한 장거리 여행에서 회복하고 나면 곧 만나서 상황을 알려 줄 것이다.

"내용물이 뭔지 압니까?"

니케가 물었다.

일꾼이 몸을 곧게 폈다. 그는 키가 작고 몸집이 우람했다. 눈은 짙은 갈색이었다. 입고 있는 옷 중에서 한 쌍의 머리를 덮는 부분만 투명했다──물론 기체는 통과할 수 있었다. 다리, 몸통, 목을 덮는 나머지 보호복은 파란색으로 십장이라는 지위를 나타냈다. 상황이 그러한지라 어쩔 수 없긴 했지만, 시민에게 옷을 입혀 놓은 건 거슬렸다. 튼튼한 옷감을 통해 간신히 알아볼 수만 있을 정도로 덮어 놓은 갈기는 특히 볼썽사나웠다.

"부장관님, 이게 뭔지는 모르겠지만 아주 무겁습니다. 스캔 결과 보이는 건 그냥 푹신하게 감싸 놓은 석판뿐입니다. 위험한 건 전혀 없습니다."

네서스가 왜 돌을 보낸 걸까?

"하나 보여 주십시오."

일꾼 십장이 바퀴 달린 스캐너로 걸어가자 니케가 다시 분명하게 말했다.

"열어 보라는 말입니다."

"부장관님?"

"괜찮습니다."

니케가 말했다. 설명할 수 없지만 막상 자신이 직접 겪어 보니 개척민들이 호기심을 어떻게 인식하는지 충분히 이해할 수 있었다. 아니면 이것도 네서스의 영향인가?

조급함이란 호기심과 비슷한 무엇인 게 분명했다. 니케는 안전 장벽 뒤에서 로봇이 가장 꼭대기에 놓인 상자를 내리는 모습을 초조하게 지켜보았다. 로봇이 상자 뚜껑과 옆면을 열었다. 보호복을 입은 일꾼들이 모여 포장지를 벗겨 냈다. 일이 끝나자 그들은 혼란스러워하며 뒤로 물러났다. 대리석에 멋지게 조각된 인물이 나타났다.

니케는 기쁨을 억제하지 못하고 입술을 꿈틀거렸다.

네서스가 비서의 안내를 받아 들어오자 니케는 자리에서 일어났다. 그는 평소와 다를 바 없이 흠잡을 데 없는 장식을 하고, 균형 잡힌 자세로 섰다. 오늘 그의 갈기는 황금색과 주황색 보석으로 반짝이고 있었다.

"고맙습니다, 베스타."

니케가 말했다. 베스타는 문을 닫고 나갔다.

"선물이 도착했군요."

긴 호를 그리며 벽에 걸려 있는 대리석 조각을 감상하면서 네서스가 말했다. 넓은 사무실이었지만, 아쉽게도 작품 중 일부만 전시할 수 있었다. 주름진 옷을 입은 영웅의 모습은 우아했다. 경이로운 동물. 완벽한 장인의 손길.

"상상했던 것보다 더 멋집니다."

"장엄합니다, 네서스. 이게 내가 생각하는 그것이 맞습니까?

파르테논 신전의 벽?"

"대부분을 가져왔습니다. 대영박물관the British Museum에서 얻었지요."

'얻었다'는 건 꽤나 중립적인 단어였다. 인간들조차도 몇 세기 동안 정당한 주인이 누구인지 싸우고 있었으니.

"인간의 신화에 관심이 있어서 좋아하실 줄 알았습니다."

"아주 마음에 듭니다."

니케는 닫힌 문을 흘긋 보더니 유혹하듯 두 목을 교차했다.

이 순간을 얼마나 오래 기다렸던가. 네서스는 생각했다. 상황이 이렇게 바뀌다니. 네서스는 서로 마주 보고 앉은 두 무리의 인간을 더 자세히 보기 위해 니케의 책상으로 걸어갔다.

"인간 학자들도 이 작품의 의미에 대해서는 아직 합의가 안 됐다고 합니다."

니케도 가까이 다가왔다.

"우선 인간 종족의 탄생을 축하하기 위해 만들었다는 설이 있습니다."

네서스가 말을 이었다.

"어떤 인간들은 이 장면이 창조의 지혜를 논하는 신들의 의회를 나타낸다고 주장하지요. 여기 보이는 두 무리는 각각 서로 다른 관점을 지지하는데, 거의 비슷하게 균형이 맞습니다."

그리고 인간의 운명은 또다시 어느 쪽으로 기울어질지 알 수 없었다.

"이제 '탐험가'호에서 무슨 일이 벌어졌는지 정확히 알려 주십시오, 니케."

키어스틴은 있어야 할 곳에서 몇 광년이나 떨어진 곳에 나타났다. 승무원 전원이 공모한 일이었다. 본질적으로 치명적인 무기와 다를 바 없는 '탐험가'호는 믿을 수 없는 개척민의 손에 넘어간 채 실종 상태였다. 우주선을 폭파한 건 올바른 판단이었다.

그러나 논리가 고통을 완화해 주지는 못했다.

네서스는 니케의 사무실 의자에 허물어지듯 주저앉았다. 니케에게 준 선물로 한껏 올라갔던 승리감도 슬픔에 씻겨 나갔다. 그들 셋은 몇 달째 보이지도 않았으며, 통신도 전혀 없었다. 죽은 게 분명했다.

누가 어린 레베카에게 이 이야기를 전해 줘야 할까?

개척민들이 쓴 속임수에 화가 났음에도 네서스는 이 비극에 대해 책임을 느꼈다. 그들을 선발했고 가르쳤으며 뒤를 밀어 준 건 네서스였다. 실패를 자인할 수밖에 없었다.

니케가 네서스 앞에 서서 갈기를 쓰다듬고 굳은 어깨를 풀어 주며 나직하게 애도하는 소리를 냈다.

"어쩔 수 없었습니다, 네서스. 정말 미안합니다."

"압니다."

네서스는 몸을 떨며 말을 이었다.

"괜찮아질 겁니다."

"나도 그 인간들이 마음에 들었습니다. 하지만 그들 스스로 그런 운명을 선택한 겁니다."

계속 상실감에 빠져 있으면 견디기 어려웠다.

"개척민 정찰대 계획은 이제 끝이군요. '아이기스'호의 수리가 끝나면 다시 출발하겠습니다."

"때가 되면 그렇게 하십시오."

니케는 네서스의 갈기를 빗질하기 시작했다.

"일단은 당신이 돌아와서 기쁘군요."

니케와 네서스는 군중 속을 천천히 돌았다. 네서스는 서로 어울리게 꾸며 땋은 갈기를 다시 한 번 슬쩍 보았다. 갑자기 불려려 나와 갈기를 장식해 준 미용사도 네서스보다 놀라지는 않았을 터였다.

서로 조화가 되는 갈기. 옆구리를 바싹 붙이고 나란히 걷는 모습. 공공장소에서 서로 엉켜 있는 목. 각자 친구에게 소개하기. 이 모든 건 확인이었다. 공동체의 심의와 인정을 받는 전통이었다. 아직 짝짓기를 한 건 아니지만, 그 절차가 시작된 것이다.

네서스는 반갑게 이름을 불렀다.

"클리오, 만나서 영광입니다."

말꼬리가 무미건조하고 가락이 맞지 않았지만, 아무도 뭐라고 하지 않았다. 그렇게 많은 이름을 어떻게 다 기억할 수 있을까? 니케가 사는 생태건물에 있는 초원 사교장에는 니케의 친구와 이웃, 아는 이들이 넘쳐 났다. 가장자리에는 가상의 무리가 저 멀리까지 이어져 있었다. 현실과 가상 사이의 이음매는 보이지 않았다.

그들은 홀로그램 조각 사이를 이리저리 걸어 다녔다. 무용극, 향기 분수, 감미로운 합창 등 대부분의 퍼페티어들이 여가로 즐기는 다양한 형태의 예술을 감상했다. 어울리게 장식한 갈기를 다시 한 번 슬쩍 보던 네서스는 니케와 그 자신에게 얼마나 공통점이 많은지 깨달았다. 네서스와 니케는 둘 다 일을 했다.

천천히 거닐던 네서스와 니케는 일군의 무용수와 마주쳤다. 다리가 번개같이 움직였고, 발굽은 높이 치솟아 올랐다. 즐거운 반주에 맞게 목소리가 울러 퍼졌다. 네서스는 문득 깨달았다. 난 행복해.

물론 짝짓기 춤은 아니었다. 짝짓기는 일어난다고 해도 먼 미래의 일이었다. 그래도 군중이 내뿜는 걸쭉한 페로몬 속에서 힘들게 숨을 쉬느라 옆구리가 들썩였고, 익숙한 무용극을 보니 목에서도 소리가 났다.

네서스는 미래에 니케와 함께 여인의 집 푸른 초원으로 걸어 들어가는 모습을 상상했다. 상상 속에서 그는 한 무리의 반려를 보았다. 그들은 근처 언덕에서 풀을 뜯고 있었다. 모두가 사랑스러웠고, 모두가 수줍어하고 있었다.

그중에서도 가장 섬세하고 아름다운 반려가 풀을 씹다가 고개를 들었다. 네서스와 니케는 빙글빙글 돌고 펄쩍펄쩍 뛰는 완벽한 동작을 선보이며 연약한 신부를 유혹했다. 반려가 둘 사이로 미끄러지듯 내려와 춤에 합류했다. 지금까지 본 반려들 중에서 가장 우아한 모습이었다. 움직임은 갈수록 복잡하고 감각적으로 변했다.

반려가 떨어져 나갔다. 네서스는 숨을 참고 기다렸다. 결정의 순간이었다. 작은 반려는 언덕 위에 있는 친구들을 바라보았다. 다시 그쪽으로 가서 이제까지 세상의 전부로만 알고 있었던 한가한 삶으로 돌아갈 수도 있었다. 아니면……

반려는 다시 구혼자를 돌아보았다. 그리고 천천히 근처에 있는 주홍색의 둥근 울타리로 걸어갔다. 거기 싱싱한 풀로 만든 침대에 자리 잡았다.

그들의 신부였다.

포효하듯 점점 강해지는 소리가 무용의 마지막을 장식했다. 네서스는 몽상에서 깨어났다. 땀이 옆구리로 흘러내렸다. 니케는 깊은 호흡을 하며 옆에 서 있었다. 친구들이 둘을 바라보며 인정한다는 듯이 눈을 깜박였다.

미래의 신부가 마음속에서 이처럼 뚜렷하게 보인 적은 없다. 네서스는 아직 만나지 못한 신부를 생각하며 잠시 슬픔에 잠겼다. 영광스러운 춤이 끝나고, 잉태라는 부드러운 순간이 지나고, 일 년 동안 네서스와 니케가 열광적으로 사랑한 뒤에야, 아이가 태어날 수 있었다.

그리고 한 시민을 낳는 과정에서 반려는 필연적으로 목숨을 잃었다.

네서스는 나른하고 기분 좋은 상태로 쌓아 놓은 쿠션 위에 자리 잡았다. 그는 생태건물 안쪽 깊숙한 곳에 방 하나만 갖고 있었지만, 니케는 외벽이 있는 집에 살았다. 네서스는 목을 가볍게 숙여 아래쪽에 있는 숲을 바라보았다. 벽에 걸린 조명판은 밤에 맞춰져 있었다. 하지만 숲을 덮은 나무 천장은 NP 세계의 빛을 받아 희미하게 빛났다.

니케가 당근 주스 한 잔과 자신이 마실 음료 한 잔을 합성해 온 뒤 더욱 푹신한 베개 위에 앉았다. 이상할 정도로 의기소침해 보였다.

"무슨 일이지요?"

네서스가 물었다.

침묵이 돌아왔다. 이윽고 니케가 일어섰다. 창밖을 바라보았지만 딱히 뭔가를 보는 것 같지는 않았다.

"당신 의견을 듣고 싶은 문제가 있습니다."

"어떤 것이든 말해 보십시오."

"우리가 어디로 가는지 알고 있습니까?"

니케의 두 앞다리는 마치 스스로 의지가 있는 것처럼 바닥을 긁고 있었다.

"우리요?"

"선단 말입니다, 네서스."

니케가 자기 모습을 잃는 것을 본 적이 있던가? 네서스는 마음이 혼란스러웠다.

"은하계 북쪽으로 간다고 알고 있습니다. 은하계를 떠나 텅 빈 우주로 갈 수 있는 최단 경로지요. 거기서부터는 별을 피하지 않고 직선으로 경로를 잡을 수 있습니다. 그리고 은하핵 폭발로부터 멀리 벗어나는 겁니다."

"그다음에는?"

니케가 다시 물었다. 이건 무슨 대화일까?

"물론 다른 은하계로 가는 것 아닙니까."

니케는 깊은 슬픔에 잠겨 단조 가락으로 한숨을 내쉬었다. 그리고 결심을 굳힌 듯 두 머리를 세우더니 긴박하고 엄숙한 가락으로 설명을 시작했다.

협약체가 피해를 입힌 종족에 대해. 은하들 사이의 어둠 속에서 영원한 안정을 구하려는 시시포스의 계획에 대해. 에오스의 부정한 거래에 대해. 니케가 가장 두려워하는 일, 바로 협약체가 아무런 자극도 받지 못하고 소심한 탓에 자기 몰두에만 빠져 있다가 타락하고 마침내 부패하여 파국을 맞이하는 것에 대해.

네서스는 지금까지 이렇게 시야를 넓혀 본 적이 없었다. 니케의 야망은 무서울 정도였다. 종족 자체를 바꾸려는 것이다.

"어떻게 할 생각입니까?"

네서스가 물었다.

"우리는 안쪽으로, 은하핵에 더 가까이 가야 합니다. 별과 자원이 풍부하고, 초신성 연쇄 폭발의 위험이 지나간 곳으로. 잠재적인 경쟁자가 모두 사라진 곳, 잠시나마 홀로 있을 수 있는 곳에서라면 우리가 어떻게 하면 다른 종족과 더 잘 지낼 수 있는지 생각할 수 있을 겁니다. 그러면서 도망치지 않고 우리의 도움을 기꺼이 받아들일 종족을 찾아야 합니다."

협약체의 운명과 비교하면 네서스의 걱정, 심지어는 개척민 친구 세 명의 죽음은 참으로 사소해 보였다.

네서스가 니케를 위로하고 희망을 전해 줄 수 있는 말을 생각하고 있을 때 귀에 거슬리는 알림 소리가 들렸다. 아이콘이 실체화됐다. 니케의 비서 중 하나로 네서스도 알아볼 수 있었다.

"연결."

니케가 말했다.

"뭡니까, 베스타?"

"부장관님, 죄송합니다. 지금 당장 이걸 보셔야 합니다."

베스타는 니케의 집에 네서스가 있는 걸 보자 놀란 듯했다. 하지만 한편으로는 안도하는 듯도 했다.

"정찰대원, 당신도."

"말해 보십시오."

"직접 보셔야 합니다."

베스타는 그렇게 말하고 화면 밖에서 머리로 뭔가 건드렸다. 그러자 그 자리에 홀로그램이 나타났다.

인간이었다. 실제 크기. 너무 많았다.

12

나이 든 개척민 여자가 앞으로 걸어 나오자 네서스는 이구동성으로 비명을 질렀다. 풀로 만든 깔개에 주저앉아서 머리 둘을 배 아래로 집어넣었다. 그리고 잠시 후 하나씩 차례로 꺼냈다. 섬뜩하고 무서운 심정으로 네서스는 니케도 똑같이 하고 있는 모습을 보았다.

여자가 앞을 보며 말했다.

"내 이름은 사브리나 고메즈반더호프입니다. 아르카디아 자치 정부 의회의 의장이지요. 지난 오백 년 동안 아르카디아에 억류돼 이용당한 인간을 대표하여……."

인간! 그 단어를 어디서 들었을까?

그 여자가 전부가 아니었다. 모든 게 문제였다. 네서스는 억지로 영상을 보며 마음속으로 받아들이도록 강요했다. 오래된 곡물 수송선을 탐험용으로 개조한 '보호자'호, 오래전에 인간이 건조한 항성 간 램스쿠프 우주선 '긴 통로'호, 그리고 어찌 된 일인지 멀쩡한 소형 우주선 '탐험가'호. 그 우주선 세 척은 실제가 아니라 컴퓨터로 합성한 모습이었다. 하지만 그 모습만 봐도 끔찍한 비밀이 이제 드러났다는 사실을 알 수 있었다.

앞쪽에 선 개척민들은 시민들만큼이나 단단히 붙어 있었다. 충격을 받았음에도 네서스는 그 안에 세 친구들이 살아 있는 모습을 보고 안도했다.

사브리나가 마무리했다.

"이제 비밀과 거짓말에는 질렸습니다. 우리 요구를 들어주거나, 싫다면 아주 큰 대가를 치러야 할 겁니다. 일단 빠른 시일 내에 우리에게 연락을 하지 않으면 당신들의 비밀을 선단 전체에 방송하겠습니다."

니케가 분노와 두려움을 담아 바닥을 발로 차자 풀이 공중에

날렸다.

오랫동안 숨겨 왔던 '긴 통로'호가 드러나 버렸다. 베데커가 어설프게 '탐험가'호를 공격하는 바람에 개척민들은 더욱 화가 났다. 개척민 정부는 모든 것을 공개하겠다고 협박하고 있었다. 소요 사태가 일어나고 식량 수출이 중단될지도 몰랐다——사실상 그렇겠다는 협박이었다. 선단의 모든 세계에서 개척민의 과거와 관련된 자료에 대해 자유롭게 접근할 수 있게 해 달라는 요구도 있었다.

그리고 어떤 시민도 감히 알고 있다고 인정하지 않을 정보를 요구했다. 바로 지구의 위치였다.

니케와 네서스는 외무부 사무실로 도약했다. 대리석 조각이 이제는 그들을 비웃는 것 같았다. 개척지 창조의 지혜가 새롭게 시작되는 이 순간에 인간 창조의 지혜를 논하는 신들의 의회를 묘사한 작품이 때마침 도착하다니.

네서스는 다시 덥수룩해진 갈기를 쥐어뜯으며 조심스럽게 니케에게 다가갔다.

"저들은 선단의 비밀을 너무 많이 알고 있습니다. 야생 인간과 절대 만나게 해서는 안 됩니다. 하지만 선단 내부에 적대적인 세계를 두거나 파괴하는 것 또한 말도 안 되는 일이지요."

니케도 동의한다는 듯이 몸을 부르르 떨었다. 이전에 시뮬레이션을 본 적이 있었다. 개척민을 몰살시키기 위해 질량 병기를 사용하면 산더미 같은 파편이 우주로 치솟는다. 대부분은 다시 떨어지지만, 일부는 그러지 않았다.

얼마나 되는 파편이 자유롭게 날아다니게 될까? 공통의 중심을 공전하는 여섯 개의 세계가 만드는 복잡한 중력의 움직임은 그중 몇 개를 붙잡아 오게 될까? 그중 몇 개가 허스에 떨어질까? 어떤 컴퓨터로도 계산할 수 없는 문제였다. 불타는 산이 생태건물 사이에 떨어진다면……

그리고 개척민이 조종하는 스텔스 우주선이 똑같은 방법으로 허스에 보복을 한다면 어떻게 될지는 예상조차 하지 못했다.

그래도…….

니케는 억지로 자세를 곧추세웠다. 더 이상 불안하게 발굽으로 바닥을 긁지도 않고, 서서히 방 안을 거닐었다. 제우스의 눈을 바라보며 영감을 얻을 때를 빼고는 멈추지 않았다.

"니케, 마음이 안정됐습니까?"

네서스가 물었다.

개척민의 요구. 협약체가 필요로 하는 것. 어떤 면에서 봐도 무용한 공개적인 적대 세력의 존재. 이제 드러난 비밀과 아직 안전한 비밀. 온갖 가능성과 위험이 니케의 머릿속을 지나갔다.

"괜찮습니다, 네서스. 잠시만 시간을 주십시오."

여하튼 대중은 은하계를 떠나는 여행에 익숙해졌다. 하지만 허스에 기조력을 발휘할 수 있을 정도로 가까운 세계에 화가 난 이웃이 있다는 것은?

그런 위험은 전례가 없는 일이었다. 그리고 실험당은 언제나 위험이 극에 달했을 때를 기회로 삼았다.

개척민들은 '긴 통로'호를 되찾으려는 것 같았다. 그저 조상들을 존중하거나 확인하는 행위를 하려는 것일 수도 있었다. 아니면 영리하게도 선단 내에서 핵융합 엔진이 마음대로 돌아다닌다는 사실이 전략적인 균형에 영향을 끼친다는 사실을 깨달았을지도 몰랐다. 그건 문제가 되지 않았다. GPC의 선체 안에 있는 한 램스쿠프 엔진을 복구한다고 해도 피해를 줄 수 있는 것은 보수당의 자기 위안뿐이었다.

선단 내에 닥친 위기를 잘 관리한다면 실험당에 희망이 생길까? 아니, 니케를 권력의 자리에 데려다 줄 수 있을까?

딱 한 가지 속임수가 더 필요했다. 인간을 조종하는 기술이 뛰어난 자가 할 수 있는 일.

"네서스, 우리 동족을 사랑합니까? 날 사랑합니까?"

"네! 그렇습니다!"

네서스가 노래했다.

"무엇이 필요합니까?"

계획을 요약해서 —본인 이외의 다른 이가 딱 알아야 할 만큼만— 설명하는 동안 니케는 신들의 시선이 날아와 꽂히는 기분을 느꼈다.

그는 에우리피데스의 경고를 잊으려고 애썼다.

13

오마르는 휴게실의 트레드밀 위를 달리고 있었다. 한때 네서스가 알고 있던 순종적인 동료 승무원이 아닌 자신감과 신념이 넘치는 사내였다.

"오케아노스는 어땠습니까?"

네서스가 물었다. 선단에 위협이 될 만하지 않다는 보고서는 이미 읽었다. 그저 별 뜻 없는 대화 주제로 멀리 떨어진 바다 행성을 끄집어낸 데 불과했다.

"물이 많고, 원시적입니다. 아마…… 재보급 기지 정도로 괜찮을 겁니다."

오마르는 수건으로 이마의 땀을 닦으며 달렸다.

"재보급?"

그건 통찰력이 있는 해석이었다. 선단이 오케아노스를 지나가려면 앞으로 몇 년은 더 있어야 했다. 그동안 그곳의 바다에서 중수소와 삼중수소를 상당히 뽑아낼 수 있었다. 허스에 필요한 핵융합 연료는 주기적으로 보충해 줘야 하는데, 아직 덜 고갈된 자연 보존 행성의 대양을 비상용으로 삼고 있었다.

"좋은 생각이군요."

오마르가 트레드밀의 속도를 늦췄다.

"이것에 대해서 알고 있었습니까?"

"이것?"

네서스가 물었다.

"'긴 통로'호 말이에요."

키어스틴이 말했다. 네서스의 오른쪽 머리가 빙글 돌았다. 어느새 그녀가 휴계실에 들어와 있었다.

"NP는요? 지구로 가는 길은요? 누가 우리에게 이런 짓을 했는지는요?"

"잘 있었습니까, 키어스틴. 당신 질문에 대답할 수 있다면 좋겠지만 아무도 모르는 일입니다. 물론 내가 다른 이들보다는 조금 더 알고 있긴 합니다만."

대답할 수 있다면 좋겠다는 부분만큼은 오해의 여지가 있을망정 사실이었다. 네서스는 다른 기술자보다 아는 게 조금이지만 더 많았다.

니케는 열 명 남짓의 시민을 보내 '긴 통로'호에서 개척민과 함께 일하도록 했다. 니케의 선한 의도에 대한 증거이기도 했다. 그들은 어디에도 없는 부품을 만들 수 있는 기술이나 수단을 제공했다. 하지만 역사에 대한 특별한 지식은 없었고, 개척민의 과거에 대해 조금이나마 알고 있는 내용조차 공유하지 말라는 지시를 받았다.

"다른 이야기지만, 에릭과의 일을 축하하고 싶습니다."

"벌써 몇 번째인지 모르겠군요. 언제까지 계속 화제를 돌릴 생각이죠?"

"미안합니다. 기분 나쁘게 하려던 건 아닙니다."

키어스틴이 커피 한 잔을 합성하자 휴게실에 향기가 퍼졌다.

"그래서, 얼마나 알고 있었는데요?"

"이미 몇 번이나 설명했지요."

네서스는 신중하게 말을 골랐다. 몇몇 시민으로 이뤄진 팀을 '긴 통로'호로 안내한 이래로 그는 몇 번 반복해서 질문에 대답할 때마다 정보를 조금씩 더 흘렸다.

"시민들은 대부분 이 일에 대해 모르고 있습니다. 그건 믿어도 됩니다! 허스에 왔을 때 당신이 역사책을 살지 어떻게 알았겠습니까. 지금 이야기하는 정보는 소수의 관료들만 알고 있습니다. 현 정부도 밝히기를 거부하는 아주 오랜 비밀이지요."

편의상 이렇게 일시적으로나마 연합할 수 있게 해 준 비밀은 소수만 알고 있어야 했다. 니케는 개척민 지도자들을 설득해서 당분간만이라도 이 억지스러운 협력에 대한 내용이 우주선 밖으로 새어 나가지 않도록 했다. 실험당 요원과 개척민 모반자 양쪽 모두 협약체 보안 기관의 의심을 사서 조사를 받고 싶지는 않았다. 물론 사브리나와 니케는 제각기 알아낸 사실을 이용해 향후 협상에서 유리한 위치를 점할 생각을 하고 있었다.

우주선에 탄 기술자들이 공교롭게도 딱 알아야 할 만큼의 역사만 알고 있듯이, 네서스 자신 역시 스스로 니케의 계획에 대해 아주 일부만 알고 있을 거라고 짐작했다. 그게 최선이었다. 아는 게 없어야 실수로라도 흘리지 않는다.

그래도 네서스는 니케가 자기를 완전히 신뢰해 주었으면 하는 마음이 들었다.

오마르와 키어스틴이 의심스럽다는 듯한 시선을 교환했다. 네서스는 그것을 자기가 너무 조심스러워하고 있다는 신호로 받아들였다.

"'보호자'호에 대해서 알고 있는 건 말했습니다."

작은 램스쿠프 우주선을 감싸고 있던 우주선 이야기였다.

"'보호자'호는 '얼음 세계'에 행성 추진기를 설치했지요. 그리고 함께 선단을 향해 돌아오고 있는데, 통신용 레이저 신호가 도착한 겁니다. 다들 겁에 질렸습니다. 움직이는 행성의 경로를 추정해 거슬러 따라갔다면 여러분의 조상들은 붉은 항성 주위를 둘러싼 혜성들을 볼 수 있었을 겁니다. 반대쪽에서는 인공적인 게 분명한 궤도를 돌고 있는 다섯 개의 행성을 보았을 테고요. 그런 중력 로제트는 안정적이지만 우연히 생기지 않습니다. 그때도 지금처럼 협약체는 허스의 위치를 비밀로 하는 게 안전에 꼭 필요하다고 생각했지요. '긴 통로'호가 선단의 위치를 알리지 못하게 하려고 공격한 겁니다. 하이퍼드라이브가 있었다면 며칠 만에 소식을 전했을 테니까요."

트레드밀이 멈추고 오마르가 뛰어내렸다.

"네서스, 그건 말이 안 됩니다. 그때 두 우주선은 일 광년이나 떨어져 있었고, 통신수단은 레이저였죠. '보호자'호는 일 년이나 된 메시지에 반응한 겁니다. '긴 통로'호가 고향에 소식을 전할 시간은 일 년이나 있었단 말입니다."

"'보호자'호의 승무원들은 겁에 질려 이성을 상실했습니다. 결과적으로는 그들의 추측이 옳았던 것 같습니다. 당신네 조상들은 고향에 신호를 보내지 않은 게 분명하니까요."

네서스는 인간이 남긴 기록에 떠돌이 '얼음 세계'에 대한 언급이 전혀 없다는 사실을 알고 있었지만, 그렇게 말할 수는 없었다. '긴 통로'호 자체는 국제연합 기록에 있지만, 공식적인 실종 원인은 '알 수 없음'이었다.

비공식적으로는 다들 기술적인 문제로 여겼다.

램스쿠프 우주선은 폭이 수백 킬로미터나 되는 강력한 자기장을 이용해 성간 수소를 빨아들여 연료로 이용했다. 그 정도로 강력한 자기장은 고등 생물에게 치명적이기 때문에 램스쿠프 기술은 로봇 승무원이 탑승할 때만 썼다. 유인우주선은 자체 핵연료를 싣고 로봇 정찰대를 뒤따라 움직였다. 속도는 훨씬 느렸다.

'긴 통로'호를 설계한 기술자들은 자기장 안에 일종의 거품을 만들어 안전한 공간을 확보하고, 그 안에 생명 유지 장치를 넣었다. 이 거품이 아주 잠깐만 작동하지 않아도 우주선에 탄 사람은 모두 죽는다. 그 당시 램스쿠프는 안정성이 확보된 기술이었지만, 거품은 그렇지 않았다. 다들 '긴 통로'호의 운명을 재촉한 건 거품이 붕괴되었기 때문이라고 추측했다. 별과 별 사이의 텅 빈 공간에서 무슨 다른 일이 벌어질 수 있겠는가?

또다시 유인 램스쿠프 우주선이 등장하기까지는 두 세기가 걸렸다.

"추측이 옳았다니, 추측을 바탕으로 한 짓이란 겁니까?"

에릭이 말했다.

"나 또한 그 공격을 옹호하지는 않는다는 점을 이해해 주기 바랍니다."

네서스는 화를 내는 에릭에게서 도망치지 않았다. 하지만 버티기가 힘들었다.

"선단의 위치를 비밀로 해야 한다는 점에 대해서만큼은 그들이 목적을 달성했다는 뜻일 뿐이지요."

"아까부터 계속 의식적으로 '그들'이라고 하는데, 당신도 관련돼 있었나요?"

키어스틴이 물었다. 오래전부터 예상한 질문이었다.

"절대 아닙니다. 전부 내가 태어나기 전에 일어난 일입니다."

솔직해진다는 건 기분 좋은 일이었다. 자주 찾아오는 기회는 아니었지만.

지름이 삼백 미터가 넘는 '보호자'호 안에는 밀폐된 화물칸 열두 개, 공원 세 개, 선실 수백 개, 서로 복잡하게 맞물린 하이퍼드라이브 엔진 네트워크, 수 킬로미터에 달하는 복도가 있었다. 그리고 한때 행성 규모의 무반동추진기가 있었던 중앙 공간에 '긴 통로'호가 자리했다.

'보호자'호 안에 누군가 발을 들이면 자연스럽게 일부 공간의 온도가 높아졌다. 이 효과는 시민보다는 개척민에게 더 뚜렷하게 나타났다. 네서스는 방의 크기에 따른 온도 변화 역치를 조정해 환경제어 하부 시스템을 유용한 추적 시스템으로 만들었다.

선실에서 아무런 방해도 받지 않은 채 네서스는 개척민들이 '보호자'호를 돌아다니는 양상을 관찰하곤 했다. 호기심이 언제나 꼭대기에 있는 것처럼 인간에게는 절대 변하지 않는 면이 있었다. 에릭은 곧 엔진실에 틀어박혀서 기술 자료만 들여다보았다. 키어스틴은 함교를 가장 많이 찾았다. 오마르와 스벤은 그 거대한 우주선에 완전히 관심을 잃었다. 두 사람은 깨어 있는 시간 대부분을 비좁은 램스쿠프 우주선 안에서 보냈다.

그러던 어느 순간 그런 마음에 공감이 갔다. '긴 통로'호는 인간에 의해, 인간을 위해 만든 우주선이었다. 협약체의 기술이 전혀 들어가지 않았다. 그곳을 방문하는 시민의 안전이나 편의를 위한 시설이 전혀 없었다. 조명에서부터 색 배합, 문, 탁자 높이, 공기의 풍미까지, 모든 면에서 그 램스쿠프 우주선은 전혀 다른 곳에서 왔음을 명백히 드러내고 있었다.

어떤 개척민도 일찍이 그런 환경을 접해 보지 못했다.

오랫동안 비어 있던 램스쿠프 우주선이 주의를 끌고 있는 덕분에 개척민들이 '보호자'호에 숨어 있는 불행한 진실을 마주치지 못하게 막는 건 간단했다. 적어도 그 점은 고마웠다.

네서스는 푹신한 쿠션 속으로 더 깊이 파고들었다. 그와 그가 이끌었던 승무원들 사이는 많은 게 변했다. 미묘하게 변한 점도 있었지만, 대개는 그렇지 않았다. 두피가 드러나게 바싹 깎은 에릭의 머리가 가장 뚜렷한 예였다. 키어스틴과 오마르는 조심스럽게나마 친구로 남아 있었다. 새로 등장한 스벤이라는 개척민도 친구가 될 수 있을지 몰랐다.

수 세대에 걸쳐 주입한 복종심은 사라졌다. 네서스는 마치 야생 인간과 함께 '보호자'호를 —그리고 여러 가지 비밀을— 공유하고 있는 것 같았다.

재앙이 다가오고 있었다. 네서스는 몸을 벌벌 떨었다.

'보호자'호의 도면을 나타내는 눈앞의 홀로그램에서 점 하나가 깜빡였다. 함교에 나타난 체온을 의미하는 점이었다. 네서스는 목구멍 두 개로 탄식하며 일어섰다. '보호자'호의 함교는 선실에서 도약 원반 한 번이면 갈 수 있었다. 아마 키어스틴이 함교에 있을 터였다.

위치를 탐지당하고 있다는 사실을 개척민이 알게 해서는 안 되었다. 네서스는 함교 대신 '긴 통로'호로 가는 통로에 가까운 원반으로 도약했다.

휴게실에는 스벤이 있었다. 지브스와 한창 대화를 나누는 중이었다. 에릭과 오마르는 램스쿠프 우주선의 엔진실에서 GPC의 전문가와 함께 기술적인 논의를 하고 있었다.

뭔가 달라졌다. 네서스가 한눈에 알아보지 못한 게 어딘가 있었다.

잠시 후, 그는 깨달았다. 굵은 동력선이 없었다. 전에는 동력선이 '보호자'호의 보조 핵융합 엔진에서 나와 뱀처럼 구불거리며 에어록과 복도와 계단을 지나 이곳에 있는 주 전력 분배기로 이어져 있었다. '긴 통로'호가 이제 스스로 동력을 만들 수 있을 정도로 수리가 끝났거나 혹은 연료를 채운 모양이었다.

니케가 아직 네서스에게 이야기해 주지 않은 계획을 이루려면 시간이 있어야 했다. 개척민들이 이 우주선을 복구하는 데 시간을 낭비하게 해야 했다. 어차피 날지도 못할 우주선이었다. 과거 '긴 통로'호를 삼킬 때 썼던 거대한 문은 나노 기술로 막아 버렸다. 엔트로피를 역전시킬 수 없듯이, 초분자구조를 확장시켜 놓은 것 또한 돌이킬 수 없었다. '보호자'호의 선체는 작은 해치를 빼고는 밀폐된 상태였다.

온도 센서에 포착된 건 키어스틴의 체열이 분명했다. 아마도

'보호자'호의 함교에서 혼자 메인 컴퓨터로 조사를 하고 있을 터였다. 네서스는 나중에야 알게 됐지만, 오래된 자료를 뒤지는 일만큼 키어스틴이 관심을 갖는 건 별로 없었다.

"키어스틴은 어디 있습니까? 이야기를 좀 하고 싶습니다만."

네서스는 짐짓 모르는 척 물었다.

"큰 우주선 함교."

에릭이 기술 이야기를 하다가 말고 불쑥 대답했다. 네서스는 그 무례함에 발끈했지만, 덕분에 굳이 구실을 꾸며 낼 필요가 없어졌다.

한 번 더 도약한 네서스는 '보호자'호의 함교에서 푹신한 의자에 등을 기대고 앉아 있는 키어스틴을 발견했다. 그녀는 고개를 뒤로 젖힌 채 생각에 잠긴 듯 눈을 꼭 감고 있었다. 주위가 온통 홀로그램이었다. 항법 자료, 그래픽, 글 등.

"안녕하십니까, 키어스틴."

키어스틴이 흠칫했다.

"깜짝 놀랐잖아요."

"어떻게 하고 있는지 궁금했습니다. 에릭 말이 여기 있을 거라더군요."

"뭘 하고 있는지 궁금했다는 뜻이겠죠."

"그런 식으로 생각하지 마십시오, 키어스틴."

"어떻게 안 그래요? 우리 개척민에게 지금까지 숨겨 온 비밀이 얼마나 많은데. 우린 지금까지 거짓말만 들었어요. 거짓말만 듣고 살았다고요."

키어스틴은 누가 거짓말을 했는지 굳이 언급하지 않았다. 그럴 필요도 없었다.

"그래도 지금 이 우주선에 타고 있지 않습니까. 솔직히 말해보십시오, 키어스틴. '긴 통로'호를 찾는 동안 당신은 완전히 솔직했습니까?"

키어스틴의 얼굴이 붉어졌다.

"어쩔 수 없이 우리는 머리를 많이 써야 했어요."

"그렇다면 나 역시 제약을 받으며 일할 수밖에 없었다는 걸 알겁니다."

"우리가 잘 있는 걸 봤으니 이제 됐겠네요."

키어스틴은 등을 돌렸다.

공중에 떠 있는 홀로그램 하나가 네서스의 시선을 붙잡았다. 키어스틴의 골치를 썩일 만한 자료였다.

"이동 중인 행성이군요."

키어스틴은 그 영상을 확대했다.

영상 속의 시간은 실제보다 몇 배 더 빨랐다. NP_5가 될 행성이 구름에 휩싸인 채 자전하고 있었다. 한때 모성이었던 별은 점으로밖에 보이지 않았다. 영상을 표시하는 모종의 원리로 인해 — 그녀가 한 일일까?— 멀어지는 별의 겉보기 밝기는 그대로였다.

육지와 바다에서 열이 빠져나오면서 폭풍이 휘몰아쳤다. 폭풍우는 점점 자라며 서로 합쳐졌고, 바다에서는 그보다 더 많은 폭풍우가 생겼다. 그러다 마침내 두꺼운 구름이 완전히 표면을 뒤덮었다.

"괴로워하며 죽어 가는 행성이죠."

키어스틴이 말했다. 담담한 말투에서 못마땅함이 드러났다. 그녀는 재생 속도를 더 빠르게 조정했다. 구름이 소용돌이치더니 구조가 미묘하게 바뀌었다. 구름이 점점 얇아졌다.

"호수와 강이 얼어붙었어요. 마침내 바다마저 얼어붙고 폭풍우도 생기지 않네요. 이제 대기도 얼어붙었어요. 기체별로 하나씩 얼기 시작해서 육지와 바다 위에 층을 만들었어요."

키어스틴은 네서스를 노려보았다.

"빠르게 재생. 선단에 도착할 때까지."

작은 핵융합 인공 태양이 목걸이처럼 줄을 이어 날아와 얼음으로 덮인 행성을 둘렀다. 대기가 녹기 시작하면서 다시 폭풍우가 일어났다.

"순식간에 산소가 풍부한 대기가 생겼어요. 생태계를 이룰 만큼. 단세포생물 이상은 전부 얼어붙은 환경에서 살아남지 못했죠. 허스의 생명체와 경쟁하지 못하게 만든 거예요."

네서스는 의자에 앉았다.

"원시적인 세계였습니다. 그렇지 않았으면 가져오지 않았을 겁니다."

"원시적이라. 지구처럼 말이죠?"

네서스는 화들짝 놀랐다. 키어스틴은 우리를 괴물이라고 생각하고 있어.

"오케아노스 수준도 안 됩니다."

키어스틴은 대꾸하지 않았다. 침묵이 목을 죄어 왔다.

"협약체가 생태 행성을 만든다는 건 알고 있겠지요."

네서스가 말을 이었다.

"먼저 NP_1과 NP_2가 있습니다. 그건 원래 우리 항성계 외곽에 있던 불모의 행성을 위치만 옮겨 온 겁니다. 움직이기 전에 혜성을 여럿 떨구었지요. 충돌하면서 얼음이 녹았고, 우리는 바다에 유전자를 조작한 단세포생물을 대량으로 살포했습니다. 원시대기를 바꾸는 데 수천 년이 걸렸지요."

네서스는 홀로그램을 가리켰다.

"바다와 산소가 풍부한 대기가 있는 세계는 금세 생산적인 곳이 됩니다. 녹으면서 생긴 폭풍우가 사라지는 대로 흙에 처리를 할 준비가 되지요."

"NP_3와 NP_4가 그랬겠죠, 아마도. NP_5도 조만간 그렇게 될 것이고."

키어스틴이 말했다.

네서스는 모반을 일으킨 개척민에게 협력하는 것처럼 보여야 했다. 그렇다고 해도 키어스틴이 '보호자'호의 컴퓨터에 마음대로 접속하게 내버려 둘 수는 없었다. 막을 수 없다면 감시라도 해야 했다. 네서스가 서둘러 온 건 그 때문이었다. 키어스틴의 관심을 돌릴 수 있다면 더욱 좋았다.

오래된 램스쿠프 우주선에 실린 컴퓨터는 이미 면밀한 조사가 끝났다. 지구의 위치는 들어 있지 않았다. 네서스는 키어스틴이라고 해도 그 컴퓨터에서 인간이 살고 있는 어떤 세계의 위치도 알아낼 수 없다고 확신해 마지않았다. 그러나 '보호자'호의 시스템 안에 그 불운한 임무의 잔여물이나, 선단에 돌아온 뒤 누군가 부주의하게 업로드한 금기 정보가 없다고는 확신할 수 없었다.

키어스틴의 주의를 돌려야 했다.

"키어스틴, 선단이 저런 것과 같은 수많은 세계로부터 도망가고 있다는 게 이상하지 않습니까."

네서스는 전망 창 밖으로 큼지막하게 보이는 NP_5를 향해 목을 늘이며 말했다.

"은하핵에서 한때 거주 가능했던 행성은 전부 깨끗하게 날아가 버렸습니다. 앞으로 방사선이 퍼지면 더 많은 행성이 불모지가 될 겁니다. 생태 행성이 되기에 충분히 성숙한 세계 수백만 개가 그렇게 될 거란 말입니다."

네서스는 머리를 돌려 자기 자신을 보았다.

"그런 세계가, 멋지지만 반응성이 큰 산소가 재결합하기 전에 접근할 수 있을 정도로 안전했다면 얼마나 좋았겠습니까."

그러고는 극적인 효과를 위해 몸을 떨며 슬쩍 얄궂다는 듯한 자세를 취했다.

"쓸데없이 분위기만 우울해졌군요. '긴 통로'호로 돌아가서 커피와 당근 주스나 하지요."

키어스틴이 한발 앞서 사라지자 네서스는 갈기를 부들부들 떨며 참고 있었던 충동을 해소하고 뒤를 따랐다.

니케는 풀과 과일을 섞은 음식을 조금 입에 넣고 우아한 동작으로 씹었다. 단순하게 만들어서인지 재료의 자연스럽고 신선한 맛이 ─그리고 가격도─ 더욱 돋보였다. 이 또한 뻔히 들여다보이는 수작이었다.

"훌륭하군요."

이 회동을 잘 치러 내기 위해서 꼭 필요한 수준의 우아함을 발휘하며 니케가 말했다.

"만나 주셔서 감사합니다, 에오스."

에오스는 과장된 동작으로 응답했다. 호사스러운 저택이 그를 돈에 좌우되는 존재로 타락시킨 걸까? 정치와 삶이? 이제 곧 성사될 거라고 생각하고 있는 거래가?

"당신을 만나는 건 언제나 즐겁습니다. 지난번에 이야기했던 일에 대해서는 생각해 봤습니까?"

"네."

니케는 불편한 기색을 가장하며 고개 숙여 절했다.

"최후자님께서는 확실히 연합 정부를 제안하실 겁니까?"

"이제 곧 그럴 겁니다. 마침 적당한 시기지요. 이주는 순조롭게 진행 중이니까요."

순조롭게? 야생 인간이 아직 쫓고 있었다. 그 사실을 언급하지 않음으로써 에오스는 스스로의 위치를 배신했다. 실험당의 지도자로서 계속 일할 권리를 포기한 셈이었다.

니케는 결심했다. 내 양심은 깨끗해.

"당신과 최후자님께서 연합에 대해 발표하실 때 확실히 하는 게 좋겠습니다."

"그렇군요."

에오스는 말을 잠시 멈추고 접시에 곡물과 과일 혼합죽을 더 담았다.

"그게 당신에게는 중요합니까, 니케?"

"저는 비밀 임원회 회장으로서 문제를 객관적으로 봐야 할 의무가……."

니케는 다시 한 번 고개를 억지로 숙였다.

"알겠습니다. 당신으로서는 먼저 나서서 똑같은 평가를 내리기보다 우리 상황이 안전하다는 데 동의하는 모양새가 더 적절하겠군요. 내가 한 제안을 고려한다면 특히나."

에오스가 먹고 있지 않은 쪽의 머리로 즐거운 듯 입술을 꿈틀거리며 웃었다.

니케는 복종하듯 고개를 숙였다.

"당신 뜻은 알겠습니다."

에오스는 접시를 내려놓고 양쪽 입으로 뒤틀린 화음을 휘파람으로 불었다.

"그러면 우린 서로 합의한 겁니다."

"그렇습니다."

니케는 몸을 폈다. 거짓말을 했다는 게 전혀 부끄럽지 않았다.

일단 니케의 거짓 충고대로 에오스가 선언을 한다면, 뒤를 이어 곧바로 개척민이 일으킨 위기 상황을 발표할 것이다. 그러면 협약체 전체가 합의에 이를 터였다.

실험당의 현 지도자는 지도자로서 자격이 없다는 데에.

14

에릭이 부드럽게 코를 골며 나른한 동작으로 몸을 돌렸다. 키어스틴은 마침내 풀려날 수 있었다. 수면장을 끈 자 그들은 천천히 바닥으로 내려왔다. 키어스틴은 일어서서 옆으로 비켜난 뒤 에릭이 뒤척이기 전에 다시 수면장을 켰다. 에릭은 자면서 코웃음을 쳤고, 키어스틴은 미소를 지었다.

불면증을 ─혹은 에릭은 편하게 자는 것을─ 탓해 봤자 얻을 게 없었다. 키어스틴은 오토닥으로 수면제를 만들려고 휴게실로 향했다. 그러던 도중 마음을 바꿨다. 그녀는 '탐험가'호에서 '긴 통로'호로 곧바로 도약했다. '탐험가'호는 '보호자'호 바깥에 정박해 있고, '긴 통로'호는 안쪽에 들어 있었다.

커피를 가지러 잠깐 들른 뒤 키어스틴은 램스쿠프 우주선의 함교로 갔다. 스벤이 먼저 와 있었다.

"아, 안녕하세요."

키어스틴이 인사하자, 그는 계속 종이를 뒤적이며 대꾸했다.

"안타깝게도 당신 역시 잠이 안 오나 보네요."

키어스틴은 남는 자리에 앉았다.

"커피 때문이죠. 우리 모두 중독됐어요. 지브스하고 얘기나 좀 할까 해서요. 방해가 될까요?"

스벤은 조종 장치에 달린 선반 위에 종이를 펼쳐 놓고 있었다.

"상관없어요. 신경 쓰이면 내가 다른 데로 가죠. 그냥 주변 환경 좀 바꿔 보려고 온 거니까. 내 방이나 휴게실로 가도 돼요."

"고마워요. 조용히 이야기할게요."

키어스틴은 스벤을 최대한 방해하지 않으려고 조종 장치를 향해 몸을 돌렸다.

"지브스, 나야, 키어스틴."

콧수염이 달린 둥근 얼굴 그림이 활짝 웃었다.

— 안녕하세요. 즐거운 아침입니다.

이제 막 우주선 시각으로 아침이 됐다.

"지구에 대해서 아는 거 있어?"

키어스틴이 물었다.

— 거의 없습니다. 지구는 인간이 태어난 곳입니다. '긴 통로'호는 지구 고궤도에서 만들어져 발사됐습니다.

"지구가 어디 있는지는 모른다는 거지?"

키어스틴은 한숨을 쉬었다. 답은 이미 말고 있었다.

— 그 데이터는 손상됐습니다.

지브스가 아쉬운 목소리로 말했다.

키어스틴은 의자 깊숙이 몸을 묻었다. 아직 피곤한 건 아니었지만 진력이 나고 있었다. 조상들의 우주선을 찾으면 답이 나올 줄 알았다. 에릭과 오마르는 우주선을 복구하느라 바빠서 키어스틴 혼자만 절망에 빠져 있었다. 조상들의 기술을 완전히 습득하면 도움이 될 거라는 생각에 동의할 수 없었다. 이유는 알 수 없었지만.

집중하자. 키어스틴은 마음을 다잡았다.

"우리 개척민도 지구에서 살 수 있어?"

그녀는 일단 질문한 다음, 뭐가 됐든 기억장치에 남아 있는 쓸모없어 보이는 정보와 관련된 게 있을지 모른다는 희망을 품고 허스와 선단, NP$_4$와 아르카디아에 대한 기본 정보를 전달했다.

— 아마도 가능합니다. 이 우주선에서도 살 수 있으니까요.

지브스가 대답했다.

"아예 못 알아낼지도 몰라요."

스벤이 종이를 정리하느라 부스럭대는 소리를 내면서 말했다.

"협약체는 지구의 위치가 알려지는 걸 싫어해요. 지구 정부도 똑같을지 모르죠. 그 정보는 항법사의 머릿속에만 있을지도 모르고. 어쩌면 보이는 족족 삭제해 버릴 계획일 수도 있어요."

논리적인 생각이지만 순순히 받아들이기 어려웠다. 여기까지 오느라 들인 공이 얼마인가. 결국 시민들이 들려준 과거 이야기밖에 건질 수 없는 걸까? 정말 그럴지도 모른다는 생각에 가슴이 아팠다.

키어스틴은 몸을 쭉 폈다. 굳은 관절에서 소리가 났다.

스벤은 다시 종이 뭉치를 정리하고 있었다. 할 일들, 스케치, 물품 목록 등등. 어떤 항목은 확인 표시가 되어 있고, 어떤 곳에는 선이 그어져 있었다.

"지브스에 몇 테라바이트나 되는 자료가 있는데, 왜 그런 거에 그렇게 신경을 쓰는 거예요?"

키어스틴의 물음에 스벤은 어깨를 으쓱했다.

"여기 승무원들도 마찬가지였으니까요. 그런데도 이건 손으로 기록했잖아요. 그럴 만한 가치가 있었다는 뜻이겠죠. 시간을 써서 연구할 가치도 있어요."

"그래도 낙서인데요? 게다가 거의 다 꽃에 대한 낙서잖아요."

처음 이 우주선에 올랐을 때 챙겼던 자수 장식품이 어렴풋이 떠올랐다.

"여기 그런 게 온통 널려 있기는 하지만, 좁고 아무것도 없는 환경에서 오래 살다 보면 자연이 그리워질 수도 있죠, 뭐."

"그 꽃 그림도 뭔가 흥미로워요. 무슨 꽃인지는 알죠?"

스벤이 물었다.

키어스틴은 거의 식어 버린 커피를 한 모금 마셨다.

"몇 개는요. 미나리아재비, 데이지, 붓꽃이었나. 우주선에 씨가 있었다는 뜻이겠네요."

"내 아내 타이라는 정원사 급이라고 할 수 있어요. 그 덕분에 나도 무슨 꽃인지 다 알아봤죠. 한데 딱 하나를 모르겠어요."

스벤은 종이 몇 장을 툭툭 쳤다.

"푸크시아처럼 생기긴 했는데, 지금까지 내가 본 푸크시아는 꽃잎이 네 개거든요. 그런데 이건 전부 다섯 개예요."

"희한하네."

키어스틴이 잠시 후 중얼거렸다.

"씨는 가져왔는데, 제대로 못 기른 걸지도 모르죠."

스벤은 하품을 억지로 참았다.

"지브스?"

— 물품 명세서에는 그런 씨앗이 없습니다.

지브스는 잠시 침묵했다가 덧붙였다.

— 적어도 제가 알기론 그렇습니다.

키어스틴의 시야 한구석에서 스벤이 다시 하품했다. 그녀는 말했다.

"졸아도 안 깨워 줄 거예요."

"상관없어요."

스벤은 다시 종이뭉치를 그러모았다.

"어쨌든 그래서 이 종이를 살펴보는 거예요. 푸크시아가 다르다는 건 아무 의미 없을 수도 있어요. 하지만 어쩌면 항법 데이터에만 문제가 있는 게 아니라는 뜻일지도 몰라요."

스벤은 입을 크게 벌려 하품했다.

"물론 별거 아닐 가능성이 더 크긴 하죠."

그러고는 비틀거리며 함교를 나갔다. 아마도 방으로 가는 듯했다.

스벤이 옆에서 그렇게 하품을 했는데도 키어스틴은 졸리지 않았다.

"지브스, 지난번에 손상됐다고 했던 데이터 기억나?"

왜 그런 건지 모르겠지만 접근이 가능하지도 불가능하지도 않은 영역이 있었다. 지브스는 그 안의 내용과 목적에 대해 전혀 모른다고 했다.

"자세히 보여 줘."

영상이 실체화돼 나타났다. 십육진법 숫자가 빠르게 흘러 지나갔다. 키어스틴은 아무 정보도 파악할 수 없었다. 이런 코드를 보고서 뭔가 알아낼 수 있을 리가 없었다.

"정지. 이게 프로그램 코드야, 아니면 데이터야?"

— 둘 다 조금씩 섞여 있습니다. 대부분 의미가 없습니다.

프로그램도 아니고 데이터도 아니다?

"이건 할당이 안 된 저장 장치야? 어떤 프로그램에서 나온 다음에 다시 안 쓰게 된 거?"

— 아닐 겁니다. 재할당 대기열에 들어가 있지 않습니다. 재배정하기 위해서 초기화하지도 않았습니다.

키어스틴은 마지막 남은 커피를 들이켰다. 그녀가 공부한 건 인간이 아니라 시민이 만든 컴퓨터였지만, 확실히 기본 원리에는 공통적인 면이 있었다. 물론 이제는 누구도 메모리 할당 같은 사소한 부분을 연구하지 않았다. 그런 건 오래전에 최적화와 표준화가 끝났다.

그러나 데이터 구조가 모든 것을 좌우한다는 건 분명했다.

"지브스, 이 미지의 영역이 속한 데이터 구조가 있어?"

— 있습니다. 쓸모 있는 구조는 아닙니다. 재사용하면 안 된다는 꼬리표가 달려 있습니다. 물리적인 결함이 있었던 듯합니다. 하지만 현재 진단 검사를 모두 통과한 것을 보면 그 결함은 일시적이었던 것 같습니다.

대화는 별 진전 없이 이리저리 오갔다. 나오는 게 없자 키어스틴의 기분도 가라앉았다. 지브스는 자기가 무엇을 모르는지 알지 못했다.

키어스틴이 모르는 건 간단했다. 포기하는 법.

"그 영역에 데이터가 조금 있다고 했잖아. 그게 네가 알고 있는 데이터 구조를 조금이라도 써?"

영상 속에서 지브스가 머리를 흔들었다.

아니군. 흐음.

"프로그램 코드도 있다고 했지. 그건 뭔가 의미 있는 구조에 대응이 돼야 하잖아. 아니면 데이터하고 구분할 수 없었을 테니까. 맞아?"

지브스는 고개를 끄덕였다. 콧수염 양쪽 끝이 살짝 움직였다.

송풍기가 갑자기 돌아가기 시작하자 키어스틴은 깜짝 놀라 펄쩍 뛰었다가 천천히 떨어져 내려왔다. 이번 교대 시간에는 잠이 들지도 몰랐다.

그 전에 할 일이……

"지브스, 의심스러운 코드 조각을 실행해 봐야 할 것 같아. 만약 그게 안전하지 않으면 사전에 미리 알아채서 막을 수 있어?"

— 안전하지 않음을 분명히 정의해 주십시오.

키어스틴은 잠시 생각했다.

"프로그램이나 데이터를 변경하는 것. 우주선 시스템을 작동시키는 것."

'보호자'호 내부에서 핵융합 엔진에 시동을 걸었다가는 모두 죽고 말 터였다.

— 그렇다면 가능합니다. 할 수 있습니다.

키어스틴은 눈을 문질렀다. 그걸 전부 못 하게 막으면 그 미지의 프로그램이 애초에 무슨 기능을 했는지 알아낼 수 있을까?

"정정할게. 첫째, 지금 우리가 이야기하고 있는 비정상적인 영역에 한해서 메모리 수정을 허용할 것.”

키어스틴은 손가락으로 조종 장치를 가리켰다.

“둘째, 이 조종 장치에서는 영상과 음성 출력을 허용할 것.”

— 완료했습니다. 수상한 코드 조각을 실행할까요?

“시작해.”

손상된 메모리 영역에는 실행 가능할 것처럼 보이는 코드 조각이 여덟 개 있었다. 그중 네 개는 실행 결과 아무 기능도 하지 않았다. 세 개는 우주선의 주요 통신망에 알 수 없는 명령을 전송하려 했다. 지브스가 모두 막은 뒤 종료했다.

마지막 조각은 키어스틴의 눈앞에 원시적인 홀로그램을 띄웠다. 한쪽 끝에 깜빡이는 사각형이 있는 직사각형이었다. 아무것도 아닐지도 몰랐다.

아니면, 로그인 창일 수도 있지. 키어스틴은 생각했다.

불과 얼마 전만 해도 니케와 맺어진다는 건 있을 수 없는 일로만 여겼다. 그런데 그 일이 실제로 일어났다. 따라서 허스에서 어떤 소식이 날아온다고 한들 놀랄 리가 없다고 생각했다. 하지만 네서스는 말문이 막히고 말았다.

바로 최후자가 에오스에게 정부에 들어오도록 권유했다는 것이다. 에오스는 수년간의 평온한 항해로 새로운 안전보장의 시대가 열렸다며 동의했다.

니케는 긴급히 처리해야 할 일이 많다며 네서스의 통신을 거부했다.

네서스는 선실 문을 잠그고 배 아래에 머리를 말아 넣어 거짓된 안전을 위안 삼은 채 놀라움을 가라앉히려 애썼다. 어떤 광기는 성간 공간을 정찰하는 일보다도 훨씬 더 위험했다.

'보호자'호에는 엄청난 양의 중수소와 삼중수소가 있었다. 도약 원반과 분자 필터로 연료 통을 채우는 건 '탐험가'호와 마찬가지였지만, 양에서 큰 차이가 났다. 전송 상태로 작동할 때면 같은 종류의 도약 원반이 우주선에 있는 모든 핵융합 연료 통을 채웠다. '보호자'호의 보조 연료 통이 모두 차면 그다음에는 로봇, 심지어는 쓰레기 처리 장치까지 모두 채웠다.

일단 에릭이 도약 원반 몇 개를 개조하고 나면 '보호자'호는 '긴 통로'호의 연료 통도 채워 줄 것이다.

에릭이 연료 공급에 전념하는 동안, 오마르와 스벤은 지브스에게 과거 물품 기록에 대해 물어봤다. 네서스는 선실에 처박혀 나오지 않았고, 시민 기술자들은 최근 허스에서 날아온 정치권 소식을 가지고 떠드느라 인간에게는 신경도 쓰지 않았다.

키어스틴은 초조했다. 일단 작동은 하는 코드 조각을 발견한 이래 흥분한 나머지 잠을 잘 수 없었다. 아니, 솔직하게 말하면 너무 우울해서였다. 숨어 있던 프로그램을 발견했다고 치자. 어떻게 로그인할 수 있을까?

피로가 커피의 능력을 넘어서자 키어스틴은 자극제로 바꿨다. 그녀는 휴게실 탁자에 앉아 팔짱을 끼고 그 사이에 머리를 박은 채 미지의 코드가 불러낸 영상을 떠올렸다.

깜빡이는 사각형은 커서 같았다. 아마도 직사각형은 입력 창일 것이다. 만약 그렇다면 문자 여섯 개가 들어갈 만한 공간이었다. 아무렇게나 문자를 쳐 봤지만 추가로 입력할 수 있게 입력 창이 늘어나지는 않았다.

문자는 스물여섯 개, 숫자는 열 개다. 낙관적으로 생각해서 암호에 구두점은 쓰지 않았다고 가정하기로 했다. 문자 여섯 개. 경우의 수는 36^6이었다. 대략 이십억쯤.

추측으로 해결하기는 어려웠다. 누가 암호를 만들었는지 몰라도 아마 강력한 공격에 대비해 가능한 한 영리한 수를 썼을 게 분명했다.

마침내 자극제 기운이 오르자 배가 고팠다. 키어스틴은 '긴 통로'호의 합성기로 또다시 처음 보는 음식을 시도했다. 페퍼로니 피자였다.

스벤은 휴게실의 한쪽 벽을 오래된 꽃 그림으로 뒤덮었다. 꽃잎 개수가 다르다는 점 빼면 키어스틴은 대부분을 구별하지 못했다. 왜 그렇게 시간을 들여 가며 꽃을 그렸을까?

합성기에서 피자가 나왔다. 냄새가 좋았다. 처음 한입을 먹고 입천장을 데었다.

꽃은 어느 곳에나 있었다. 처음 왔을 때 가져간 장식품에도 꽃이 있었다. 만약 꽃에 어떤 의미가 있다면, 푸크시아는 왜 꽃잎을 잘못 그렸을까?

키어스틴은 조심스럽게 한입 더 깨물었다. 피자란 건 맛이 끝내줬다. 지구의 요리란 말이지. 키어스틴은 생각했다.

그렇다면 지구의 꽃은?

꽃 속에 숨겨진 메시지가 있을까?

키어스틴은 그림으로 뒤덮인 벽을 바라보며 필사적으로 패턴을 찾아보았다. 지저분한 스케치는 종류도 다양했다. 꽃잎과 이파리. 꽃잎에 뭔가 있을지도 몰랐다. 개수일까?

어떤 그림에 있는 꽃은 각각 잎이 세 개, 다섯 개, 스물한 개였다. 다른 그림에는 세 개, 여덟 개, 다섯 개였다. 또 다른 그림에는 여덟 개, 세 개, 다섯 개였다. 뭔가 기억을 건드렸다.

어떤 그림을 봐도 꽃잎 개수는 몇 가지 수에만 한정됐다. 키어스틴은 목록을 만들어 봤다. 3, 5, 8, 13, 21이었다. 패턴이 보였지만, 의미는 없었다. 3 더하기 5는 8이다. 5 더하기 8은 13이다. 8 더하기 13은 21이다.

키어스틴은 피자를 다 먹고 학교로 갔다. 애니메이션으로 떠 있는 지브스는 스벤, 오마르와 한창 대화를 나누는 중이었다. 들어갈 공간이 없었다.

"지브스."

키어스틴이 복도에서 소리쳤다. 인공지능은 한 번에 여러 가지 일을 처리할 수 있었다.

"3, 5, 8, 13, 다음에 뭐가 오지?"

— 21, 34, 55가 옵니다, 키어스틴. 피보나치수열이지요. 0, 1, 1, 2로 시작하고 이어지는 수열 속의 수는 모두 이전 두 수의 합으로 이루어집니다.

끼어들었다는 것 때문에 오마르가 신경질적인 표정으로 고개를 들었다.

"키어스틴, 숫자 놀이는 다음에 할 수 없어?"

이 수열에는 이름이 있었다. 무슨 의도가 있는 걸까?

"지브스, 그 수열에 무슨 의미가 있지?"

— 피보나치수열은 자연에서 흔히 볼 수 있습니다. 예를 들어, 식물에서 피보나치 패턴은 나선형 꽃잎이나 이파리, 솔방울, 씨앗 뭉치, 가지가 분기하는 성장점에서 나타납니다. 동물에서 피보나치수열은 앵무조개 껍데기의 연속 구조 면적에도 나타납니다. 이른바 황금 사각형…….

"키어스틴, 나도 이 우주선에 실려 있던 동물 종의 목록을 만드는 건 재미있더라고요. 해양 생물 중에는 처음 본 것도 있었죠. 당신 그 숫자 놀이는 좀 기다려 줄 수 없겠어요?"

스벤이 투덜거렸다.

키어스틴은 그의 말도 무시했다.

"지브스, 그 패턴이 자연에도 있다고 했지. 자연 전체를 말하는 거야, 아니면 지구의 자연을 말하는 거야?"

— 지구의 자연입니다.

정리해 보면 이렇다. 키어스틴은 코드 조각을 찾았고, 대화 창일지도 모를 무엇을 찾았다. 지구의 컴퓨터에는 숨은 프로그램이 있었다. 접속하기 위해서는 아마도 암호가 필요할 터였다. 아무도 모르는 지구의 암호가…….

사방에서 볼 수 있는 꽃이 메시지를 전하고 있는 건 아닐까? 인간만 알아챌 수 있는 메시지가? 피보나치수열. 꽃잎이 세 개,

다섯 개, 여덟 개, 열세 개, 스물한 개인 꽃들.

한 대 맞은 기분이었다.

키어스틴은 벽에 등을 기대고 복도 바닥에 주저앉아 함교를 바라보았다. 3-5-8-13-21. 일곱 자리였다. 암호 입력 창에는 여섯 자밖에 안 들어갔다.

"스벤!"

스벤이 키어스틴을 돌아보았다.

"푸크시아에 꽃잎은 네 개라고 했죠, 다섯 개가 아니라?"

그는 고개를 끄덕여 주고 다시 하던 일을 했다.

5를 잘못된 정보라 가정하고 버리면 3-8-13-21이었다. 여섯 자면 경우의 수는 720이다. 그 정도는 할 수 있었다. 키어스틴은 다시 일어섰다.

수 광년, 수 세대, 수 세기……. 개척민의 비밀스러웠던 과거가 맹목적인 추적 끝에 드러나는 걸까? 키어스틴은 흥분되는 한편 확률의 미학에 살짝 기분이 나빴다. 여기까지 끌고 온 건 논리였으니, 논리가 여정에 마침표를 찍어야 했다.

더 알고 있는 게 있을까?

꽃과 피보나치수열. 형편없는 꽃 그림. 키어스틴이 알아볼 수 있는 꽃은 몇 종류 되지 않았지만, 실제로 아이리스는 데이지보다 훨씬 키가 크다는 정도는 알고 있었다.

키어스틴은 휴대용 컴퓨터를 꺼내 그때 찾은 오래된 자수 작품 사진을 불러냈다. 꽃을 나타낸 여러 작품 중에서 그것만 색이 있었다. 가장 오래 시간을 들인 것도 분명했다. 키 작은 아이리스와 큰 데이지. 높이가 가장 중요한 수를 나타내는 걸까?

"지브스, 지난번에 우리가 찾은 프로그램 조각을 실행해 줘. 그때 했던 것처럼 격리해서. 그리고 문자 창에다 8, 3, 21, 13을 입력해 봐."

트럼펫 팡파르 소리가 울렸다. 인간 모양을 한 홀로그램이 나타났다. 이 우주선의 선실 안에서 찍은 것 같았다. 아니, 이 우주선이 확실해. 키어스틴은 생각했다. 바로 그 자수 작품이 유령의 등 뒤에 걸려 있었다.

스벤이 입을 떡 벌렸다. 오마르는 그대로 얼어붙었다.

홀로그램 속 남자는 검은 눈에 검은 머리였다. 피부색도 검었다. 근심이 많은 탓에 생긴 듯한 주름이 가득한 얼굴만으로는 나이를 알기 어려웠다. 기이한 격자무늬가 있는 비행복은 땅딸막한 체구를 가려 주지 못했다. 눈에는 세속의 지혜와 피로가 담겨 있었지만, 일말의 유머 감각도 엿보였다. 키어스틴은 자연스럽게 이 사람을 알고 싶다는 생각이 들었다.

남자가 말했다.

"저는 '긴 통로'호의 항법사입니다. 들려주고 싶은 이야기가 있습니다. 제 이름은 디에고 맥밀런입니다."

15

니케가 무작위로 고른 실외 상점가를 가득 채운 채 웅성거리는 군중 속으로 뛰어들었다. 베스타는 걷는 속도를 유지하기 위해 애를 썼다. 주변 생태건물의 광 패널이 빛을 받아 반짝였다. 군중만 아니었다면 보였을 분수에서 나온 물줄기가 하늘 높이 솟아올랐다. 갈기에 떨어진 물방울이 시원했다. 무리의 향기가 니케를 감쌌다.

"부장관님, 기다려 주십시오."

베스타가 숨을 헐떡이며 말했다.

어리석은 베스타는 지금 이 순간이 덧없이 지나가리라는 것을 이해하지 못했다. 조만간 군중과 어울릴 기회는 사라져 버릴 터였다. 적어도 니케에게는.

수많은 목소리가 지저귀듯, 떨리듯, 읊조리듯 노래했다. 주요 화제는 곧 있을 연합 정부의 탄생이었다. 최근 발표가 난 이후로는 쭉 그랬다. 화합에 관한 주제. 인정, 신뢰, 협력.

의심, 근심, 분개와 같은 불협화음은 갈수록 줄어들었다. 실험주의는 힘을 잃고 있었다. 유쾌함 혹은 숙명론이 뒤를 따랐다.

그리고 어느 순간 합의가 돌출됐다.

"부장관님."

베스타가 강한 어조로 불렀다.

"이 새 정부는 어찌 되든 생길 겁니다. 이런 화합을 무시해서는 안 됩니다. 조화가 점점 구체화되고 있습니다."

딱히 대답을 기대하는 말은 아니었지만, 그의 떨리는 목소리는 왜냐고 묻고 있었다.

"걱정 마십시오. 이 연합은 오래가지 못합니다. 우리는 역사의 끝에 살고 있는 게 아닙니다."

니케의 말에는 확신이 가득했다. 왜냐하면 내가 역사를 만들고 있기 때문이지.

개척민 모반자들은 지금쯤 시민들과 '보호자'호를 함께 쓰면서 만족하고 있을 터였다. 비밀 임원회의 믿을 수 있는 병사들이 기술자로 가장해서 '보호자'호에 타고 있었다. 로봇은 전부 연료가 차 있었다. 상황에 어울리게 태양계의 야생 인간들이 만든 램스쿠프 우주선을 처음 점령했던 것과 같은 로봇이었다.

마침내 니케를 따라잡은 베스타가 나직한 목소리로 질문하듯이 말했다.

"이해가 안 됩니다."

"인내심을 가지십시오."

니케는 무리와 접촉할 수 있는 곳으로 방향을 돌렸다.

"다 잘될 겁니다."

니케의 머릿속에는 갈수록 선명해지는 그림이 보였다. 개척민 네 명은 전부 붙잡혀 '보호자'호에 포로로 있었다. 포로들이 '탐험가'호를 재탈환하는 데 필요한 도약 원반 코드를 내놓지 않는다고 해도 '보호자'호 안에 있는 한 위험할 게 없었다. 아르카디아에 있는 개척민 지도자들 사이에 시끄럽기만 하고 궁극적으로는 아무짝에도 소용없는 소동이 일었을 뿐이다.

오랫동안 감춰 놓았던 '긴 통로'호의 비밀에 대해 개척민들이 항의하게 내버려 두자. 소요 사태가 끓어넘치게 할지도 모를 더 깊은 진실은 아직도 드러나지 않았다.

조만간 에오스의 잘못이 드러난다. 조만간 에오스가 실험당을 이끌기에 적합하지 않고 자격도 없다는 사실이 드러난다. 조만간 새로 결성될 당의 여론은 선단의 심장부에서 일어난 위기를 막은 자를 향하게 된다.

그리고 만약 대중의 실망이 충분히 오랫동안 들끓는다면? 새로운 최후자가 등장할 때가 무르익지 않을까?

이제 얼마 남지 않았다…….

16

"저는 '긴 통로'호의 항법사입니다. 들려주고 싶은 이야기가 있습니다. 제 이름은 디에고 맥밀런입니다."

오마르와 스벤, 에릭, 키어스틴은 '탐험가'호의 휴게실 벽을 따라 서 있었다. 키어스틴이 데이터를 복사해 넣은 휴대용 컴퓨터에서 투영된 홀로그램이 한가운데 떠 있었다. 디에고가 심혈을 기울여 안전장치를 해 놓은 이 메시지는 오로지 개척민의 눈과 귀만을 향했다.

"인간 대 인간으로, 조상으로서 후손에게 이야기합니다. 모든 게 잘못됐지만, 언젠가 인간이 이 메시지를 발견하기를 바랍니다. 열쇠는 평범한 곳에 숨겨야 했습니다. 오로지 인간에게만 의미 있게 보이는 실마리를 만들 수 있을지는 제 능력을 믿을 수밖에 없습니다. 하지만……."

디에고는 얼굴을 찡그렸다.

"거기에만 의존할 수도 없습니다. 만약 후손 여러분이 이걸 보고 있다면 아마도 고향인 지구의 위치를 간절히 원하고 있을 겁니다. 하지만 그 정보를 남기려다가는 자칫 시민들에게 들켜 이 살인자들이 지구로 향하게 만들 위험이 있습니다. 그래서 그러지는 않겠습니다."

에릭이 벽을 주먹으로 쳤다. 스벤과 오마르는 실망한 표정으로 눈빛을 교환했다.

키어스틴도 욕설을 내뱉었다. 디에고가 내세운 이유는 존중했지만, 막다른 길이라니! 그럴 수는 없었다. 참을 수가 없었다.

찡그린 얼굴은 곧바로 지나갔다.

"우리는 새로운 고향인 '뉴 테라'로 가던 중이었습니다. 그렇게 이름을 붙이기로 합의했죠. 그러다가 놀라운 것과 마주쳤습니다. 정말 경이로웠습니다. 별 사이를 여행하는 행성을 발견한 겁니다. 관측 결과 몇 년 동안 꾸준히 가속해 왔다는 걸 알 수 있었죠. 우리는 그 '얼음 세계'를 지성 종족이 움직이고 있다고 생각하고 통신용 레이저로 신호를 보냈습니다. 지구는 평화로운 곳이었습니다. 적어도 우리 시대에는 그랬습니다. 평화와 번영은 기술의 진보에 자연스럽게 따라오는 것이라고 생각했죠. 행성을 옮길 수 있는 정도의 지식에 지혜가 따르지 않으리라고는 생각 못 했습니다. 우리 모두 그랬습니다. 제이미만 빼고요."

사랑스럽게 생긴 금발 여자가 나타났다. 홀로그램 속 홀로그램이었다.

"이 사람이 제이미입니다. 제 아내죠."

디에고의 목소리는 이루 말할 수 없이 슬프게 들렸다.

"제이미 이야기는 앞으로 할 겁니다. 왜 이 기록을 남기는 데 참여하지 못했는지도요. 제이미는 우주선의 의사였습니다. 바버라는 선장, 세이드는 기관사였죠. 우리가 '얼음 세계'를 발견했을 때 제이미는 걱정했습니다. '저 외계인들이 우호적이지 않으면 어떡하지?'라고요. 제이미가 걱정했기 때문에 그리고 제가 제이미를 사랑했기 때문에, 저는 할 수 있는 한 가지 예방 조치를 취했습니다. 천문 및 항법 데이터를 전부 지워 버리는 컴퓨터 바이러스를 만든 겁니다."

키어스틴은 털썩 주저앉았다. 디에고가 이 기록을 숨겨 놓은 방식은 기발했다. 여러 가지 점에서 동질적인 면이 있었다. 그런 사람이 이 우주선의 기록에서 의도적으로 없애려고 한 비밀을 복구할 수 있으리라는 생각은 전혀 들지 않았다.

"'얼음 세계'에 신호가 도착하는 데 걸리는 시간은 알고 있었습니다. 우리 메시지가 도착할 수 있을 정도로 충분히 오랫동안 예상 경로로 움직이는 걸 보고 파티를 열기도 했죠. 당시 우리가 알고 있던 물리학으로는 초광속 통신이나 여행이 불가능했습니다. 그래서 오랫동안 답변이 오기를 기다린 겁니다. 얼마나 순진했던지! 파티가 끝나고 몇 시간 만에 우주선이 한 대 도착했습니다. 고래처럼 우리를 통째로 삼켜 버릴 수 있을 정도로 대단히 큰 우주선이었습니다. 당연히 하이퍼드라이브도 있었죠. 훨씬 빠르기도 했습니다. 그렇게 우리는 협약체의 노예가 되었습니다."

디에고는 사악하게 웃어 보이며 말을 이었다.

"하지만 바이러스는 그 전에 퍼뜨릴 수 있었습니다."

'고래'라는 단어는 맥락으로 파악할 수 있었다. 뭔가 큰 것을 가리키는 말이리라.

"노예?"

오마르가 물었다.

"누구 저 단어 아는 사람 있어?"

— 재산으로 정의해 이용할 수 있는 인간을 뜻합니다.

지브스가 대답했다.

오마르는 그 개념에 별로 개의치 않았다. 하지만 단어의 정의와 그 뜻을 인식하면서 다가온 충격은 키어스틴의 기분을 더욱 음울하게 만들었다. 그녀 자신은 물론 개척민 모두가 스스로 얼마나 바닥까지 가라앉았는지 깨닫지도 못한 채 시민들에게 조종당하고 있었던 것이다.

디에고는 그리워하는 듯한 얼굴로 아내의 영상을 바라보았다.

"우리는 '얼음 세계'를 추적할 수 있다는 사실을 보여 줘 버린 셈이었습니다. '얼음 세계'는 바로 놈들의 고향, 허스로 향하고 있었죠. 놈들은 한 적색거성 주위를 멀찍이서 돌고 있던 허스의 위치를 노출하지 않기 위해 우리를 공격했던 겁니다. 그래서 우리는 세계 선단으로 끌려갔습니다. 비밀 장소로요. 놈들이 말하길, 우리는 결코 그곳을 떠날 수 없다고 했습니다. 우리의 악몽은 그곳에서 더 심해졌습니다. '긴 통로'호에는 만 명의 승객이 타고 있었습니다. 대부분은 냉동 수정란이었죠. 우리의 '자애

로우신 주인님들'은 협약체가 불쌍하게 여겨서 그렇게 많은 수가 죽게 내버려 둘 수 없다고 했습니다. 일부 시민들은 무력한 우리 승객들을 노예 종족으로 만들 생각이라고 인정하기도 했습니다. 영원히 우주선을 떠날 수 없는 우리에게만 해 준 말이었지요. 적어도 솔직하게 이야기하고는 있구나, 생각했습니다."

디에고의 눈에 눈물이 비쳤다. 키어스틴도 마찬가지였다.

"수정란들 중 둘은 저와 제이미의 아이들이었습니다. 시민들은 우주선에 있던 동면 탱크를 꺼내 '세 번째 자연 보존 지역'이라고 부르는 행성으로 가져갔습니다. 깨어난 사람들에게는 표류하는 우주선을 발견했다고 거짓말을 했죠. 그래도 사람들은 대부분 의심했습니다. 시민들이 원래 계획처럼 개척지를 만들라고 종용하자 여자들은 곧바로 수정란을 이식받는 데 저항했습니다. '긴 통로'호에는 포유류의 수정란도 있었습니다. 소나 양 따위의, '뉴 테라'에 가져가려고 했던 동물들입니다. 물론 동물 수정란을 기를 인공 태반도 있었습니다. 시민들은 개척지를 만드는 일에 단호하게 굴었습니다. 인간의 수정란을 동물용 인공 태반에 이식하는 실험을 한 겁니다. 우리가 '자발적으로 멸하는 쪽을 택하겠다'고 해도 막무가내였습니다."

키어스틴은 에릭의 손을 꼭 쥐었다. NP₃가 언급된 이후로 그는 떨고 있었다.

"저절로 유산이 되거나, 기형아가 태어나거나, 발달 장애가 일어나기도 했습니다."

끔찍한 기억을 떠올린 디에고는 잠시 말을 멈추고 눈을 깜빡였다.

"놈들에게 그건 실험에 불과했습니다. 하지만 우리에게는⋯⋯
하나하나가 누군가의 아이였습니다. 몇몇 여성이 이런 실험을 막
기 위해 대리모가 되겠다고 나섰습니다. 몇 번 임신에 성공하자,
놈들은 모든 여자에게 대리모가 되라고 요구하더군요. 아무도 승
낙하지 않았습니다. 그러자 놈들은 몇 명의 뇌를 지워 버렸습니
다. 나머지는 굴복할 수밖에 없었습니다. 놈들은 그래야 한다면
남자 혼자서 아기를 키워도 아무 문제 없다고 생각했습니다. 제
생각이지만, 시민의 암컷은 지성적인 존재가 아닌 것 같더군요.
과격하게 날뛰며 반항한 남자 몇 명은 이 우주선에 갇혀 있는 승
무원 네 명, 바로 우리와 합류하게 됐습니다. 저는 그 사람들 덕
분에 이 슬픈 역사 가운데 NP$_3$에서 벌어진 일을 알고 있는 겁니
다. 그러던 어느 날 놈들이 제이미와 바버라를 데려갔습니다."

디에고는 상실감과 분노로 몸을 떨었다.

"정신보다는 자궁이 더 유용하다고 누군가 생각했겠죠. NP$_3$에
있던 아무것도 모르는 성인들에게 '긴 통로'호가 받은 공격에 대
해 이야기할 수 없었던 것도 당연했습니다. 그쪽에 가기 전에 뇌
가 지워졌을 게 분명합니다."

디에고는 다시 평정을 찾았다.

"이 우주선에 있던 남자들은 어떻게 됐을까요? 우리는 놈들에
게 인간 사회를 구성하는 방법을 알려 주는 상담역이었습니다.
어떻게든 고통을 줄일 수 있는 쪽으로 조언하려고 했죠. 강제 임
신, 특히 뇌를 지우는 방식으로 임신하게 하는 것을 막으려고 애

썼습니다. 우리 모두 아이를 낳는 과정에서 어머니의 활동적인 역할이 꼭 필요하다고 강조했습니다. 두 세기에 걸친 양성평등은 여자들의 정신을 구하기 위해서 꼭 필요한 작은 희생이었습니다. 우리는 될 수 있는 대로 여러 가지를 하려고 했습니다. 때로는 아이들에게 가르치려고 축약한 영어에 우리가 보존하고 싶었던 어휘와 개념 들을 담기도 했습니다. 때로는 시민들이 저지른 실수 때문에 생긴 효과를 되돌리기도 했고요.”

디에고는 자기도 모르게 미소를 지었다.

“시민들은 거의 실수를 저지르지 않습니다. 자기들이 옷을 입지 않으니까 개척민이 옷을 입는 것도 자원 낭비라고 생각했죠. 하지만 곧 인간을 나체로 살게 두면 원하는 대로 산아제한을 하거나 혈통을 관리할 수 없다는 사실을 알게 됐습니다.”

미소가 사라졌다.

“우리가 간접적으로나마 간섭한 걸 알아챘을까 봐 두렵습니다. 새로운 개척지를 만든다는 이야기를 들었죠. 이번에는 NP$_4$ 입니다. 시민들의 관리 감독 아래 아이들로만 시작한다고 하더군요. 이제 제게 남은 건 아이들을 위한 희망뿐입니다. 이 기록을 보고 있는 당신이 나와 같다면, 인간이라면, 이 사실을 알아 두세요. 여러분은 뛰어난 성취를 이룬 사람들의 후손입니다. 우리는 우리 태양계 전체에 자리를 잡았습니다. 다른 항성에 딸린 행성에도 평화로운 방식으로 개척지를 만들었습니다.”

디에고는 침을 꿀꺽 삼켰다.

“고향으로 가는 길을 여러분에게 알려 주고 싶군요. 지구는 아름다운 행성이랍니다. 그리고 만약 지금 이 기록을 보고 있는 게 시민이라면, 지옥으로 꺼져 버려라."

17

주의 깊게 바라보는 제우스의 시선 아래서 니케는 결심했다. 때가 되었다.

니케는 '보호자'호의 선실에 박혀 있는 네서스에게 연락했다. 기분이 들떠서 왕복 십 초라는 시간 지연도 별로 신경 쓰이지 않았다.

"네서스, 임원회가 곧 긴급 성명을 발표할 겁니다. 먼저 알려 줄 테니 잘 들으십시오. 개척민 배반자들이 NP₅ 궤도에 있는 선단의 시설을 점거했습니다. 생태화 과정을 감독하기 위해 헌신하고 있던 승무원들은 인질로 잡혔습니다. 하지만……."

니케는 몇 초 뒤 마침내 날아온 네서스의 항의를 묵살하고 말을 이었다.

"몇 명이 탈출했습니다. 그들은 당국에 보고를 했고 통제권을 되찾으려 할 겁니다. 비밀 임원회는 우주선으로 그 시설을 포위해서 책임자의 탈출을 막고 있습니다."

"니케."

네서스는 자기가 이야기해도 되는 차례인지 확인하려고 잠시 기다렸다.

"니케, 몇몇 개척민이 우주선에 타고 있는 것에 대해서는 동의를 하지 않았습니까. 기술자들도 인질이 아닙니다. 물론 그들이 단순한 기술자일 거라고 생각하지는 않았습니다만. 개척민 몇 명이 타고 있는 걸 가지고 어떻게 점거라고 부릅니까?"

"왜 이해를 못 합니까, 네서스. 개척민에게 한 약속은 협박에 의한 겁니다. 우리는 빚진 게 없습니다. 지금 가장 중요한 일은 '탐험가'호를 되찾는 거지요. 아니면 개척민으로부터 통제권을 빼앗거나."

광속의 한계로 인한 지연보다 더 오랫동안 통신 채널이 조용했다. 마침내 네서스가 갑판을 발로 차며 물었다.

"개척민 정부가 항의를 하면……?"

"'긴 통로'호가 존재하지 않는다면 누가 그들을 믿겠습니까?"

니케는 목을 우아하게 움직여 돌아올 게 분명한 반응을 사전에 막았다.

"이제 우리는 그 원시적인 우주선에서 얻을 걸 전부 얻었습니다. 그건 기념품일 뿐이지요. 게다가 그걸 간직하고 있다가는 쓸데없는 위험만 불러일으킨다는 걸 목격했지 않습니까."

네서스는 선실 안에서 그저 발만 굴렀다. 걸어 다니기에는 공간이 너무 좁았다.

"개척민 네 명은 어떻게 합니까? 제게는 친구입니다."

"난 잔인하지 않습니다."

연이은 질문에 니케는 짜증을 느꼈다. 친한 사이라고 해서 그 아래 깔린 비판을 용납할 수는 없었다.

"그 개척민들은 NP$_3$로 보내질 겁니다."

만약 살아남는다면 말이지. 니케는 속으로만 생각했다.

네서스는 몸을 부르르 떨며 마음을 추슬렀다.

"알겠습니다, 니케. 의도치 않게 작전을 방해하고 싶지 않은데, 무슨 일이 언제 벌어질지 알려 주실 수 있습니까?"

태도가 바뀌자 안도한 니케는 네서스의 말대로 했다.

네서스는 '보호자'호의 빈 화물칸 하나로 도약했다. 그곳에서 계속 빙글빙글 돌았다. 발굽이 바닥을 때리는 소리가 쿵쿵쿵 울려 퍼졌다. 네서스가 중얼거리는 소리가 음악처럼 빈 공간 속에서 울렸다. 마치 작은 무리가 들어와 있는 것 같았다.

개척민은 선단에 위협이 되는 존재일까, 아니면 단지 정부를 당황스럽게 만드는 수준인가? 혹시 개척민은 —네서스도 마찬가지로— 뭔가 알 수 없는 연극 속의 인형일 뿐일까?

네서스는 아무 말도 할 수 없었다.

하지만 침묵은 곧 배신이었다. 경고를 해 줄 수도 있었다. 그런데 정확히 무엇에 대해? 얼마나 자세히? 니케를 배신할 수는 있을까?

지금 당장 대면하기 어려운 골치 아픈 문제 하나—이렇게 잘 속이고 남을 잘 조종하는 자를 사랑할 수 있을까—는 제쳐 놓기로 하자.

네서스는 갈기를 쥐어뜯었다. 문제가 너무 많았다! 확실히 아는 것이라고는 니케가 거짓말을 했다는 사실뿐이었다. 과거 네서스가 여러 차례 자기 정찰대원들에게 거짓말을 했듯이.

공격이 코앞이었다. 이렇게 무기력하게 고민만 하다가 지나가 버리면 그건 곧 결정을 내리는 꼴이 된다. 그 결정으로 인해 나올 결과를 네서스는 평생 짊어지고 살 수 있을 것 같지 않았다.

네서스는 다시 선실로 도약했다. 감시 시스템에 따르면 '보호자'호에는 개척민이 없었다. 그렇다면 '탐험가'호일 것이다. 네서스는 키어스틴을 호출했다.

대꾸가 없었다.

한참 만에 키어스틴이 경계하는 표정으로 나타났다.

"무슨 일이죠, 네서스?"

왜 경계하는 걸까? 네서스는 의아했다. 혹시 알고 있는 걸까?

"여러분 모두와 이야기해야 합니다. 다들 어디 있습니까?"

"지금은 바빠요. 나중에 하면 안 되나요?"

키어스틴이 말했다.

네서스는 몸을 곧게 폈다. 이 동작이 개척민, 특히 의심이 많은 자에게 조금이나마 다르게 보일지 궁금했다. 양심이 네서스를 행동하게 만들었다. 개척민들을 설득해야 했다.

"보안 채널로 바꿔 보십시오."

키어스틴의 영상이 만화경처럼 뒤틀리더니 곧 다시 정상으로 돌아왔다.

"키어스틴, 우린 배신당했습니다. '보호자'호로 돌아가면 곧 체포될 겁니다. '탐험가'호는 다른 우주선에 포위돼 있어서 그쪽으로는 탈출할 수 없습니다. 지금 즉시 행동한다면 '아이기스'호를 타고 NP_4로 몰래 빠져나갈 수 있을 겁니다."

"에릭, 빨리 와. 뭐하는 거야?"

키어스틴이 외쳤다.

"거의 다 됐어."

에릭은 집중하느라 얼굴을 찡그리고 있었고, 손가락은 조종 장치 위를 날아다녔다.

"설명할 시간이 없어."

그는 조종 장치를 툭툭 치며 말했다.

"다 됐다."

두 사람은 '탐험가'호의 휴게실로 달려가 '긴 통로'호의 휴게실로 도약했다.

스벤과 오마르는 먼저 '긴 통로'호로 가서 에어록으로 네서스가 들어올 수 있게 해 주었다. 램스쿠프 우주선 안에 있는 도약 원반은 시민들에게 알려 주지 않은 코드를 써서 안전했다.

평소보다 갈기가 더 흐트러져 보이는 네서스가 통신기를 열며 말했다.

"통역 소프트웨어를 켰습니다. 니케가 누군지는 알 겁니다. 이제 잘 보고 들으십시오."

키어스틴은 벽에 몸을 단단히 기댔다.

"네서스, 우리가 당신을 어떻게 믿죠? 전에도 우리에게 거짓말을 했잖아요. 정보도 숨기고. 어쩌면 '아이기스'호에 함정이 있을지도 모르겠네요."

네서스는 갈기를 쥐어뜯었다.

"당신은 영리하게도 날 의심할 줄 압니다. 우리 중 누구라고 해도 의심하겠지요. 이게 만약 계략이라면, 나나 당신이나 바보가 될 겁니다. 지금까지 이 우주선을 복구했는데, 영상 방송도 수신할 수 있습니까?"

"내가 함교로 갈게."

에릭은 그렇게 말하고 네서스에게 물었다.

"뭘 찾아야 하죠?"

"허스에서 받은 뉴스입니다. 지역 방송에서 흘러나온 걸 성간 수신기로 받을 수 있으면 좋겠군요."

에릭이 나갔다.

잠시 후, 풍성한 노랫소리가 들리기 시작했다. 네서스의 통신기가 통역을 해 주었다.

인질 사태. 정부의 위기. 아직 연합이 완전히 이뤄지지 않은 정부의 불명예. 거의 도달했던 합의의 와해와 이어지는 비난. 니케와 그가 이끄는 '영구 비상'파를 향한 목소리.

키어스틴은 네서스의 통신기를 믿을 수 있을지 의심스러웠다. 에릭도 같은 생각이었다.

"다른 통역기도 연결할게."

— 비밀 임원회의 권한에 의해 곧 이 시설을 재탈환할 계획을 실행할 겁니다.

지브스가 좀 더 낮은 어조로 덧붙였다.

— 저는 몇 년에 걸쳐 통역 방법을 배웠습니다.

"서둘러야 합니다. 이 방송은 실제로 있었던 일입니다. 공격도 곧 실제가 될 겁니다. 오래전에 '긴 통로'호를 공격했던 것과 같은 로봇이 공격해 올 거란 말입니다."

네서스가 재촉했다.

방송 통역이 끊겼다.

"적어도 그 점에 대해서는 네서스가 옳아. 감시 카메라에 열 명이 넘는 시민과 그보다 더 많은 로봇이 입구에 모여들고 있는 모습이 찍혔어. 내가 외부 에어록 제어장치를 분리해 놨지만, 그렇게 오래 묶어 두지는 못할 거야."

에릭이 말했다.

"서둘러야 합니다. 너무 늦지 않았는지 모르겠지만, '아이기스'호로 도약하지요. 보안 병력이 내가 여러분과 함께 있다는 걸 알게 되면 '아이기스'호도 점령하거나 안에 가둬 버릴 겁니다."

네서스가 애원하다시피 말했다.

함정에 빠진 동물처럼 스벤의 시선이 날아가 꽂혔다. 예전 영상에서 로봇이 뚫고 들어온 곳을 떠올리는 걸까?

"니케가 보낸 메시지에는 우주선을 없앤다는 내용이 있었잖아요. '긴 통로'호는 아직 날 수 있을 정도로 수리가 안 됐나요?"

"'보호자'호의 선체는 밀폐돼 있어요. 화물이 나갈 수 있는 문은 찾지 못했죠. 니케는 아마 우주선을 조각내려고 하는 모양이군요. 아니면 '보호자'호까지 통째로 별을 향해 돌진시키거나."

오마르가 투덜거렸다.

키어스틴은 탈출구를 찾으려 재빨리 머리를 굴렸다. 비록 여기서 끝장이 난다고 해도 보고서는 밖으로 내보내야 했다.

"에릭! 우리 전송이 가능해? 그럼 디에고 맥밀런의 기록을 허스와 NP₄에 보내."

"디에고 맥밀런? 그게 누굽니까?"

네서스가 혼란스럽다는 듯 머리를 흔들었다.

"알았어, 키어스틴. 그런데 함교로 좀 와 줘."

에릭이 말했다.

키어스틴은 디에고의 메시지를 네서스의 휴대용 컴퓨터에 업로드해 주고 함교로 달려갔다. 더 이상 바보 취급을 당하지 않겠다는 의지를 확실히 보여 줘야 했다.

함교에서는 홀로그램들이 에릭을 둘러싸고 있었다. 일부는 상태를 나타냈고, 일부는 시스템 사양을 나타냈다. 그중 몇 개는 실시간 영상이었다. 가장 큰 홀로그램에 입구로 다가오는 로봇이 보였다.

"뭘 하면 돼?"

키어스틴이 묻자 에릭은 고개도 돌리지 않고 반문했다.

"날 믿어?"

"너 말고는 별로 믿는 거 없어."

시간이 촉박했다.

"좋은 생각이 있으면 해 봐."

'긴 통로'호의 선수 근처에서 루비와 같은 빨간 레이저 빔이 쏟아져 나왔다. 로봇 발치의 갑판이 부글부글 끓더니 증발했다.

"통신용 레이저야. 조심해야 될 거라는 걸 가르쳐 주려고."

에릭이 설명했다. 작은 홀로그램이 깜빡이더니 에릭을 둘러싸고 춤을 췄다.

"지브스, 램스쿠프 상태를 확인해 봐."

— 지시만 내리면 작동 가능합니다.

에릭은 다른 홀로그램을 열었다. 실시간 휴게실 영상이었다.

"네서스."

퍼페티어 정찰대원은 디에고가 남긴 기록에 푹 빠져 있었다.

"네서스! 내 말 들어요!"

에릭이 통신기 음량을 높이고 날카롭게 외쳤다.

"네서스!"

네서스가 깜짝 놀라 머리 두 개를 치켜들었다.

"네, 에릭."

"이 분 뒤면 난 램스쿠프 장을 활성화시킬 거예요. 그러면 어떻게 되는지 알죠?"

키어스틴은 몰랐지만, 네서스는 고개를 절레절레 흔들었다.

"여기 생명 유지 구역을 빼고 반경 수백 킬로미터 이내에 있는 모든 이가 죽을 겁니다."

에릭이 다시 통신용 레이저를 쏴 로봇 하나를 반으로 잘랐다.

"아니요, 네서스. 여기 '보호자'호 안에 있는 자만 죽을 거예요. GP 선체가 램스쿠프 장을 가둘 테니까. 이제 순간 이동으로 이곳을 떠나기까지 일 분 사십 초가 남았네요. 당신이 알려 줘요. 개척민이 하는 말은 안 믿을 테니까. 그리고 당신도 떠나요. 우리를 믿고, 우리를 진심으로 돕고 싶은 게 아니라면. 일 분 삼십 초 남았어요.”

네서스는 녹슨 못을 백 개쯤 한꺼번에 뽑는 것 같은 소리로 비명을 질렀다. 몸통이 들썩였다. 몇 초 뒤 네서스는, 공포였든 분노였든 몸을 움직이지 못하게 했던 감정을 극복했다. 그리고 강한 어조로 통신기를 향해 노래하듯 말했다.

‘긴 통로’호에 있는 개척민을 상대로 폭력 행위를 계획한 것으로 보아 니케가 보낸 보안 팀은 어느 정도 미쳐 있는 게 분명했다. 하지만 평범한 시민에 비해 아주 많이 미치지는 않았다. 그들은 몸을 돌려 도약 원반을 향해 도망갔다. 로봇은 움직이다가 잠시 멈췄지만, 잠시뿐이었다. 안전하게 정박해 있는 우주선에서 원격조종을 시작한 것이다.

네서스는 움직이지 않았다.

“네서스…….”

키어스틴은 할 말이 생각나지 않아 말꼬리를 흐렸다.

“당신은 이런 대우를 받아서는 안 되기 때문입니다. 최소한 내가 증인이라도 서겠습니다.”

네서스가 말했다.

감시 카메라로 찍어 합성한 파노라마 영상에는 단면이 I 자 모양인 널찍한 지지대 세 개가 모여 ‘긴 통로’호를 지탱하는 모습이 나오고 있었다. 그중 하나는 입구를 지지했다. 지지대 세 개는 모두 끝 부분이 거대한 띠 형태였는데, 그 띠에 매달린 ‘긴 통로’호는 ‘보호자’호의 인공중력을 받으며 거대한 중심 공간에 떠 있었다.

벽 위에서 꿈틀거리는 그림자로 짐작건대 로봇은 보이지 않는 아래쪽에서 세 갈래로 접근하는 듯했다. 통신용 레이저를 쐈다가는 지지대가 끊어져 추락할 판이었다.

"오마르, 스벤, 네서스. '탐험가'호에 타요. 도망갈 시간이 될 거예요."

에릭이 외쳤다.

"너희 둘도 빨리 와!"

오마르가 곧바로 대꾸했다.

"내가 여기 있어야 도망갈 기회가 생겨요."

에릭은 키어스틴을 돌아보았다.

"너도 가야 돼."

키어스틴은 긴장해서 팽팽해진 에릭의 어깨를 주물러 주었다.

"같이 있을 거야."

"난 어디에 있어야 가장 도움이 되겠습니까?"

네서스가 물었다.

"여기 '긴 통로'호에요."

에릭은 다른 영상을 띄웠다. '보호자'호의 도면으로 뼈대처럼 보이는 지도였다. 선체 위에 빨간 점이 깜빡였지만, 키어스틴은 그 점의 중요성을 알 수 없었다.

"스벤, 오마르, 가요!"

에릭이 외쳤다.

"이제 일 분 뒤면 지옥이 펼쳐질 거예요. 자동조종장치가 작동할 텐데, 그때가 기회예요."

키어스틴은 그 둘이 휴게실에서 사라지는 모습을 지켜보았다. 네서스는 바닥을 긁으면서도 그대로 남아 있었다.

잠시 후 오마르가 알려 왔다.

"우린 들어왔어. 괜찮아. '보호자'호의 선체 바로 옆이야. 자동 조종장치가 어떻게 도움이 된다는 건지는 모르겠는데."

저 멀리서 중심 공간을 둘러싼 굽은 벽면 위에서 꿈틀거리는 그림자는 더 가까워진 것 같았다. 언제 우주선 안으로 뚫고 들어 온다고 해도 이상하지 않았다.

에릭은 한 번도 키보드에서 시선을 떼지 않았다. '보호자'호의 도면 안에 '긴 통로'호가 나타났다. 희미한 선이 우주선과 수수께 끼의 빨간 점을 잇고 있었다.

"이제 어떻게 되는 거지?"

키어스틴이 물었다.

"내가 너와 함께할 자격이 있는지 알아봐야지."

에릭의 말과 함께 선수에서 통신용 레이저가 뻗어 나갔다. 전 보다 훨씬 더 밝았다. 별과 별 사이를 충분히 왔다 갔다 할 수 있 을 정도로.

키어스틴은 전율했다. 레이저 빔이 '보호자'호의 중심 공간을 둘러싼 벽을 때렸다. 벽이 휴지 조각처럼 허물어지고 금속이 녹 아 구멍 아래로 흘러내렸다. 광선이 나선을 그리자 구멍은 점점 넓어졌다. 벽과 바닥에서 나온 조각들이 안쪽으로 떨어졌다.

에릭이 마침내 키어스틴을 바라보았다.

"GPC 공장에 갔던 일 기억나? 내가 질문하니까 베데커가 기분 나빠 했던 거?"

금속 증기와 안쪽으로 폭풍처럼 떨어져 내리는 조각 사이로 '보호자'호의 선체를 향해 뻥 뚫려 있는 터널이 보였다. 빨간색 광선은 그 안으로 사라졌다. 진공 속에서는 산란이 일어나지 않아 광선이 보이지 않았다.

"베데커?"

키어스틴이 잠시 생각하다가 말했다.

"빛에 대해서는 얘기한 게 없잖아. 어쨌든 우리도 선체가 가시광선은 통과시킨다는 걸 알고 있었고. 레이저가 무슨 도움이 된다는 거야?"

그림자는 거의 '긴 통로'호에 다다랐다.

"베데커가 설명을 안 해 주려고 했잖아. 네서스는 선체 안에 동력원이 있다고 했어. 그 동력원이 선체를 만드는 초분자구조에서 원자 사이의 결합을 강화하는 거야. 내가 그걸 찾아냈지. 선체, 그러니까 초분자는 가시광선에 투명해져. 키어스틴, 지구를 찾을 수 없다는 건 알잖아. 이기고 있을 때 협약체에서 얻을 수 있는 것에 집중해야지."

"우리가 이기고 있어?"

'보호자'호를 이루는 GP 4호 선체에서 쏟아져 나온 수 테라와트의 간섭광은 탐색하듯 움직였다. 그러다 마침내 극히 일부가 평생 써도 남을 정도의 연료와 함께 밀폐된 채 선체에 내장된 동력 장치에 닿았다.

극히 일부라고는 해도 기가와트 수준의 에너지가 집중된 상태였다. 핵융합로가 과열되더니 자체적으로 작동을 멈췄다. 인공적으로 만든 원자 간 결합을 보강해 주던 힘이 갑자기 사라진 것이다.

'보호자'호의 선체를 이루고 있던 초분자가 평범한 물질로 돌아가기 시작했다. 키어스틴의 눈에는 불투명한 회색 물결이 거대한 우주선의 선체 전체에 퍼져 나가는 것처럼 보였다.

'긴 통로'호를 둘러싸고 있던 먼지 껍데기가 부풀어 오르더니 회오리바람에 휘말린 민들레처럼 날아가 버렸다. 얇은 갑판과 격벽이 공기압에 밀려 날아가며 크고 작은 파편을 쏟아 냈다. 조명, 중력, 통신 등 모든 시스템이 일시에 죽어 버렸다.

바닥이 아래로 무너지자 키어스틴은 숨을 몰아쉬었다.

하지만 에릭은 눈도 깜빡이지 않았다. 그는 '탐험가'호가 최대 출력으로 안쪽을 향해 돌진하도록 자동조종장치를 설정해 두었다. '탐험가'호가 부서진 잔해를 밀어붙이고 나가 포위하고 있는 우주선에서 멀어졌다.

곧 '긴 통로'호에서 레이저가 나와 지지대를 잘랐다. 자세 제어용 분사를 시작하자 '긴 통로'호가 점점 빠르게 회전하며 아직도 남은 지지대에 달라붙어 있는 로봇을 날려 버렸다.

"지브스, 우린 지금 방사선을 너무 많이 받고 있어. 너무 많아. 램스쿠프 엔진은 어때?"

에릭이 침착하게 물었다.

키어스틴은 잠시 그 말의 의미를 해석해야 했다. '보호자'호의 선체나 행성 보호 역장이 없는 상태에서 NP$_5$의 궤도를 돈다는 건 선단 자체의 속력 때문에 생기는 방사선이 오래된 우주선을 그대로 때리고 있다는 뜻이었다. 그 안에 타고 있는 인간도.

램스쿠프 엔진의 자기장으로 다가오는 입자 더미의 방향을 바꿔야 했다.

— 작동 중입니다. 수소 밀도는 적당합니다. 속력도 적당합니다. 램스쿠프 장이 자리를 잡았습니다. 0.003G로 가속 중이며 점점 빨라지고 있습니다. 에릭, '긴 통로'호는 파편에 둘러싸여 있습니다.

"통신용 레이저로 앞에 있는 건 전부 날려 버려."

힘들고 긴장이 된 나머지 에릭의 목소리가 떨리고 있었다.

"키어스틴, 이제 훌륭한 조종사가 활약해야 할 때인 것 같아."

"맡겨 줘."

키어스틴이 대답했다.

'긴 통로'호는 수 킬로미터 길이의 청백색 핵융합 불꽃을 뒤로 내뿜으며 허스를 향해 방향을 돌렸다.

18

누군가 외쳤다.

네서스는 몸을 더욱 단단하게 말았다. 그러자 들리는 소리가 작아졌다. 뭔가 거칠게 네서스를 주물렀다. 머리, 아니 익숙하지 않은 느낌인 것이 손이었다. 개척민이다!

네서스는 중력이 사라지고 우주선이 점점 **빠르게** 회전하던 일을 떠올렸다. 바닥에서 몸이 날아갔다. 몸을 둥글게 말자마자 휴게실 벽에 부딪쳤다.

네서스는 조심스럽게 몸을 조금 풀었다. 남자 목소리로 이름을 부르는 소리가 들렸다. 에릭이었다. 네서스는 좀 더 몸을 풀었다.

"여기가 어딥니까? 안전합니까?"

"'긴 통로'호예요. 허스로 가는 길이죠. 안전하냐고 묻는다면 쉽게 대답할 수 있는 상황은 아니라고 할 수밖에 없겠네요. 일단 나와요. 얘기 좀 하게."

"'보호자'호가 허스로 가고 있다고요? 왜지요?"

"'보호자'호는 파괴됐어요. 이건 그냥 '긴 통로'호예요."

네서스는 구슬프게 울부짖으면서 가능한 한 단단히 몸을 말았다. 에릭의 말도 알아듣지 못할 정도로 단단히 말았다. 숨이 막혀서 어쩔 수 없이 몸을 살짝 풀자 목소리가 들렸다.

"허스까지 한 시간도 안 남았어요."

네서스는 발작적으로 떨며 몸을 풀고 일어섰다. 여전히 휴게실이었다. 망원경 영상을 보여 주는 커다란 홀로그램이 떠 있었다. 폭풍이 몰아치는 NP$_5$를 배경으로 무수히 많은 파편이 만든 구름이 빛을 받아 반짝이는 장면이었다. 희미하게 원색으로 빛나는 가스는 선미를 향해 흘러가 모였다. 이 오래된 우주선의 램스쿠프 엔진이 다시 살아난 것이다.

"'보호자'호가 파괴됐다고요? 그건 불가능합니다! 반물질이 아주 많이 필요하단 말입니다."

네서스는 억제할 수 없을 정도로 몸을 벌벌 떨었다.

"지금 허스로 반물질을 가져가는 중입니까? 가구에 있는 모서리를 내버려 두는 것처럼 부주의하게 별을 파괴할 수 있는 에너지를 다룰 생각이라고요?"

"당신은 비밀이 많았죠, 네서스."

에릭이 기분 나쁜 표정으로 씩 웃었다.

"나에게도 비밀이 있거든요. 그것보다 눈앞에 있는 문제에 신경 쓰는 게 좋을 거예요."

그러고는 목소리를 높였다.

"키어스틴, 지금 상태가 어때?"

"나 여기 있어."

통신기를 통해 잔뜩 긴장한 목소리가 들렸다.

"이십 분 전부터 디에고의 메시지를 허스로 전송하고 있어. 사십 분 뒤면 도착해."

네서스는 키어스틴의 긴장감 속에 깔려 있는 의문을 느꼈다. 이제 어떡하지?

네서스는 갈기를 물어뜯었다. 머리가 빙빙 돌았다.

'보호자'호에서 벗어난 지금 허스를 위협하기 위해 굳이 반물질은 필요하지도 않았다. 저궤도에서 램스쿠프 장을 작동시키기만 해도 지상에서는 수십억이 죽었다. 인구가 많은 지역 위에 떠 있기만 해도 수백만을 죽일 수 있었다. 하이퍼웨이브가 없는 '긴통로'호에는 몇 광년을 날아갈 수 있을 정도로 강력한 통신용 레이저가 있었다. 가까운 거리에서는 그것 또한 무서운 무기였다.

에릭은 상황을 파악하려는 듯 말없이 네서스를 바라보고 있었다. 네서스는 생각했다. 난 이 끔찍한 상황을 헤쳐 나갈 거야. 하지만 그는 자신이 불리하다는 사실을 알았다.

사십 분. 어떻게 이 우주선을 멈출 수 있을까?

정기적인 식량 수송이 아닌 한 우주선을 조종할 수 있을 정도로 미친 시민은 거의 없었다. 애초에 그래서 시작된 게 개척민 정찰대 계획이었다. 자기가 타고 있는 우주선이 한순간에 허물어져 버릴지도 모른다는 사실을 알게 된 이상 어떤 미치광이가 우주선에 타려고 하겠는가?

허스는 숨어 있었지, 보호를 받고 있는 건 아니었다. 행성 방어 전략을 어떻게 몇 분 만에 세운단 말인가?

네서스는 격렬하게 몸을 떨며 지금으로써는 쓸모없기 짝이 없는 도주 욕구와 싸웠다. 간다면 어디로 갈 수 있을까? 누구라도 도망갈 데가 있기는 할까?

"내가 여기 있는 게 가장 도움이 된다고 했지요. 원하는 게 뭡니까?"

"키어스틴?"

에릭은 대답 대신 키어스틴을 불렀다. 키어스틴이 확고한 어투로 말했다.

"협약체에 연락해요. 허스의 안전을 보장해 주는 대가는 모든 개척민의 즉각적인 해방을 공개적으로 약속하는 거라고 설득을 해요."

"몇 분 뒤면 도착하지 않습니까! 지금 정부는 혼돈 상태입니다. 그런 일을……."

"그런 일을 해야죠. 시간을 줘 봤자 우리에게 대항할 음모나 꾸밀 거잖아요."

에릭이 끼어들었다.

"니케에게 연락해요. 지금 당장. 우리가 아주 심각하다고 알려 줘요. 그래야 우리가 얼마나 심각한지 굳이 보여 주지 않아도 될 테니까. 정부가 얼마나 혼란스러운지 몰라도 니케라면 누구한테 연락해야 할지 알겠죠."

키어스틴이 말했다.

"무슨 해방 말입니까? 뭘 원합니까?"

"NP$_4$ 정도면 적당하겠죠."

키어스틴의 말에 네서스는 이해가 안 간다는 듯 휘파람 소리를 냈다.

"아르카디아 대륙만 요구할 수 있는 안전한 방법이 생각이 안 나네요. 그래서 행성 전체를 가져야겠어요. NP$_4$에는 아직 엔진이 있죠? 당연하겠죠. 몇 년 동안 계속 가속해 왔는데. 네서스, 아직도 우리가 이웃에 있길 바라요? 이 일이 모두 끝나면 어떻게 됐든 우리는 떠나야 할 거예요. 너무 위험하니까."

네서스는 재빨리 생각했다. 세계의 종말까지 사십 분도 채 남지 않았다.

"함교로 가겠습니다. 그래야 만족하겠다면 말입니다."

에릭은 고개를 저었다.

"여기서 얘기해도 돼요."

네서스가 이 우주선을 빼앗으려고 할 정도로 미쳤다고 생각하는 걸까? 어쩌면 그럴지도 몰랐다. 에릭은 휴대용 레이저를 들고 있었다. 네서스는 두려움과 공포로 몸을 떨었다.

"여기 있겠습니다."

그는 주머니에 머리 하나를 넣고 통신 코드를 눌렀다.

"이러면 니케에게 연락이 될 겁니다."

홀로그램은 어디서나 볼 수 있었다. 수백만에 달하는 상점, 식당, 수십억에 달하는 가정에서. 행성 전역에 널린 공공장소에서는 실제 크기의 몇 배로 확대된 영상으로 볼 수 있었다.

심지어는 멀리 떨어진 섬 위, 최후자의 은둔처에서도.

어느 곳에서든 디에고 맥밀런은 분노에 가득한 눈길로 압제자를 노려보았다. 선단 규모의 네트워크를 폐쇄하지 않는 이상 이 저주하는 영상을 중단시킬 수는 없었다. 마찬가지로 선단 규모의 네트워크를 재시작하지 않는 이상 복사본을 전부 지울 수도 없었다. 아니, 그런다고 해도 수십억 명의 기억 속에는 남을 터였다.

나는 유령을 믿지 않아. 하지만 여기 유령이 있군.

니케는 최선을 다해 방 안을 가득 채운 불협화음을 못 들은 체하려고 애썼다. 최후자는 각료들―최근에 합류한 에오스도 포함해서―이 쓸데없이 주절거리는 걸 내버려 두고 있었다. 그들은 수 세기에 걸친 이 비극을 어떻게 설명 또는 변명해야 할지, 혹은 다시 억눌러야 할지에만 불합리하게 집착하고 있었다. 개척민이 이 역사를 왜 공개했는지 궁금하지도 않은 걸까?

몇 명은 그럴지도 몰랐다. 내각에서 그나마 실용적인 이들은 더 이상 확실하지도 않은 안전을 찾아 배 아래로 머리를 말고 있었다.

예상치 못한 목소리 덕분에 니케는 무의미한 잡상에서 깨어났다. 지금 니케에게 연락할 수 있는 코드를 가진 건 베스타뿐이었다. 네서스도 알긴 알 텐데……. 니케는 슬픈 생각이 들었다. '보호자'호가 파괴된 이후 네서스에게서는 전혀 연락이 없었다.

또 무슨 재앙이 일어난 걸까, 궁금해하며 니케는 통신을 받았다. 작은 홀로그램으로 네서스가 나타났다. 안도감이 들었다.

"살아 있었군요!"

"일단은 그렇습니다."

네서스가 뒤로 물러나자 휴대용 레이저를 손에 든 굳은 얼굴의 개척민 한 명이 보였다.

"에릭을 기억하시지요? 키어스틴과 함께 지금 '긴 통로'호를 점령하고 있습니다."

최후자는 예상치 못한 홀로그램을 보고 목을 길게 뻗었다.

"이럴 때 통신을 받을 생각이 듭니까?"

그가 외쳤다.

하지만 니케는 꿈쩍도 하지 않았다.

"현재 개척민들은 잠재적으로 매우 위험한 무기를 갖고 있습니다. 비밀 임원회 요원 한 명이 우주선에 타고 있으며, 지금으로써는 가장 좋은 정보원입니다. 네서스, 보고하십시오."

네서스는 떨리는 목소리로 말했다. '보호자'호의 분해에 대해. NP_5에서 도망친 시민 우주선에 대해. 끔찍한 죽음의 엔진을 달고 허스로 날아가고 있는 '긴 통로'호에 대해. 개척민의 요구와 무서운 위협에 대해.

이해는 할 수 없지만 익숙한 영어 번역이 배경음으로 들렸다.

"저들이 반물질을 갖고 있다는 얘기군요."

마침내 실제 문제에 집중하게 된 최후자가 말했다.

네서스는 갈기를 물어뜯었다.

"그렇지 않으면 어떻게 GPC의 선체를 분해했겠습니까?"

반물질이든 핵융합이든, 지금 그게 중요한가? 엄청난 죽음을 불러올 정확한 원리가 그렇게 중요할까? 니케는 각료들에게 분노를 느끼며 휘파람 불듯 이야기했다.

"저들의 요구를 설명해 보십시오."

네서스는 신음했다.

"NP_4 전체를 개척민에게 양도하라는 겁니다. 그들이 원할 때 NP_4가 선단에서 독립할 권리를 요구하고 있습니다. 그리고 우리의 협력도."

"우리는 인간입니다, 개척민이 아니라. 더 이상은 아니라는 말이죠."

에릭이 이를 드러내며 무섭게 말했다.

"지금 어느 곳에 억류해 두고 있는지 모르겠지만 모든 인간을 NP_4로 보내 줄 것도 요구합니다."

"이건 보통 요구가 아닙니다."

최후자가 말했다. 말투에 공포가 깔려 있었다.

"여러분이 도착하기 전에 요구에 부응하기는 불가능합니다. 그건 불가능합니다."

"몇 분 뒤면 시범을 보게 될 거예요. 그러면 뭘 할 수 있을지 다시 생각하게 되겠죠."

키어스틴이 담담하게 말했다. 감정이 실리지 않은 목소리는 경고를 더욱 으스스하게 했다.

"핵융합 불꽃에 생태건물 한두 채가 불타 버리면 어떨까요."

절망적인 비명을 지르며 최후자가 무너졌다. 그는 몸을 단단하게 말았다. 아직 발굽으로 서 있는 몇몇 장차관들도 한몸처럼 다 같이 니케를 바라보았다.

섬뜩할 정도로 차분한 기분이 니케의 몸을 휘감았다. 바로 지금이었다.

"키어스틴, 에릭, 제안할 게 있습니다. 지금 즉시 방향을 돌리고 우주선을 당국에 양도하십시오. 그 대가로 정부는 당신들의 요구를 존중할 것을 공개적으로 약속하겠습니다."

에릭이 건조하게 웃었다.

"그걸 믿으라고? 이미 해 본 일이잖아요, 니케."

"그럼 어떻게 하자는 겁니까?"

니케가 물었다.

"협약체로 하여금 공개적으로 우리에게 자유를 주게 해요. '긴통로'호는 우리가 가져가지만, 선단을 공격하는 데 쓰지는 않겠다고 약속하죠."

키어스틴이 말했다. 그쪽이 먼저 약속을 어기지만 않으면. 마지막 말은 굳이 입 밖에 내지 않았다.

"오 분 남았네요."

에릭이 상기시켰다.

개척민을 죽이려는 계획은 실패했다. 마찬가지로 최근 공을 들이고 있던 배신 계획도 실패했다. 어쩌면 이제 개척민에 대해 완전히 새로운 접근 방식을 택해야 할지도 모르겠군. 니케는 생각했다.

바로 존중이었다.

다리를 넓게 벌리고 두 목은 곧추세운, 확신에 찬 자세로 니케가 말했다.

"협약체는 받아들이겠습니다."

| 오디세이: 지구력 2652년 |

1

이동 부스 납치는 아직 가능했다.

"다시 만나서 반갑습니다."

네서스는 눈앞에서 부들부들 떨고 있는 여자를 향해 말했다. 그는 한쪽에서만 볼 수 있는 거울 뒤에 숨은 채 갈기를 잡아당기고 있었다. 납치해 온 손님을 둘러싼 초분자 물질도 이제 전처럼 안도감을 주지는 못했다.

산지타 쿠드린은 알아보기 힘들게 변해 있었다. 납치당할 때 입고 있던 야한 검은 연회복 때문만은 아니었다. 얼굴에 있던 피어싱도 없었다. 전에는 파란색이 두드러졌던 것으로 기억하는 염색도 옅은 녹색으로 바뀌었다. 아담한 몸에는 전에 없던 근육도 있었다.

"이 년 만이군요."

마침내 산지타가 입을 열었다.

"아예 안 나타나기를 기대했는데. 네서스 맞죠?"

"맞습니다."

바깥의 모하비 우주 공항은 지난번에 왔을 때보다도 더 황량하고 초라해 보였다.

"빨리 끝내도록 하지요."

산지타는 아무 말도 하지 않았다.

"내가 없는 동안 성공했더군요."

네서스가 그냥 이어서 말했다. 공공 데이터베이스에 따르면 그녀는 '부' 자를 떼고 차관이 되어 있었다.

산지타가 한숨을 내쉬었다.

"전에는 정보를 달라고 납치했죠. 지금도 똑같아요?"

"그렇습니다."

네서스는 쿠션 위에서 자세를 바꾼 뒤 말했다.

"지그문트 아우스폴러에 대한 정보입니다."

산지타의 몸이 굳어졌다.

"또 그 사람이군요. 그 사람은 지금 해적을 쫓아다니느라 나가 있어요."

해적? 네서스가 이해할 수 없는 단어였다. 그는 우주 공항 네트워크를 통해 단어의 정의를 요청했다.

바다에서 활동하는 무장 도둑?

"계속하십시오."

"처음에 날 납치했을 때 얘기로 돌아가면 아우스폴러는 멀리서 벌어지던 우주선 실종 사건에 집착하고 있었어요. 그런데 훨씬 더 가까운 곳에서 우주선이 사라지기 시작했죠."

"어디 말입니까?"

산지타는 질문을 받고 놀랐다.

"태양계 바로 외곽에서요. 세 번째쯤 실종되니까 다른 항성계들이 우리를 피하기 시작하더군요. 여기 있는 우주선 선장들은 안 떠나겠다고 고집하고. 아우스폴러는 그 상황을 국가에 대한 위협으로 선언하고 조사단을 꾸렸어요."

그녀는 손을 어디에 둘지 몰라 헛되이 주머니를 찾아 이리저리 움직였다.

"몇 달 뒤에는 여덟 척이 사라졌죠. 마지막 통신은 전부 오르트 구름에서 날아왔어요. 언론은 '태양계의 분쟁 지역'이라고 부르더군요. 그러다가 아우스폴러가 자기 우주선을 미끼 삼아 용의자인 해적을 찾아 나선 거예요."

아우스폴러는 해적 때문에 선단의 흔적을 놓쳤다. 너무 편리한 설명 같았다. 네서스는 그런 우연의 일치를 믿지 않았다. 특히 그게 자기에게 유독 유리해 보일 때는.

"그리고?"

"이걸 어떻게 모를 수 있죠?"

산지타가 의심스럽다는 듯 되물었다.

"바빴습니다. 더 얘기해 보십시오."

"아우스폴러가 낸 보고서는 중요한 기밀이에요. 행정부 부차관은 고사하고 정식 차관도 접근할 수 없죠."

"해적이라고 했단 말이지요."

네서스는 의심이 들었다. 오르트 구름이 광대한 영역인 건 사실이었다. 그래도 줄리언 포워드에게 연락이 안 되는 건 이상했다. 네서스가 서둘러 선단으로 돌아간 직후에 공공 데이터베이스에 포워드 기지에 대한 언급이 전혀 없는 건 더 이상했다.

네서스는 슬쩍 던져 보았다.

"해적이 포워드 기지 근처에서 활동합니까?"

산지타가 눈을 크게 떴다.

"어떻게 알았죠?"

"뭔가 더 알고 있군요."

네서스의 추궁에 산지타는 침을 꿀꺽 삼켰다.

"확실한 건 없어요. 이해해 줘요. 음모니 은폐니 하는 소문이 사방에 널렸으니까. 인간의 우주에서 가장 전도유망한 과학자 한 명이 흔적도 없이 사라졌어요. 아우스폴러는 갑자기 중력이론가, 우주론자 같은 온갖 비밀스러운 물리학자들을 심문하고 다니기 시작했고요. 성간 교역은 몇 달째 중단됐죠. 사람들은 무서워서 태양계를 떠나지 못하죠. 이 모든 게 얼마나 혼란스러운지 알 거 아니에요."

네서스는 거울 뒤에서 몸을 뒤틀었다. 음모나 혼란에 대해서는 다 알고 있었다.

산지타는 이어서 마녀사냥에 대해 주저리주저리 늘어놓았다.

"그리고 징크스 정부는 아직도 줄리언 포워드가 어떻게 됐는지 알려 달라고 요구하고 있어요. 아우스폴러는 거부했죠."

그녀는 몸을 앞으로 숙이며 속삭였다.

"내가 보기엔 포워드 그 사람 죽은 거 같아요. 아우스폴러가 죽인 거죠."

네서스는 우연을 믿지 않았다. 산지타의 설명을 들으니 믿을 필요도 없었다.

"그러니까 아우스폴러는 포워드가 어떻게 뉴트로늄을 만들었는지 알아내는 데 집착하고 있다는 거로군요."

네서스가 요약했다.

"맞아요, 맙소사! 안 듣고 있었어요? 아무도 자세히는 몰라요. 아우스폴러가 이야기를 안 하거든요. 해적을 공격하는 일이 끝나면 아무도, ARM의 국장도 아우스폴러에게 정보를 더 내놓으라고는 못 할 거예요. 그 사람은 말하고 싶은 만큼만 말하죠."

네서스는 눈을 감고 생각에 잠겼다. 갑자기 모든 일이 분명해졌다.

지식 연구소에서 주는 연구비가 끊긴 뒤로 줄리언은 돈에 집착하고 있었다. 작은 하이퍼스페이스 특이점, 즉 블랙홀을 만들 수 있을 정도의 뉴트로늄을 만드는 데 성공한 게 틀림없었다. 근처를 지나가는 우주선은 전부 하이퍼스페이스에서 순식간에 끌려 나와 줄리언의 부하들에게 약탈당했을 것이다. 털리고 남은 우주선과 승무원은 아마 특이점에 약간의 질량을 더했을 것이고.

"아주 좋습니다. 이만 가도 됩니다."

네서스는 산지타가 입을 열기도 전에 멀리 떨어진 부스로 이

동시켰다.

아우스폴러는 그림자를 쫓고 있었다. 줄리언 포워드와 어쩔 수 없이 그에게 전한 협약체의 진보적인 기술도 모두 사라져 버렸다. 선단은 파고드는 시선을 다시 한 번 피한 것이다.

그러나…….

우주선 여덟 척의 승무원이 사라졌다. 죽었을 것이다. 불필요했던 마지막 분석에 따르면 지구는 여전히 출산 위원회의 부패와 출산권 추첨을 둘러싸고 격동의 시기를 보내고 있었다. 네서스는 사상자 수를 조사하고 기록하는 일보다 폭력 사태를 멈추는 데 더 신경을 쏟았다.

어쩌면 앞잡이들을 유용하게 쓸 수 있을지도 몰랐다.

분홍색으로 물든 구름과 믿을 수 없는 정도로 파란 하늘이 줄무늬를 이루듯 번갈아 나타났다. 거대한 불덩이인 태양이 산맥 뒤로 넘어가자 분홍색은 붉게 짙어졌고, 파란 하늘은 그림자처럼 어두워졌다.

네서스는 우주 공항 위의 하늘이 검은색으로 변하는 광경을 경이로운 심정으로 바라보았다. 태양이 없는 허스에서, 그는 해돋이의 아름다움을 니케에게 설명해 준 적이 있었다. 그게 얼마나 오래전 일 같은지!

다시 만날 날도 까마득하게 느껴졌다.

상층대기에 부는 바람은 구름을 동쪽으로 꾸준히 몰아갔다. 별들이 자리를 잡고 다이아몬드처럼 빛났다. 네서스는 태양이 뜰 때까지 풍경을 감상했다.

마음속으로는 네서스도 답을 알고 있었다. 만약 그와 니케에게 미래가 있을 예정이라면, 그 전에 떨어져 있는 시간이 필요했다. 서로 상대방의 행동에 대해 타협점을 찾을 시간. 절대 인정할 수 없는 행동을 받아들이는 데 필요한 시간.

허스가 임박한 재난에 직면한 상황에서 약속이란 게 무슨 의미가 있을까? 네서스는 어쩔 수 없이 약속을 하라고 독촉할 수밖에 없었고, 니케는 약속을 해야만 했다.

두려움에 질린 대중이 강제로 맺은 이 약속을 압도적으로 지지하고 나오리라는 것을 니케는 예상했을까? 키어스틴의 전쟁은 니케가 조작해 내려고 했던 가짜 위기처럼 새로운 합의를 이끌어 낼 수 있을까?

아마 그럴 가능성이 높았다. '긴 통로'호가 일으킨 위기를 다루는 건 고사하고 바라보기만이라도 할 수 있는 게 실험당 말고 또 어디 있겠는가?

하지만 니케는 네서스의 행동이 협박을 당한 탓이었는지 궁금해할 게 분명했다. 네서스의 진의를 아는 것보다는 그렇게 모호하게 있는 편이 훨씬 나았다.

개척민은 자유로울 자격이 있었다.

네서스는 키어스틴이 협박한 그대로 실행했으리라고는 결코 믿지 않았다.

네서스는 베개 더미 위로 뻣뻣한 몸을 일으켰다. 맡은 임무 때문에 한동안 태양계에 있어야 한다는 게 다행스러웠다. 그는 여전히 때가 되면 허스로 돌아가기를 갈망하고 있었다. 그리고 다시는 허스를 떠나지 않기를.

그리고 어쩌면, 새로운 최후자의 배우자로서 살아가기를.

2

폭풍을 이루며 소용돌이치는 구름 띠, 갈색과 노란색이 두드러진 줄무늬. 폭이 십오만 킬로미터나 되는 거대한 세계가 하늘을 지배하고 있었다. 얼음 위성의 궤도에서 보면 그 거대 가스 행성은 시직경*이 육 도나 됐다. 선단 안에서 가장 가까운 이웃을 볼 때 시직경의 열 배가 넘었다.

얼음 위성의 한쪽은 멀리 떨어져 있는 모성의 빛을 받아 빛났고, 다른 한쪽은 모행성에 반사된 빛을 받아 훨씬 더 밝게 빛났다. 얼음 위에 뱀 같은 구불구불한 거대 구조물이 널려 있었다. '탐험가'호가 지난번에 왔을 때보다 수가 늘어났다.

키어스틴은 상대적으로 더 편안한 느낌을 주는 완충 좌석에 앉아 홀로그램을 가리켰다. 얼음과 금속으로 만든 미완성 우주정거장이 보석처럼 빛났다.

"해냈어요, 오마르. 유인 우주 비행이에요."

"시민들이 본능적으로 그렇게 반응한 것도 이해할 법하지. 그

---

* 천체의 겉보기 크기를 각도의 단위로 나타낸 것.

워스의 발전 속도는 정말 놀랍다니까."

오마르는 손을 내저어 키어스틴의 반박을 제지했다.

"그럴 법하다는 것뿐이야, 키어스틴. 이 작은 친구들이 없으면 은하계는 더 썰렁해지겠지. 이렇게 잘되고 있는 걸 봐서 좋네."

키어스틴은 네서스가 설치해 둬야 한다고 우겼던 혜성 폭탄을 찾아서 해체한 게 가장 기뻤다. 되찾아서 다시 프로그래밍한 GP 1호 탐사체는 영원히 이 항성계를 공전하면서 전파 신호에 돌연한 변화—예를 들어, 만약 협약체가 혜성을 떨어뜨린다면 그런 변화가 생길 수 있었다—가 생기지 않는지 하이퍼웨이브로 보고해 줄 터였다.

"저들을 보호해야 해요."

오마르도 동의의 의미로 웅얼거렸다. 하지만 사실은 키어스틴 스스로 마음을 다잡기 위해 한 말이었다.

"우리는 그워스에게 빚진 게 많아요. 저 친구들이 이룬 성취를 인정하자고 하다가 우리 자신의 성취를 인정하는 법을 배웠죠. 그워스에 대한 시민들의 의도에 의문을 가진 덕분에 개척민에 대한 협약체의 정책에 대해서 의심하는 법도 배웠고요."

습관은 잘 없어지지 않는다. 키어스틴은 정정했다.

"아니, 인간에 대한."

오마르가 일어서서 하품을 했다.

"난 커피 마시러 가. 뭐 좀 가져다줄까?"

"아이스크림요. 딸기로."

키어스틴이 대답했다.

위기가 끝난 이후 '탐험가'호에 생긴 첫 변화 중 하나는 합성기의 음식 목록이었다.

"키어스틴."

키어스틴은 고개를 들었다. 오마르가 그릇을 내밀고 있었다. 얼마나 오랫동안 홀로그램을 보고 있었던 걸까?

"여기 일은 다 잘 끝났어. 그워스는 안전하고, 우리는 할 만큼 했다고. 이제 집에 가야지."

물론, 오마르가 옳았다. 하지만…….

"한 가지 더 남았어요. 메시지를 남기는 거예요. 적당한 감사의 말을 남겨야죠."

오마르는 고개를 저었다.

"출발하기 전에 전원 동의했잖아, 키어스틴. 그워스의 과학기술은 이제 시작이야. 우리는 저들이 외계인 접촉에 어떻게 반응할지 알 수 없어."

"그 얘기가 아니에요."

키어스틴이 자기 생각을 설명했다. 오마르는 키어스틴의 말을 통역하러 갔다.

그렇게 그들은 얼음 위성을 떠났다. 물론 그 전에 메시지를 남겼다.

얼음 위성의 가장 가까운 이웃은 구름으로 덮인 암석 위성이었다. 모행성에서 좀 더 멀리 떨어져 있었지만, 조석력에 의해 고정되어 한쪽 면은 항상 얼음 위성의 반대쪽을 향했다. 그워스가 점차 발전해 간다면 언젠가는 그곳을 볼 수 있을 것이다.

이제 그 위성의 뒷면에는 레이저로 새겨진 수 킬로미터 길이의 X 자가 있었다. 그리고 X 자 한가운데에는 석판을 레이저로 조각해 만든 입방체가 서 있었다. 언젠가 그워스는 입방체 안쪽, 비활성기체인 순수한 질소로 충전된 투명한 플라스틱금속 용기 안에서 강력한 통신 부이를 찾게 되리라. 그리고 수호자 역할을 하는 하이퍼웨이브 부이가 언제까지나 그쪽에 귀를 기울이고 있을 것이다.

동봉된 쪽지에는 통신 부이 작동법과 함께 그워스에서 쓰이는 모든 공용 상형문자로 이렇게 쓰여 있었다.

도움이 필요하면 연락하세요.
이 은하계에는 그워스의 친구가 있습니다.

키어스틴은 또다시 자세를 바꿨다. 도대체 예전에는 어떻게 그 완충 좌석이 편안하다고 생각했는지 이해가 안 갔다. 사실 GPC의 완충 좌석은 베데커가 만들어 놓은 또 하나의 사악한 장치에 가까웠다.

키어스틴은 일어서서 좁은 함교를 몇 바퀴 돈 뒤 다시 신음을 내며 앉았다. 질량 표시기에는 계속 아무것도 잡히지 않았다.

오마르가 함교로 들어와 키어스틴에게 그릇을 내밀었다. 바닐라 향이 났다.

"나도 집에 갈 준비가 됐어. '뉴 테라' 말이야."

키어스틴은 부풀어 오른 배를 두드리며 말했다.

"우리 둘도요."

3

지브스는 시간이 오래 걸리는 것을 오리들을 한 줄로 세우는 것에 비유했다. 에릭은 인공지능처럼 인내심이 있지도 수동적이지도 않았다. 그에게 이건 개인적인 일이었다. 게다가 그는 오리가 뭔지도 몰랐다.

비유야 그렇다 쳐도, 지브스가 한 말의 의미는 명쾌했다. 이 임무에 앞서 꼭 거쳐야 할 중요한 일이 많았다. NP_3의 비밀 시설에서 개척민을 데려오는 일. NP_4가 선단으로부터 떨어져 나와야 할지 투표하는 일. 행성 이동 엔진을 작동하고 유지하는 방법 교육. 중수소와 삼중수소 비축량 새로 채우기. NP_4, 아니 '뉴 테라'가 세계 선단에서 멀어지도록 가속하는 일. 이전에 개척지가 보유하고 있던 우주선 몇 대를 스텔스함으로 만드는 일.

그리고 오랫동안 억압된 고통스러운 기억을 되살리는 일.

'긴 통로' 2호의 좁은 함교에 함께 앉아 있는 스벤은 안절부절못하고 장비를 만지작거리며 가려 놓은 전망 창 바로 너머의 맹점을 무시하려고 애썼다.

"얼마나 더 가야 하죠?"

스벤이 다시 물었다.

하이퍼드라이브를 사용하고 있을 때는 일 분, 일 분이 중요했다. 필요 시간보다 일 분만 빨리 나가도 노멀 스페이스에서는 수십억 킬로미터나 차이가 났다. 물론 일 분을 더 끌었다가는 시민의 과학 수준으로도 알 수 없는 존재인 특이점 속으로 빠져 버리게 된다.

"괜찮아요, 스벤. 하이퍼스페이스를 좋아하는 사람은 없어요."

에릭은 그렇게 말하고 고개를 기울여 질량 표시기를 한 번 더 살폈다. 보일락 말락 한 선 다섯 개가 그들을 향하고 있었다.

"몇 분만 더요."

에릭의 마음속에 그림자가 드리워졌다.

NP_3에서 송환된 사람들은 너무 비이성적으로 겁을 먹고 있어서 모두를 위한 일이라는 것도 믿지 못했다. NP_3 어딘가에 있는 또 다른 인간 수용 시설에 대한 그들—에릭을 포함해서—의 억압된 기억을 재구성하기 위해서는 길고 고통스러운 치료가 필요했다. 하지만 심리 치료나 데이터 마이닝 어느 쪽도 협약체가 강경하게 부정하고 있는 다른 시설의 위치를 밝혀내지 못했다.

외상성 기억상실증. 지브스는 그 증상을 그렇게 불렀다. 잃어버린 어린 시절의 기억을 복구하는 건 고통스러운 일이었다. 어른이 된 에릭은 알 수 있었다. '긴 통로'호의 여성들이 강압을 받아 협력한 뒤로 시민들은 인간의 번식에 대한 실험을 계속해 왔다는 것을.

성공한 개체는 기억을 억압당한 채로 NP_3의 주 개척지, 혹은 에릭처럼 NP_4로 자리를 옮겼다. 오토닥으로 고칠 수 없을 정도로 실패한 개체는 뒤에 남았다. 다양한 종류의 장애와 상흔은 심리 치료를 받은 에릭조차도 다시 떠올릴 수 없었다.

더 이상 잊을 수 없는 기억은 절대 용서할 수 없는 기억으로 남았다. 이제 얼마 뒤면 기억을 복구하는 고통이 가치 있는 일이었는지 알 수 있게 될 터였다.

스벤은 완충 좌석에 앉아 몸을 비비 꼬았다. 질량 표시기를 보니 특이점이 곧 그들을 잡아먹을 듯이 가까워지고 있었다. 됐다. 에릭은 생각했다.

"십 초…… 오 초…… 지금이야."

그는 전망 창 덮개를 벗겼다.

오각형을 이루는 흐릿한 빛 다섯 개가 정면에 있었다.

얼마 뒤, 에릭은 통신 신호를 받았다. '용기'호였다. 마지막으로 세부 사항을 확인한 뒤 에릭은 '긴 통로' 2호를 조종해 긴 호를 그리며 움직였다.

그들은 오각형 평면 위에서 선단을 향해 접근했다. 그리고 NP_3가 다른 세계를 가리기를 기다렸다가 추진력을 반대로 가해 제자리에서 선회했다.

우연히 시민 우주선의 눈에 띄었다가는 큰일이 날 수도 있었다. 자유비행 상태에서 다른 우주선의 동력 장치를 맞히기란 불가능에 가까웠다. 협약체가 아르카디아와 한 약속을 존중하는 건 개척민이 반물질로 위협한다고 믿고 있기 때문이었다. 물론 아르카디아에 반물질이 있다는 건 착각일 뿐이었다.

빙하가 태양 빛을 받아 빛났다. 온통 눈으로 뒤덮인 대륙이 남쪽과 북쪽에 나타났다. 이 오리 한 마리를 더 기다렸지. 에릭은 생각했다. 겨울 그리고 그에 따라 시민들이 시설에서 대부분 철수하기를 기다렸던 것이다.

인공 태양이 극궤도를 도는 NP_4처럼, 허스는 어쩔 수 없이 생기는 잉여열로 인해 행성 전역에서 온화한 기후를 누릴 수 있었다. 시민들은 추위를 싫어했다.

자기도 모르게 슬며시 미소가 나왔다. 눈 속에서 뛰놀던 추억은 복구하기를 잘한 기억이었다. 에릭은 인공 태양이 지기를 기다리며 추억을 음미했다.

허스의 생명체 표본을 보존하려면 허스의 기후와 계절을 재현해야 했다. NP_3의 인공 태양은 적도 궤도를 돌고 있었기 때문에 고위도에 열을 덜 가했다. 좀 더 짧고 차가운 날씨에서 사는 종을 위해 인공 태양 중에서 마지막 몇 개를 꺼서 완전한 겨울을 만들기도 했다.

마침내 마지막 태양이 지평선 너머로 사라졌다.

"준비됐어요?"

에릭이 물었다.

"됐어요."

스벤이 대답했다.

적외선으로 바라본 밤 영역은 빠른 속도로 식었다. 일부 지역만 계속 열을 내며 빛났다. 그중 몇 개는 너무 뜨거웠다. 온천과 화산이었다. 나머지는 확인을 해 봐야 했다. 공장과 발전소 등일 것이다.

에릭은 하나씩 소거해 가면서 의심스러운 열점을 다섯 개로 줄였다. 두 개는 위도가 너무 낮았다. 시설에 있던 사람들이 하나같이 겨울이 길었다고 기억했던 것과 일치하지 않았다. 고해상도 열 감지기로 두 곳을 더 제외했다.

그러자 마지막 장소에서 의심할 여지가 없는 인간의 형체가 나타났다.

"저기다."

스벤이 말했다.

에릭은 마음 한구석에서 그런 잊지 못할 기억이 가짜이기를 바랐다. 그는 천천히 심호흡을 하며 마음을 가라앉혔다.

"맞아요. 들어가죠."

허스의 식물로 이뤄진 숲이 시설을 둘러싸고 있었다. 에릭은 '긴 통로' 2호를 십육 킬로미터 떨어져 있는 가장 가까운 공터에 착륙시켰다. 인간 연구소를 향해 숲을 뚫고 걸어가던 기억을 떠올리지 않으려고 애썼다. 그리고 키어스틴도. 당장은 이 일에 집중해야 했다.

"부양기를 내릴게요."

도약 원반이 있기 때문에 지상 운송 수단은 거의 없었다. 지금 그들이 화물칸에서 타고 나온 부양기는 사실상 축소한 트랙터였다. 그래도 출력은 그대로였다.

사방에 눈이 휘몰아쳤다. 나노 섬유로 만든 옷 속에 발열 물질이 들어 있었지만, 에릭은 몸을 떨었다.

그들은 부양기에 들어 있는 관성항법장치의 보조를 받아 숲 속으로 미끄러져 들어갔다. 적외선 고글 덕분에 낮처럼 환하게 보였다. 적막을 깨는 것이라고는 나뭇가지 사이를 뚫고 지나가는 바람 소리와 부양기 엔진이 웅웅거리는 소리뿐이었다.

엘리시움이나 허스에 있는 공원보다 숲이 더 빽빽했다. 큰 줄기 하나로 된 나무보다는 수풀과 산울타리가 훨씬 많았다. 수풀이 밀집한 곳 때문에 길이 막혀서 두 사람은 빙 돌아갈 수밖에 없었다.

"이거 너무 오래 걸리는데요."

스벤이 손목시계를 보며 말했다.

"그러게요."

에릭은 휴대용 레이저 빔을 좁게 설정한 뒤 낮은 수풀을 잘랐다. 쌓여 있던 눈이 빛을 발하며 증발해서 그 증기가 둘을 에워쌌다. 수액은 지글거리며 튀어 올랐고, 사방에 흩어진 식물이 화염을 일으키며 불탔다. 숲 꼭대기의 앙상한 가지에서 어떤 짐승인지 당황스러워하며 울부짖었다.

"가죠."

칠십 분 뒤, 연기 나는 풀숲을 뒤로하고 높은 울타리들이 무계획적으로 들어선 건물에 도착했다. 하늘은 아직 어두웠다. 그들은 적외선으로 스캔하며 시설 주위를 걸어서 돌았다.

단독 건물 하나에서 시민으로 보이는 유일한 적외선 특징이 잡혔다. 움직이지 않았다. 자고 있는 모양이었다. 인간을 나타내는 특징은 두 번째 건물에 집중돼 있었다. 숙소나 병원이겠군.

에릭은 추측했다. 거주지가 넓게 퍼져 있는 것보다는 일이 간단해진 셈이었다.

차가운 날씨에 입김이 눈앞에 맺혔다.

"가요."

마침내 스벤이 말했다. 그는 대답을 기다리지 않고 부양기를 타고 울타리를 넘어갔다. 에릭도 뒤를 따랐다.

숙소 창문에 얼굴이 몇몇 나타났다. 얼마 지나자 다들 창밖을 내다보고 있었다. 에릭은 숙소 문의 경보기를 우회해 무력화시킨 뒤 한발 물러섰다.

"스벤 차례예요."

에릭은 스벤을 따라 안으로 들어간 뒤 걸쇠를 걸어 문을 잠갔다. 스벤은 사람들의 마음을 진정시켰다. 처음부터 자세한 이야기를 하지는 않았다.

그동안 에릭은 도약 원반을 송신 전용 상태로 재조정했다. 작업하는 동안 자신을 향하는 시선을 의식하지 않으려고 애썼다. 주름이 자글자글한 어른들. 전에는 그와 같은 사람을 본 적이 없었다. 키가 작은 이들은 어린이가 분명했다. 그들의 눈에는 어떤 어린이도 지녀서는 안 될 슬픈 진실이 담겨 있었다. 불구가 되고 황폐해진 몸. 두려움에 질린 얼굴. 온갖 끔찍한 기억들이 밀려들게 만드는 얼굴들……

"여러분을 집으로 데려가려고 왔습니다."

스벤은 계속 설명했다.

"시민이 아니라 바로 우리 동족이 법을 만드는 곳으로요. 따라오시면 잘 보살펴 드릴 겁니다. 선택은 여러분의 몫이지만 강력하게 간청합니다. 우리와 함께 가세요. 지금 결정해야 합니다. 결정을 내리는 데 도움이 될 만한 과거의 물건을 가져왔습니다."

그는 휴대용 컴퓨터를 작동시켰다. 디에고 맥밀런의 모습이 나타났다.

"전 '긴 통로'호의 항법사입니다. 들려주고 싶은 이야기⋯⋯."

사람들이 눈물을 흘리며 신음했다. 어린아이들은 이해를 못해서 가만히 바라보기만 했다.

에릭은 '용기'호에 신호를 보냈다.

"몇 분 안에 승선 시작한다."

조종사인 테렌스가 대답했다.

"알았다. 기다리는 중이다. 그쪽 상공 만 육천 킬로미터 위치를 유지하느라 미친 듯이 연료를 태우고 있다."

서두르라는 뜻이었다.

"⋯⋯저절로 유산이 되거나, 기형아가 태어나거나, 발달 장애가 일어나기도 했습니다⋯⋯."

디에고가 말했다.

갇혀 있던 사람들 모두 눈물을 흘렸다. 모두 한마음이었다.

영상이 끝나자 스벤이 간단히 덧붙였다.

"우리가 재조정한 이 도약 원반을 타면 우리 우주선으로 갈 수 있습니다. 조금만 비행하면 더 나은 세계가 나옵니다. 인간의 세계가요."

몹시 여위고 몸이 굽은 여자 한 명이 앞으로 나와 사라졌다.

사지에 끔찍한 혹이 있는 비쩍 마른 남자가 뒤를 따랐다. 부모들은 울고 있는 아이들을 그러모았다. 다들 비척거리며 줄을 지어섰다. 줄은 점점 짧아지다가 마침내 사라졌다.

"갈 시간이에요."

에릭이 말했다. 지금처럼 진이 빠진 적은 처음이었다. 에릭은 '긴 통로' 2호로 돌아가는 도약 원반 주소를 꺼냈다.

한데 스벤이 없었다.

"여기예요!"

긴 복도에 스벤의 목소리가 울려 퍼졌다. 에릭은 목소리가 들려온 쪽으로 달려갔다.

스벤은 거대한 플라스틱금속 창문을 통해 실험실 안을 들여다보고 있었다. 계기판으로 뒤덮인 반짝이는 금속 용기가 있고, 벽에는 버튼들이 줄지어 있었다.

"저 뾰족한 모서리를 봐요."

스벤이 금속 용기를 가리켰다.

"인간이 만든 거예요. 예전 기록을 봤는데 저게 뭔지 확실히 알겠어요! 수정란 보관소예요. 난자 보관소도. 인큐베이터와 인공 태반도 있어요. 저건 분명히 '긴 통로'호에서 가져온 거예요."

그는 안타까운 표정으로 창문을 세게 두들겼다.

"저 안으로 들어가는 도약 원반 주소를 알아낼 수 없어요?"

수정란 보관소라니! 에릭은 화를 내며 고개를 저었다. 말문이 막힐 지경이었다. 그는 휴대용 레이저로 문 크기의 구멍을 냈다. 잘린 부분이 비틀리더니 쿵 하며 안쪽으로 무너졌다.

스벤은 용기가 모여 있는 곳으로 뛰어갔다.

"이건 해양 동물이에요. 바다거북, 오징어, 온갖 물고기. 이름을 들어 본 것도 있는데, 없는 게 더 많네요."

그는 옆에 있는 용기도 살폈다.

"대형 포유류. 사자, 북극곰, 코끼리."

다음 용기.

"새예요. 오리도 있어요."

"'용기'호."

에릭이 신호를 보냈다.

"인간은 전부 올려 보냈다. 이제 화물을 보내겠다."

에릭은 씨앗을 보고 다른 건 안중에도 없이 흥분한 스벤을 모른 체했다.

"알았다, 에릭. 대기한다."

테렌스가 다시 대답했다.

갑자기 스벤이 컴퓨터를 바닥에 떨어뜨렸다. 얼굴이 창백해져 있었다.

"인간 수정란이 더 있어요. 거의 천 개나……."

그건 바로 에릭이 두려워했던 ―왠지 모르게 알고 있었던― 발견이었다.

그들은 지구의 씨앗, 난자, 수정란을 전부 머리 위의 화물선으로 보내기 전까지 '긴 통로' 2호로 돌아가지 않았다.

다시 한 번 공허한 무無가 기다리고 있었다. 불과 몇 센티미터

밖이었다. 하지만 에릭은 거의 의식하지 못했다. 혹시 하이퍼스 페이스에 점점 익숙해지는 건가. 아니면, 이번 NP_3 임무가 얼마나 많은 감정의 상처를 열어젖힐지 짐작 못 했던 거겠지. 어쨌든 지금 에릭의 머릿속은 온통 한시라도 빨리 '뉴 테라'의 집으로 돌아가고 싶다는 생각뿐이었다.

스벤도 실험실에서 회수한 데이터에 푹 빠진 채 우주선 바깥의 무를 외면하고 있었다. 몇 분마다 한 번씩 알 수 없는 말을 중얼거리거나 외치거나 고개를 끄덕였다.

"여기 좀 맡아 줘요, 스벤. 수프 좀 먹어야겠어요. 뭐 좀 갖다 줄까요?"

에릭은 스벤이 어깨를 으쓱이는 것을 보고 그냥 내버려 두었다. 지금 뭘 먹을 정신이 있을까?

함교로 돌아오자 스벤이 이상한 웃음을 짓고 있었다.

"왜 그래요?"

"가계도 자료를 업로드했거든요. NP_3하고 아르카디아에 있던 병원 기록인데요."

에릭은 그가 왜 웃는지 이해할 수 없었다. 하지만 스벤이 일부 추출한 자료를 보여 주었고, 에릭도 곧 웃음 지었다.

에릭과 키어스틴은 곧 태어날 아기의 이름을 디에고나 제이미로 짓기로 약속했다. 경의를 표하자는 의미였다.

이제 보니 그 이름은 생각보다 더욱 적당한 이름이었다. 에릭의 눈앞에 보이는 자료에는 디에고와 제이미가 키어스틴의 십육 대 조상이라고 나와 있었다.

4

　보좌관들이 갑자기 웅성거렸다. 말소리는 불분명했지만, 분위기로 보아 중요한 사안이 분명했다. 니케는 한숨을 쉬었다. 골치 아픈 정무가 또 생겼는데, 그걸로 그를 방해해도 될지 방 안에서 의논하는 소리였다.

　그렇지 않아도 이미 신경이 쓰이고 있었다.

　우주가 이상해졌어. 니케는 생각했다. 가장 중요한 변화는 가장 미묘한 방법으로 나타나기도 했다. 지금 머리 위에 걸려 있는 NP 세계는 두 개뿐이었다. 하지만 다소 늘어난 둘 사이의 간격은 세계 하나가 자유롭게 떠났다는 사실을 크게 외치고 있었다.

　그 세계가 더 멀리 갔다면 니케의 기분이 더 나았을 것이다. 일 광년도 안 되는 거리는 아직 모반자들이 가까운 이웃이라는 뜻이었다.

　니케는 자신이 가장 좋아하는 산기슭의 집, 커다란 발코니에 홀로 서 있었다. 바다가 내려다보이는 경치는 여느 때처럼 장관이었다. 다만 전과 다른 방향에서 불어오는 바람에 약간의 악취가 섞여 있었다. 작지만 변화를 상기시켜 주는 근본 요인의 하나였다. 선단에서 세계 하나를 빼는 건 쉽지 않았다. 바다가 요동하면서 해변에 밀려온 해양 생물의 거대한 시체 무더기가 아직도 썩고 있었다.

　너무 많이 변했어. 니케는 속으로 중얼거렸다. 네서스는 선단에 돌아오기만 하면 금세 적응할 터였다. 둘 모두를 위해서 그는 잠시 멀리 나가 있는 편이 최선이었다.

의심과 분노, 상실감은 언제나 정리될까?

니케는 하늘을 바라보며 네서스에 대한 감정이 아닌 다른 일을 생각하려고 했다.

여섯 개가 아니라 다섯 개의 세계. 확실히 별로 대단한 일은 아니었다. 니케의 할아버지 시대에만 해도 선단에는 세계가 다섯 개뿐이었다. 그때는 인간을 하인으로 쓰지 않고도 모든 세계에서 일이 그럭저럭 잘 돌아갔다.

뜻밖에도 일이 절묘하게 풀려 니케는 즐거웠다. 모든 게 가장 최근의 기준으로 돌아간 덕분에 보수당이 밀려나고 실험당이 나서게 된 것이다. 물론 개척민이 반물질을 손에 넣도록 방치한 건 보수당이었다. 니케가 지휘하는 보안 팀은 아직 어떻게 그게 가능했는지 밝혀내지 못했다.

하지만 네서스가 옳긴 옳았다. 그렇지 않고서야 어떻게 GP 선체로 만든 '보호자'호를 파괴할 수 있었겠는가? 인간이 반란을 일으킨 것도 당연했다.

아직 안쪽에서는 보좌관들이 웅성거리고 있었다. 니케는 기후 차폐용 역장을 밀면서 방 안으로 들어갔다.

"무슨 일입니까?"

그는 조급한 기분을 느끼며 물었다.

"죄송합니다, 최후자님. 베스타가 최후자님을 만나야 한다고 고집 부리고 있습니다."

보좌관이 대답했다.

"그러면 데려와야지요!"

니케는 화음을 내뱉어서 의사를 분명히 전달했다. 이번 최후자는 외교를 중요하게 여긴다는 점을. 베스타는 이제 '비밀 임무'를 관장하는 부장관이었다.

허가가 나자 곧바로 베스타가 나타났다. 둘은 머리를 스치며 인사를 나눴다. 니케는 베스타를 발코니로 데리고 나갔다.

"무슨 일입니까?"

니케의 물음에 베스타가 두 머리를 송구한 듯 숙였다.

"NP_3에 문제가 생겼습니다. 개척민이 습격해 왔습니다. 번식용 시설의 위치가 새어 나간 것 같습니다. 전부 데리고 가 버렸습니다. 인간과 다른 모든 걸 말입니다."

머리 위에 떠 있는 NP_5에서는 유래 없이 강한 사이클론이 몰아치고 있었다. 최근 바다가 요동치면서 나온 에너지가 폭풍에 힘을 더해 준 모양이었다.

"우리 편은 안전합니까?"

"그렇습니다, 최후자님."

산자락에 큰 물결이 밀려들었다. 밀물이었다. 이제 하루에 열 번이 아니라 여덟 번이었다. 이 역시 변화를 떠올리게 하는 요소였다.

"어쩌면 잘된 걸지도 모르겠군요. 우리가 아직 그 능력을 갖고 있다면, 또다시 하인을 만들고 싶은 유혹을 받았을 게 분명하니까요. 최근 일어난 일을 보면 그런 건 없는 편이 더 좋습니다."

베스타가 대리석이 깔린 바닥을 발굽으로 긁었다.

"개척민을 징벌해야 합니다."

"아닙니다."

니케는 단호하게 말했다.

"그들을 개척민이라고 생각하지 않는 게 나을 겁니다. 인간은 스스로 정체성을 되찾았습니다. 그 점은 존중해야 한다고 생각합니다."

"알겠습니다, 최후자님."

"'뉴 테라'에 있는 인간 요원은 어떻게 하고 있습니까?"

베스타는 몸을 곧게 펴며 대답했다.

"일정대로 통신을 보내고 있습니다. 그 행성의 특이점 바로 바깥에 있는 하이퍼웨이브 부이가 계속 신호를 중계하는 중입니다. 앞으로도 정기적으로 정보가 갱신될 겁니다."

"좋습니다."

하이퍼웨이브 부이로 속임수를 쓰는 건 시민도 할 수 있었다.

베데커는 그 가치를 이해할까? 아마, 아니겠지. 니케는 생각했다. NP_1의 경작지에서 고된 노동을 하느라 그런 추상적인 생각에 쏟을 시간도 에너지도 없을 터였다.

몇백 년 뒤면 선단은 번잡한 은하 평면을 빠져나가게 된다. 그다음에 어디로 가야 할지에 대해서는 새로 합의해야 했다.

물론 이제는 '해방된' 인간이 선단보다 먼저 그 결정을 내려야 할 것이다.

심어 놓은 정보원에 따르면, 그들은 어쩌면 은하중심을 향해 갈지도 몰랐다. 조상을 만날 수 있다는 희망이 조금이나마 있는 안쪽으로. 이제 막 불모지가 된 미개발 행성이 수도 없이 기다리는 안쪽으로. 이제 증오해 마지않는 선단으로부터 멀어지는 안쪽으로.

하지만 그 안쪽은 바로 니케가 선단을 이끌고 가려는 곳이었다. 만약 핵에 아직도 살아남아 있는 지성 종족의 주의를 먼저 끌어 주는 정찰대 역할을 하는 세계가 있다면 더할 나위 없이 좋을 것이다.

개척민들이 자신들의 운명과 협약체의 운명을 쉽게 갈라놓을 수 있다고 생각했다면 그건 꽤 큰 실수였다.

『세계 선단』 끝

| 역자 후기 |

억지로 지어내야만 하는 이야기가 있는 반면, 판을 벌여 놓으면 그 안에서 저절로 이야기가 태어나는 경우도 있다. 일단 방대하고 매력적인 세계를 창조해 놓으면 그 안의 가능성은 무궁무진해진다. 이런 세계를 그냥 썩혀 두는 것도 낭비 아니겠는가.

　『링월드』의 세계관을 포함하는 '알려진 우주'가 바로 그렇다. 첫 작품이 나온 1964년 이래 가장 최근의 작품──이 프리퀄의 마지막 권──이 나온 2012년까지 거의 반세기 동안 다양한 이야기를 쏟아 냈다. 사실은 '알려진 우주' 바깥에 있는 '링월드' 시리즈만 쳐도 사십이 년──SF 팬에게는 의미가 있는 숫자다──이다.

　이렇게 흥미로운 세계가 다른 작가의 눈길을 끌지 않을 수 없다. 최초의 링월드 탐험으로부터 이백 년가량 앞선 시기를 다루는 본서『세계 선단』은 래리 니븐과 에드워드 M. 러너의 공동 작업물이다. 공저자인 러너는 삼십여 년 동안 벨 연구소, 휴즈 에

어크래프트, 노스롭 그루먼과 같은 항공 우주와 IT 산업계에 몸담은 엔지니어로 일을 하면서 틈틈이 SF를 써 왔다. 2004년부터는 전업으로 SF 작가의 길에 들어섰고, 2007년 니븐과 함께『세계 선단』을 발표했다.

사실 니븐은 이 시리즈를 구상하고 있지 않았다. 한 매체와 한 인터뷰에서 러너는『세계 선단』을 쓰게 된 계기가 2004년 미국 보스턴에서 열린 세계 SF 대회 때 있었던 대화라고 밝혔다. 당시 러너는 퍼페티어의 고향인 '세계 선단'이란 어떤 곳인지에 대해 흥미를 갖고 있었고, 니븐에게 그에 대한 작품을 쓰라고 이야기했다. 니븐은 생각해 둔 이야기가 없다고 대답했다. 얼마 뒤, 러너는 니븐에게 연락해 '내게 이야기가 있다.'고 말했고, 그때부터 공동 작업을 시작했다.

줄거리 초안은 러너가 잡았다. 러너는 니븐이 창조한 '알려진 우주'의 수많은 설정—외계 종족과 미래 기술, 캐릭터—을 바탕으로 퍼페티어의 고향 세계를 둘러싸고 벌어진 일을 구상했다. 러너의 말을 빌리자면 '알려진 우주는 거대한 놀이터'였다. 일단 러너가 줄기를 잡으면 니븐이 적극적인 피드백으로 설정과 이야기를 수정하는 식으로 진행했다.

이 역시 처음에는 한 권으로 마무리할 계획이었다. 하지만 매력적인 세계에서는 이야기가 스스로 튀어나온다고 하지 않았던가. 결국, 한 권이 두 권이 되고, 두 권이 세 권이…… 결국 총 다섯 권의 '선단' 시리즈로 마무리됐다.

첫 권인『세계 선단』의 배경은 지구력 서기 이십칠 세기다. 승무원과 냉동 수정란을 싣고 먼 곳으로 탐사 여행을 떠나던 '긴 통로'호가 외계인의 습격을 받으며 이야기가 시작된다. 습격의 주체는 겁쟁이 종족으로 유명한 퍼페티어로, 이들은 냉동 수정란을 이용해 인간을 길러 내고 왜곡된 역사를 주입한 뒤 노예로 삼는다. 그리고 바로 이 일이 '선단' 시리즈의 주요 배경인 '뉴 테라'를 만들어 낸다.

뒤늦게 '알려진 우주'에 뛰어든 작품이지만, 기존의 사건 및 캐릭터와 새로운 사건이 서로 엮이는 데 무리가 없다. 오히려 카를로스 우, 지그문트 아우스폴러, 베어울프 섀퍼 등 과거 발표된 작품에 등장했던 기존 인물에 대한 알려지지 않은 이야기가 계속 드러나면서 세계 전체가 더욱 풍성해진다. 아직 많은 부분이 여백으로 남아 있는 거대한 그림이 좀 더 구체적으로 되어 가는 모습이다.

『링월드』가 탐험소설에 가까웠다면, '선단' 시리즈는 미지의 세계에 대한 탐험보다는 여러 세력 사이의 계략과 음모가 더욱 눈에 띈다. 은하계에서 도망가는 퍼페티어와 ARM의 추격전, 인간을 노예로 삼았다는 사실을 들키지 않으려는 퍼페티어, 지워진 과거를 되찾으려는 개척민 등은 각자의 목적을 달성하기 위해 치열한 두뇌 싸움을 벌인다.

그 과정에서 SF답게 공학적인 해결책을 제시하는 부분도 흥미롭다. 삼십 년 넘게 신기술의 최전선에서 일하며 NASA나 FBI, 미국 국방부 등에 공학 장비를 제공해 온 경력이 부끄럽지 않게 '알려진 세계'의 기술을 더욱 구체적으로, 그리고 현실적인 문제를 고민하며 다룬 흔적이 엿보인다.

기억을 잠시 더듬어 본 독자라면 이보다 두 세기 뒤에 벌어진 일을 다룬 작품인 『링월드』에 '뉴 테라'의 인간이 전혀 언급되지 않았다는 사실을 눈치챘을 것이다. 약간의 스포일러가 될지 모르겠으나, 이는 '뉴 테라'가 언제 다시 인간 세계에 합류할지에 대한 힌트가 된다.

'선단' 시리즈는 말미에서 다시 링월드와 엮이며 사십 년이 넘게 이어져 온 시리즈를 함께 일단락 짓는다. 하지만 아쉬워할 것은 없다. 누누이 말하지만 이런 세계라면 또 다른 흥미진진한 이야기가 언젠가 또 튀어나올 게 분명하기 때문이다.

2013년 11월
고호관